Púa

Lorenzo
Silva

Púa

Lorenzo
Silva

Ediciones Destino
Colección Áncora y Delfín

Obra editada en colaboración con Editorial Planeta – España

© 2023, Lorenzo Silva
www.lorenzo-silva.com

© 2023, Editorial Planeta S.A. – Barcelona, España

Derechos reservados

© 2023, Editorial Planeta Mexicana, S.A. de C.V.
Bajo el sello editorial DESTINO M.R.
Avenida Presidente Masarik núm. 111,
Piso 2, Polanco V Sección, Miguel Hidalgo
C.P. 11560, Ciudad de México
www.planetadelibros.com.mx

Primera edición impresa en España: mayo de 2023
ISBN: 978-84-233-6326-1

Primera edición impresa en México: mayo de 2023
ISBN: 978-607-39-0261-8

Impreso en los talleres de Impregráfica Digital, S.A. de C.V.
Av. Coyoacán 100-D, Valle Norte, Benito Juárez
Ciudad De Mexico, C.P. 03103
Impreso en México – *Printed in Mexico*

Para Laura, siempre en el lado de la luz

Advertencia

Esta es una historia de ficción. Hechos como los que en ella se cuentan ocurrieron, ocurren y seguramente seguirán ocurriendo en diversos tiempos y lugares, pero de ninguno de ellos, ni de sus protagonistas o sus circunstancias, pretende lo relatado aquí ser reflejo fidedigno, ni siquiera aproximado.

La ira es enemiga de la templanza, sin la cual ningún hecho pudo ser perfecto. Los filósofos peripatéticos afirman para la guerra ser necesaria la ira porque engendre fortaleza en el corazón, mas según dice Séneca nunca la virtud se debe ayudar con el vicio.

ALONSO DE CASTRILLO,
Tratado de república

Cette vie, la mienne, pauvre vie misérable et quelquefois vivante, et quelquefois aimante, n'a pas été qu'illusions et déroutes et folie, et le péché mortel c'est de l'oublier. Il est vital, dans les ténèbres, de se rappeler qu'on a aussi vécu dans la lumière et que la lumière n'est pas moins vraie que les ténèbres.

EMMANUEL CARRÈRE,
Yoga

El bien y el mal debes conocer,
aunque no me dejarás explicarte el porqué.

FRANCISCA AMADOR CALVO,
Hierba de otoño

I

El mensaje

Soy una mala persona. Al igual que muchos otros, podría decir. Con la diferencia, podría alegar, de haber dejado de buscarme una disculpa para justificar mis fechorías. Y qué: lo primero no me hace bueno y lo segundo no me hace mejor. Son sólo complementos circunstanciales. Cuando uno acepta convertirse en una mala persona, poco importa lo demás. A quien le toca padecerte ni le va, ni le viene, ni le alivia.

No es que sea malo todo el tiempo, ni que desconozca el dulce sabor de las buenas acciones, que como cualquier ser humano que no haya perdido la razón y el sentido de la existencia prefiero a las otras. De hecho, a ellas dedico lo mejor de mis energías. Nada reconforta más que toparse con un semejante que necesita o al que puede convenirle tu ayuda y prestársela sin la menor esperanza de recibir algo a cambio. Nada nos conforma ni nos apega más a esta naturaleza embrollada que acarreamos por el mundo, con la sospecha de que bien podríamos ser el error final que la vida cometió para aniquilarse a sí misma.

En este lugar al que hace ya años decidí retirarme tengo ocasión de ejercer la bondad a diario, y no dejo de aprovecharla. Lo hago cada vez que me remango, agarro los trastos de limpiar y no sólo les quito el polvo a los libros que se alinean en los anaqueles de la tienda, sino que aprovecho para reordenarlos de manera que los clientes puedan hallar con más facilidad aquello que les interesa o buscan, en lugar de tener que bucear como submarinistas y revolver como chatarreros, a lo que los obliga sin ningún remordimiento la mayoría de mis competidores. Soy especialmente consciente, por mi experiencia del caos, la suciedad e incluso la inmundicia más extrema, del valor que tienen la limpieza y el orden, y que va más allá de la belleza que ofrecen a la vista. Quien extiende ante ti un espacio aseado y bien dispuesto te hace beneficiario de un acto de amor en el que sólo un imbécil o un malnacido puede reparar sin experimentar una corriente instantánea de gratitud.

Y cuando sucede que en el cliente que comparece ante mí aprecio un amor semejante, por el libro que está buscando o por ese otro con el que acaba de tropezarse de improviso, no puedo evitar darle un trato de favor del que puede nacer cualquier gesto de generosidad. Desde cobrarle por él menos o mucho menos de lo que de veras vale, siempre que la rebaja no menoscabe de manera irreparable el negocio, hasta facilitarle, también con descuento, algún otro libro similar que nunca habría encontrado por sí mismo, paralizado como está por el asombro de poder adquirir el que sostiene entre sus manos. Es superior a mí: me vence la ternura que me embarga ante esos ojos encendidos, ante el temblor en la voz que llego a advertir en algunos, y más si se trata de un hombre o una mujer todavía jóvenes, o de un anciano que en esa edad recobra de verdad la inocencia que un día tuvo. No digamos si además me asiste la certeza de que no les sobra el dinero. Esa emoción que los arrebata me reblandece y conmueve de tal modo que no puedo dejar de darles todo cuanto esté a mi alcance, y a veces sufro, hasta el dolor físico, por no tener más con lo que recompensar su ilusión.

Yo mismo, que llegué a este ramo de comercio por sacar partido de una querencia de juventud que cuando me hice cargo de la tienda ya no era más que el rescoldo de una pasión extinguida, y sólo porque me pareció tan buena cobertura como cualquier otra para ponerme a salvo de mi vida anterior, me sorprendo más de una vez acariciando algún viejo volumen, o marcando el número del encuadernador para que me lo restaure sin adulterarlo, dispuesto a pagar lo que por esa operación quiera pedirme. Y no tanto para poder despacharlo más caro, porque bien puede suceder que cuando esté recompuesto acabe viéndolo en manos de uno de esos bibliómanos febriles y enamorados a los que no dudaré en vendérselo a pérdida; sino por no permitir que algo que se hizo con cariño, ya fuera el del autor, el de su editor, el del impresor que lo produjo o el del artesano que en algún momento lo encuadernó, se vea ajado y desbaratado por los insensibles estragos del tiempo.

Y sin embargo, en cuanto se presenta la oportunidad, también este negocio saca de mí a la mala persona que soy. Ocurre, por ejemplo, cuando entra por la puerta uno de esos herederos obtusos a los que acaba yendo a parar absurda e injustamente todo el esfuerzo de una vida consagrada a los libros, y que se presentan como poseedores de un patrimonio engorroso que les urge liquidar. Todo su afán es sacar del despojo de la biblioteca ajena un rendimiento cuya tasación les sobrepasa, pero que aspiran a rebañar hasta el límite de lo posible. Sin tener ni idea de lo que el pelmazo del abuelo o del padre, o el uno después del otro, lograron reunir gracias a su conocimiento y su tesón, se plantan ante mí con esa suficiencia del propietario que no va a consentir que se le escatime un céntimo de lo que vale su propiedad. Como si fuera yo el que está desesperado por hacerse con el botín, cuando son ellos los que no ven la hora de desembarazarse de esa pila de papel que no quieren llevarse a sus casas. Los escucho, los observo, simulo que me dejo impresionar por su desenvoltura, que reconozco su destreza como vendedores, mientras pienso, con absoluta frialdad, cómo voy a desplumarlos y saquearlos, a la vez que les hago creer que son los más astutos negociantes y yo un pobre hombre que está a su merced.

Son tan necios, tan pardillos, tan vulnerables al abuso, que no hay que esmerarse demasiado en la estrategia para embaucarlos. Recurro siempre a la misma: acometo una primera prospección de sus fondos en la que les identifico unas cuantas piezas de verdadero valor, que son las que les digo que me interesan más, y que les taso en un precio que sé que comprobarán y que no encontrarán nunca inferior a lo que otros les puedan ofrecer. Por regla general eso ya arroja una suma que les tienta, porque de pronto ven dinero donde sólo veían un despropósito comido por el polvo, y a partir de ahí abordo la negociación sobre lo demás: libros que por mi gusto, les digo, no les compraría, porque no voy a poder darles más salida que saldarlos o venderlos como papel al peso, pero de los que estoy dispuesto a hacerme cargo a cambio de quedarme con los que de veras me interesan. Procuro que la suma que por esta segunda parte de la transacción les ofrezco les parezca algo, lo que no resulta muy difícil después de haberla devaluado yo sobre el desprecio que ellos ya le tienen. No hay uno solo que no pique, que no me dé, prácticamente gratis, piezas que después pasarán a ser de las más cotizadas de mi catálogo. Y ni siquiera hay riesgo de que luego descubran la estafa consultándolo: si no sabían lo que tenían, menos aún van a recordarlo después de haberlo vendido. Con alguna de esas bibliotecas tristemente caídas en manos de zoquetes he multiplicado por diez y hasta por quince mi inversión. Si acaso me apena por los que las juntaron. Jamás siento nada por el primo al que desvalijo.

Otro tanto sucede cuando viene el comprador prepotente, ya sea por su instrucción superior, por su cartera o por ambas, que desde que entra por la puerta me trata como el estúpido criado que debe facilitarle su capricho en las condiciones que a él se le antojen, que para eso él sabe y vale y tiene lo que otros no. Aquí la negociación es más ardua, y no siempre llega a buen término. Más de una vez, no lo voy a ocultar, acaba con el sujeto soltando un bufido, largándome un exabrupto y saliendo de la tienda de mala manera. Me fastidia un poco, por no haber podido darle del todo lo que merece, pero lo compensan las ocasiones, que tampoco faltan, en que uno de esos engreídos —tienden a ser varones, aunque también ha caído alguna mujer— se marcha con su libro bajo el brazo y algún otro de propina, dejando en mi caja dos o tres veces lo que, de ser más humilde, podrían haberle costado.

Hay un detalle que en este punto me importa aclarar: al engañar y —aunque ellos no se enteren— maltratar a estas personas, ni por un momento me abandono a la creencia de que lo que hago pueda tener alguna clase de justificación moral o, por decirlo de otro modo, alguna suerte de coartada que convierta el mal en bien. Les estoy robando, me estoy riendo de ellos, los estoy despreciando tanto o más de lo que ellos me desprecian a mí o menosprecian la herencia de sus mayores, cuyos desvelos malbaratan. No lo hago por restaurar o instaurar en el pequeño trozo del mundo que administro algo parecido a la justicia, o por reparar los destrozos que su ruindad es capaz de provocar, ni con la esperanza de que el castigo o el ridículo redima de alguna manera a quienes sé que no pueden ser redimidos, ni aspiro a redimir. Lo hago tan sólo por perjudicarlos, y por eso me satisface paladear la sensación de que lo consigo, aunque ellos ni siquiera lleguen a percatarse.

Reniego de la autoindulgencia. Es el tipo de porquería que jamás, desde que tomé conciencia de mi maldad, he dejado que se acumule a la mugre que ya cargo por mis feas acciones. He visto a demasiada gente —y me he visto a mí mismo más veces de las que me gustaría— echando mano de ese expediente cobarde y vergonzoso de buscarle a la infamia una explicación benigna para con el infame, que no es sino una forma rastrera de extremar la crueldad con su víctima. A las mías sólo aspiro a cargarlas con el daño que les hago: hace tiempo ya que renuncié a imponerles, por añadidura, la obligación de soportarlo por culpa de las mierdas que yo pueda tener en la cabeza para darle una justificación a lo que no la tiene. Si uno quiere hacer el bien, no hay otro camino que las acciones bondadosas. Si tu carácter o tus pasos te llevan a desempeñarte perniciosamente, lo que haces es el mal y lo que te toca es convivir en adelante con la conciencia de lo que hiciste, de lo que eres capaz de hacer y de lo que debes impedir si no quieres que acabe apoderándose de todo tu ser sin dejar sitio para nada más.

Por eso, y porque no estoy orgulloso de ser una mala persona —no se me ha endurecido el alma ni se me ha reblandecido el cerebro hasta ese punto de delirio—, resolví apartarme de todo lo que fui y todo lo que hice en otro tiempo, y escogí esta apacible actividad comercial que sólo muy de vez en cuando, y de forma al fin y al cabo limitada, me arroja a coyunturas en las que puede aflorar, y aflora, el demonio que siempre va conmigo. Por eso he aceptado una existencia modesta, sin llegar al extremo de pasar estrecheces, gracias al ejercicio juicioso y no del todo incompetente de un oficio en el que las emociones son escasas y de una intensidad inferior a la que recuerda mi corazón. Por eso soy sólo una sombra de lo que fui y ese es hoy el mejor de mis logros.

Por eso, también, más el peso insoslayable de la memoria y de las lealtades, sobre todo aquellas que se fraguaron al calor de lo fatídico y lo incondicional, mi pulso que ya apenas se acelera y mi pensamiento que rara vez conoce ya la zozobra se han visto sacudidos cuando me he echado a los ojos el mensaje que acabo de recibir y de los ojos han pasado a mi mente las letras que lo componen. Allí, al instante, se ha desvelado, como quien corriera de pronto una cortina que oculta la visión de una ciudad incendiada, todo el significado que las palabras que esas pocas letras forman no pueden dejar de encerrar para mí.

Lo primero que he pensado es que no quiero que suceda. Que no he aguantado durante todo este tiempo la culpa y el fracaso sin resquicios en los que me he resignado a vivir para que ahora vuelva a llamar a mi puerta la desviación que los provocó y me reclame como su siervo y su miserable consecuencia. He invertido todos mis esfuerzos en crear este reducto desde el que poder resistirme y sustraerme, de paso, a la parte de mí con la que no tengo el menor deseo de reencontrarme.

Lo segundo que he pensado, mientras sentía de pronto esa extraña especie de serenidad que acompaña a la catástrofe, es que no puedo eludir el mensaje. Invoca mi nombre, el verdadero, y quien lo envía es

aquel a quien menos puedo negarle acudir en su socorro. Releo:

Púa, soy yo. Me queda poco. Te necesito.

Lo tercero que pienso es con qué pretexto cerraré
la tienda.

2

El chico

Me acuerdo del chico. Lo que desde aquí más me llama la atención, por contraste, es que no está solo. Todavía no ha hecho nada que le condene a estarlo. Todavía imagina un futuro mejor. Las personas que lo rodean y lo amparan lo mueven a corresponder a su afecto, y por ellas, tanto como por él, desea salir adelante, acertar a levantar algo que sirva para que un día se sientan orgullosas. Se lo debe, lo merecen. El chico tiene aún padre, madre, incluso tiene un hermano pequeño. El chico sueña, y por eso lee libros compulsivamente, esperando hallar en ellos todo lo que la realidad por ahora le escatima. O quizá suceda al revés: porque lee casi sin descanso, desde que aprendió a hacerlo, está condenado a convertirse en un soñador inadaptado a la realidad. Es lo mismo. Poco o nada importa saber si va antes la gallina o el huevo.

Lo veo, dibujado con nitidez en los pliegues de mi memoria, y me cuesta aceptar que ese chico también soy yo, este mismo yo que ahora tiene que recordarlo desde la orfandad, la soledad y la convicción de que la vida ya no puede traerle nada mejor que durar sin sobresaltos, tras la abolición definitiva de todos los sueños y la victoria aplastante de la realidad en todos los frentes. Hace muchos años que no tengo padre ni madre; hace más años aún que mi hermano quedó tendido como una hoja caída demasiado pronto de la rama. Hace años, en fin, que no leo una página que me haga vibrar la cuerda del corazón.

De cuando en cuando me obligo a recordarlos: a él y a los demás que un día fui, mejores, en todos los sentidos, que este que queda para hacer recuento. No sólo consuela, tal vez para sobrevivir sea necesario guardar la memoria de esos días más luminosos. Puede que sea sólo una superstición, pero pienso que no habré acabado de morir y no me habré envilecido del todo mientras conserve en mi interior una brasa de aquella llama en la que un día ardí y alumbré como ahora no ardo ni alumbro. Y sin embargo, ni esta creencia ni la emoción que aún pueda despertar en mí la añoranza de ese chico me impiden darme cuenta de que ya en él, ya entonces, porque no habría podido ser de otra manera, estaba latente, agazapada si se quiere, pero ya esbozada y perceptible, la oscuridad en la que iba a desembocar mi camino.

Así de mezclada y problemática es el alma humana. Ese chico que quiere a sus padres, que trata de cuidar a su hermano pequeño, que se conmueve con las historias que le cuentan los libros, ya sea la de un par de enamorados o la de un héroe que da la vida para salvar las de sus compañeros de aventura, ese chico que es tan permeable en suma a los buenos sentimientos, a la calidez y la belleza que puede contener y proyectar el comportamiento de las personas, también es capaz de todo lo contrario, aunque la existencia apenas le ofrezca ocasiones para sacarlo a la luz y sea por tanto anecdótica, en el transcurso de sus días, la práctica consciente del mal. Se tiende a menospreciar el valor de la anécdota: eso permite al chico quitar importancia a los instantes en los que asoma ese otro, menos entrañable, que ya es; pero el hombre que ha vivido y ha comprendido sabe que en el detalle más ínfimo está representado el todo. En la frialdad y la fealdad de una sola de nuestras acciones alienta, entero, el desalmado que llevamos dentro.

No me hace bien, pero no puedo evitar recordar la primera ocasión en que brota del chico la fuerza tenebrosa de la que es portador. Pasa un verano, uno de esos veranos largos, quietos y sin orillas que eran la norma durante la infancia y la juventud y se volvieron impensables al llegar a la edad adulta. Estoy en un pueblo no lejos del mar, junto a uno de mis mejores amigos de entonces. Se llamaba Álex, no éramos demasiado afines, tampoco nos veíamos todo el tiempo, pero por una razón que sólo empecé a vislumbrar aquella tarde existía entre ambos una complicidad natural que apenas necesitaba de palabras. Lo que hacíamos, como suele suceder en esa edad en torno a los doce años, no tenía ninguna importancia y a la vez tenía toda la importancia del mundo. Nos dejaban sueltos y recorríamos los alrededores del pueblo imaginando que éramos guerreros, bandidos o exploradores. Gracias a él yo llevaba a la práctica, dentro de las limitaciones que a la ambición infantil le impone la carencia de recursos, las historias que leía en los libros. Gracias a mí, él disponía de argumentos para hacer más amenas las correrías a las que lo empujaba su incontrolable afán de ampliar sus horizontes y poner en riesgo su integridad física y la de otros.

Trepábamos a lugares desaconsejables, fabricábamos armas caseras cargadas de peligro y nos construíamos guaridas precarias en las que nadie sensato habría osado meterse. Él se encargaba de la táctica, la orientación y la intendencia, mientras que yo concebía la estrategia que le daba sentido a todo dentro de un relato del que él me reconocía como director. Salvo aquella tarde. Lo que ahora recuerdo fue Álex quien lo traía ya pensado. Por una vez, yo me limité a ejecutar el guion que él había trazado sin consultarme. Adiviné que algo no era como siempre cuando lo vi venir. Con el ceño fruncido y los puños apretados.

—Vamos a buscar a ese cabrón —dijo, a modo de saludo.

Álex tenía esa costumbre, entre otras: la de soltar tacos como aquel, que a mí todavía me venían grandes y no me atrevía a pronunciar, más que nada para no hacer el ridículo, pero en él sonaban naturales, como en el hombre que los ha mascullado mil veces. Le pregunté de qué cabrón se trataba, y Álex me respondió de manera indirecta.

—Lo ha hecho. Ha abierto la jaula y se lo ha comido, el hijoputa.

No necesité que me dijera más. Ya me había contado antes que había visto más de una vez al gato merodeando al acecho de su canario, al que su madre sacaba al patio para que le diera el aire y tomara el sol. La gravedad del hecho venía reforzada por una circunstancia singular: el canario en cuestión, que estaba en su casa desde que mi amigo tenía memoria, era ciego. No necesité ni quise preguntarle más: entendí que la determinación que lo movía era irrevocable, y sólo me pregunté, sin participárselo, cómo íbamos a encontrar al gato, que se movía por el pueblo a su antojo, se metía en todas las casas y tenía en varias de ellas a quien le pusiera un platillo de comida. Álex no dudaba de que iba a cazarlo, y yo simplemente me dejé contagiar por su certidumbre.

Dimos con él en un terraplén de las afueras. Estaba erguido, con los ojos cerrados, contemplando el horizonte y dejando que los rayos del sol ya declinante le caldearan la sangre. Por supuesto advirtió nuestra presencia, pero por alguna razón se limitó a volver el cuello y vigilar con aire hierático nuestros movimientos. No contaba con que Álex ya llevaba en la mano la piedra que había elegido para derribarlo y no pudo reaccionar a tiempo de evitar el cantazo, que le dio de lleno en el cuarto trasero, allí donde la pata izquierda se articulaba con el resto de su osamenta. El gato se vino abajo con un maullido de dolor y cuando quiso escapar comprobó que la pata no le respondía. Sólo un segundo después, otra piedra, recogida del suelo sobre la marcha por Álex, lo golpeaba de lleno en el costillar y le arrancaba otro quejido. Entonces fue cuando mi amigo me miró, y yo no vacilé. Me agaché, me agencié un pedrusco, al tiempo que él agarraba ya el tercero, y se lo tiré al gato, que no podía hacer nada para escapar de la muerte decretada para él por la cólera de aquellas dos almas infantiles. El castigo prosiguió durante un lapso de tiempo interminable: a partir de cierto momento, el animal dejó de intentar arrastrarse y ya sólo pudo estremecerse en convulsiones que también acabaron por cesar. Aun así continuamos apedreándolo hasta dejarlo reducido a una carroña sanguinolenta. Álex afinó la puntería hasta que logró saltarle los ojos. En los suyos había un brillo de júbilo cuando al fin pudo acertarle al segundo.

Lo dejamos allí, donde lo habíamos ejecutado, para que empezara a pudrirse mientras la noche se cernía sobre el pueblo. Mi amigo me tendió la mano con un gesto de satisfacción. No pude hacer otra cosa que estrechársela y reconocer, así, que nos habíamos hermanado en aquel holocausto felino. Mi sensación era confusa: me había gustado oír el ruido sordo de las pedradas contra el cuero del asesino ventajista del pobre canario ciego, sobre todo cuando la piedra certera partía de mi mano; pero la visión del despojo inerte me provocaba de pronto un malestar y una pesadumbre que no podía evitar, y que tampoco podía compartir con quien me había llevado a arrebatar aquella vida.

No volví a matar un animal de sangre caliente. He aplastado con alivio multitud de insectos molestos, como cualquiera, pero desde aquella tarde me abstuve escrupulosamente de apedrear a cualquier ser vivo que pudiera sangrar y agonizar como lo hizo aquel gato. No quería volver a sentir lo que sentí aquella tarde: que no sólo era capaz de matar, sino de disfrutar mientras me aplicaba a ello, si la vida que interrumpía me parecía indigna y odiosa, como mi amigo supo hacerme aquella. Y que después de consumar el acto mi espíritu se quedaba seco y vacío.

Un par de años después, al chico se le presentó otra oportunidad de reencontrarse con su peor versión. El detonante fue de nuevo el abuso sobre una víctima débil de un depredador más fuerte. En este caso, mi hermano, al que vi un día salir del colegio con la ropa fuera y señales ostensibles de haber llorado. Era pequeño aún: ocho años, poco más o menos. Aunque se resistió todo lo que pudo, avergonzado, terminó por contarme lo que le había sucedido. Un chico cuatro años mayor lo había acorralado en el patio, lo había insultado, lo había zarandeado y de remate le había quitado la merienda. Tampoco quiso decirme en seguida quién había sido, quizá porque vio en mi mirada lo que iba a ocurrir si me identificaba al matón, pero yo no aflojé. Al final, me dio el nombre y me lo señaló, para que no hubiera confusión posible.

Resolví aguardarlo al día siguiente, a la salida, y sorprenderlo en el camino, cuando menos se lo esperara. Por aquel tiempo tenía ya otro amigo, con el que compartía más cosas que con Álex, y que quizá por ello me duraría más tiempo. Se llamaba Mario, compartíamos juegos y lecturas y nos entreteníamos inventando historias a medias. Le conté que tenía que darle una lección a un idiota que había hecho daño a mi hermano y se ofreció a acompañarme. Le dije que no necesitaba de él para acogotar al abusón, al que sacaba más de media cabeza y podría reducir sin demasiado esfuerzo. Mario, que era un chaval tranquilo y pacífico, argumentó con una parsimonia que me dejó descolocado:

—Aunque no te haga falta. Si vamos los dos, se cagará más.

Y fuimos los dos, y cuando le cortamos el paso a su mirada asomó, en efecto, un espanto que ya no iba a abandonarla. Sin darle tiempo para reaccionar, lo arrinconé a empujones contra la pared, y cuando hizo amago de salir corriendo lo agarré por el pescuezo y lo tumbé en el suelo. Estábamos junto al costado de un edificio y por allí no pasaba nadie. Tal vez pensó en algún momento en gritar, pero el miedo pudo más que su impulso de pedir socorro. Para evitar que se me revolviera, me senté a horcajadas sobre él y entonces se quedó quieto, como si con ello esperase despertar la piedad de aquellos dos vengadores, ante los que no tenía ninguna opción, y evitar así el castigo. No lo pensé y le invité a abandonar toda esperanza con dos guantazos, de derecha a izquierda y de izquierda a derecha. Se le incendiaron las mejillas.

—A que jode verse debajo —le escupí.

No respondió. Lo agarré del cuello de la camisa y le puse la nariz a un milímetro de la suya mientras le buscaba la mirada. Apretó los párpados y empezó a implorar con una especie de gemido. Lo interpreté como una señal para abofetearlo otra vez, y otra, y otra. Entonces arrancó a llorar. Lo contemplé mientras gimoteaba, con todo el desprecio que cabía en mí. Quería humillarlo, que sufriera, y me confortó ver que lo conseguía. Llegados ahí, Mario me puso la mano en el hombro. Comprendí que estaba hecho. Me levanté.

Esa noche, al recordar el incidente, al chico le volvió el desasosiego. Quiso creer que en el fondo no era, no podía ser tan cruel, y que por eso se sentía mal. Gozaba, aún, del privilegio de poder engañarse.

3
Mazo

Mientras camino por los pasillos del hospital, cuyas paredes chorrean la tristeza y las ganas de estar en otra parte que siempre transmiten los lugares donde la enfermedad y la muerte marcan las horas, me cuesta sacarme de la retina la imagen del paisaje que acabo de dejar ahí fuera. Hacía mucho tiempo que no volvía a la Ciudad, a esas calles que en otro tiempo me pertenecieron, y no porque se me ofrecieran de buen grado, sino porque peleé por hacerlas mías. En ellas aprendí a tener ojos en la nuca, a leer las esquinas antes de doblarlas y a estar siempre listo para encontrar un portal o una bocacalle donde sustraerme a la mirada que no me convenía que se posara en mí. Así me acostumbré por igual a amarlas y a odiarlas, y la intensidad de ambos sentimientos era tan insoportable que en cuanto pude me alejé de aquí para siempre. No he comprendido nunca por qué él prefirió quedarse para enfrentarse a diario al recordatorio de nuestros excesos. Por qué es en este hospital frío y tétrico, más aún por el cielo gris que manda en sus ventanales, donde viene, en fin, a reunirse con la única que a nadie desatiende.

Busco el número de la habitación sin esa antigua zozobra que me atenazaba cuando no estaba seguro de encontrar algo de lo que podía depender mi supervivencia o la de otros. Estoy seguro de que daré con ella y de que él estará allí, porque no puede ser de otra manera. Los deseos se quedan insatisfechos, pero las maldiciones se cumplen.

Acabo llegando ante el número en cuestión. Dudo si debo golpear sólo o golpear y esperar a que alguien me diga que entre. Finalmente golpeo, dejo un par de segundos y empujo. El hombre al que vengo a ver está tendido en la cama, con la cara hacia la puerta. Detrás de él, un firmamento de plomo promete poco o nada a través del vidrio. En su semblante hay un gesto sosegado, casi de resignación. No recuerdo haberlo visto resignado jamás, y me cuesta por ello reconocerlo.

—Hombre —murmura—. Has llegado a tiempo.

—¿Lo dudabas?

—Sí y no.

—No se te ve tan mal.

Le miento, claro. Lo encuentro enflaquecido, macilento, ojeroso, sin esa energía torrencial que siempre desbordaba en él. Ver su corpachón vencido sobre la cama es como ver un roble caído sobre la hierba.

—Di la verdad, Púa —me exige—. Tú y yo nos la debemos.

—Estás hecho unos zorros. ¿Mejor así?

—Mejor. No habrás venido aquí para compadecerme, espero.

—No podría. ¿Por qué me has llamado tú?

—¿Te extraña que quiera verte antes de irme?

—Sí y no.

Sopesa mi respuesta. Empalma otra pregunta.

—¿Cuánto hace?

—Diez años —calculo—. Redondeando.

—Sin ninguna comunicación. No deja de tener su mérito.

—Así lo acordamos. Por un motivo.

Asiente despacio.

—Ya ves. Yo estoy a punto de escapar para siempre. Tú no.

—Esa suerte que tienes. Al final va a resultar que eras tú el listo.

Menea la cabeza.

—No, eso nunca. El listo siempre fuiste tú. No voy a olvidarme, ni siquiera ahora, de por qué estoy ahora aquí, y no en otra parte. De por qué no he tenido que cargar con el peso con el que cargaron otros.

—Siempre exageraste con eso. Tuvimos más suerte, nada más.

—La suerte no existe. Y menos donde tú y yo estuvimos.

—Así que me has llamado para darme las gracias.

Mi deducción le arranca la primera sonrisa.

—No, te he llamado para joderte. Ya lo siento, compañero.

—Tendrás una buena razón. Puede que no me deje.

—Tengo la razón mejor. Y vas a dejarte, Púa.

—Han pasado diez años, Mazo, yo no estaría tan seguro.

Al oír su nombre de guerra en mis labios algo se enciende de pronto en su interior, como se encendió en mí cuando leí el mío en el mensaje con el que me convocó al lado de su cama. Lo que le estoy diciendo con él es justo lo contrario de lo que dicen las palabras con las que lo acompaño: que recuerdo lo que fuimos y lo que somos, por lo que nos tocó hacer juntos; y que no existe la menor posibilidad de que deje de honrar el vínculo que nos une, más allá que cualquier juramento y cualquier otra forma de compromiso entre seres humanos. Ni siquiera el amor en la más feroz de sus versiones puede ligar tanto a quienes caen presos de él. Nuestro lazo es fruto del error y del desvío, y quien está junto a otro en ese trance irreversible y aciago ya no tiene manera de desentenderse de él. Para que me negara a lo que quiera pedirme tendría que tratarse de algo que fuera en contra de todo aquello. Y sé que no se va a permitir, como yo nunca me lo permitiría, caer en semejante incoherencia.

—Me alegra mucho verte —dice al fin—. Aquí, donde no hay alegría ninguna, y cuando nada más podría alegrarme, que ya es decir.

—A ver si ahora vas a curarte y todo —bromeo.

—No, eso está fuera de cuestión. A los de la bata blanca les pedí que fueran claros y lo han sido. Difícilmente llegaré a terminar este mes.

—¿Y quieres pasarlo aquí?

—Me da igual. No es tan importante. Cuando sienta que el fin se acerca le pediré a la enfermera que me suba la dosis de lo que me permite hablar contigo ahora en lugar de estar dando alaridos. Si es lo bastante generosa, mi última visión será la de una playa bajo el cielo naranja del verano, con el mar rompiendo al otro lado de la mejilla de mi madre, que me sostiene en su regazo y me acuna y me canta.

—Anda —observo con asombro—. Te has hecho poeta.

—Y filósofo. El precipicio te enseña lo que no aprendiste antes.

—Me alegra que sea así. También por mí, no voy a ocultártelo. De camino hacia aquí pensé que te encontraría amargado y deprimido.

—No tengo razones para estarlo. Esto se acaba, eran las reglas del juego desde el principio y podría haber sido mucho peor. Podría haber sido mucho antes, nadie lo sabe mejor que tú. Podría haber sido de una forma mucho más fea, también sabes de qué estoy hablando. Al final estoy teniendo lo que no me merezco. Que me cuiden, y que lo hagan estas chicas que no saben quién soy y que nada me deben.

—Les pagan por hacerlo —le recuerdo.

—Si supieran a quién cuidan quizá no lo harían, aunque cobraran.

—Es su oficio. Pueden aguantar lo tuyo y cosas peores.

—Alguna de ellas me pondría mala cara, estoy seguro, y mira tú, sin embargo. Hasta me voy a llevar puesta la luz de su sonrisa.

—Te has vuelto de buen conformar. Empiezo a preguntarme para qué me necesitas. ¿A qué venía ese mensaje que me enviaste?

—No estoy deprimido, pero sí hay algo que me preocupa.

—Ahora es cuando vas a joderme —adivino.

—Me temo.

—Pues no te lo pienses más. Antes no pensabas tanto.

—Antes no tenía lo que ahora tengo.

Abre el cajón de la mesilla que hay junto a la cama y de ella saca una cartera de documentación castigada por el tiempo y el uso. El cuero está gastado y arqueado. Me la tiende y veo que el pulso le tiembla.

—Prefiero que lo hagas tú. Mis dedos ya no son tan fiables. Ni tan rápidos. Busca en los departamentos interiores. Verás una foto.

Obedezco, con esa sensación incómoda que produce curiosear en la intimidad ajena cuando ni el oficio ni el deseo se lo imponen a uno. Veo su documento de identidad, donde aparece provisto de unas gafas que no le conocía. Con ellas parece aún mayor de lo que se le ve ahora, demacrado y consumido bajo la bata de hospital. Al fin consigo dar con la fotografía. Es sólo un poco más pequeña que la cartera, y en ella contemplo a una joven de insolente atractivo. Debe de ser una de esas ampliaciones que regalan cuando te haces fotos de carnet, y no puedo dejar de preguntarme cómo reaccionaría el funcionario al que le entregó su versión de menor tamaño para que le expidiera algún documento. La chica mira a cámara de un modo que no puede ser más provocativo, como el maquillaje que subraya sus rasgos o la serpiente tatuada que le trepa por el cuello. A mi compañero no se le escapa mi reacción.

—Sí, deduces bien —dice—. Es un problema andante. Y mi hija.

—¿Tu hija?

—Nunca te la oculté.

—Por eso mismo —alego en mi defensa—. ¿Esta chica es la misma de la que entonces me enseñabas aquella foto en los caballitos?

—Con algunos años más. Y sin caballitos.

—Ya veo, dicho sea de paso, que no está aquí para cuidarte.

Mazo se encoge de hombros.

—No se lo reprocho. Ella sí sabe quién soy.

—¿Y su madre?

—También lo sabe. Y bastante tiene con cuidarse ella. No está bien.

—Por la chica.

—En parte. No cuida de su madre tampoco. De nadie, en realidad. Y menos que nadie, de sí misma. Por ella es por quien te he llamado.

—Yo tampoco soy muy bueno para cuidar de nadie —me veo en el deber de aclarar—. Y menos aún de quien quiere complicarse la vida. Nunca lo fui, y estos años me han hecho todavía menos paciente. Hace demasiado tiempo que solamente me ocupo de mí mismo, Mazo.

—Ya te dije que iba a joderte, y lo siento. No tengo a nadie más a quien pedírselo. Si no te encargas tú, no podré marcharme en paz.

—¿Y qué quieres? ¿Que la mantenga? ¿Que la eduque?

Mi viejo compañero mira al techo y reconoce:

—No se dejaría ni lo uno ni lo otro. Algo más simple.

—Di.

Se vuelve hacia mí y me implora:

—Que evites que acabe en el hoyo antes que yo.

—¿Está en peligro?

—En grave peligro. Y si se libra esta vez, me gustaría que pudiera encontrar algún otro camino, y que un día fuera vieja y se acordara de que su padre se preocupó por ella hasta el final y me perdonara todo lo que tiene para perdonarme. Pero eso, Púa, ya no te lo pido.

—Me quitas un peso de encima.

—Dime que no te niegas.

—No me niego, pero una fotografía es muy poca información. Quizá lo que sea que la amenaza sobrepase mis fuerzas. Que, por otra parte, ya no son ni mucho menos las que un día fueron.

—Tu fuerza principal sigue en ti —apostó—. A ella recurro, como recurrí en su día. Nunca me falló antes. No va a fallarme ahora.

—Insisto. Tendrás que contarme algo más.

—Voy a decirte dónde está, o mejor dicho dónde está el hilo que te permitirá llegar hasta ella. Te voy a poner al corriente de lo que sé que tiene encima, y te aseguro que será suficiente para que te hagas una idea de lo que te vas a encontrar enfrente. Y si me permites apostar, diría que no es enemigo para ti. Tampoco lo sería para mí si no estuviera aquí postrado, pero mi tiempo de solucionar problemas se acabó.

—Muy seguro pareces. Eso me tranquiliza.

—Lo estoy. De ti.

Al otro lado del cristal llueve sobre la Ciudad, que es tanto como decir sobre lo poco que queda de su vida y sobre lo que por su culpa viene ahora a torcer la mía. Debería odiarlo por obligarme a regresar aquí, a este horizonte de aguacero, a la aspereza de sus días y de sus noches. No lo consigo. Oigo al demonio desperezarse. Acepto la misión.

4
Los soldados

El chico ya es un hombre. Con apenas dieciocho años, le obligan a aceptarlo el uniforme que viste y el arma de fuego que le asignan, y también los hombres con los que convive, algunos de ellos varios años mayores, unos cuantos de pelo en pecho y dos o tres de turbio mirar y mochila de maldades probadas a las espaldas. No ha pedido estar ahí: para los varones de su tiempo y su lugar, de tantos tiempos y tantos lugares, ser soldado es un deber que sólo se puede eludir aceptando ir a la cárcel, y al chico le apetece aún menos pisar el patio de un recinto penitenciario. Aunque algunas mañanas y algunas noches se pregunta en qué se diferencia ser soldado de estar preso, y se responde que a un recluso no le obligan a la actividad incesante que a él le exigen, y que va desde desfilar durante horas hasta limpiar de rastrojos las parcelas incultas que quedan dentro del recinto del cuartel. Mientras arranca cardos y matojos, bajo el calor de un julio ardiente, siente que ha hecho el pésimo negocio de cambiar la prisión por los trabajos forzados, sin que la compañía, como quiso creer, sea necesariamente mejor.

Sobre todo lo siente cuando ve junto a él a Rai, así prefiere que lo llamen: un recluta de ojos claros y negras intenciones, que acata como todos la disciplina para no atraer sobre sí el castigo o el recargo en las labores ingratas y no quedarse sin permisos, pero que no pierde la ocasión de exhibir, cuando no mira la superioridad, la pasta de la que está hecho. El chico, aunque ahora escarda a su lado, mide con él las distancias, y procura no perderle la cara jamás. Ante un sujeto así, quien lo hace lo lamenta, y si no que le pregunten a Pato, el recluta torpe que siempre hay en cada hornada, a quien nadie conoce más que por su apodo denigrante y al que Rai ha convertido desde el primer día en blanco preferente de esa saña oscura que lleva dentro. La burla deja paso a la colleja, la colleja a la novatada, la novatada a la patada en el culo que suena en todos los tímpanos menos en los de los jefes. Gracias a Pato, Rai desahoga a diario la frustración que le provoca ser poco menos que un esclavo, como todos, mientras lleve el uniforme y esté sometido a las reglas inflexibles de la milicia. No hay tiniebla que pueda competir con el brillo de sus ojos cuando lo veja y acogota.

Mientras el chico, ahora ya un hombre, le da a la azada y suda al unísono con semejante bicho, piensa una vez más que debería hacer algo, que es demasiado inicuo que el eslabón más débil de la cadena de desgraciados que componen esté condenado a soportar, día sí y día también, el golpeo de ese martillo vil. Y sin embargo, no consigue ver el modo de salvarlo de él. Contra la denuncia a los mandos se alza la férrea ley del silencio que impera entre la tropa, según ese código no escrito de los soldados cuya contravención acarrea un ostracismo al que cualquiera preferiría el peor castigo de la jefatura. Asumir para sí la defensa del infeliz tropieza con el mismo obstáculo: no va en contra del código avasallar al patoso, y la manada que forman los soldados no se opone a su vapuleo, porque las risas que se echan son para todos una válvula de escape. Nadie llega al extremo de Rai, pero nadie se apiada tampoco de su víctima. Mejor es que esté ahí para recibir todos los puntapiés y ahorrárselos al resto. Si el chico asumiera su causa, no sólo tendría que enfrentarse al grupo, también se pondría en riesgo de compartir, en adelante, la suerte del infortunado. Para lo primero no se ve con fuerzas; lo segundo lo desea tan poco como cualquier otro.

Por eso, cuando mira de reojo a Rai, no puede evitar aborrecerlo. Siente que lo detesta más de lo que compadece al pobre Pato: que en él pesa más el asco que le produce el indeseable que la piedad hacia el que lo sufre. La sensación se vuelve físicamente insoportable: lo oye jadear, ve cómo transpira, y le entran ganas de reventarlo a pedradas, como un lejano día de su infancia hizo con un gato depredador.

No imagina que al día siguiente el destino hará el trabajo por él, de una manera mucho más refinada y sutil, pero más devastadora para el inclemente Rai. Sucede cuando en una de las sesiones teóricas sobre armamento el sargento le ordena que se ponga en pie y lea en voz alta el manual. La primera señal de que algo va a suceder la ofrece el tono carmesí que adquiere de pronto la piel del señalado. La catástrofe que lo aterra se desata en el mismo momento en el que empieza a leer, con voz balbuceante, un texto sencillo y que sin embargo sólo es capaz de descifrar con una desesperante y grotesca lentitud. La carcajada se anuncia primero como un rumor y estalla al final como un artefacto pirotécnico. El sargento no la interrumpe en seguida: deja que estorbe los balbuceos de Rai durante unos segundos inacabables, en los que el desmañado lector porfía por hacerse oír casi tanto como se esfuerza por desentrañar el misterio de las letras alineadas. La boca se le seca y la voz se le apaga casi al mismo tiempo que el sargento ordena callar a la regocijada tropa. Rai se quiere morir, porque de pronto, además de un prisionero y un esclavo, es el hazmerreír de la compañía. Justo eso que tanto ha disfrutado haciendo de Pato, que lo mira en silencio.

No: por más que quise, no pude atisbar en las facciones del recluta torpe la más remota señal de que le confortara el ridículo espantoso y angustioso de su torturador. Pato era demasiado noble para eso, o tal vez sucedía, pensé alguna vez, que nunca terminaba de darse del todo cuenta de las cosas, y por eso giraba a la derecha cuando el instructor ordenaba hacerlo a la izquierda. Sí me pareció que en la faz impasible del sargento había un ligero deje de satisfacción, lo que me empujó a sospechar que estaba más al tanto de lo que nos creíamos de cuanto se cocía entre la tropa, y que aquel trance miserable en que acababa de verse el canalla iletrado de Rai estaba muy lejos de ser un accidente. Por mi parte, tuve que contenerme para no exteriorizar mi alegría y mantener la indiferencia que desde que me entregaron aquellas botas y me hicieron ponerme aquellos correajes comprendí que era la mejor actitud para afrontar los acontecimientos, fueran cuales fueran. Tal vez habría debido estorbarme algo el placer lo que al ver cómo leía aquel individuo supe de pronto de su vida: que venía de una precariedad y por tanto de una vergüenza de la que seguramente se alimentaba su encarnizamiento. Pero no. Festejé para mí, con una euforia silenciosa, que la vida lo arrojara a esa cuneta y allí lo dejara hecho pedazos.

Hubo una persona, sin embargo, que me adivinó con facilidad el pensamiento: bastó para ello que nuestras miradas se cruzaran. Max era el tipo con más carisma del grupo y mi suministrador habitual de libros. A él nunca le pasaba lo que a mí, que se me acababa la lectura porque los pocos ratos de asueto los dedicaba a devorar febrilmente los libros que en el último permiso de fin de semana había metido en el macuto. Él leía más despacio, como lo hacía todo; también apuntar y disparar el fusil, un rasgo que lo convertía, dicho sea de paso, en el mejor tirador del cuartel. Y por otra parte, guardaba tantos libros en su taquilla que parecía una biblioteca. Según me contó, cuando hizo el equipaje, pensando en el aburrimiento que le esperaba y en que no iba a poder volver a casa en un tiempo porque vivía lejos, había decidido llenar un petate sólo de libros. Nadie como Max, en fin, sabía de lo que para mí significaba la lectura, ni pudo percibir con tanta exactitud el desprecio triunfal en que me recreé aquel día al ver al botarate de Rai morder con

44

todos los dientes el polvo de su lastimosa ignorancia. Y aunque su semblante tampoco lo trasluciera, ni se permitiera sumarse a la risotada de los otros, supe que él lo compartía plenamente.

Debió de ser poco después cuando me vi junto a él en la galería de tiro, ambos tendidos cuerpo a tierra y con varias decenas de cartuchos para gastar con nuestros fusiles. Me maravillaba la facilidad con que Max manejaba el suyo: tenía unos brazos recios y poderosos, a cuyo lado los míos eran aún los de un niño. No sólo por los tres años que me sacaba: también se le notaba el trabajo duro al que había tenido que dedicarse tras concluir la enseñanza obligatoria. A mí no se me daban mal las armas, pero no era capaz de montarlas con la soltura, casi el desparpajo, que él mostraba en cada movimiento. No buscaba, sin embargo, apabullar con su destreza a nadie. Mientras me miraba pelear con el cerrojo, me sonreía con su expresión más bonancible.

Cargadas las armas, ambos nos entregamos al ritual del tirador. De todo lo que me obligaban a hacer allí, era lo que más me gustaba. Los blancos estaban lejos, pero sentía la potencia del arma, la línea tensa del disparo, y tenía una y otra vez la sensación de poder alcanzar y perforar en el punto justo aquella cartulina que simulaba al enemigo. No estábamos en guerra, por lo que el entrenamiento no dejaba de ser una rutina un poco exagerada con vistas a una amenaza que sólo muy remotamente, o eso creía yo entonces, corríamos el riesgo de tener que afrontar. Y aun así, me resultaba placentero apretar el gatillo, recargar, volver a apretarlo, y sentirme capaz de abatir al adversario que se me pusiera delante. Max disparaba sin inmutarse, al menos hasta donde yo podía notar, mientras mantenía su cadencia regular de tiro.

Cuando fuimos a retirar las dianas y comprobar nuestros resultados advertí que su nivel, una vez más, era inalcanzable, pero él se fijó en que el mío sólo resultaba un poco inferior, y superior a la media.

—No te falla el ojo —observó—. Ni te tiembla el pulso.

—Algo más que a ti.

Max sonrió, con modestia.

—Tengo más fuerza —dijo—. Lo tuyo es más raro. Controlas.

—Lo intento.

—Y lo consigues. Ten cuidado. Eso sí que tiene peligro.

—¿Qué peligro?

—Ya lo averiguará quien se te ponga delante.

Me quedé un rato dándole vueltas a aquello, porque Max hablaba poco: era más de escuchar, observar y guardarse para sí sus juicios. Cuando abría la boca, por lo general sólo era para intercambiar con el resto bromas intrascendentes, pero que en su cabeza había mucho más era una evidencia que no sólo se desprendía de esa taquilla llena de libros de la que me beneficiaba en momentos de ayuno lector. En todo caso, durante el resto del servicio militar, que compartimos, no se dio la oportunidad de comprobar si su pronóstico era certero. Los meses pasaron sin que la paz se alterara, o mejor dicho sin que lo hiciera de modo que fuera necesario movilizarnos, porque alguien había que se empeñaba en turbar la tranquilidad de los demás y que nos puso en la situación más parecida a la guerra que guardo en la memoria. Ocurrió hacia el final de mi tiempo allí, cuando se recibió una amenaza de bomba y nos desplegamos por el perímetro exterior del cuartel para tratar de localizarla. Max y yo éramos ya veteranos, lo que con arreglo a la ley consuetudinaria de los soldados nos otorgaba el privilegio de esforzarnos lo mínimo y arrear a los nuevos para que se fajaran en nuestro lugar. Lo mismo para limpiar las dependencias que a la hora de realizar cualquier otra tarea poco apetecible; por ejemplo, peinar los campos que rodeaban el cuartel en busca de bultos sospechosos.

Me acuerdo bien de aquel día. No encontramos ninguna bomba: fue una de tantas falsas alarmas que hubo por entonces, y que no podían ignorarse porque de vez en cuando había explosiones de verdad. Entre los novatos a los que pastoreábamos Max y yo, y que se metían entre los rastrojos mientras nosotros los rodeábamos con el fusil colgado confortablemente de nuestro pescuezo, iba el más peligroso de todos aquellos soldados con los que me tocó convivir: un tipo que tenía ya un par de condenas a sus espaldas, los ojos todavía más claros que los de Rai y el alma tres veces más negra. Un chacal del que nadie podía esperar misericordia ni rehabilitación, y que sin embargo se sometía como un corderillo a nuestras órdenes. Max me lo señaló y dijo:

—Míralo. En el fondo, es poca cosa. Peores somos tú y yo.

Es lo último que recuerdo de Max antes de que nos licenciaran y nos emborracháramos y nos olvidáramos de todo, como correspondía. Muchas veces me he preguntado cómo lo acabaría demostrando él.

5
Vera

La observo con la ventaja que me proporciona la asimetría que existe entre ella y yo, y mientras lo hago pienso que ha sido siempre eso, la asimetría, la herramienta que mejor se me ha dado manejar, para mi mal y el mal de otros. En este caso, resulta especialmente abrupta. Con mi edad, mi indumentaria y la capacidad que he desarrollado para impedir que mi rostro exprese mis emociones, puedo llegar a alcanzar un grado de invisibilidad que me habilita para espiarla a placer. Soy un hombre de fisonomía corriente, sin estridencia alguna, y carezco por completo de atractivo. Y si ya por mi aspecto nadie se fijaría en mí, mi manera de estar en los sitios lleva el arte de desaparecer hasta cotas difícilmente igualables. A ella, en cambio, no se la puede ver más.

No es sólo el maquillaje, ni la mirada que carboniza cuanto la rodea en trescientos sesenta grados, ni el ofidio rampante que le llega casi hasta el pabellón auricular izquierdo, quién sabe desde dónde cuerpo abajo. Ahora que puedo apreciar su imagen tridimensional, advierto que la chica no sólo es escandalosa e incitante, sino que lo es de una forma tan perturbadora que casi hace inevitable que su existencia se precipite por los acantilados donde, según su padre, transcurre desde hace algún tiempo ya. Lo subraya su vestido negro, y está claro que ella lo sabe y por eso se viste así para acudir a una cita como la que la trae a esta bulliciosa cafetería donde la vigilo. No puedo reprimir un sentimiento de conmiseración hacia ella. Porque ignora todavía que lo que nos sirve para deslumbrar a otros es también lo que nos destruye y nos arroja, antes o después, al desamparo por el que acabamos siendo dignos de lástima. Y porque en ningún momento, ni cuando entra en el local clavando sus taconazos en la moqueta, ni cuando se sienta a la mesa junto a la ventana con aire de propietaria, ni cuando cruza las piernas y mira hacia la calle al tiempo que balancea la que queda por encima con displicencia imperial, presiente lo que ocurrirá esa tarde, echándole por tierra tantas certidumbres. Nadie va a acudir a la cita y nadie lo sabe mejor que yo. Ha sido conmigo con quien ha concertado por teléfono el encuentro, y no tengo la menor intención de atravesar la sala desde el rincón donde finjo escribir en mi libreta para rescatarla de la perplejidad y la contrariedad que sentirá al verse plantada.

Echo cuentas, desde los días en que su padre me la mostraba subida a los caballitos con una sonrisa inocente, y concluyo que si tiene ya veinte años será por muy poco. No es la primera vez que advierto en una mujer tan joven ese porte majestuoso que al hombre joven muy rara vez le resulta asequible, y que tiene que ver con el misterio de la condición humana, del que las mujeres son partícipes mucho antes y mucho más a fondo que los varones, siempre enredados en quimeras superficiales, y a quienes sólo la experiencia conecta, y no siempre, con la dimensión definitiva donde se dirime lo que somos. Su piel clara, casi translúcida, sus ojos con reflejos dorados y sus cabellos, lisos y negrísimos, igual que su vestido, la ayudan a transmitir esa sensación de estar al otro lado de las cosas. Por lo demás, no es demasiado alta, y sus formas son más escuetas y estilizadas que opulentas. Si se muestra infalible en el lance de la seducción, y doy fe de ello, no es tanto por la evidencia como por la intensidad de sus atractivos. A juego con la serpiente que adorna su cuello, su belleza es a la vez afilada e implacable.

Anoto todos estos detalles como si no fueran conmigo, y después de todo es cierto que no van, porque por razones diferentes de las suyas yo también estoy al otro lado de las cosas. El hombre y el joven y el chico que aún deben de pervivir de alguna forma dentro de mí ceden en sus apetitos frente al observador profesional que no está allí para cambiar billetes de su cartera por falsos instantes de posesión de esa juventud en venta, sino para extraer y procesar después con un fin concreto información sobre quien la encarna. Por eso me complace, aunque sea un placer ruin, comprobar cómo a medida que el tiempo va pasando y no llega nadie su seguridad en sí misma se resquebraja y da paso primero al desconcierto y luego a un desvalimiento fugaz que la devuelve a lo que es: una niña que quema demasiado deprisa sus cartuchos. Como si supiera lo que no sabe, que la estoy observando, se sobrepone en seguida al desfalleci-miento. Con una expresión colérica hace un último barrido visual de los concurrentes, en busca del cerdo que la ha citado allí para mirarla y reírse de ella. No le sirve de mucho. Una vez más, el hombre encogido sobre su libreta con aire de estar muy lejos de allí escapa a sus suspicacias. Al fin, la chica se rinde, paga la botella de agua mineral que ha pedido y se levanta del asiento.

Cuando la veo salir y reparo en el gesto de fastidio que le tuerce el rostro deduzco que aunque no suela sucederle no es la primera vez que se enfrenta a algo similar. Dudas o remordimientos de última hora del cliente ya la habrán hecho esperar en balde en alguna otra ocasión. Le dejo ventaja, no demasia-da —para eso mi café está pagado desde que lo pedí—, me guardo en el bolsillo la libreta y salgo tras ella.

Si en la cafetería podía pasarle inadvertido, fuera soy indetectable. Al concertar la cita me he asegura-do de quedar en un lugar próximo a su apartamen-to, donde he pactado con ella que se prestaría el ser-vicio. Por eso tengo la certeza de que se desplazará a pie hasta él y de que no me costará seguirla hasta el lugar. No puedo tenerla de que sea el sitio donde vive, pero sí de que allí puedo ir a buscarla en caso necesario, en la confianza de que aparecerá antes o después. Por el momento, y para empezar, me con-formo con eso. Como sabe quien conoce el oficio de seguir los pasos a otros, lo que importa es tener un hilo permanente del que tirar, más que empeñarse en no perderles nunca el rastro.

Su silueta, enmarcada por el impermeable negro que la protege de la lluvia, a juego con su vestido, no puede ser más característica. La sigo sin esfuerzo, dejando siempre entre medias un número prudencial de transeúntes. Aprieto algo cuando la veo doblar una esquina para no correr el riesgo de perderla en alguna maniobra brusca que haga poco después, pero mi observación pronto me persuade de que no aplica medidas de contravigilancia. Camina con resolución, la vista fija al frente, los hombros ligeramente vencidos, tal vez para que la capucha la proteja mejor del agua que en gotas minúsculas pero contumaces le busca los ojos, o porque después de todo lleva poca ropa para el frío húmedo que el otoño, según su costumbre, le hace sentir a la Ciudad. En poco más de cinco minutos de marcha llega ante el portal de un edificio de cierto empaque. La Ciudad no es barata, por lo que me permito anotar la posibilidad de que alguien se encargue de pagarle el alquiler. Empuja la puerta sin más, al menos a esta hora está abierta, lo que facilita mis propósitos y me ahorrará tiempo. Me sitúo en un lugar a cubierto y observo la fachada durante unos minutos. La jornada es oscura, el sol que debe de seguir ahí, más allá del entoldado de nubes, apenas consigue alumbrarla y eso me ofrece otra oportunidad.

Veo iluminarse una ventana en el tercer piso. Antes de que pueda distinguir en ella ninguna silueta, la persiana baja bruscamente. Sólo me sirve para hacer una conjetura, pero algo es. Para afinarla, sigo a la espera un poco más. No hay más movimientos en el apartamento en el que fijo mi atención y decido aproximarme al portal. Por si acaso, no lo hago directamente, sino que voy hasta la esquina y progreso desde ella a lo largo de la fachada. Son rutinas que hace tiempo que no practico, pero que tengo tan automatizadas que las recobro sin esforzarme. Una vez que llego al portal entro con desenvoltura. Examino el zaguán, el ascensor, la escalera, y me dirijo sin detenerme hasta los buzones. Los recorro todos de una ojeada y luego me centro en los del tercer piso. De los cuatro, dos son de familias de varios miembros, según certifican sus apellidos; otro corresponde a una pareja y el último a un varón. Memorizo los nombres de todos ellos. También esa aptitud la entrené en su día, pero para no ponerme demasiado a prueba, y por no alargar tampoco mi presencia allí, salgo del portal y camino deprisa hasta una parada de autobús donde puedo sacar mi libreta sin que se moje.

Copio a toda velocidad los nombres que me devuelve la memoria y me detengo un instante en los que más me interesan. Los de la pareja. El del varón. No esperaba encontrar el nombre de la chica, que no he olvidado desde que su padre me lo dijera por primera vez, tantos años atrás. Vera, me contó que le había puesto, porque era corto, porque le gustaba, y porque representaba, me dijo, eso que él y yo nos habíamos hecho a vivir encubriendo, la verdad de lo que éramos, que nos habría expuesto a lo que precisamente debíamos evitar. Me sorprendió esa confesión: de todos los que tuve como compañeros, habría jurado que él era quien padecía menos problemas de conciencia y quien con más naturalidad soportaba el desgaste continuo de ser algo y parecer otra cosa, incluso lo contrario. Y he aquí que a su hija le puso un nombre que venía a ser un lamento por el peaje que aquella vida le exigía.

Me pregunto si el nombre femenino que leo en mi anotación es el que usa Vera para vivir peligrosamente, y si así fuera, si el del hombre que he escrito encima es el de mi objetivo. Leo luego el otro nombre varonil, el que aparece en solitario en el buzón del otro tercero. Ya tengo identificados a dos posibles destinatarios de mis atenciones.

Guardo la libreta en el bolsillo de la gabardina y contemplo la calle, por la que pasan los coches levantando bruscas cortinas de agua de los charcos. Me pregunto en qué momento di el paso que me iba a traer hasta aquí: cuándo empecé a ser este hombre que se guarece bajo una marquesina de autobús sin esperar ninguno, simplemente para ver de lejos la vida que incumbe a otros, que compromete a otros, que es a otros a quienes recompensa o castiga, con justicia o sin ella. Pienso en el rufián al que voy a hacer sufrir y a quien todavía no conozco. Pienso en la chica a la que, tras haberla visto, tengo el convencimiento de que no voy a poder salvar de la condena que lleva en la frente, por más que quisiera darle a su padre esa esperanza. Nadie podría envidiar la suerte de ninguno de los dos y, sin embargo, a ambos los envidio. Los dos sostienen aún alguna apuesta, aunque la de ella sea descabellada y la de él esté abocada al fracaso que me ocuparé de hacerle sentir del modo más palmario posible. Yo ya no apuesto. Resisto, nada más.

Camino bajo la lluvia hacia el hotel en el que me hospedo. No está cerca, me costará no menos de media hora llegar hasta él. Confío en la gabardina y en la visera impermeable que me protegen para no llegar calado hasta los huesos. Atravesar así la Ciudad me devuelve a ella, y en el reencuentro experimento un placer masoquista. Por un instante me abandono a la sugestión de que retrocedo en el tiempo y vuelvo a ser aquel otro, más joven, más fuerte y menos corrompido. El que por estas mismas aceras perseguía un remedio que como Vera, aunque de una manera distinta, estaba condenado a no encontrar. Desconozco, aunque puedo imaginarlo, el origen de la rabia que a ella la conduce a desperdiciar el fuego de su alma en el triste empeño de calentarles la sangre a quienes menosprecian su valor hasta el punto de tasarlo en una suma en metálico. Sí sé de la rabia que a mí me empujaba, y añoro los días en que estaba intacta, cuando aún podía sostenerlo todo.

Viene a mí una vez más la imagen de aquel joven que cometió los errores, al que a pesar del precio que hoy pago en su nombre necesito querer, y me digo que también tengo que buscar la forma de quererte a ti, Vera. Debo ser capaz de ver, bajo la máscara que llevas puesta, a la criatura frágil que tu padre me ha encargado preservar. Por una vez, me gustaría ser capaz de creer que es la ternura la que me mueve, y no mi fatal predisposición a darle de comer al animal que llevo dentro, pero mi cerebro, como si quisiera desmentir mi propósito, maquina ya a pleno rendimiento el siguiente paso. Tengo que averiguar cuál de esos dos nombres es el bueno y quién está detrás. Y no voy a tardar en hacerlo. Quien me hizo venir sabe bien lo que ha puesto en marcha.

6

Los enfermos

Hubo unos días azules, antes y después de la llamada a las armas que el chico atendió y de la que logró
salir indemne el hombre. Fueron días de gratificación y aprendizaje, en los que los descubrimientos,
contra lo que vendría después, no tenían el reverso
de la suciedad y el dolor. Ayudó la compañía: en
aquella edad, poco antes y poco después de los veinte, mi principal camarada, al margen de esa camara-
dería forzada y pasajera que durante un año envol-
vió el uniforme, era alguien a quien me sentía afín
en todos los sentidos. Con él me pude abandonar a la
certidumbre de ser lo que debía, o lo que es lo mismo, aquello para lo que mi naturaleza, la mejor parte de ella, me dotaba y me predisponía sin necesidad
de hacerme ni hacerle a nadie violencia alguna.

Con Mario la amistad era espontánea, fecunda y
apaciguadora. Nos entendíamos con palabras y sin
ellas, nunca abrigué el menor recelo hacia él y me
atrevería a jurar que él tampoco lo tuvo hacia mí. Jamás hubo de vérselas con mi lado peor, y si él lo tenía,
tampoco a mí se me puede pedir que lo atestigüe.
Nuestra solidaridad estaba hecha, en esencia, de

nuestra percepción compartida de la belleza del mundo: de las noches de verano y las mañanas de primavera y las tardes de otoño en nuestro barrio, de las películas con que nos atracábamos en cines de sesión continua, de la música que escuchábamos y nos prestábamos, de los libros, una y otra vez los libros, donde nos reconocíamos.

El intervalo de mi servicio militar —a él lo exoneró un defecto de la vista— apenas interrumpió este camino en común, que reanudamos como si nada a mi regreso. También compartimos la incorporación a las aulas universitarias, en distintas carreras, lo que no impedía que buscáramos, gracias a nuestras aficiones, espacios para coincidir en el campus con otros que las cultivaban. Así pudimos comprobar, una y otra vez, que con nadie llegábamos a una sintonía tan perfecta como la que había entre ambos. Por lo demás, él se peleó pronto con su carrera y yo, aunque tampoco estaba a gusto con la mía, perseveré y no dejé de pasar exámenes y completar asignaturas. Lo hacía pensando en mis padres, para quienes era un esfuerzo que yo estudiara y que habían puesto sus expectativas en mi desempeño académico, pero lo mejor de mi tiempo y mis energías iba a otra parte. En el recuerdo, que por algo simplifica la felicidad y la desgracia, aquella época se reparte entre dos afanes por encima de todos los demás: la lectura y las chicas.

De la primera, nada me marcó tanto como el puñado de enfermos, de la escritura y en el sentido usual de la palabra, con los que en esos años me tropecé, con consecuencias irreparables. A veces pienso que la manera en que leo la vida, con sus luces y sus sombras, sus fatigas y sus placeres, incluso el modo en que me leo a mí mismo y cuanto he visto y me ha sucedido, la conforma en buena medida mi estrecha convivencia de entonces con ellos: unos seres a los que nunca conocí, que ya estaban muertos cuando yo vine al mundo, y en quienes pienso pese a ello como la más decisiva y persistente de mis compañías.

Los llamo enfermos porque todos, de un modo u otro, lo estaban, y quizá esa enfermedad que les tocó en suerte fuera la que les otorgó la clarividencia para escribir lo que escribieron. Quien está enfermo se enfrenta a la conciencia continua del sufrimiento, que es el rostro más reconocible e inapelable del mal. Quien tiene el mal a la vista desde el principio, como ellos lo tuvieron, no sólo aprende a reconocerlo y en lo posible a eludirlo, como no aprendemos quienes recibimos el dulce y envenenado don de la salud, sino que necesita de tal manera su revés, el bien que emana de la belleza, que se adiestra y perfecciona como nadie en el esquivo arte de observarla, apresarla y transmitirla.

El primero que me viene a la mente es el más puro de todos, y quizá también el más castigado por la enfermedad. De tal modo le martirizó el cuerpo y el alma que lo llevó a ver lo que nadie de su tiempo veía, aunque poco después de su muerte iba a caer a plomo sobre todos. Atormentado por el insomnio y la culpabilidad de lo que nunca había hecho, de lo que si acaso le hicieron a él desde antes de nacer, y más tarde por el dolor físico y la falta de aire, no dejó nunca de ahondar más allá de las palabras dichas, escritas y pensadas. Se sumergió así en la negrura que se aloja en las profundidades para sacar de ella no el rencor, ni el reproche, ni el sarcasmo amargo al que otros se dan ante las calamidades y las desventuras. Justamente lo que uno encontraba en sus páginas era todo lo contrario: el ideal de compasión y justicia que su existencia le negaba, la fe en una inteligencia que sostuviera aquel ideal contra todas las aberraciones del mundo. Y esa inteligencia brillaba en el tejido de su prosa y la transparencia de su mirada. Veía el sinsentido donde los demás se conformaban por inercia, señalaba lo intolerable donde otros se habían acostumbrado a soportarlo. Jamás se sentía limpio, y no había nadie que lo estuviera tanto como él. Si algo me enseñó, sobre todo, fue a no permitirme la complacencia de esos miserables que jamás se inculpan, mientras apestan cuanto tocan.

El segundo de mis enfermos de entonces tenía también el mal en la cabeza y en el cuerpo, o en este por culpa de aquella, y en su escritura dejaba rastros suficientes y aun sobrados para el diagnóstico. Quizá eso fue lo que me ganó para su causa: que alguien empleara tantísimo tiempo de su vida —su mayor libro era inmenso, y lo había reescrito hasta la extenuación, con obsesión febril— en darles cuenta a quienes lo leyeran de hasta qué punto era no sólo un enfermo, sino un sujeto poco recomendable en cualquier faceta de su conducta. No hurtaba al lector ninguna de sus muchas flaquezas, ninguna de las bajezas de las que podía llegar a ser capaz, ninguno de sus desvaríos, por más demenciales que fueran.

Y aun así, lo que de su relato se desprendía al final, gracias al esmero de orfebre con el que daba forma a su curso tortuoso, era un canto a la grandeza gloriosa e imperecedera de la más insignificante de nuestras impresiones, cuando quien la recoge y luego la recuerda sabe sacar de ella el temblor de la verdad que cualquiera de ellas contiene. Sólo ahí, y jamás en las creencias o en los discursos con los que se acaban bendiciendo hasta las peores atrocidades, está lo que puede y debe contarse, y sólo se llega a verlo, decía en una de sus páginas, si uno está dispuesto a adentrarse sin contemplaciones y sin tapujos en la oscuridad que lleva dentro y que nadie más conoce.

La tercera enferma era, quizá, la más fría e inaccesible de los tres. Cuando la leía, tenía a menudo la sensación de que más que describir a sus personajes los diseccionaba, sin poder evitarlo, arrastrada por la potencia analítica de su cerebro, capaz de manejar a la vez el carácter, las circunstancias y las motivaciones últimas de quienes aparecían en sus historias. Conseguía que las emociones parecieran a veces el fruto de los intrincados procesos mentales que aprisionaban a sus criaturas, como si lo que eran, lo que vivían y sentían obedeciera, ante todo, a un trasiego de energía intelectual. Pronto me enteré de que aquella mujer se había pasado toda la vida en guerra con el peor de los monstruos, caminando mientras escribía por el filo de la locura. De ahí venía su desesperada búsqueda de sentido, su sed constante de una paz que nunca podía más que rozar. De ahí su mirada extrañada, en la que se proyectaban imágenes de una vivacidad y una delicadeza inauditas. De ahí que de pronto, cuando uno menos se lo esperaba, de sus líneas brotara una pasión irresistible y desconcertante, que arrastraba a las mujeres y a los hombres de sus libros más allá de lo racional, hacia la perdición o hacia una redención que desafiaba toda lógica. De ahí, en fin, el fulgor insólito que se desprendía de ella y de su escritura.

Sospecho que además de contribuir a construir el lector que fui, y al que hoy sólo puedo recordar como uno más de los que me habitaron, mi encuentro con ella tuvo una influencia, quizá no muy beneficiosa, en los derroteros que me empujó a seguir mi otra pulsión principal de aquellos años: la atracción que en mí provocaba el sexo femenino.

Al menos, eso podía explicar el hecho de que me viera seducido una y otra vez por muchachas distantes y problemáticas, hasta hacerme temer que eran esos dos rasgos la premisa de mi enamoramiento. No puedo asegurar que todas lo fueran en realidad, prescindiendo de la imagen ficticia que como cualquier enamorado yo proyectaba sobre ellas. Mi incapacidad para lograr que alguna me correspondiera me impedía deshacer esa ficción, como habría sucedido, seguramente, en caso de tener de ellas un conocimiento más cercano. El caso es que una y otra vez me veía sacudido por la conmoción de cifrar todos mis deseos en alguien inalcanzable, y esto, que era fructífero para mis ensoñaciones, resultaba en cambio contraproducente para mi equilibrio. Lo curioso es que con el tiempo no recuerdo las penurias que pasé persiguiendo amores imposibles como un episodio desafortunado de mi existencia. Para impedirlo estaba el arte, empezando por la literatura y por los libros que contaba entre mis favoritos. Circunstancia común a los dos enfermos varones de mi trinidad particular era el arrebato amoroso por mujeres que siempre estaban fuera de su alcance, a las que nunca podían poseer y que pasaban por sus vidas como esas muchachas que si acaso uno roza durante un instante en sueños, para comprender al despertar que el interludio onírico no tenía otro objeto que ayudarle a ser consciente de la afrenta que representa vivir privado de ellas.

Esta insatisfacción amorosa la compartía con mi amigo Mario, que al ser víctima de lecturas semejantes vivía también expuesto a depositar sus ofrendas ante el pedestal de diosas ariscas que lo rechazaban con similar contundencia. Compartiendo penas con él llegaba a ser incapaz de distinguir sus amadas de las mías, y cuando asoman entre la niebla del pasado tiendo a verlas a todas, las mías y las de él, confundidas en un único pelotón de ninfas desdeñosas. Lo mejor que se puede decir de los dos es que nunca las odiamos por no hacernos caso, que incluso muchos años después seguimos recordándolas con afecto, porque no eran o no fueron tanto lo que cada una tenía dentro de sí y no quiso darnos como lo que sobre ellas superpuso nuestra pasión inmadura. No podíamos odiarlas, porque habría sido tanto como odiarnos no ya a nosotros mismos, sino a lo más candoroso que alcanzamos a ser.

Tengo la tentación de demorarme en el recuerdo de esta inocencia, que hoy y desde hace ya tanto tiempo no me acompaña, pero la vida siguió tirando de aquel que fui, y con esa tracción acabó llegando el momento en el que una de aquellas criaturas soñadas sin esperanza se avino primero a verme, luego a escucharme y finalmente a atender mis vehemencias. No lo habría hecho si hubiera sido menos generosa, o si hubiera estado algo más avezada en ver venir las emboscadas que nos tendemos unos a otros sin querer, pero también sin querer impedirlo. Se llamaba Luz y luz fue lo que me trajo, y me llega todavía, desde la distancia sideral a la que ahora la contemplo. Fue breve, hermoso e inmerecido, como lo mejor que a los humanos se nos concede. Hubo ilusión, hubo deseo, hubo entrega por parte de los dos, y de la entrega no dejaron de nacer, entre ambos, instantes en los que gané yo y a la vez ganó ella. Es cuanto puedo alegar en mi descargo, porque después de involucrarla en mi camino, fui yo quien sintió la sombra caer sobre los dos y no encontró en su corazón el entusiasmo para disiparla.

Debí entender un poco mejor lo que había sucedido, a la vista de sus lágrimas, y haberme comprometido a no provocar que nadie más las derramara. Pero no entendí, no me comprometí, y la mala persona que la hirió todavía se las arreglaría para hacer llorar a alguna incauta más. Nuestra despedida, aunque yo entonces no podía imaginarlo, fue el preludio del giro drástico y brutal que mi camino estaba a punto de sufrir. Apuraba ya mi último curso en la universidad, pero no era mi graduación lo que iba a cambiar mi vida, sino alguien a quien no conocía y que no pintaba nada allí. O eso creí entonces. Ahora lo veo de una manera diferente. Puede que lo que creemos casualidad sólo sea, sobre todo cuando nos golpea, uno de los disfraces del destino.

7
Buitre

Imaginaba que me iba a ser fácil, pero no esperaba que lo fuera hasta este punto. Quien ha sido lo que yo fui conserva, salvo que se empeñe en perderla, la opción de mover ciertos resortes, y así es como logro averiguar que uno de los nombres del buzón, el del varón solitario, no sólo no figura en los registros como residente en ese piso y esa letra de ese portal, sino que corresponde a un individuo con antecedentes que apuntan hacia él todas mis sospechas. Más aún cuando verifico que el otro, el que comparte buzón con un nombre femenino, identifica, como también compruebo, a un ciudadano que sí está domiciliado allí y que tiene una profesión regular y un historial exento de mancha.

Lo que mi compañero me contó, cuando me encomendó sacar a su hija del laberinto en el que se había metido, fue que en un momento de desesperación ella le había confesado que se había enredado con un hombre mayor, que este la había iniciado en prácticas arriesgadas y que de ahí la había arrastrado a una espiral donde, según le dijo, se había visto haciendo lo que no quería hacer con quien tampoco quería. Esa era, le reconoció Vera, la razón por la que había acabado internada en el pabellón psiquiátrico del hospital donde le hizo la confidencia, después de un intento de suicidio que los médicos habían considerado lo bastante serio como para tenerla controlada al menos durante unos días y que, según uno de ellos le dio a entender, no era el primero.

Mazo, con quien Vera llevaba tiempo sin comunicarse, aprovechó la circunstancia para ir a visitarla todas las tardes al hospital y tratar de recobrar la confianza perdida entre ambos. La cuarta tarde se dio de pronto con su cama vacía y la enfermera le informó de que le habían dado el alta voluntaria esa misma mañana, después de que el médico apreciara que su estado había dejado de ser tan crítico como para que estuviera justificado retenerla contra su voluntad. No había dejado una dirección de contacto donde pudiera localizarla: se había limitado a dar la de la casa de su madre, con quien no vivía desde hacía meses y que le confirmó que no había aparecido por allí en todo el día.

Desde ese mismo momento, Mazo se entregó a una actividad febril para tratar de averiguar dónde y con quién estaba su hija. Fue al local nocturno del que se la había llevado inconsciente la ambulancia, pero le aseguraron que por allí no había vuelto ni tampoco la esperaban y las vigilancias que hizo no lo desmintieron. Recorrió todos los lugares donde se le ocurrió que podía estar o a donde existía una posibilidad de que fuera, llamó a todos los teléfonos donde creyó que podían darle razón de su paradero, sin resultado, hasta que una buena samaritana le proporcionó un número en el que le aseguró que podría localizarla, y desde el que solía contratar sus servicios. Apenas lo hubo anotado y se hubo guardado el papel en la cartera, su cuerpo, socavado por la enfermedad y agotado por la tensión de la búsqueda, no aguantó más y perdió el conocimiento en plena calle. Despertó en el hospital, desde donde me envió el mensaje y a donde yo fui a visitarlo. Postrado en la cama, y sin perspectiva de salir ya vivo de allí, no podía quemar esa única pista; necesitaba contar con alguien que pudiera explotarla en condiciones. Eso es lo que ahora me toca a mí llevar hasta el final.

Recapitulo toda esta información mientras espío al hombre, ahora que ya sé sin sombra de duda que es él a quien busco. Para hacerme con su rastro no tengo más que apostarme a primera hora delante del edificio de Vera. Calculo que tal vez pernocte allí, pero lo que ocurre es que a eso de las diez se presenta en la calle conduciendo un coche negro que aparca cerca del portal. Entra y baja al cabo de media hora. Interpreto que ha ido a controlar a la chica, y cuando temo que se suba de nuevo al coche, del que he tomado la matrícula pero que no tengo en ese momento los medios para seguir, echa a andar con parsimonia en dirección contraria, hacia un bar en el que acaba metiéndose.

Dejo un tiempo prudencial y me dirijo al establecimiento, que antes de entrar reconozco a través de sus vidrieras. Una vez dentro, me acerco a la barra y pido un café y una pieza de bollería. Ya llevo bajo el brazo un periódico, por lo que no tengo que apoderarme de ninguno de los que hay sobre el mostrador.

Con mi café y mi bollo paso por su lado, camino de la mesa libre que he localizado en un rincón desde el que se domina todo el local y también la salida. Lo veo absorto en unos papeles. Parece algún tipo de documentación oficial. Sobre la mesa, observo de reojo, hay también una agenda y una revista.

Cuando me siento, compruebo que tal y como había previsto sólo puede verme si vuelve la cara más allá de los noventa grados. Me dará tiempo de sobra para clavar mis ojos en el periódico que extiendo ante mí. Con esa ventaja, me aplico a una observación minuciosa del sujeto. Anda por los cuarenta años, más por encima que por debajo, pero en todo caso no muchos más. Va bien vestido, ropa cara y nueva que además está ajustada a su talla. Conserva todavía el cabello, pero lo lleva muy corto, tanto que parece tener menos de lo que la sombra de su cuero cabelludo sugiere que podría lucir si lo dejara crecer. Tiene también buen color, lo que llama la atención en este sitio donde el sol no se prodiga. Diría, si me interesaran los hombres, que es un tipo apuesto, de esos que no se suelen ver forzados a elaborar demasiado su discurso para atravesar las defensas femeninas. Diría también que es muy consciente de ello, y quizá por eso se dedica a cazar jovencitas confusas para luego introducirlas en su inframundo particular.

Presto especial atención a su estado de forma. El suéter que lleva, ceñido a los brazos, permite suponer que es un rival de consideración en el caso de un enfrentamiento físico directo. No carezco de armas en esas lides, y aunque me saca algunos centímetros y varios kilos no es improbable que pudiera encontrarle el punto débil. Sin embargo, con esta somera observación decido que ese escenario queda descartado. No hace ninguna falta jugar con ventaja corta, o sin ella, cuando está en tus manos disponer por completo las condiciones y el terreno de juego de manera que la inferioridad del rival sea absoluta. Quienes en su día me enseñaron lo que sé de aniquilar la voluntad ajena no me perdonarían que dejara de preparar nuestro encuentro de manera que le quede clara la inutilidad de cualquier tentativa de resistencia.

También aprendí en esa escuela que lo que importa de un hombre no es lo que alza del suelo ni el grosor de sus brazos. Lo que hace de alguien un rival digno de ser tenido en cuenta es su capacidad de aceptar el espanto de la existencia sin descomponerse cuando llama a su puerta y le hace ver, más allá de toda duda, que la hora que acaba de sonar en el reloj de la fatalidad es la suya y la de ningún otro. No es fácil distinguirlo antes del momento de la verdad, pero puede hacerse un pronóstico a partir de algunas señales indirectas. Una que no juega a favor de mi objetivo es su inclinación a escoger víctimas sobre las que tiene el poder que le dan sus años y la ingenuidad de las elegidas. No suele ser entre gente así donde se reclutan los héroes. Puede que sea capaz de asistir sin inmutarse al espectáculo del dolor ajeno. Lo que me parece menos probable, a primera vista, es que esté preparado para convivir con el dolor, sin derrumbarse, cuando le muerda a él.

Pronuncio para mis adentros su nombre, que no

logra despertarme ninguna emoción. Y recuerdo una vieja costumbre, la que teníamos de jamás llamar a aquellos a quienes poníamos en nuestro punto de mira por sus nombres reales o los apodos que habitualmente empleaban ellos, sino por los que nosotros les adjudicábamos. Decido sobre la marcha que a este le va bien el sobrenombre de Buitre. Admito que no me he esforzado mucho, pero tampoco tengo motivos para hacerlo. Y lo que importa, después de todo, no es que el apodo sea más o menos ingenioso, sino que sirva para su función, que no es otra que señalar y a la vez despersonalizar a aquel a quien se le asigna. Pensando en él así, como Buitre, siento que algo se pone en marcha dentro de mí.

Ahora lee su revista. Ha ido a la barra a pedirse un segundo café y de vez en cuando, mientras lo paladea sin apresurarse, mira por la ventana. Por la expresión de su rostro, deduzco que disfruta de uno de esos momentos de bienestar en los que nos autorizamos a creer que no es necesariamente horrible vivir dentro de nuestro pellejo. Aunque lo describo así, a partir de mi percepción, es posible que en la suya la sensación sea aún más voluptuosa. Sin llegar a ese extremo, también a mí me resulta agradable sentir que observo al trasluz una existencia ajena, y que al hacerlo puedo ver lo que hay en ella y lo que sobre ella se cierne con una claridad de la que carece quien la protagoniza.

Hay, sin embargo, una idea que me ronda al verlo y que no tengo más remedio que admitir que me solivianta más de lo que quisiera. Preferiría, por otra parte, que la imagen jamás se hubiera proyectado en mi mente, pero la costumbre de representarme todo lo que no veo, consustancial a lo que fui y ahora vuelvo a ser en cierto modo, no me deja alternativa. Lo miro y me lo imagino en la intimidad física que con toda probabilidad ha alcanzado con la chica, y que debió de ser, de paso, la vía que utilizó para manipularla. No puedo sino pensar que ella accedió con esa inconsciencia que tiene la juventud, que cree que está jugando con la vida mientras es la vida la que empieza a jugar con ella y a consumirla como suele, sin asomo de piedad. Para él, no fue más que un juego aprovecharse de esa energía ciega y extraer de ella el placer y el beneficio que le reporta la chica. Me pregunto si a estas alturas siente algo cuando una presa cae en su red o si ya es sólo un drogadicto que consigue su dosis, aplaca así el vacío que no tenerla le produce y sigue adelante, arrastrado por la inercia. Y me duele que ella deba vivir en adelante con su huella en la memoria. Por propia experiencia sé que lo vivido puede dejarse atrás, pero nunca, en ese fondo de uno donde se ventila todo, dejan de escucharse sus ecos.

Aparto esta debilidad sentimental y me concentro en lo que ahora me ocupa. Además de esas imágenes desagradables, mi objetivo me impone algunas dificultades que no debo subestimar. Por encima de todo, me preocupa y me pone alerta lo que he averiguado acerca de su biografía. Quince años en la Policía que terminaron de forma abrupta, tras una investigación interna por prácticas irregulares, con una baja anticipada y voluntaria en la que no hay que ser muy suspicaz para ver una solución de conveniencia para un asunto embarazoso. En los tres años que han pasado desde entonces, su actividad está unida a los negocios turbios en los que se inició mientras estaba en posesión de una placa, y que ya incluían entonces el aprovechamiento de mujeres como mercancía y además apuntaban a otros tráficos ilícitos. Lo que esta información me obliga a contemplar, en fin, es la posibilidad de que no esté solo y disponga de conexiones que puedan complicarme la labor. Y eso me exige, por un lado, completar mi vigilancia sobre su actividad antes de hacer ningún movimiento, y por otro, extremar la persuasión en el momento de darle el mensaje que tengo para él.

Anda mi mente entretenida, barajando opciones para subrayar los términos de mi oferta y hacerle ver que no le cabe rechazarla, cuando Buitre se pone en pie y camina hasta la barra con aire de suficiencia. Tras leer la cuenta, le paga a la camarera como si le estuviera haciendo un favor y sale con paso decidido del bar. Lo veo irse sin moverme del asiento, saboreando el convencimiento de que nos volveremos a ver. La próxima vez tendré un coche y me asomaré al resto de su rutina, con la que por hoy le dejo continuar sin llevar mis ojos en la espalda. Antes de irme del bar, pido otro café. La camarera lo hace con arte, y en la vida hay que aprovechar cuando uno se cruza con alguien que lo tiene. Además, me espera una jornada larga. Ahora que ya he visto el rostro y el alma de mi enemigo, tengo que comprobar hasta qué punto ha arrastrado a la criatura desprotegida que tuvo la mala fortuna de cruzarse con él. Aunque sea lo último en lo que desearía indagar.

8

El giro

Nada me ha atormentado en la vida, hasta hoy mismo que lo recuerdo, como no haber sido capaz de averiguar quién lo hizo. Durante años fue lo que más deseé: me habría gustado encontrarlos, a todos, y tener la oportunidad de matarlos, uno por uno, para arrojar a sus padres y madres, sin conocerlos, al mismo dolor en el que ellos, sin conocerlos también, enterraron a los míos. El tiempo y algunos hechos posteriores me acabaron descargando de esta aspiración truculenta, pero el deseo de saber, por más que me he esforzado en aceptar que quedará para siempre insatisfecho, permanece y no podrá extinguirse nunca.

Cuando el cielo cae a plomo sobre tu cabeza no puedes olvidar el modo en que sobreviene el cataclismo. En mi caso, ocurrió al llegar a casa, después de uno de mis últimos exámenes en la universidad. La primera señal fue el coche de policía. La segunda, la gente que se arremolinaba ante el portal con aire sombrío. La tercera, el vecino que al verme llegar se separó de los demás y vino hacia mí, me agarró por los hombros y me dijo, quizá porque no se le ocurrió nada mejor:

—No lo sabes, ¿verdad? Ahora te va a tocar ser fuerte, hijo.

—Fuerte, ¿para qué? —pregunté, sin entenderlo.

—Ha habido una desgracia.

Utilizó esas palabras, que nunca se me han borrado. Ha habido. Una desgracia. La última trazaba la raya entre el antes y el resto de la vida. Las dos primeras sugerían que la adversidad había caído como el rayo: un ataque sin rostro desde las alturas que no podía preverse y menos aún evitarse. Un golpe como del odio de Dios, que diría el poeta.

Comprendo que debió de creer que en ese momento era la opción más compasiva. En primer lugar, había que abrirle al desprevenido las compuertas de la tragedia; después ya habría tiempo de delinearla con todos sus detalles odiosos: el cómo, el quién, la ausencia ofensiva de un porqué.

Todo lo supe luego, por oleadas sucesivas. Así lo sentí: como si cada cosa que descubría fuera el golpe de una ola salvaje en mitad de un temporal. Mi hermano volvía del instituto, como todas las mañanas, cuando junto a él pasó un coche en el que viajaba alguien para quien había sonado la hora. Podría haber pasado un minuto antes o faltarle un minuto y todo se habría quedado en un sobresalto. Pero pasó justo en el momento en que mi hermano llegaba a la altura de la furgoneta aparcada donde estaba la bomba y, cuando esta explotó, se llevó a la persona a la que buscaba y a la vez acribilló de metralla y deshizo en pedazos al muchacho que caminaba por la acera. No cabía ninguna duda: quien había activado a distancia el explosivo tenía que haber sido consciente de que su acción iba a cobrarse, sin remedio, esa vida de propina.

No fue muy difícil, en términos genéricos, identificar al causante del daño, que no era un rayo ni Dios, sino alguno de los ejecutores que la misma organización cuya amenaza ya me había hecho buscar bombas en los alrededores de un cuartel tenía desplegados en mi ciudad. La forma de actuar equivalía casi a una firma. Por si acaso, no tardaron mucho sus portavoces en atribuirse la responsabilidad de la muerte que habían pretendido y logrado provocar, sin dolerse por la que no les había importado añadir a su cuenta, y que no dejaba de servir a sus propósitos. Más complicado iba a ser dar con el nombre y los apellidos de quien había accionado el detonador: por aquellos días eran muchos los dispuestos a hacerlo, y pocas e imprecisas las pistas que sobre ellos tenían sus perseguidores. De hecho, pasaron los meses y a nadie se detuvo por el atentado. Y después pasaron los años y se borraron por completo las huellas que habrían podido conducir al autor. Lo sé bien porque durante mucho tiempo me obsesioné por encontrarlas y sólo pude llegar a hacer conjeturas inservibles. A quien te tuerce la vida no puedes devolverle el golpe a partir de una teoría o de una suposición insegura. La venganza requiere total exactitud.

Hasta aquel día, yo también había visto a aquella gente como una especie de fenómeno atmosférico que de vez en cuando sacudía a otros y que poco o nada influía en mis asuntos. Me horrorizaba desde luego que hubiera individuos capaces de atajarle así el camino a alguien, y cada vez que me llegaba la noticia de una de sus acciones participaba del rechazo y la consternación que provocaban en la inmensa mayoría; en especial, por la falta de escrúpulos que los terroristas demostraban a la hora de llevarse por delante a los inocentes y a los indefensos. Me dolía, sin embargo, de esa manera un poco abstracta en que uno se duele de la injusticia que no azota las propias carnes, y que acaba por convertir el dolor en algo que no lo es: esa gratificante conciencia de no estar del lado execrable del mundo, de no compartir la condición inmunda de quien demuestra carecer por completo de entrañas.

Tal vez podría haberme quedado a vivir en esa confortable orilla, de no ser por la suma de coincidencias funestas que llevó a que fuera sangre de mi sangre, la de mi hermano pequeño, la que regara aquel mediodía aquella acera. Pude así conocer el dolor absoluto: el que te taladra los huesos y más dentro todavía, en ese tuétano del alma que no sabes que tienes hasta que una aguja al rojo lo despierta y su punta incandescente se clava ahí y ya no se retira nunca. Quiere quien lo padece deshacerlo como sea, y cuanto menos lo logra más fantasea con la idea de acallarlo con el dolor de quien se lo ha causado.

Así fue, con poco más de veinte años, como descubrí el verdadero odio. Antes sólo había conocido aproximaciones superficiales. Lo era el impulso que me había llevado a acompañar a mi amigo en la cacería de un gato devorador de canarios, el que me había empujado a hacerle morder el polvo a un matón de colegio o el que me había permitido regocijarme con la humillación de un recluta semianalfabeto y cruel. Apenas si habían calado en mi ánimo cuando ya les había dado salida. Aquello que ahora me traspasaba, en cambio, no se iba a ir nunca.

Hubo en aquel dolor, además de su intensidad, otra novedad que iba a resultar decisiva en sus consecuencias: no lo viví a solas. A veces pienso, quizá para creerme mejor de lo que soy, que si el dolor hubiera sido sólo mío habría encontrado otra forma de encauzarlo, que incluso me habría sido posible llegar a contenerlo, encapsularlo, reducirlo a unas proporciones que le impidieran hacerme aquel daño insufrible y me ahorraran dañar a otros. El caso es que no sólo debí afrontar mi propio dolor, sino también, y sobre todo, el que aquella bomba cargó sobre los hombros de quienes más motivos tenían para llorar la muerte de mi hermano: las dos personas que le habían dado el ser, lo habían cuidado desde sus primeros pasos y habían creído que tenían derecho a soñar para él un futuro que de repente ya no seguía más allá.

Vi cómo los golpeaba en el mismo instante en el que entré en casa, acompañado por aquel vecino que se echó sobre las espaldas la tarea de hacerme de introductor al espanto que se adueñaba de pronto de nuestras vidas. Mi madre lloraba deshecha sobre un sillón mientras mi padre iba y venía por el salón dando gritos, pegando golpes en los muebles y en las paredes, enterrando la cara entre las manos. No supe a cuál de los dos acercarme primero. Traté de decidir quién necesitaba más que lo abrazaran, y antes de que pudiera despejar esa duda mi madre me vio, se levantó y vino hacia mí. Mientras se colgaba de mi cuello y me empapaba las mejillas con su llanto, vi cómo mi padre, gastada la ira y consumidas las fuerzas, caía de rodillas sobre el suelo y allí se encogía sobre sí mismo y se hundía en un sollozo mudo.

Mi mundo saltaba en pedazos y de pronto me sorprendí asistiendo al espectáculo desde una extraña distancia, como si me escindiera en dos. De un lado, el que sin ruido ni lágrimas lloraba con ellos, roto como ellos por la crueldad de lo que acababa de suceder. De otro, el que se alzaba ya dentro de mí para reaccionar al golpe de una forma muy diferente. Me impresionó verlos derrumbarse de aquella manera, reducidos de improviso a una sombra de sí mismos que amenazaba con borrar a quienes habían sido para transformarlos en espectros. Ni mi madre ni mi padre se repusieron jamás de aquel mazazo. Al pensar en ellos, me empeño en recordarlos en sus tiempos mejores, cuando mi padre reía y hasta cantaba y no paraba de contar anécdotas e historias; cuando mi madre, que hablaba y reía menos, no dejaba sin embargo de sonreír al verle a él contento y al contemplar cómo sus hijos crecían sanos y sin padecimientos extraordinarios. Pero para eso tengo que hacer un esfuerzo ímprobo, apartar con todas mis energías la estampa de esos dos seres derrotados y devorados por la pena. El golpe que les había asestado la vida los sorprendió sin fuerzas para reponerse.

Así se fueron apagando y consumiendo, y verlos decaer fue, desde ese primer instante, mi razón principal para responder de otra manera. Yo era demasiado joven para dejarme morir como ellos se dejaron, uno detrás de otro: primero mi madre, apenas tres años después de que enterráramos a mi hermano, y a continuación mi padre, que sólo pudo sobrevivirla unos meses. El vigor de mi juventud y ese ser insensible y oscuro que siempre había llevado conmigo imprimieron otro curso a mis pasos. A ambos les debo mi camino, y con él mi fracaso y haber acabado siendo lo que soy. Aunque de nada sirve ya, no puedo dejar de imaginar que tal vez habría tenido una oportunidad de salvarme yo, y de paso salvar a mis padres, si hubiera podido o sabido concentrar mis esfuerzos en una dirección distinta. Si me hubiera resignado, igual que ellos, a acatar aquello como una fatalidad contra la que no cabía luchar y me hubiera volcado en sostenerlos, en tratar de repararlos y de reemplazar, aunque no pudiera, lo que les habían arrebatado.

Sencillamente, pienso ahora, no estaba en mi naturaleza. Por eso acabé dejándolos solos con su dolor y encontrando la manera de consagrarme a mi desquite. Aquella conmoción no me impidió obtener el título, que me reconocieron después de pasar medio sonámbulo los dos exámenes que me faltaban, pero sí zanjó para siempre mis devaneos literarios. Por aquel tiempo había empezado incluso a hacer mis primeros esbozos de novela, que sólo le daba a leer a Mario, y que se quedaron ahí, en algo que podría haber sido y no llegó nunca a ser. Después del atentado, la mera idea de escribir y dedicar mi tiempo a urdir una historia me parecía una puerilidad, cuando no un pasatiempo de mal gusto. Nada podía competir con la fábula cruda y atroz que me reclamaba por entero y que era ahora mi vida.

Uno termina dando siempre con lo que necesita, sobre todo cuando lo necesita desesperadamente. La pista me la facilitó un compañero de la universidad el día que fuimos a recoger las notas. Había tenido noticia de un proceso de selección para titulados superiores, no importaba en qué. Me dio a entender que se tendrían en cuenta las calificaciones, y las mías no eran malas, pero también que se valoraba la voluntad de los candidatos de entregarse, con dedicación absoluta, a una tarea que exigía arrojo y astucia y llevar una existencia fuera de lo común.

Así, como un azar necesario, fue como la Compañía apareció en mi horizonte, en un momento en el que era, justamente, la única respuesta posible a mis inquietudes. Todo lo que tenía que ver con ella estaba envuelto en el secreto, pero se sabía que uno de los frentes donde desarrollaba sus actividades era la lucha contra la organización que había truncado la vida de mi hermano. No era fácil que me eligieran, entre todos los que se presentarían, muchos con referencias con las que yo no podría contar. Tampoco me ayudaba, seguramente, el hecho de que me postulara para unirme a ella bajo el impacto de un suceso que no podría ocultarles y que les haría dudar de mi claridad de juicio. Y aun si lograba salvar esos dos obstáculos, y pasar las pruebas a las que después me someterían, era muy aventurado suponer que me acabarían destinando precisamente a donde a mí me interesaba ir.

A pesar de todo, y de la incomprensión de mis padres, que habían imaginado para mí otro futuro profesional, no lo dudé: presenté mi solicitud. Y pocos días después me convocaron a una entrevista.

9

Azahar

La veo entrar en el portal del brazo del hombre. Según la convención, debería ser él quien la mostrara a ella como una conquista. Un tipo en la cincuentena, y no demasiado agraciado físicamente, puede presumir más de llevar colgada del brazo a una veinteañera rompedora que a la inversa. Y sin embargo, el hombre va con los ojos bajos y es ella la que alza la barbilla y desafía con la mirada a los viandantes, como si fuera su triunfo arrastrar hasta allí a quien la acompaña. Es verdad que va bien vestido, de esa manera que denota una solvencia económica fuera de lo común. La gabardina, los zapatos, la corbata; hasta el paraguas revela que quien lo sujeta tiene gusto y cartera para ejercitarlo. Por lo demás, y aunque su porte no sea apolíneo, es un hombre aseado y de facciones no del todo desagradables que hace gala de contención y elegancia en los gestos, como cuando le cede a ella el paso para que entre antes, sin dejar en ningún momento de protegerla de la lluvia. Lo que me pregunto es hasta qué punto la sonrisa de ella es auténtica o una parte del servicio que va a pagar quien acaba de comprarla.

Pienso por un momento en lo que habría ocurrido si ayer, en lugar de mantenerme a distancia en la cafetería, hubiera dado el paso de abordarla e identificarme como el cliente con el que se había citado allí. Tal vez su sonrisa no habría sido tan radiante, pese a haberme mostrado dispuesto a satisfacer sus nada módicos honorarios. Tal vez su profesionalidad no llega hasta el punto de aceptarlos con la misma alegría de quien huele a colonia cara y lleva ropa de potentado que de quien simplemente procura ir limpio y vestir con decoro. Supongo que eso no habría sido obstáculo para subir al apartamento con ella, y de paso tener ocasión de fisgar en él ahorrándome el trabajo que me llevará inspeccionarlo sin su consentimiento. Lo malo es que habría quemado la posibilidad de vigilarla de incógnito y me habría visto obligado a hacer lo que no quiero hacer con ella. O, en su defecto, a ingeniarme alguna excusa que no habría dejado de infundirle sospechas indeseables. Tampoco es cosa complicada violar un domicilio, una vez que uno se ha despojado del escrúpulo. Y ese lo perdí hace mucho tiempo ya.

Mientras aguardo la salida del hombre, no puedo dejar de imaginar lo que estará sucediendo en el tercer piso, fuera de mi observación. Tal vez ella le invite a sentarse, incluso a tomar algo. En algún momento se plantará delante de él para alimentar todavía más su deseo. Quizá ponga algo de música y se contonee para él de forma tentadora. Por sus movimientos y su coordinación al caminar, calculo que no debe de ser una bailarina del todo inepta, y casi puedo ver los ojos del hombre relucir de excitación.

Acabará llegando el instante en el que la chica empiece a desprenderse de la ropa, mientras su cliente se retiene ya a duras penas. Quiero creer que a pesar de todo mantendrá las formas y no se le abalanzará encima. Será Vera la que, después de desvestirse, se le acerque y empiece por desanudarle la corbata, con la que acaso jugará un poco, antes de desceñirle otras prendas. A partir de ahí, o muy poco después, la escena se volverá demasiado obscena y sórdida, por más esfuerzos que haga él para impedirlo. En realidad, será peor aún si la acaricia, si le dice algo amable, si pretende desagraviarla.

Imagino que ella habrá aprendido a cobrar por adelantado, para que no sean los billetes cayendo sobre la cama o sobre un mueble el último acto de la transacción entre los dos. El hombre parece de los que se ven impelidos a decir algo caritativo antes de irse, de esos que no pueden sentir que el dinero, como alguien dijo, sea capaz de cicatrizar por sí solo la herida vergonzante que la compra de la intimidad de un ser humano abre en la comunidad que la acoge, normaliza y promueve. Tal vez le obsequie una última galantería, o le haga ver de otro modo que esa mujer joven y bella le merece más consideración que la que se cifra en la suma que ha pactado por poseerla. Tengo a las espaldas el camino suficiente para concederle a esa hipocresía el valor que tiene, y que no es mayor que el de cualquiera de las mentiras que se cuenta un adicto o un ludópata para convencerse de que controla su vicio. Y sin embargo, prefiero que sea así, que Vera tenga una oportunidad, por remota y falsa que sea, de no sentirse como un puro trozo de carne. No puedo sacarla de ese comercio hasta que no sepa cómo deshacerme de quien la ha metido en él, pero me duele ser consciente de lo que está pasando mientras yo aguardo frente a su edificio. Y cuando una hora después de entrar lo veo salir a él, ajustándose el nudo de la corbata, atusándose el flequillo ya algo ralo e inspirando hondo antes de echar a andar y continuar ya desahogado con su jornada, tengo que esforzarme para no seguirlo y hacerle ver de alguna manera pavorosa que no es un galán ni un caballero, sino un vulgar saqueador.

Media hora después, Vera aparece en el portal. Va vestida con ropa cómoda, como si fuera de compras o de paseo. Puede ser cualquiera de las dos cosas, porque la lluvia ha cesado y entre las nubes se abren de pronto algunos claros por los que se cuelan tímidos rayos de sol. Echa a andar en dirección al parque próximo y apenas pienso el siguiente movimiento. Cuando su figura ya se empequeñece al fondo de la calle, salgo de mi apostadero y voy sin dudarlo hacia el portal. Una vez que estoy dentro, busco la escalera, por la que subo hasta el tercer piso. Antes de ejecutar la maniobra, aplico la oreja a las otras tres puertas, sobre todo a la que tiene visión directa a través de la mirilla sobre la del apartamento de la chica. No se oye ruido detrás de ninguna de las tres: para quienes no tienen una vida anómala, como la de Vera o la mía, es todavía horario laboral o escolar. Examino la cerradura: no me va a plantear, estimo, excesivas dificultades. Extraigo de mi gabardina el estuche de tela con las herramientas y me aplico a la tarea. No me lleva más de dos minutos completarla y apenas hago ruido. De igual modo cierro la puerta después de abrirla, apoyo sobre ella mi espalda y me detengo un segundo a tomar aire. Calculo que como mínimo tengo media hora, sin correr riesgos innecesarios. Decido arreglarme con la mitad de ese tiempo. Da de sí, si uno sabe aprovecharlo.

El primer minuto lo invierto en hacer un reconocimiento general del apartamento. No es demasiado grande: consta de una cocina, un salón y un dormitorio al que está adosado el baño. No se ve desordenado ni sucio, el uso profesional impide que su inquilina se permita semejante negligencia o sencillamente esa indisciplina no está en el carácter de la muchacha, pese al cúmulo de tópicos desfavorables que pesan sobre los jóvenes. No hay platos ni vasos en el fregadero ni ropa por medio. Abro el armario que hay en la habitación y veo su ropa bien colgada y planchada. También encuentro un par de pantalones y americanas de hombre y varias camisas y, en dos de los cajones de la cómoda, ropa interior masculina. Deduzco que Buitre duerme alguna vez allí.

Me empleo a fondo, primero, con todos los cajones que se ofrecen a mi vista y que reviso con dedos expeditivos y cuidadosos a la vez. Para ello los abro todo lo que puedo sin que se caigan, levanto las capas de ropa, papeles y objetos y examino rápida y metódicamente los cuatro rincones. Vera, no puedo evitar imaginar que también por razones profesionales, mantiene una abundante provisión de lencería, doblada con algo más de descuido que el resto de su guardarropa. Una parte de ella tiene un suave olor a azahar, que asciende hasta mi nariz sin necesidad de acercarla. La otra no huele a nada. Interpreto que es la que todavía está sin estrenar, y algo se me remueve dentro cuando comprendo que esa fragancia es la que emana de la piel de quien ya se ha puesto las demás prendas. Hasta aquí, Vera era sólo una imagen captada en la distancia. Ahora empieza a ser ya un olor y en él se anuncia, de una forma sutil, la amenaza de su proximidad. Porque toda proximidad humana encierra una amenaza, como consta a quien ha dedicado sus días a registrar los actos de otras personas.

En la parte inferior de uno de los cajones de ropa íntima encuentro un saquito que contiene una sustancia que me cuesta poco identificar. Me sorprende sólo hasta cierto punto, y no creo que Mazo, si estuviera en mi lugar, experimentara tampoco mayor asombro al comprobar que su hija, además de otras imprudencias, se está permitiendo la mayor de todas: esa que él y yo aprendimos que jamás podíamos autorizarnos. Quienes tienen mayores dificultades para sobrellevar la conciencia de su existencia son los últimos que pueden cometer el error funesto de confiar en remedios que la mitiguen, la suavicen o le proporcionen un falso resplandor. A nadie deja de deteriorarle el entendimiento esa práctica, pero a los que están en la boca del lobo puede costarles todo. Tanto él como yo pudimos comprobarlo, por suerte para nosotros, en cabeza ajena. Ver cómo otros se despeñaban a nuestro lado nos ayudó a aprender a apretar los dientes hasta dejarnos dolorida la mandíbula antes que ceder a la tentación de echar mano de tales escapatorias. Con un sentimiento de amargura dejo el saquito donde lo he encontrado y coloco todo lo que tenía encima exactamente igual que estaba. Si algún objeto de mi registro está expuesto a comprobación por quien por allí para y debe por tanto quedar incólume, es precisamente este, por más que mi primer impulso sea hacer desaparecer por el retrete el hallazgo.

En el baño, precisamente, dentro de un armarito, encuentro algo más. A Vera no sólo le están suministrando drogas ilegales: también tiene una provisión abundante de las que despachan en las farmacias. Alguna de ellas, supongo, por prescripción de los psiquiatras que la han tratado, pero hay demasiadas como para que todas tengan ese origen. A esa luz leo de forma diferente su actitud de hace un rato, y también su comportamiento de la víspera en nuestra cita abortada. Y me pregunto qué parte de ella es ella ahora mismo y qué otra parte es el resultado del cóctel de fármacos y sustancias con el que empuja y aguanta los días. Una cuestión que me tocará dilucidar más adelante. Lo que ahora se impone es terminar limpia y sigilosamente con esto.

Sobre una repisa blanca está el frasco de colonia de azahar. Tan sólo lo miro, ni lo toco ni lo huelo, pero en él quiero adivinar algún rastro de la que pudo ser Vera antes de desviarse por la vía en la que ahora avanza sin control. Quizá sea la colonia que usa desde niña, a veces esas cosas se quedan ahí, a pesar de todo. Desde luego, no casa mucho con su apariencia actual, tampoco con su vida, pero algo significará que se mantenga su apego al aroma de esa flor blanca y efímera.

El resto del registro me permite comprobar que aparte de la ropa que vi antes y los trastos de afeitar no hay allí más pertenencias del hombre —ni papeles, ni ninguna otra cosa—, y apreciar la cantidad de objetos caros y caprichosos en los que Vera gasta sus ganancias, o que le regala el que la patrocina. No es infrecuente que alguien se aplique a acumular chucherías para olvidarse de cómo dilapida lo importante, pero me entristece tener que hacer el inventario de esta colección.

Cuando Vera regresa, una hora después de salir, ya estoy en la calle para verla llegar cargada de bolsas. Más fruslerías con las que aventar de su mente la sensación de estar desintegrándose, hasta la próxima noche oscura en la que no habrá nadie para protegerla de los monstruos del miedo, el autodesprecio y la falta de fe. Espero haber completado mi trabajo antes de que regresen y que no la pillen tan desamparada.

Al final del día, Buitre vuelve para cerciorarse de que todo continúa bajo control. Pasa en el piso algo más de una hora, lo que engendra en mi mente las más turbias suposiciones. Cuando baja, trae en el rostro una sonrisa satisfecha. La chica está contenta, ha ido de compras, tal vez haya tenido con ella el gesto de darle alguna atención especial que ella le ha agradecido generosamente. Antes de subir a su coche negro se estira las mangas y se coloca el pantalón en las caderas. Lo veo tan encantado con su percha y su talento que me entran ganas de acelerar los preparativos para verlo cuanto antes implorar como un gusano. Me domino, pese a todo. Seguiré el plan, sin prisa y por su orden.

10

Araña

Lo que más me desconcertó de mi primer contacto con la Compañía fue el escenario en el que tuvo lugar. Había supuesto que la entrevista se desarrollaría en alguna oficina o dependencia administrativa, y que mientras aguardaba a que llegara mi turno tendría que hacer pasillo con otros candidatos. Para mi sorpresa, el lugar en el que se me citó era un bloque de viviendas, y antes de que pudiera salir de mi estupor —¿en cuál de los veintitantos pisos que había en ese número de esa calle debía presentarme?—, una mujer de aire anodino se me acercó y me llamó por mi nombre. Cuando me volví hacia ella, me anunció:

—Te esperan en el cuarto D.

Y echó a andar como si tal cosa calle abajo.

Dudé apenas unos segundos. Empujé la puerta del portal y subí a toda velocidad las escaleras —el bloque no tenía ascensor— hasta el cuarto piso, donde pulsé el timbre de la puerta D. Según me contaron luego, aquella era la primera prueba, en la que se deshacían de un buen número de aspirantes. Quienes vacilaban y tardaban más de la cuenta demostraban con ello, sin necesidad de hacer perder el tiempo al entrevistador, que no valían para el trabajo. Una vez que uno tenía la mínima información necesaria para saber qué acción le correspondía ejecutar, como allí era el caso, lo que se esperaba era que actuara con valor y determinación, sin dejar que la incertidumbre lo paralizara.

La puerta se abrió y al otro lado resultó estar otra mujer mayor que la anterior, casi una anciana. Por su aspecto, habríase dicho que era un ama de casa completamente inofensiva. Sin embargo, lo desmintió el ademán casi autoritario con el que me indicó que pasara y la voz, en absoluto amistosa, con la que apenas traspuse el umbral me ordenó:

—Siéntate en ese sofá. Ahora vendrán a hablar contigo.

Y dicho esto, cerró la puerta y desapareció en la cocina, donde la oí pocos segundos después hacer ruido de cacharros. Desde aquel sofá me quedé mirando estupefacto lo que parecía el salón recibidor de un hogar humilde, con sus muebles baratos, sus cuadros manidos en las paredes, sus visillos amarillentos. Tuve tiempo para grabarlo bien en mi memoria, porque allí estuve solo durante cerca de diez minutos, mientras de la cocina me seguía llegando el ruido que hacía la mujer en lo que parecía una reorganización general del menaje de la casa. Del resto de la vivienda, que empezaba tras la puerta que había en el otro lado del salón, cerrada a cal y canto, no llegaba sonido alguno.

Al fin, la puerta se abrió y apareció un hombre en la treintena, de mediana estatura y vestido como para ir de excursión al campo. Me llamaron especialmente la atención sus pantalones con bolsillos en las perneras y sus botas de montañero. Me puse inmediatamente en pie y me quedé a la espera de una mano que no llegó a tenderme. A pesar de ello, y por contraste con sus compañeras, casi me pareció que aquel hombre derrochaba amabilidad. Al menos sonreía, y cuando al fin abrió la boca, después de observarme en silencio durante dos o tres eternos segundos, su voz sonó teñida de una inesperada calidez.

—Gracias por venir. Mis disculpas por la espera.

—No hay de qué —dije—. Gracias por considerar mi solicitud.

Estaba claro que cada cosa que dijera o hiciera estaba sometida a minucioso escrutinio, pero, sorprendentemente, ni eso me afectó más de la cuenta ni tampoco me costó habituarme a los muchos detalles extraños que rodeaban la entrevista. El hombre se sentó en el sofá que estaba enfrente del que yo ocupaba y no me indicó que me sentara a mi vez, como habría hecho cualquier anfitrión atento. Aquella mezcla calculada de deferencia y descortesía era una prueba más para mi temple y por suerte así lo supe interpretar. Apenas lo vi sentarse, y sin aguardar a que me lo autorizara, resolví sentarme yo también.

—Nos ha interesado tu perfil —declaró, sin preámbulos—. Como es más que evidente. Si no, ya te imaginarás que no estarías aquí.

—Ya me imagino.

—Por tu expediente puedo hacerme idea de al-

gunas de tus virtudes. Tienes buenas notas, has sacado la carrera·en su tiempo. Eso quiere decir que eres
capaz y coherente con los objetivos que te propones.

—Gracias.

—Otras virtudes sólo sabremos si las tienes po-
niéndote a prueba, en el caso de que superes esta entrevista y te aceptemos como aspirante en firme a
trabajar con nosotros. Por eso me gustaría centrar-
me ahora en otra cosa, y me gustaría que me fueras
lo más sincero posible.

—Usted dirá.

—Qué hay en ti que no nos convenga.

No respondí en seguida. Pensé que podía ganar
tiempo:

—No sé. No conozco en detalle lo que esperan
de mí...

Sin dejar de sonreír, me hizo ver que por ahí no
iba bien.

—Adivínalo.

Comprendí que cada instante que perdiera ahora podía ser letal.

—Haciendo ese esfuerzo, quizá se me ocurre
algo.

—No seas tímido. Compártelo conmigo.

—Es algo que tiene que ver con mis motivos para
estar aquí.

—Que no seas tímido.

—No busco dinero, ni posición ni reconocimiento. Tampoco me considero un aventurero ni vengo
por patriotismo. Lo que me empuja es la injusticia.
Ante ella no puedo quedarme de brazos cruzados.

—¿Y qué tiene eso de inconveniente?

94

—No hablo de la injusticia en general. Una que me toca de cerca.

—Te refieres a lo de tu hermano.

Aunque en mi solicitud no había mención alguna del atentado que había golpeado a los míos, daba por sentado que antes de considerar siquiera mi candidatura habrían hecho averiguaciones y que estas los habrían puesto en seguida sobre la pista. Por eso sus palabras no me pillaron por sorpresa y por eso, también, había preferido poner yo el asunto sobre la mesa antes de que me lo sacara él. Por un momento me sentí inseguro: tal vez me había mostrado demasiado remiso, y haberle obligado a insistirme para confesarlo iba a jugar en mi contra.

—A lo de mi hermano me refiero, sí —admití.

—Antes de seguir, creo que debo aclararte algo.

—Le escucho.

Lo dije con todo el aplomo que pude. No pareció desagradarle.

—Nosotros no nos dedicamos a hacer justicia. No somos la Policía ni llevamos a nadie ante el juez. Nosotros obtenemos información.

—Pero esa información...

—Esa información —me cortó— se pone a disposición de aquellos que deben manejarla para tomar las decisiones que correspondan.

—Entiendo —acaté, con mansedumbre—. Pero me permito suponer que quienes deciden, entre otros, tienen como objetivo impedir que se repitan injusticias como la que se llevó la vida de mi hermano.

—Es uno de sus objetivos, sí.

—Y por tanto, el de procurar que sus autores respondan de ellas.

—Dependiendo de la circunstancia.

Un brillo de malicia asomó a sus ojos. Los tenía pequeños, oscuros, penetrantes. Aguardó a que se me ocurriera qué decirle a aquello.

—¿Estoy descalificado entonces? —le pregunté directamente.

El hombre asintió con lentitud.

—De entrada, sí. La cuestión es si nos harás reconsiderarlo.

—¿Y qué tengo que hacer para conseguirlo?

—Antes quiero explicarte algo. No creas que lo que te descalifica son esas razones que dices que no tienes. Preferimos que nuestra gente no tenga excesivo apego al dinero, es una querencia que incita a tomar caminos que ni nos convienen ni nos gustan. También es mejor que no busques reconocimiento, porque aquí no lo tendrás, y la aventura está bien para las novelas: aquí lo que hay es peligro, y sobre todo nos hace falta quien sepa verlo y sortearlo. En cuanto al patriotismo, no estorba, claro, pero es un sentimiento demasiado abstracto, y los sentimientos abstractos ceden con facilidad a otras cosas. En cambio el tuyo...

Se interrumpió. Le constaba que tenía toda mi atención, pero por la forma en que me miró presentí que lo que iba a decir a continuación, que era el meollo, quería que se grabara a fuego en mi memoria.

—Tu sentimiento no va a ceder nunca, lo sabemos. Es lo que te da fuerza, una fuerza que casi nadie tiene, pero también es lo que te hace débil. Se trata de saber si podrás dominarlo, cuando se te pida.

No podía titubear y no lo hice.

—Pónganme a prueba.

El hombre me miró con expresión afectuosa.

—Tengo otra pregunta para ti.

—Le escucho.

—¿Por qué nosotros? Quiero decir, por qué no intentas mejor entrar en la Policía, o sacarte plaza de juez o fiscal, o meterte en política.

—Creo que la Compañía va mejor con lo que soy.

—¿Qué eres?

—Alguien que prefiere ir derecho al corazón del mal.

—Eso tiene un riesgo, como quizá ya intuyas.

—Lo acepto.

—Quizá lo aceptas porque no te haces cargo de lo que significa.

—Estoy dispuesto a aprenderlo. Y a soportarlo.

—Eres muy joven. No me gustaría que te engañaras.

—Sobre qué.

—Aquí nunca vas a ser un héroe. Y no me refiero a que no vayan a reconocerte, es que ni siquiera lo serás en secreto. Ni siquiera, escucha bien lo que te digo, lo serás ante ti mismo. Más bien al revés.

—Tampoco lo necesito.

El hombre meneó la cabeza.

—Eso habrá que verlo.

—Espero que me den la oportunidad de demostrarlo.

Llegados a ese punto, el hombre se palmeó los muslos y se puso de pronto en pie. Le imité automáticamente, sin saber si aquello era todo, si había terminado ya de reaccionar como no debía, y no sólo aquella entrevista sino también mi paso por la Compañía había concluido.

—Vamos a dar un paseo —me informó inesperadamente.

Cruzó el salón en dos zancadas, abrió la puerta del piso y me indicó que saliera al rellano de la escalera. Cuando estuve fuera me siguió y cerró la puerta sin despedirse de la mujer que permanecía en la cocina, aunque hacía rato que de allí no venía ningún ruido. Se precipitó por las escaleras abajo a paso ligero y no me quedó otra que seguirle.

Ya en la calle, echó a andar con las manos en los bolsillos hacia un descampado. Estábamos en un barrio periférico, ligeramente elevado sobre el resto de la ciudad. Una vez que llegamos al descampado, sin que hasta entonces abriera la boca, subimos por un talud y alcanzamos un promontorio desde el que se tenía una vista relativamente extensa del horizonte urbano. No era gran cosa: la ciudad donde había vivido hasta entonces no era particularmente bella y el cielo se veía sucio y gris. Se quedó mirando el paisaje y de improviso me preguntó:

—¿Puedes describirme todos los detalles que recuerdes ahora de la habitación donde hemos estado hablando hasta hace cinco minutos?

Celebré no haber desaprovechado el tiempo que me habían dejado a solas. Pude describirle el salón, los muebles, los objetos, los cuadros, el suelo, las paredes, las lámparas, los pomos de las puertas, los rodapiés, los enchufes e incluso las llaves de la luz. Me sonrió, satisfecho.

—Parece que no eres una persona despistada —me dijo—. Puedes llamarme Araña. De hecho, no podrás llamarme de otro modo.

—Eso quiere decir...

Volvió a interrumpirme con aquella sonrisa indescifrable.

—Nada, chaval. No quiere decir nada. Todavía.

I I

Rutinas

Tal vez para nada haya servido jamás como sirvo para esto. Siempre se me han dado mal las tareas que exigen ilusionarse, comprometerse o apegarse a algo o a alguien. En cambio, cuando se trata de esto, de acechar, seguir y estudiar las debilidades y las fortalezas de una presa y acabar dándole caza, las destrezas, los recursos y la inspiración me asisten y se despliegan espontáneamente. Hace ya varias horas que le sigo el rastro a Buitre y no sólo no me he descubierto ante él en ningún momento, sino que a estas alturas creo tener un dibujo algo más que aproximado de la vida y las circunstancias del individuo a quien esta vez han puesto en mi punto de mira. Y sucede que mientras mi mente está enfrascada en esto, en desentrañar con meticulosidad y con la mayor frialdad posible quién es realmente el tipo con el que tengo que enfrentarme, todas las sombras y las amarguras que me acompañan se disipan y me dejan de pesar. Vuelvo a sentir lo que sentí tantas veces, que la caza y el acecho me salvan no del dolor en general, sino, sobre todo, del dolor más pertinaz y definitivo: el de ser aquel que soy.

Y aunque sé que no pasa de ser una ilusión, o siendo inclemente conmigo, lo más parecido en mi vida a una de esas drogas que nunca me autoricé a consumir, no puedo dejar de saborear los instantes que esta ocupación me reporta, y que hacía tanto que no frecuentaba. Por ejemplo, cuando de manera predecible Buitre regresa a primera hora de la mañana al apartamento de Vera y, después de pasar en él poco más de media hora —tiempo para tomarse un café, comprobar que su conquista sigue estable y quizá, dándose prisa, algo más—, vuelve a subir en su coche, al que esta vez sí estoy preparado para seguir. Me resulta divertido, como lo es siempre recuperar sensaciones de antaño, circular tras él por las calles de la Ciudad en mi coche de alquiler, de un modelo corriente y color poco vistoso, pero con potencia suficiente para acomodarlo a las circunstancias del seguimiento. Me mantengo cerca cuando es factible y le dejo ventaja en cuanto el tráfico clarea y corro el riesgo de delatarme, sin temer en ningún momento que no me dé tiempo a recortarla cuando convenga. No es fácil seguir a un coche conducido por alguien mínimamente atento a lo que le rodea sin que te detecte, y más si lo haces solo. Conservar esa capacidad me resulta tan gratificante como la soltura con que lo rebaso cuando aparca y me las arreglo para aparcar a mi vez, lo más cerca posible y sin dejar de tener controlado a mi objetivo. Nada estimula el ánimo como resolver problemas concretos según se presentan.

Así puedo reconstruir lo que parece ser para él la secuencia de un día normal en la oficina. Su primer destino es un chalet de las afueras: no uno lujoso, sino uno de esos antiguos y algo venidos a menos. No alcanzo a ver quién le abre, porque en ese momento estoy buscando dónde dejar el coche sin provocar sospechas, pero sí quién se despide de él cuando deja el inmueble, una hora y media después: un par de jóvenes, no tan jóvenes como Vera, ataviadas con unas batas de tejido ligero. No aprecio ninguna clase de afecto entre ellas y él, sino como mucho esa cordialidad precavida que se establece entre quien realiza un trabajo y quien se ocupa de supervisarlo. Lo que allí observo me basta para deducir que ese chalet alberga el establecimiento desde el que Buitre desarrolla el grueso de su actividad lucrativa. La cuestión es si Vera ya pasó en algún momento por él, y después de la crisis y su hospitalización ha optado por retirarla durante un tiempo, o si aún no la tiene lo bastante acostumbrada al negocio como para llevarla con el resto de sus jornaleras. Al fijarme en una de las dos, la más joven, no me cuesta imaginarla en una fase anterior, recibiendo las atenciones del cortejador que su actual empresario es capaz de representar. Tal vez viviendo, incluso, en ese piso del centro que ocupa Vera ahora.

De ahí Buitre se dirige al puerto deportivo. A quien tiene la suerte de vivir junto al mar, donde se halla la Ciudad, y dispone de dinero y tiempo, le cuesta sustraerse al placer de ir de vez en cuando a relajarse al borde del agua. Aprovechando que hoy la lluvia da una tregua, se da el regalo de tomar el aperitivo contemplando los barcos en una terraza junto al muelle. A partir de cierto momento empieza a mirar el reloj. Después de tres o cuatro ojeadas, llama al camarero, paga su bebida y echa a andar hacia el Club Náutico, donde luego averiguaré que ha quedado para almorzar. Quien comparte su mesa no va a llegar hasta pasados quince minutos de la hora en punto desde la que Buitre lo aguarda en la barra. De hecho está ahí desde cinco minutos antes, lo que me lleva a pensar en una relación de cierta subordinación. Al fin, veo venir a un hombre de mediana edad, vestido con un traje algo castigado por el uso, la corbata floja y una camisa de buen corte, pero que colgada de su persona lo parece algo menos. Su actitud, en efecto, es la de alguien que puede hacerse perdonar la impuntualidad, y Buitre da por buenas, con expresión sumisa, las parcas disculpas que le ofrece su compañero de mesa. Desde la mía asisto a su almuerzo a una distancia que me impide oír lo que se dicen, pero para eso tengo la práctica suficiente en descifrar la gestualidad humana. Parece claro que Buitre le solicita al otro algo que este se resiste a conceder, o al menos a concederlo tal y como se le pide.

Así lo denota el que parece ser el tramo crucial de la entrevista, que tiene lugar entre el segundo plato y el postre. Buitre insiste una y otra vez, con la cabeza gacha y los hombros abatidos, con una mirada de perro apaleado y ademanes nerviosos y suplicantes. El otro, al que le asigno sobre la marcha el apodo de Batracio, se retrepa cada vez más en su asiento, con la cabeza cada vez más apartada, la barbilla más hundida, los labios más torcidos y la mirada más fija en el mantel. Tras escucharlo durante un rato, sin que se le escape más que alguna frase breve o algún monosílabo, levanta la mano y habla lentamente y sin apartar la vista de la mesa. En total, su parlamento no dura más de un minuto, tras el que toma su copa de vino y la vacía. «He dicho», parece expresar con ese gesto, y Buitre, a partir de ahí, casi enmudece.

Cuando Buitre abona la cuenta, después del postre y el café, que han transcurrido con su invitado explayándose sobre asuntos que le eran visiblemente más gratos, la mía ya está pagada y yo preparado para salir tras ellos en el preciso instante en que más convenga a mi sigilo. Tras la breve conversación que sostienen ambos, una vez que están ya al aire libre, los veo despedirse con una frialdad apenas deshecha por las dos palmadas que Batracio le da a Buitre en el hombro antes de subir al coche que se ha detenido ante la puerta del Club Náutico. Un policía de uniforme se baja con aire diligente para abrirle la puerta y cerrarla tras él una vez que se ha acomodado en el asiento. La cara con la que mi objetivo se queda viendo irse ese coche lo dice todo.

A eso le sigue un breve y melancólico paseo por los muelles, que de nuevo interrumpe bruscamente después de consultar su reloj. En este momento lo reclama otra de sus rutinas, que como voy a tener ocasión de comprobar en seguida nada tiene que ver con las anteriores. Lo sigo hasta un colegio, en uno de los barrios altos de la ciudad. Aparca en doble fila y camina hasta la puerta, donde ya aguarda un buen número de padres la salida de los alumnos. Lo observo sin tener que bajarme del coche ni tampoco aparcarlo, gracias a la indisciplina circulatoria reinante a esa hora en las inmediaciones del colegio.

Unos minutos después regresa al coche con un niño y una niña de la mano. El chaval tiene cinco o seis años y su hermana no es mucho mayor. Los sube con dificultad a la parte trasera de su deportivo y vuelve a ponerse en marcha. Salgo de nuevo tras él, resuelto a seguir siendo su sombra.

Lleva a los niños a merendar a una cafetería cercana, con amplios ventanales. No considero necesario entrar, tampoco quiero abusar de la suerte, aunque llevo en el coche ropa para cambiar de apariencia tantas veces como sea necesario a lo largo de la jornada. A través de los cristales lo veo compartir la merienda con quienes deben de ser sus hijos. El niño parece aún fascinado con él. La niña, algo más remisa. En todo caso, este interludio paterno apenas se prolonga media hora. Una hora después de haberlos recogido del colegio, los deja en el portal de un bloque de viviendas de buen aspecto, donde los recoge una mujer más o menos de su edad. Contrastan los besos y los abrazos que les prodiga a los niños con la sequedad glacial con que recoge de manos de Buitre sus pertenencias escolares. El hombre se despide con un par de besos apresurados de las dos criaturas, y sonrío para mis adentros en la certeza de que acabo de averiguar su debilidad más radical.

De ahí regresa al chalet de las afueras, donde supongo que espera que lo acojan con algo más de consideración a sus merecimientos y tiene además asuntos de los que ocuparse. Pasa el resto de la tarde allí, hasta que a eso de las ocho vuelve a montarse en su coche y se dirige de nuevo al centro, a una dirección que me permito adivinar para hacer la mayor parte del seguimiento yendo por delante y no por detrás de él. No me equivoco: Buitre es un hombre de rutinas regulares y acaba buscando aparcamiento en torno al edificio donde encontré su pista. Se queda más rato que la víspera, un par de horas, y mientras aguardo deduzco que la botella de vino con la que se ha bajado del coche tenía como propósito regar una cena íntima. Sin embargo, el gesto con el que asoma de nuevo en el portal y se detiene a observar la noche, que vuelve a estar pasada por agua, no es el de un hombre satisfecho. Algo le preocupa, hasta el punto de empujarlo a andar cabizbajo hacia el deportivo, al que esta vez sube como si fuera un púgil derrotado.

Retorna al chalet de las afueras. Y aquí es donde estoy apostado ahora, mientras recapitulo los acontecimientos de la jornada, la noche avanza y decido si ya es lo bastante tarde como para suponer que va a irse a la cama y concederme a mí mismo el derecho a disfrutar de unas horas de sueño que me permitan reanudar más fresco mañana la tarea. Por suerte, no me precipito, porque todavía me queda algo que ver.

A eso de la medianoche, llegan ante el chalet dos vehículos de los que se baja media docena de personas. Son todos jóvenes, entre los veintitantos y los treinta años, salvo uno que andará por la edad de Buitre, y que por el aire con que encabeza la comitiva parece ser el de mayor jerarquía. La manera en la que visten y se mueven, con miradas continuas de recelo a un lado y a otro, no invita a suponer que se trate de ciudadanos que se ganan la vida honradamente. Llaman al timbre que hay en el muro exterior del chalet y al cabo de medio minuto la cancela se abre a su paso. Poco después se abre la puerta de la casa. En el umbral aparece la silueta de Buitre, que acoge con visibles muestras de obsequiosidad la visita. Los invita a pasar y cierra tras ellos.

Acato con resignación que tendré que perder un rato más de sueño. Los hombres permanecen en el chalet poco más de una hora, que paso tratando inútilmente de atisbar algo a través de las ventanas. Las luces están encendidas en todas las habitaciones del chalet, pero las cortinas son lo bastante gruesas como para que sea imposible ver nada a través de ellas. Así que debo contentarme con imaginar lo que sucede dentro, que puede ser simplemente la juerga de un grupo de clientes o tener otro cariz más significativo. Cuando salen, sea lo que fuere lo que han ido a despachar, Buitre los acompaña hasta los coches, y es entonces cuando advierto algo que me permite apostar sobre lo ocurrido en el interior de la casa. Hay angustia en los gestos de mi objetivo, y en los del hombre al que agasaja hasta el final una contrariedad que apenas hace por encubrir. Al final, el visitante se vuelve hacia su anfitrión y lo mira durante unos segundos sin decir nada. A continuación, sube al coche cuya puerta le sujeta uno de sus acompañantes. Por segunda vez, veo a Buitre mirar como alma en pena un coche que se va.

Por un momento, casi me da lástima. No tiene mérito derribar a quien apenas se sostiene. Pero no estoy aquí para apiadarme de él.

12

Aspirante

No éramos más que una docena de aspirantes los que nos encerramos en aquella casa aislada entre montañas. Cuando terminó el proceso de selección, habíamos quedado reducidos a la tercera parte. Los demás habían abandonado o se les había invitado a que lo hicieran. A unos y a otros, el instructor principal, Araña, que también había sido en todos los casos el entrevistador que nos había dado el visto bueno antes de que nos admitieran para pasar aquella criba, se encargó de que nos quedara claro desde el primer día a lo que debíamos atenernos:

—Algunos, tal vez, os quedaréis. Otros, esto es seguro, no pasaréis el proceso y tendréis que volver a vuestras vidas. Sea cual sea vuestro caso, más os vale recordar esto: lo que aquí viváis no ha existido, no forma parte del mundo real. A nadie vais a poder contárselo, y si lo contarais no os creerían, y si alguien os creyera jamás podrá probarlo, así que mi recomendación es que no perdáis el tiempo. También es mi obligación advertiros que si la Compañía tiene noticia de que alguno de vosotros ha sido indiscreto dispone de mecanismos para hacérselo lamentar, pero estoy seguro de que vuestra inteligencia los hará innecesarios.

Con esta admonición preliminar, dieron comienzo cuatro semanas de una intensidad abrumadora. No sólo por las larguísimas jornadas, que comenzaban a las ocho de la mañana y podían prolongarse hasta la medianoche y más allá, sino por la multitud de aprendizajes y de tareas con los que debíamos lidiar sin apenas respiro. A los dos o tres días pude apreciar en aquella sobrecarga de contenidos y de trabajo una pauta más o menos regular: al aspirante se le arrojaba encima todo tipo de información, que además era diferente para cada uno y tendía a ahondar allí donde su formación no le daba ventaja o lo colocaba en peor situación respecto de los demás. Esa información ingente debía ser digerida a toda prisa y de la forma menos superficial e imprecisa posible, y con esa noción apresurada había que resolver problemas que cada vez eran más acuciantes y tortuosos. El objetivo, estaba claro, era provocar el cortocircuito del aspirante, que su voluntad no saliera airosa del reto o incluso que lo descartara por gratuito y absurdo.

Con esta conciencia me vi abordando las labores más impensables para mí, desde recomponer una complicada maquinaria que alguien había descompuesto con la peor intención hasta desentrañar en unos enrevesados libros de contabilidad las claves de un desfalco. Si alguno de los aspirantes osaba preguntar qué tenía que ver lo que aprendía o le encomendaban con la actividad de la Compañía, Araña tenía una respuesta que disuadía a los demás de secundar al escéptico:

—Si te supera, tiene que ver. Y ahí tienes la puerta.

Además de esta parte digamos personalizada, la formación que allí se impartía tenía elementos comunes, relacionados con la filosofía de la acción de la Compañía y sus procedimientos operativos. En cuanto a la primera, la idea era simple y se expresaba de forma categórica: no estamos en ninguna parte y podemos estar en cualquier sitio donde se necesite que estemos, sin importar las dificultades que eso presente. Por lo que toca a los segundos, en aquel curso selectivo apenas se nos impartían los rudimentos. El acceso a las verdaderas herramientas y técnicas estaba reservado a quienes superasen la selección, a los que se quedaran por el camino no se les permitiría ni imaginarlas. Tan sólo probaban nuestra aptitud mostrándonos las más básicas, aquellas que eran tan elementales y conocidas que ya casi ni se recurría a ellas.

Capítulo aparte eran las pruebas de exigencia física. Además de las dos sesiones de ejercicio al día, una por la mañana y otra por la tarde, donde se desafiaba continuamente nuestra capacidad de sufrimiento, cada dos o tres días había marchas y ejercicios de orientación en el monte, sin que lo impidiera la climatología adversa o más bien, empezamos a temer la tercera noche que volvimos a la casa calados hasta los huesos, buscando las jornadas de tiempo más desapacible para organizarlas. Por momentos aquellas semanas me recordaban a mi servicio militar, pero sin los férreos protocolos disciplinarios que había tenido que soportar bajo el uniforme. El trato allí, no sólo con Araña, sino con los otros cuatro instructores que nos observaban todo el tiempo, era de lo más informal. No había grados, ni tratamientos, ni formaciones, ni movimientos preestablecidos ni ninguna de esas otras rutinas rígidas con las que se procura la cohesión de la tropa de cara al combate. En la Compañía, según pronto fuimos comprendiendo, se trataba de algo muy diferente: de encontrar individuos que supieran ser su propio jefe y sus propios soldados, en grupos mínimos, en pareja y aun solos.

Durante aquellas semanas no tuvimos nombre. A cada uno se le llamaba, y así nos llamábamos entre nosotros, por un número, del 1 al 12. A mí me correspondió el 7, lo que tomé como un buen augurio, aunque a medida que iban pasando los días y la pendiente del curso se iba haciendo más empinada fui perdiendo la fe en la numerología. Darnos el nombre verdadero unos a otros, o informarnos de cualquier otra circunstancia personal, estaba estrictamente prohibido, y para que nadie pensara en saltarse la prohibición, Araña nos sembró a todos, el primer día también, una duda malvada que fue además definitiva:

—No tenéis modo de saber si uno de vosotros no es, en realidad, uno de nosotros. Es más, diría que debéis temer que alguno lo es.

Por ese motivo, nadie llegó a confraternizar mucho con nadie. Quién podía abrirle su corazón a cualquiera de los que compartían aquella experiencia, por mucha afinidad o simpatía que le llegara a inspirar, cuando no le cabía excluir que estuviera sincerándose con uno de los evaluadores que lo tenían sometido a un escrutinio permanente. He conocido la soledad, antes y después de esos días, pero pocas veces fue tan completa como la que viví mientras estuve encerrado en aquella casa, con otros once semejantes junto a los que afrontaba una prueba que de otro modo habría podido establecer entre nosotros una solidaridad profunda, porque nada une más a los seres humanos que compartir el sacrificio y el afán de resistir la dificultad y prevalecer sobre ella.

De hecho, sólo en la última semana se nos encargaron labores por parejas. Para entonces Araña y su equipo ya nos tenían bien calados a todos, lo que les permitió emparejarnos con aquellos a quienes nos iba a costar más amoldarnos. A mí me tocó con un tipo poco hablador, dotado de una mente matemática fuera de lo común. En ese campo había adquirido su formación y no terminé nunca de entender qué le había llevado a postularse para formar parte de la Compañía. Cuando debatíamos sobre el camino que debíamos seguir para resolver el reto que nos habían planteado, podía notar lo poco que me estimaba. A mí me atraía el pensamiento simbólico, que para él carecía por completo de utilidad, mientras que sus preferencias iban por el razonamiento analítico y cuantitativo, cuya utilidad yo no despreciaba, pero que me interesaba mucho menos. En cualquier caso, inclinaciones aparte, nos vimos obligados a compenetrarnos y no lo hicimos del todo mal.

Logramos salir airosos de las tres pruebas que hubimos de resolver juntos, dentro del tiempo que nos habían otorgado para completarlas. Cuando había una dificultad que tenía que ver con lo suyo, respondía con una prontitud y una eficacia demoledoras. Cuando lo que había que despejar estaba más relacionado con mis capacidades, se apartaba y adoptaba una actitud condescendiente, como si tener que ocuparse de aquello fuera una deferencia que nuestros examinadores tuvieran conmigo, y a la que me tocaba naturalmente a mí corresponder. Según me confiaría Araña algún tiempo después, fue esa actitud, sumada a otros detalles, la que determinó su descalificación al final del curso, que había llevado en apariencia con menos apuros que el resto.

La última prueba fue individual. Sólo puedo dar cuenta de la mía, ignoro si a los demás los sometieron a la misma o a una similar con las variantes que cada caso les aconsejara. De entrada, me pareció tan fácil que despertó mis sospechas. Tenía que arreglármelas para parar un coche en una carretera secundaria junto a la que me abandonaron, sin documentación ni dinero, y conseguir que me llevaran hasta una ciudad cercana, donde a su vez debía buscar una dirección. Allí alguien iría a mi encuentro para darme ulteriores instrucciones. No me costó mucho convencer a un camionero, primero de que se detuviera y después de que se desviara ligeramente de su ruta para dejarme a la entrada de la ciudad en cuestión. Tampoco me supuso un gran esfuerzo llegar a la dirección que me habían indicado a la hora estipulada. Lo que a partir de ahí sucedió me reveló el verdadero cariz de aquella prueba, que como bien había intuido estaba muy lejos de lo que parecía. Se trataba, ni más ni menos, de buscarme el punto más débil. Y de apretar.

La primera señal inquietante fue la mirada del individuo que se plantó ante mí y me observó de arriba abajo. La segunda fue que no me dijera la frase convenida, a la que yo a mi vez debía responder de una manera predeterminada, sino que se quedara callado. La tercera fue la capucha que me plantaron mientras dos pares de brazos más fuertes que los míos me inmovilizaban por la espalda. Después de eso me amarraron las muñecas y me arrastraron a una especie de furgón, según deduje por el suelo plano y duro, donde me arrojaron como si fuera un fardo y en el que hice un viaje de unos veinte minutos.

De nuevo los brazos me agarraron y me llevaron a la fuerza, tras un breve trecho al aire libre, hasta una silla donde me sentaron, con los brazos atados detrás del respaldo y siempre sin quitarme la capucha. Entonces oí por primera vez la voz de uno de ellos. Me preguntó:

—Nombre y apellidos. Los de verdad.

Me pregunté qué procedía que hiciera, qué me tocaba demostrar en esa prueba que no sólo resultaba desagradable y desasosegante, sino que había venido acompañada de una violencia física contundente. Los que me habían reducido y arrastrado habían actuado sin ninguna contemplación, y me habían atado de tal modo que comenzaba a tener doloridas las muñecas y dormidas las manos. Opté por salir por ahí:

—Me habéis atado muy fuerte. Se me corta la circulación.

La respuesta no se hizo esperar:

—Como si se te gangrenan las manos. Nombre y apellidos.

Estaba claro. Me habían prohibido revelarlos. Tenía que callar.

—Y esta es la tercera y última vez que lo pregunto —insistió la voz.

Me mantuve en silencio. El puñetazo que siguió, aun a través de la capucha, me dejó medio aturdido. Así que se trata de ver si aguanto la tortura física, me dije, y pensé que no pasarían de un cierto grado de maltrato. Nada que me causara lesiones, por ejemplo, aunque aquel primer viaje, como poco, algún moratón sí que me iba a dejar. De esa suposición optimista empecé a dudar al quinto golpe, un puñetazo en la boca del estómago que me dejó casi sin respiración, pero la sorpresa vino cuando la voz me advirtió con toda la calma del mundo:

—Si me obligas, te enviaré a hacerle compañía a tu puto hermano.

Aún no sé cómo logré aplacar lo que esa amenaza desató dentro de mí. Mi primer impulso fue acordarme de todos los muertos de aquel imbécil y, por si estaban mirando o escuchando, de Araña y del resto de los instructores. En su lugar, mordiendo las palabras, respondí:

—Adelante. No pienso hablar.

Aún me dejaron recibir tres puñetazos más, antes de oír la voz de Araña, que pidió a mis torturadores que parasen. Según me contaron luego, se les había hecho creer que yo era un terrorista al que había que sacarle información como fuera y que mi hermano había muerto manipulando una bomba. La contundencia de sus golpes era impropia de un simulacro porque para ellos se trataba de una acción real.

Al día siguiente, de los seis que aún no nos habíamos rendido, nos reunieron a cuatro. Dos no presentaban señales visibles. A mi lado vi otra cara magullada, la del número 3. Fue su mano, grande y cálida, la primera que estreché cuando Araña nos dijo que habíamos pasado.

13

La promesa

Me fijo en su mano, que sigue siendo grande pero que ahora está fría y sin fuerza y tiene una vía puesta en el dorso. Mazo me observa con un aire de extrañeza, desde la consciencia enturbiada por los calmantes que le inyectan a través de esa vía y que sospecho que son cada día un poco más fuertes. Es verdad que no se lo pongo fácil: la primera vez vine a verlo sin caracterizarme demasiado, por lo que en esta segunda ocasión he creído oportuno disfrazarme y aun desfigurarme un poco, por si alguien del hospital recuerda ante quien no convenga haberse cruzado conmigo en el pasillo. Como la otra vez, he esperado a que estuviera solo y me he deslizado en su habitación después de dar un par de golpes en la puerta para anunciarle antes mi entrada. También como entonces, me lo he encontrado con la cara vuelta hacia la puerta, pero desde el primer instante he visto en sus ojos una bruma que antes no los velaba, y he temido que mi visita fuera ya tardía o inútil.

Sin embargo, cuando he puesto mi mano sobre la suya ha hecho por sonreír, lo que me ha devuelto, siquiera débilmente, la esperanza de que esta visita sirva para algo. No he querido venir antes de estar en condiciones de darle cuenta de resultados dignos de ese nombre, y me habría entristecido tardar demasiado para poder ofrecérselos. Ahora que ya sé que me ve y me reconoce, aunque me parece aún desorientado, trato de comprobar hasta qué punto puede oírme y entenderme.

—Hola, Mazo. Sabes quién soy, ¿no?

—Claro que lo sé, gilipollas —murmura.

—Disculpa, no estaba muy seguro.

—¿De qué... de qué coño te has disfrazado?

—No sé, dímelo tú.

—Pareces una mezcla de payaso y sepulturero.

—No era la intención, pero si sirve para divertirte...

—Ni lo uno ni lo otro, la verdad.

—Gracias. Me alegra ver que sigues en forma.

—Sí, estoy pensando en cruzar la bahía a nado. ¿Tienes algo ya?

Su gesto me apremia. Pienso cómo decírselo.

—Lo tengo todo —respondo al fin.

—¿Y eso qué quiere decir?

—Tengo al sujeto identificado, averiguados sus hábitos y sus puntos débiles, definida la estrategia y previstos los recursos necesarios.

—Entra en detalles, anda.

Se lo cuento todo, o casi todo. Mientras desgrano los pormenores de la vida y el carácter de Buitre pienso hasta dónde debo ser minucioso, teniendo en cuenta que lo que atañe a su hija, por muy drogado que esté, no dejará de afectarle. Más que nada, trato de hacerle ver que no hay que enfrentarse con ninguna dificultad insalvable y que su compañero ha hecho los deberes, tanto a la hora de recoger la información y luego analizarla como a la de diseñar la acción. Puede que el tiempo y la inactividad hayan oxidado un poco mis facultades, como las suyas, pero en su día ambos tuvimos que resolver, sobre la marcha y con mucho menos, papeletas infinitamente más difíciles. Confío en que eso sirva para tranquilizarlo, que es mi objetivo principal. Procurarle la posibilidad de irse en paz y sin angustias, o por lo menos sin la que le impulsó a hacerme volver de mi retiro. Mazo me escucha con atención, y por un momento en sus ojos vuelve a haber la chispa de otra época: la del cazador que fue un día y vuelve a ser ahora a través de mí.

—Un poli, qué deprimente —observa.

—Expoli —puntualizo.

—Da igual. Y todavía con conexiones con sus colegas.

—De baja calidad. ¿Te doy mi interpretación?

—Dime.

—Lo usan. Alguien en su situación les viene bien como bayeta para según qué porquerías. Si deja de ser útil, no hay por qué cuidarlo.

—Ojalá tengas razón. A lo mejor trata de enredar, a pesar de todo.

—Dudo que le queden ganas cuando acabe con él. Y si lo intenta ya estoy viendo la respuesta que le van a dar. La misma que le dieron en el restaurante del Club Náutico: tus mierdas son tuyas, apáñate.

—Quiero que desaparezca de verdad de su vida.

—Desaparecerá.

Por un instante una sombra cruza por su mirada.

—Púa... —musita.

—Dime.

No habla. Vuelve hacia mí sus ojos. Veo en ellos la súplica.

—Olvídalo, Mazo. Eso no —le digo.

—Por qué no —me pone a prueba.

Suspiro y miro un instante por la ventana. Hoy no llueve, todavía, pero las nubes visten para la ocasión su gris más plomizo. Pasan por mi mente jirones de imágenes, los recuerdos y las sensaciones que él no puede no saber que está convocando, y que no le agradezco.

—Porque no —le digo al fin—. No quiero matar a nadie, si puedo evitarlo, y nadie mejor que tú lo debería entender. Tú te vas, pero yo me quedo. No puedes pedirme que cargue con ese peso por ti.

—Tienes razón, no puedo —me concede.

—Confía en mí. Se lo quitaré de encima.

—No me queda otra.

Ahora es él quien se vuelve hacia la ventana, donde busca, tal vez, una respuesta a la gran pregunta en la que desemboca su vida. Para qué sirvió todo lo que hizo, todo lo que hicimos. Qué hizo, y nunca debería haber hecho, para que la sangre de su sangre se vea donde se ve, y no en un lugar más amable, menos oscuro, más en paz. Lamento que en esta hora quien se sienta junto a su cama sea yo, que no tengo muchos más argumentos que él para apaciguar y confortar su espíritu. Pienso que todo lo que le estoy ofreciendo es lo que él me ha pedido, dentro de los límites que me impongo y le impongo, y que no deja de ser lo mismo que fuimos e hicimos en aquellos días, aquello que nos deshizo y se llevó por delante, de paso, a quienes tuvieron la mala fortuna de compartir nuestro aire o de cruzarse en nuestro camino. Pienso, también, que nunca conocí al niño que Mazo debió de ser un día y del que tampoco me habló jamás. Quizá si lo hubiera conocido tendría algún argumento para darle esperanza, o por lo menos para creer que no todo fueron extravíos y desastres en su camino y que en el legado que le deja a su hija hay algo más que insuficiencias, abandonos y desabrimientos. Puedo recordar y recordarle, eso sí, al tipo desprendido y generoso que más de una vez le vi ser, al hombre valiente que se arriesgó por mí y por otros, al camarada que nunca aflojó ni dejó de cubrir mi espalda y al que no le debo la vida de otros, pero sí conservar hoy la mía.

—No te voy a fallar —le prometo—. Si quiere una oportunidad de dejar atrás lo que ahora hace y buscarse una vida mejor, la va a tener. Eso sí te lo debo, y no soy de los que dejan de pagar sus deudas.

—No dudo de ti. Aquí estás.

—¿Qué quieres que haga luego?

—¿Luego?

—Cuando me libre de él. A dónde la llevo a ella.

Mazo se encoge de hombros.

—La pregunta es otra. A dónde se dejará llevar.

—Pongamos que soy capaz de persuadirla.

—Tiene a su madre. Es una buena mujer. Inténtalo.

—Cuenta con ello.

Mazo asiente. Y trata de sacudirse una última duda.

—¿Vendrás a confirmarme que está hecho?

—Te lo haré saber, descuida. De un modo u otro.

—No tardes mucho, o ya no tendrás a quién.

—No voy a tardar. Por eso estoy aquí.

Se queda en silencio, como si no hubiera nada más que decir, pero noto que hay algo que sigue reconcomiéndole. Hoy, tal vez sea porque ve más cerca el final, y porque no tiene claro que vaya a darle tiempo a ver cumplido mi encargo, no está tan animoso como durante mi visita anterior. Quizá también barrunta que esta podría ser la última vez que nos vemos, y al pensarlo me doy cuenta de que es algo más que una posibilidad y medito sobre las consecuencias que eso tiene para mí. Con él se va mi vínculo principal con aquellos días y se pierde, salvo lo que yo acierte a conservar, la memoria de nuestros actos y de los actos de quienes los permitieron y los alentaron.

De pronto, me mira fijamente y me pregunta:

—¿Te acuerdas de cuando nos conocimos, número 7?

—La duda ofende, número 3.

—Qué atontados estábamos.

—Habla por ti. Yo iba convencido. Y sabía lo que quería.

—Yo no —reconoce.

—¿Por qué te metiste, entonces?

—Por ponerme a prueba. Porque lo demás me aburría.

—Me pregunto cómo pudiste esconderle eso a Araña.

Sacude la cabeza, despacio y casi sin vigor.

—No pude. Lo supo desde el principio.

—Me pregunto entonces cómo te dejó pasar.

—Porque ese cabrón era capaz de ver el futuro. Sabía que cuando llegara el momento no iba a hacerme preguntas. Que actuaría y ya.

—Tal vez tuvo suerte, simplemente.

El movimiento de su cabeza es esta vez más decidido.

—No, Púa, no te engañes. También acertó contigo, y mira que no podíamos ser más distintos, tú y yo. Buscaba gente que le valiera, las razones por las que cada uno valía le eran indiferentes. Yo le valía porque era un inconsciente y tú por todo lo contrario, pero con los dos hizo lo mismo: nos moldeó y nos manipuló a su antojo. Por eso te digo que estábamos atontados. De todos modos, qué importa ya.

Noto, por cómo respira tras esta parrafada, que hablar tanto y tan seguido le supone un esfuerzo sobrehumano. Me digo que no debo contribuir a prolongar esta conversación que no le hace bien y que mi propósito al acudir a verle ya está cumplido. Pongo mi mano sobre su hombro, que siento vencido y huesudo, y le invito a no torturarse:

—Lo hecho, hecho está.

Resignado, concede:

—Desde luego. Y más yo ya no voy a poder hacer.

—Deja la tarea en mis manos. Ponte en paz contigo mismo.

—Se dice fácil.

—Haz un esfuerzo. Pídele ayuda a tu madre.

La mirada se le empaña.

—Y tú, ¿qué has podido hacer con tu vida? Cuéntame algo.

—Es una historia sin interés. Para qué iba a servirte.

Una lágrima se le escapa y resbala mejilla abajo.

—Lo siento mucho, Púa. No te tocó el mejor compañero.

—Al revés. Sin ti, no habría salido vivo de aquella.

—A veces... no es mejor sobrevivir.

—No puedo estar de acuerdo. Para eso habría que saber cómo sienta morirse, y eso sólo lo averigua quien después ya no puede contarlo.

—Yo lo voy a saber pronto. Si encuentro cómo, te lo cuento.

—No te esfuerces. Ya me enteraré cuando me toque.

—Tienes que prometerme algo.

—A ver.

—Sé que no me lo debes, y que es una última putada que te hago. Si es la única forma, si de otra no se aparta, prométeme que lo matarás.

En ese momento deja de ser mi compañero y se convierte en la voz de mi animal interior, que me pide que le confirme lo que ya sabe.

—Te prometo que lo apartaré —le digo, y ambos entendemos.

14

Púa

Del entrenamiento propiamente dicho, el que nos dieron ya en nuestra condición de aspirantes incorporados
a la Compañía, y que se alargó durante cuatro meses,
podría contar muchas cosas, y quizá ninguna me serviría para transmitir la esencia de lo que se nos inculcó.
Ni las técnicas de defensa personal, ni las de elaboración y mantenimiento de identidades ficticias, ni las de
comunicación cifrada, ni las de apertura de puertas, ni
las de seguimiento o interrogatorio, ni las de manejo y
fabricación de armas, por sí solas o tomadas en conjunto, agotaban la capacitación que un agente de la Compañía debía alcanzar. Digamos que no pasaban de ser
las mañas indispensables para desempeñar ese cometido, del mismo modo que un historiador necesita saber
leer o un ingeniero el álgebra. Tampoco las pruebas
específicas con las que se trataba de evaluar nuestros
progresos en todos esos campos, y que eran siempre
imaginativas y se complicaban hasta rozar el límite de
lo impracticable, bastaban para dar la medida de la for-
ja a la que se nos sometió. Cada una de ellas trataba de
sacar a la luz nuestras flaquezas, pero ninguna valía
para certificar que servíamos para el oficio.

Y no porque no estuvieran diseñadas para que se acercaran a lo que la realidad del trabajo nos iba a exigir. Durante esos cuatro meses, que por lo demás pasamos recluidos en una casa cerca de la costa, salimos una y otra vez para demostrar, en el mundo real, que estábamos a la altura de lo que se nos iba a demandar cuando entráramos en servicio. Los domicilios que allanamos, los ciudadanos a los que seguimos o engañamos o redujimos por la fuerza, incluso aquellos a los que se nos encomendó someter a persuasión, eran tan reales como los que nos iban a tocar en suerte más adelante, y por eso se nos insistía en que la acción debía ser limpia y no dejar rastros que sirvieran después a la investigación policial que podía abrirse si al ciudadano en cuestión le daba por poner una denuncia. Por el perfil de los escogidos para que nos sirvieran de cobayas, personas de vida desordenada e irregular, a menudo acampados al otro lado de la raya de la ley, no era probable, pero tampoco cabía descartarlo. Lo mismo sucedía en los ejercicios con armas, que eran siempre con fuego real, o cuando se nos pedía que elaboráramos un código indescifrable, que siempre acababa en la mesa de alguno de los criptógrafos de la Compañía. Digamos que en esta clase de adiestramientos y pruebas lo que se contrastaba, una y otra vez, era nuestra destreza, nuestra sangre fría y nuestra determinación. Que la superioridad consintiera en soltarnos para actuar por cuenta de la Compañía requería acreditar algo más: una fiabilidad absoluta.

De esta parte se encargaba personalmente quien había sido nuestro mentor desde el primer contacto.

Araña nos reunía una o dos veces por semana a los cuatro aspirantes que habíamos superado la fase de selección y nos sometía a unas extrañas sesiones, que tan pronto me recordaban a un sermón como me hacían pensar en una terapia de grupo para desahogar las tensiones que el curso nos imponía, aunque mi instinto no dejaba de alertarme respecto a cualquier tentación de confiarme en exceso con él. Lo que podía dar por cierto, en cualquier coyuntura, era que no dejaba jamás de someternos a examen.

Durante una de esas sesiones, se nos encaró de pronto para hacernos una pregunta que adivinamos al instante cargada de intención:

—Cuando este curso acabe, si lo pasáis, ¿qué es lo que creéis que os distinguirá, por encima de todo, de quienes no trabajan aquí?

Los cuatro nos miramos. Además de Mazo, que por entonces seguía siendo simplemente el número 3, en la sala estaban el que por aquel entonces giraba aún como número 4, un joven pelirrojo de aspecto inofensivo y acerada inteligencia, y el número 10, un individuo cuatro o cinco años mayor que los demás que destacaba, sobre todo, por su impenetrabilidad. Nadie quiso adelantarse, como Araña preveía.

—No quisiera tener que creer que he fichado a cuatro gallinas.

Con eso sembró la duda en nuestras mentes. Si ser el primero habría podido juzgarse antes como precipitación, quedarse ahora el último iba a equivaler a una muestra de apocamiento. ¿O quizá lo valoraría como una señal de solidez individual, ante el apremio al grupo?

—La pregunta es si estamos en condiciones de saberlo —dijo 4.

—Yo he pensado que era una pregunta retórica —dijo Mazo.

La mirada del número 10 se cruzó con la mía. No vi que estuviera especialmente preocupado por anticiparse. Decidí ser el tercero.

—No lo sé —admití—. Sólo lo intuyo. Prefiero no meter la pata.

Araña dejó que se le escapara una sonrisita mefistofélica.

—¿Y tú, 10? —lo interpeló—. ¿Te ha comido la lengua el gato?

El número 10 no se alteró lo más mínimo.

—Quizá el éxito sea conseguir que no se nos distinga —dijo al fin.

—Premio a la mejor evasiva —juzgó Araña—, pero no tiene mérito, porque te has tomado más tiempo que los demás. Tiene razón el 3: era una pregunta retórica, no contaba con que ninguno la respondiera.

Mazo sonrió satisfecho.

—Puede serviros de lección a todos —continuó Araña—. Las cosas, a menudo, son justo aquello que parecen. Darles vueltas de más, en esos casos, no es sino una forma masoquista de perder el tiempo.

—Seguro que esa pregunta tiene alguna vuelta —apostó el 10.

—Claro —corroboró nuestro instructor—. Más de una. La primera se la has dado tú y la segunda se la daré yo. Lo hago porque alguien se la dio antes para mí y me ayudó así a entenderlo, pero también a partir de lo que he visto y lo que he hecho durante mis años de servicio. Ni un solo día he dejado de confirmar lo que ahora os voy a decir.

Araña sabía captar la atención de un auditorio. Por eso nunca me he olvidado de aquella sesión, ni tampoco de lo que a continuación nos dijo. También yo pude confirmar en la práctica aquella teoría, sobre la que nos instruyó como si de paso nos hiciera saber que, a falta de un par de semanas de curso y de pasar las últimas pruebas, ya nos consideraba prácticamente compañeros. De ahí que nos reconociera el derecho a adquirir plena conciencia de lo que eso significaba.

—Lo que nos distingue, queridos aspirantes, es que para nosotros no rigen los límites a los que se tienen que someter los demás. No sólo no estamos obligados a respetar las leyes, como cuando entramos en una casa sin permiso de un juez, ejercemos violencia sobre alguien o lo privamos de libertad sin tener facultad para detenerlo. Para nuestra actividad es fundamental habituarse a usar del engaño, la sorpresa y la ventaja, y hay una pregunta que nunca nos podemos hacer mientras echamos mano de todo eso para superar a nuestros adversarios.

Aquí se interrumpió.

—¿Alguien adivina a qué pregunta me refiero?

El número 10 respondió como un rayo:

—Si es moral o inmoral actuar así.

Araña asintió, con alguna reserva.

—Casi. El juicio moral se apoya siempre en suelo inestable. Puede ir en un sentido o en el contrario, dependiendo de las creencias de cada cual. La pregunta que nunca podréis haceros cuando estéis abusando de otro que está desprevenido, al que engañáis o violentáis, es si lo que hacéis es legítimo o ilegítimo. La Compañía, con las instrucciones que os imparta, os proporciona una legitimidad indiscutible, y cuando es legítima, cualquier conducta que uno pudiera sentir como inmoral, sea cual sea el criterio al que cada uno se atenga para eso, deja de estar prohibida. Desde apalear a alguien hasta robarle lo que más quiere. Desde estafar a otro hasta forzarlo a hacer lo que no desea.

Se detuvo a sopesar el efecto de sus palabras sobre nosotros.

—La principal consecuencia de lo anterior —prosiguió— es que, en tanto actuéis para la Compañía, debéis ser conscientes de que nada de lo que hagáis podrá saberse, y si algo se sabe, no podrá ampararse. Oficialmente no existís, ni vosotros ni vuestras acciones, y más allá de que hayáis oído hablar de ella antes de entrar aquí, ni siquiera podéis estar seguros de que la Compañía exista o sea esto. Pensadlo por un momento: yo podría ser un impostor, y lo mismo el resto de la gente con la que habéis tratado hasta aquí. Podríamos expulsaros antes de que acabéis este curso, o el año que viene, o dentro de diez, y todo lo que tendríais para contarle a un tercero sería una historia estrafalaria que pensando mal cabría interpretar como un engaño gigantesco en el que habéis caído. Vuestros sueldos los paga una empresa que está registrada bajo una actividad que nada tiene que ver con los fines de la Compañía. No sería muy difícil que se llegara a creer, si sostenéis haber sido parte de ella, que sois unos pobres chiflados.

Un espeso silencio se apoderó de la sala. Quien más y quien menos, todos los que allí estábamos habíamos contemplado la posibilidad. No sólo por la circunstancia que Araña acababa de mencionar y que todos habíamos podido observar en nuestras nóminas desde el primer mes; sino por la ausencia de formalidades de cualquier tipo, por los sitios donde nos formaban y nos alojaban y el reducido grupo de personas con que tratábamos. Según la excusa que nos daban para justificarlo, la idea era replicar en todo la manera de operar de las organizaciones a las que tendríamos que enfrentarnos, que recurrían a la clandestinidad y a los compartimentos estancos para preservarse. Lo que para ellas era garantía de supervivencia, para la Compañía era condición de su eficacia. Con toda su malicia, Araña acababa de poner sobre la mesa que aceptarlo así, después de todo, no pasaba de ser un acto de fe.

—No os iréis a asustar ahora, ¿no? —bromeó—. También tengo algo para tranquilizaros. Algo que os convencerá de que no os habéis unido a un grupo de malhechores ni habéis caído en manos de una pandilla de timadores psicópatas, y que viene a ser la tercera vuelta que tiene la pregunta que os hice al principio. ¿Por qué pensáis que se os permitirá diferenciaros así del resto, haciendo lo que nadie puede hacer?

En este punto, ninguno osó abrir la boca. Araña tampoco lo esperaba.

—Aquí está la clave de todo —dijo—. La Compañía os dará licencia para saltaros las leyes y la moral, la vuestra y la de cualquiera, porque sus fines son limpios y justos. Y para merecer formar parte de ella, y poder hacer uso de la prerrogativa de pasar por encima de los demás, tendremos que estar seguros de que vosotros sois limpios y justos, los más limpios y justos que podemos encontrar. Porque así haréis lo que hagáis sólo porque es necesario, y no dudaréis nunca al hacerlo.

Pienso ahora, al recordarlo, si esto es lo que Araña dijo o lo que yo entendí porque era lo que necesitaba entender para no cuestionar lo que iban a exigirme. Y me pregunto si cada uno de los otros tres no extrajo de sus palabras algo diferente, si su discurso no era tan sutil como para que por ejemplo a Mazo, a quien movían otras razones, le aportara una justificación distinta, que era la que le convencía a él.

Sea como fuere, los cuatro superamos todas las pruebas y llegó el día en que así se nos notificó formalmente, o todo lo formalmente que la Compañía aceptaba hacer las cosas. Además de la felicitación de Araña y del resto de los instructores, nos impusieron los nombres de guerra por los que nos llamarían en adelante. A Mazo le cayó el suyo por lo expeditivo que se había mostrado en un par de episodios de confrontación física. Al número 10 lo llamaron Corcho por su probada inclinación a la insensibilidad. El número 4 pasó a ser Clavo, por la exactitud con que solventaba los encargos más prolijos. Y cuando le tocó explicar mi apodo, Araña no se anduvo con medias tintas:

—Púa, porque eres fino y astuto, y porque eso es lo que te salva, a pesar de tus antecedentes, de convertirte en un inútil sentimental.

Nada pude responderle. Me fastidiaba que me hubiera calado tanto.

15

Nadie

Ni cuando lo veo llegar en su deportivo negro, ni mientras observo cómo maniobra para aparcarlo y después cómo abre la puerta y se baja con ese aire de desdichado que no le abandona desde hace días, me inspira Buitre el menor de los sentimientos. Lo que en este instante me ocupa, por encima de cualquier otra consideración, es que la operación que tengo planeada se ejecute rápida y limpiamente. El lugar es el que entre todos los que frecuenta me ha parecido más a propósito, el chalet de las afueras donde tiene su negocio. La hora, cuando hay menos movimiento por allí, hacia mitad de la mañana. Sin embargo, en lo que va a ocurrir a continuación sólo voy a ser un espectador que deposita la suerte que correrán sus asuntos en manos ajenas, y esa siempre es una situación que genera incertidumbre y justifica la inquietud.

Tampoco me produce alegría ni tristeza ver cómo uno de los dos hombres encapuchados sale de pronto de detrás de una esquina y se le acerca por la espalda, para trabarlo por el cuello con el antebrazo mientras el otro, antes de que tenga tiempo de reaccionar o de gritar, le clava en el hombro una aguja y le inyecta el potente narcótico que lo privará de voluntad y les permitirá a quienes se acaban de apoderar de él arrastrarlo hasta la furgoneta que tienen aparcada en la propia calle. Sólo pienso en que la presa que le hace el primero sea lo bastante firme y en que el segundo no sea demasiado torpe con la jeringuilla.

Los dos hombres cumplen celosa y eficazmente con el encargo. Los he contratado a través de un intermediario de toda confianza y no he escatimado en su remuneración. La tacañería no es sólo el más lóbrego de los vicios, sino el reclamo más seguro para atraer el desastre. Quien trata de ahorrar con lo que no se ocupa de resolver personalmente se expone a pagar el precio más alto. No puede exigir entrega, ni lealtad, ni que el ejecutor se comprometa a todo trance con el éxito de lo que se le encomienda. Me alivia ver que mi inversión rinde sus frutos y que mis dos contratistas se fajan con diligencia y resolución. Se las arreglan para reducirlo, neutralizarlo y llevárselo de allí sin que la operación sufra interferencias ni quede expuesta a la vista de terceros. En apenas un minuto, la furgoneta se pone en marcha con su carga a bordo.

No me apresuro a salir tras ella. Sé perfectamente a dónde va y no tengo ninguna necesidad de seguirla por el camino. De hecho, prefiero que cada uno vaya por su lado y no temo que quien está al volante de la furgoneta tenga la tentación de desviarse de la ruta preestablecida. Así que aprovecho para cerciorarme de que nadie, especialmente en el interior de la casa, se ha percatado de lo que acaba de suceder. Pasan los minutos y nada altera la paz del mediodía en la urbanización. Más tarde o más temprano alguien verá el coche aparcado y se preguntará dónde está su conductor, pero me atrevo a esperar que incluso en ese caso la alerta no será inmediata. Seguramente Buitre va y viene sin dar demasiadas explicaciones a sus subalternas, por lo que tras advertir su ausencia no van a apresurarse a denunciar su desaparición. Para cuando piensen en ello, ya estará hecho. Arranco el motor de mi coche alquilado y me incorporo plácidamente a la vía. Ha salido el sol. Va a ser agradable circular sin prisa por los alrededores de la Ciudad.

En efecto, para llegar a mi destino no necesito cruzar por el casco urbano. Tomo una carretera de circunvalación y atravieso un paisaje en el que se alternan viviendas, edificios industriales y montes donde nadie ha tenido todavía la codicia de construir. Tomo una desviación y tras atravesar un pueblo en el que conviven los edificios tradicionales con los de nuevo cuño salgo al polígono que se extiende a las afueras del núcleo de población. Busco la nave, en una de las calles exteriores del polígono. Da a un campo verde, y más allá a un arroyo, y aún más allá a un monte cubierto de árboles. Un buen lugar para deshacerse de un cadáver, pienso, aunque no es algo que vaya a hacerme falta.

Tengo llaves del portón de la nave, que he alquilado por dos meses a buen precio. Quienes hicieron el polígono, como tantas veces sucede en los asuntos humanos, contaron con un futuro más halagüeño de lo que la realidad les trajo después. Lo abro y veo la furgoneta aparcada a un lado del pequeño muelle de descarga que hay dentro. Pienso que cuando todo termine no será mala idea, además de pedirles que me devuelvan el otro juego de llaves, cambiar las cerraduras. Nunca hay que confiar de más en aquellos en quienes confías. Guardo el coche y cierro el portón. Tras años en desuso, la nave es un lugar húmedo y frío. Sin apenas ventanas, y con la iluminación principal sin conectar, se ve desolada y oscura. Al fondo, a la derecha, hay un resplandor amarillento. Veo que han cumplido fielmente mis instrucciones.

Camino hacia el resplandor. Procede de una especie de taller anexo a la nave principal. Sobre una colchoneta depositada a su vez sobre una amplia mesa de trabajo está Buitre, todavía inconsciente. Le han atado tobillos y muñecas a la estructura de la mesa. Su propio peso, que por la longitud y la tensión de las ligaduras apenas va a poder desplazar, contribuye a que la sujeción sea lo bastante firme. No son unos aficionados, está claro, aunque hay algo de lo que les pedí que no han hecho. Pienso cómo decírselo sin que parezca una recriminación. Les he pagado bien, pero uno debe tener claro quién está a su merced o le es incondicional, y con ellos no sucede ni lo uno ni lo otro.

—Hacedme un favor. Quitadle la ropa antes de que vuelva en sí.

Se miran. Uno de ellos ofrece una disculpa.

—Aquí hace frío, por eso hemos pensado que...

—Lo entiendo —digo—. Pero quitadle la ropa.

El que ha hablado, el más moreno de cabellos y piel, se encoge de hombros y le hace al otro, de piel clara y ojos azules, una seña con la barbilla. Se aplican a la tarea, para lo que desatan los miembros de forma consecutiva, uno por uno, y le sacan las prendas del mismo modo. Son dos hombres en torno a la treintena, lo bastante robustos como para reducir a Buitre e incluso a un par como él, pero a la vez metódicos y diestros con las manos. Cuando van a volver a atarle uno de los pies, después de sacarle la pernera del pantalón, les aclaro:

—Toda la ropa.

Sin rechistar, el moreno vuelve a desatarle el pie mientras el de los ojos azules le baja los calzoncillos hasta los tobillos. Me fuerzo a mirar la desnudez del hombre como podría mirar la de un gorrión en un parque o la de una sardina en el mostrador de una pescadería. A los efectos que vienen a continuación, su cuerpo deja de ser el envase de una persona para convertirse sólo en el instrumento de mis designios. Todo lo que nos creemos, todo cuanto imaginamos o soñamos, queda sometido de la manera más apabullante a esa circunstancia: la de estar ligado a un cuerpo que puede acabar cayendo en manos de otros.

Una vez que han terminado de desvestirlo, me cercioro de que no han dejado de tomar la última de las disposiciones que les encargué.

—¿Habéis traído la capucha?

No me refiero a las suyas, que se han quitado y veo sobre una mesa cercana. El moreno se inclina sobre una mochila que ha dejado junto a ellas y de uno de los departamentos exteriores saca una capucha de tejido ligero, pero lo bastante oscuro como para velar la visión.

—Aquí está —dice mostrándola.

—Colocádsela. Vamos a empezar.

Mientras ellos le colocan la capucha, camino sin apresurarme hacia el coche. Una vez junto a él, abro el maletero y saco el maletín con mis cosas. A los dos hombres sólo los necesito para reducirlo, transportarlo y después devolverlo a su vida. Los términos de nuestro acuerdo así lo contemplan, lo que los exime de padecer mayor cargo de conciencia y de la necesidad de preocuparse por lo que va a sucederle al prisionero. No les valdría ante un tribunal para librarse de una condena como cómplices de mis delitos, además de autores del secuestro, pero a sus efectos particulares, y también para establecer su retribución, hay una diferencia entre tener que mancharse las manos o dejarle esa parte a otro. En todo caso, y como es de interés mutuo, para ellos y para mí, les he dado garantías de que Buitre no sufrirá daños irreparables y actuaré con la limpieza necesaria para que la justicia no llegue nunca a pedirnos cuentas.

De regreso junto a mi cautivo, abro el maletín sobre la mesa en la que los dos hombres han dejado sus capuchas y la mochila y extiendo sobre ella mi instrumental. Veo cómo se fijan en la jeringuilla y en la cámara fotográfica y en el estuche negro donde guardo el resto y que por el momento mantengo cerrado. Extraigo con la jeringuilla la dosis justa para sacarlo de su inconsciencia y se la inyecto sin vacilación. Me acuerdo de cómo al principio me daba aprensión clavar una aguja en un cuerpo, y más aún inyectarle algo. La práctica, con otros y conmigo mismo, ha despojado a ese acto de cualquier excepcionalidad.

El hombre desnudo y atado tarda un poco en volver en sí. Empieza a agitar primero los miembros, en breves convulsiones, y cuando comprueba que los tiene sujetos empieza a sacudirse con fuerza y a mover la cabeza a un lado y a otro. Lo oigo jadear bajo la capucha y su pecho empieza a subir y a bajar con frenesí. Al final, de su garganta brota una especie de gemido, que se transforma en grito y al cabo de unos segundos se articula y acaba pareciéndose a estas palabras:

—¿Dónde estoy? ¿Quién hay ahí?

No le respondo inmediatamente. Dejo que su conciencia regrese del todo, que esa sensación de horror y desorientación se asiente en él.

—¿Quién es? ¿Qué quiere?

Cruzo una mirada con mis acompañantes. El moreno contempla la escena con rostro inexpresivo y los brazos caídos a lo largo del cuerpo. El de los ojos azules, con la frente arrugada y las manos cruzadas a la espalda, parece albergar algún escepticismo hacia lo que ve. Me da con ello un empujón y un aliciente para probarle que sé lo que hago.

—Hola, Buitre —digo al fin.

—¿Buitre? ¿Quién es Buitre? —pregunta el aludido.

—Tú. Acostúmbrate. Desde ahora, y hasta que se

te diga, ese eres tú. Buitre. Un ave carroñera. O una carroña, si las cosas se tuercen.

—¿Dónde estoy? —repite.

—No debías de ser muy buen policía, por lo que veo. No sabes leer una pista ni siquiera cuando es tan evidente como las que te doy.

—¿Qué pista? ¿Qué quiere decir?

—En el infierno, Buitre —le susurro al oído—. Estás en el infierno. Que es lo que tú ya sabes que te has ganado más que de sobra.

—¿Quién es usted?

—Eso ya lo has preguntado, y por algo no se te ha respondido. Yo soy Nadie, como tú y como cualquier marinero solo ante la tormenta. Quienes han querido que tú y yo estemos aquí, para compartir esto, lo prefieren así. Que sea Nadie quien te ayuda a vivirlo y a saborearlo para que no te distraigas de lo que verdaderamente importa.

—No entiendo nada. ¿Le envía...?

—Chssst. No sigas por ahí. Eso no lo sabrás nunca.

—¿Y qué quiere de mí? ¿Dinero?

Hago lo que más puede dolerle. Me río.

—¿Dinero? No, no quiero tu dinero, ni el de nadie. Si crees que esto lo hago por dinero entonces es que no has comprendido lo que tienes encima. Yo no estoy en venta. Es mucho peor para ti: estoy convencido de que mi deber es hacer lo que me dispongo a hacer contigo.

—¿Y qué es lo que vas a hacer? —estalla—. ¿Quién te manda?

—Me gusta que me hagas preguntas que no voy

a responder. Los hombres no lo entienden, pero dice más su silencio que su voz.

Miro al de los ojos azules. La frente se le ha desarrugado, los ojos se le han abierto de par en par y ya no parece dudar de mí. Lo constato amargamente: nada se me ha dado en la vida como hacer esto.

16

Sombra

Para mi sorpresa, tanto a mí como al resto de los aspirantes con los que había compartido el curso se nos destinó a la división de la Compañía encargada de contraterrorismo. Tras el asombro inicial, comprendí que tanto en mi caso como en el de los demás lo único que había estado en duda era si teníamos la capacidad para responder a todo lo que nos demandaría la tarea. Que esta, si superábamos todas las pruebas, iba a desarrollarse en ese campo era algo que Araña y quienes le daban las órdenes tenían claro desde el principio. Nuestros perfiles habían sido escogidos bajo esa premisa, y también obedecían a ella todas las enseñanzas y todas las pruebas a las que nos habían sometido durante nuestro proceso de formación y selección. Nunca nos lo dijeron de manera explícita, porque ese no era el estilo de la Compañía, pero con el tiempo no me quedaría la menor duda de que había sido así.

Decir que estábamos destinados en la división de contraterrorismo no significa que nos enviaran a un departamento donde pudiéramos tener relación con decenas de agentes de la misma especialidad. Lo único que cambió fue la casa particular donde pasamos a tener nuestro lugar de trabajo, un espacioso piso en el centro de la Ciudad en el que nunca coincidimos con más de media docena de personas. Si tenía la Compañía alguna oficina al uso, esto es, con aspecto exterior o interior de tal, a nosotros no se nos iba a dar la oportunidad de conocerla.

Aquel fue mi primer contacto con la Ciudad. Araña, que había sido nuestro guía hasta allí, en las otras dos casas de la Compañía por las que habíamos pasado, lo fue también en nuestro aterrizaje en aquel lugar donde la organización a la que debíamos combatir tenía uno de sus principales centros de operaciones, además de una buena parte de la red de apoyo que la sustentaba. Lo primero que debíamos aprender era a dejar de parecer los forasteros que todos éramos allí, y en eso nos ocuparon las primeras semanas. No sólo debíamos familiarizarnos con la geografía de aquel territorio desconocido y con las costumbres y las particularidades de su gente, sino también perder el acento que cada uno traía para hacerlo indistinguible del de la población autóctona. En cierto modo, era más difícil que aprender otra lengua, esfuerzo que el trabajo no iba a exigirnos, porque es más fácil descuidarse en el idioma en el que te has expresado desde la infancia. De nuestra instrucción en ese particular se ocupaba una mujer de unos cuarenta años, huraña y distante, y a la vez meticulosa e inflexible. Nunca nos dijo su nombre, tampoco tenía nombre de guerra. La llamábamos sólo Profesora.

Una vez que ella y Araña consideraron que estábamos lo bastante pulidos como para salir a la calle, empezaron a asignarnos nuestras primeras misiones. En teoría ya se trataba de acciones operativas, pero tanto por su carácter como por lo que vendría luego, más bien habría que considerarlas como unas prácticas previas a la acción de verdad. Lo corroboraba el hecho de que jamás nos dejaran solos y tampoco se nos permitiera nunca formar equipo con otro agente novato. Por lo que pudiera pasar, se nos emparejaba siempre con un veterano, que ejercía sobre nosotros una autoridad jerárquica y a la vez, como no podía ser de otra manera, evaluaba nuestro desempeño efectivo.

A mí me tocó un personaje singular. Era algo más joven que Araña y por su aspecto se le habría podido confundir con un empleado de una caja de ahorros o de cualquier otra empresa igualmente anodina. Se dejaba o se afeitaba, según conviniera, un bigotito ralo y anticuado, que combinaba, también a discreción, con un variado surtido de gafas que en realidad no necesitaba para nada. Su nombre de guerra, que no podía ajustársele más, era Sombra, y con él perfeccioné hasta extremos de los que jamás me habría creído capaz el arte del seguimiento.

Me acuerdo del día que Araña me lo presentó. Me llamó al cuarto que le hacía de despacho, que era uno de los más pequeños del piso y donde sólo tenía una mesa, una silla giratoria y un par de butacas. Cuando entré, tras golpear en la puerta abierta, vi a Araña en la silla y al otro en una de las butacas. Ninguno de los dos se levantó. Sombra me observó como si no le interesara mucho más que el papel pintado de la pared que tenía detrás de mí. Araña me invitó con un gesto a sentarme en la butaca que quedaba libre. Obedecí, naturalmente.

—Cómo lo llevas, Púa —me preguntó.

—Bien. Preparándome.

—¿Y no te impacientas?

—Supongo que no debo. Por algo se me hace esperar.

—¿Tú dirías que ya estas listo para salir ahí fuera?

—No soy quien tiene que decirlo.

—No hagas tanto honor a tu apodo. Mójate, hombre.

—Sí.

—Eso está bien. Sin titubeos. Quien titubea aquí está perdido. —Y volviéndose a Sombra, le consultó—: ¿Cómo lo ves tú?

Sombra acogió la pregunta con un fruncimiento de entrecejo.

—Habrá que averiguarlo —dijo sin énfasis.

—Púa, te presento a Sombra —se me dirigió de nuevo Araña—. No es la alegría de la huerta ni el conversador más ameno, diría que no es tampoco una persona simpática ni agradable en ningún sentido, pero va a ser tu compañero, tu ejemplo y tu pareja por esas calles grises y húmedas que hay al otro lado de la ventana, así que te sugiero que le encuentres alguna virtud que te ayude a soportar su presencia.

Sombra no reaccionó en modo alguno a esa descripción.

—Se la encontraré —dije.

—En cuanto a ti, Sombra, ya sabes lo que se te supone y se espera. A Púa ya lo hemos seleccionado como agente y hemos invertido en él unos cuantos esfuerzos y recursos, por lo que sería preferible que le ayudaras a sernos útil, pero si por algún motivo no lo vieras factible, espero que me lo transmitas para destinarlo a alguna otra labor o para devolverlo a esa vida insustancial que llevan los demás mortales.

Tampoco yo juzgué oportuno reaccionar.

—Confío en que aclarado lo anterior —añadió Araña—, ninguno de los dos tenga la sensación de que no sabe a dónde va ni con quién ni qué es lo que está en juego. En ese entendimiento se os juzgará.

—¿Podemos irnos? —preguntó Sombra, impertérrito.

—Tan pronto como sepas a dónde.

Sombra se puso entonces en pie, lo saludó con una inclinación casi imperceptible de cabeza y con otra me indicó que lo siguiera. Una vez que estuvimos en la calle, me dijo algo que no se me ha podido borrar de la memoria. A fin de cuentas aquella era mi primera acción real.

—Sobre todo, no tengas miedo, ni a él, ni a nadie. Algo puedes tener seguro: van a echarte y vas a morir. Sólo es cuestión de tiempo.

Dejó un instante de silencio antes de remachar:

—Y el tiempo es sólo una ilusión.

Con Sombra, que desde luego no era agradable ni simpático, pero estaba hecho de mejor pasta de lo que a primera vista parecía, me hice a los rincones, las perspectivas, los muros, las aceras y los agujeros de la Ciudad. Gracias a él, aprendí dónde podía estar tranquilo, nunca del todo, y dónde convenía andar con cien ojos y otros cien ojos más por si acaso. Me enseñó a reconocer el peligro en los espacios que parecían ser seguros y dónde podía encontrar refugio en territorio hostil. De su mano me adiestré en el arte de leer las intenciones y los secretos de la gente debajo de su apariencia ordinaria y me curtí en la paciencia que hacía falta para no perder un rastro o para aguardar a recobrarlo. Y me dio, por añadidura, las más valiosas lecciones acerca de cómo dejar de figurar en un lugar para confundirse por completo con su paisaje.

Nuestras correrías se desarrollaban principalmente en los barrios más conflictivos, allí donde nuestros enemigos no sólo disponían de escondrijos y almacenes, sino sobre todo de una tupida red de espías, colaboradores y simpatizantes. Por lo que deduje, Sombra se había convertido en los mejores ojos y oídos que la Compañía tenía allí, y sin duda el propósito de Araña al asignarme a él, además de complicarle un poco su ya de por sí peliaguda tarea, era que me familiarizara al máximo con los conocimientos que lo capacitaban para desempeñarla.

Después de las primeras exploraciones, que me permitió hacer con él, me aclaró que esa no podía ser la forma de abordar una acción.

—A partir de ahora, entraremos por separado. Mantendremos en lo posible contacto visual entre los dos, pero siempre a distancia. Y si te pierdo o me pierdes, no te pongas nervioso. Fijaremos con antelación puntos de encuentro para recobrar el contacto con un intervalo de tiempo prefijado. Si uno falla dos veces, el otro lo busca, y si en cinco minutos no lo localiza, sale pitando de la zona y avisa a la base.

Parecía complicado, pero con un poco de práctica acabé bordando la técnica. Casi nunca lo perdí, y las pocas veces que sucedió volvimos a reunirnos antes de que fuera necesario abortar la operación. Para lo que era un verdadero artista, y eso ayudó mucho a que no tuviéramos contratiempos de importancia, era para disfrazarse y mimetizarse con el paisanaje entre el que debíamos movernos. Alguna vez vi posarse sobre mí o sobre él alguna mirada de recelo, porque allí habría sido imposible no provocarlas, pero nunca llegó a dar paso a una sospecha frente a la que fuera necesario reaccionar de forma excepcional.

De todos los trabajos que compartí con él recuerdo sobre todo el que nos exigió más dedicación, y también correr más riesgos. Por lo que me contó, que nunca era más de lo estrictamente indispensable para hacer mi cometido, teníamos informes de que se había instalado en la Ciudad uno de los responsables operativos de la organización, con el encargo de poner en marcha una oficina de reclutamiento. No había muchas más pistas, tampoco de la zona donde podía esconderse, si es que no observaba, como resultaba más probable, la precaución de ir cambiando de alojamiento con frecuencia. Lo que podíamos prever era que antes o después entrarían en contacto con él los nuevos reclutas, y Sombra asumió una tarea que al principio parecía inabarcable: seguir a todos los simpatizantes que nos constaba que se encontraban en proceso de radicalización. Durante semanas, nos convertimos consecutivamente, varias horas al día, en la sombra de decenas de chavales. Los objetivos tenían la ventaja de que no eran gente demasiado ducha en las tácticas de la acción clandestina: sus contravigilancias, cuando las hacían, eran toscas y fáciles de burlar. Lo más penoso era tener que controlar a tantos, uno detrás de otro.

Así fue, comparando sus patrones de movimiento, como dimos en uno de sus barrios fuertes con un local a donde acudieron varios de ellos. Lo controlamos extremando las precauciones, porque allí sí que mantenían una contravigilancia efectiva, hasta que vimos entrar a un hombre que tenía toda la traza, por estatura, complexión y actitud, de ser aquel al que buscábamos. Apenas lo vio, y comprobó que también yo lo había visto, Sombra me hizo una de las señas que para aquellos casos teníamos convenidas, me dejó de centinela y fue a dar aviso.

Cuando el objetivo salió, tres horas después, ya había un dispositivo listo para seguirlo. Un par de semanas después aparecía a toda plana en el periódico la noticia de su captura, junto con otra docena de militantes de la organización terrorista, en lo que el redactor presentaba como un golpe decisivo a su estructura de captación. En la foto que ilustraba la noticia se veía al jefe policial al que se le acreditaba aquel éxito.

Sombra, que me vio leyendo el periódico, observó:

—He ahí una pechera que ya siente el picor de la medalla.

No supe qué responderle. Se avino a explicár-
melo.

—Lo que te digo es que te vayas acostumbrando.
A que te compense tu propia satisfacción interior.
Medallas, a ti, no van a caerte.

Lo decía con una especie de orgullo, que entendí
que ni la más alta condecoración podía igualar. Ahí
empecé a sentirlo yo también.

17

Una demostración

Buitre, como tantos otros, no está preparado para afrontar el silencio sin perder la compostura ni la dignidad. Cuando ve que transcurren los segundos y nadie dice ni hace nada, empieza a cabecear y a jadear y acaba por elevar al cielo una súplica que el cielo no va a atender.

—Que alguien me diga de qué va esto... Por favor.

Continúo en silencio.

—¿Para qué me habéis quitado la ropa?

Su voz suena entre furiosa y asustada. Ese era el propósito. Ahora que está fuera de sí, ahora que el miedo lo atraviesa de parte a parte y no le deja pensar con claridad, es cuando al fin puedo hablarle.

—Para qué te crees tú, Buitre.

—¿Yo? Yo qué sé. ¿Quién coño eres? Dímelo.

—No, ya te he dicho que no voy a decírtelo, así que no vuelvas a gastar saliva para preguntarlo, que la vas a necesitar. ¿De verdad estás seguro de que prefieres que te hable? A veces lo que más duele son las explicaciones. A veces es mejor no entender mucho lo que pasa.

—¿Qué quieres de mí? ¿Buscas información? ¿Sobre qué?

Vuelvo a reírme.

—¿Información? No, no me interesa nada de lo que eres, ni de lo que haces, ni de lo que sabes. Todo lo que necesitaba saber ya lo he averiguado yo antes de traerte. Por eso estás aquí y estás así.

—¿Entonces, qué es esto, una puta broma?

—No. Una demostración.

—Una demostración... ¿De qué?

—De varias cosas. ¿Insistes en que te lo explique con palabras?

—Lo que quiero es que me sueltes y me devuelvas la ropa.

—Y yo volver a creer en los Reyes Magos. Lo interpretaré como un sí. Verás, Buitre, el objeto de nuestra entrevista es transmitirte de la manera menos equívoca posible que en adelante debes enmendar tu comportamiento. En qué sentido, ni lo sé ni me importa. Tú sabrás, nadie sabe mejor que uno mismo en qué está en falta. Lo que a mí se me ha encargado que te demuestre es que no tienes escapatoria. Que en cualquier momento podemos caer sobre ti y hacer contigo lo que se nos antoje. En fin, que tu vida no vale un céntimo si desobedeces.

—¿Si desobedezco a quién? ¿Quiénes sois?

—Los monstruos de tus pesadillas. Me preguntaste antes por qué te hemos quitado la ropa. He traído conmigo una cámara fotográfica y un par de cosas más y para lo que pretendo hacer con ellas la ropa me estorba, esa es la razón. También porque he visto que es buena, sería una pena estropearla. Y dicho esto, no quiero quitarte ni perder yo más tiempo del imprescindible. Voy a poner manos a la obra.

—¿Qué vas a hacer?

—Te lo iré indicando, si tanto lo deseas. ¿O mejor no?

Trata en vano de zafarse de las ligaduras. Mientras abro el estuche observo de reojo a mis dos acompañantes. Se mantienen en segundo término, como si todo aquello no fuera con ellos. Preferiría no tenerlos ahí observando, pero voy a necesitar su ayuda cuando vaya a sacarle las fotos. Asumo que no son personas sensibles y que no se espantarán de lo que van a ver. Primero saco el bote de pintura roja y el pincel. Es lo bastante grueso como para que las letras sean bien visibles. Por suerte lleva rasurado el vello del pecho y no tengo que usar la cuchilla que había traído por si acaso. Abro el bote, mojo dentro el pincel.

—Voy a pintar un poco —le digo—. Utilizándote a ti como lienzo. No sé si has tenido alguna vez esa sensación. Que tu cuerpo no es tu cuerpo, sino que es de otro que lo ha adquirido. Pagando por él o sin pagar, como es el caso aquí. Ahora vas a poder experimentarla.

No me pregunta qué voy a pintar. Jadea sin más bajo la tela.

—Allá voy. Sentirás unas cosquillas. No te muevas.

Deslizo el pincel sobre su piel y da un respingo.

—Quieto, te he dicho —le insisto—. O no quedará bien.

—Suéltame, cabrón —maldice.

Lo esperaba. Mirándolo bien, ha tardado. Contaba con que perdiera los estribos mucho antes. Ese primer insulto que me dirige es la señal que estaba esperando, la que me autoriza a hacerle daño por primera vez. El abanico de posibilidades que ofrece un hombre completamente indefenso es casi ilimitado, así que escojo un golpe que combina dos cualidades: resulta especialmente doloroso y no le va a causar ninguna lesión duradera. Se lo descargo con decisión y al recibirlo se encoge y deja escapar un aullido ahogado. Ahí le informo, con dulzura:

—Puedes gritar, si te desahoga. Aquí no hay nadie que pueda oírte y no me molesta que lo hagas. Aunque mejor te recomiendo que hagas caso a lo que se te dice. Así esto será más corto y sufrirás menos.

Vuelvo a apoyar el pincel, Buitre vuelve a revolverse, reproduzco el golpe, esta vez en el otro lado. Ahora sí que deja escapar un grito.

—Vamos, inspector —le digo—. Ahórrese el tercero.

No vuelve a moverse hasta que termino de trazar el rótulo sobre su pecho, con letras que me salen regulares y vigorosas. Lo que dicen es lo de menos; he optado por un mensaje simple y vulgar, que es lo que más salta a la vista en una imagen fotográfica. Lo que importa es que la leyenda, plasmada sobre su desnudez, le resulte lo más humillante posible. La repaso un poco. El efecto queda plenamente conseguido.

—Esto ya está —le informo.

—¿Qué me has escrito encima?

—¿No lo has adivinado por el trazo del pincel? Menudo sabueso de pacotilla estás hecho. No importa, ya lo leerás. Ahora pasaremos a la segunda parte. ¿Cómo llevas lo del dolor? Por lo que me ha parecido antes, eres un poco flojo. Lo tendré en cuenta, no te preocupes.

—¿Dolor?

—Sí, dolor —le confirmo—. Por desgracia es necesario. Como te he dicho, esto es una demostración. Si sólo te doy cháchara y pintura, no te demostraré como es debido algo que quiero que comprendas.

—El qué.

—Que no tengo ningún inconveniente en hacerte daño. Tanto daño como no puedas soportar. Que soy cruel y no tengo escrúpulos.

—¿Qué me vas a hacer?

—Tranquilo, no te voy a cortar nada. No me gusta derramar sangre sin necesidad, y tampoco me dedico a las miniaturas, así que tus cosas están a salvo. Prefiero recurrir a las fuerzas de la naturaleza.

—¿Qué fuerzas?

—La diferencia de potencial. ¿La conoces?

—No serás capaz...

—Ya te digo yo que sí.

Saco el transformador y lo enchufo con un cable a la corriente. De entrada lo fijo en un nivel suave. Empuño las pinzas y las aplico. Lo pillo desprevenido y la espalda de Buitre se arquea violentamente.

—¿Qué tal? —me intereso.

—No vuelvas a ponerme eso, por favor —suplica.

—Al revés, lo voy a poner un poquito más fuerte.

Lo subo un poco y lo vuelvo a aplicar. Otra sacudida, otro grito. Esta parte no deja de producirme desasosiego, resulta inevitable sentirlo si uno no es un enfermo o un demente, pero como otras veces me obligo a soportarlo por el fin superior que persigo. De manera que durante las descargas siguientes prolongo un poco más el castigo y subo otros dos puntos. Después de media docena de descargas, el sudor barniza su piel y el pecho se le agita como si le faltara el aire. Estoy lejos del nivel que pondría en peligro a un hombre joven y sano como él, pero juzgo que ya le he hecho ver suficientemente de lo que soy capaz.

—Voy a parar aquí —le digo—. Por esta vez. Si me obligas a que haya una próxima, no pararé. Te juro que puedo seguir subiéndolo hasta que revientes, y que luego te tiraremos por ahí y nos iremos a cenar con la sensación del deber cumplido. ¿Te queda claro?

—Sí, sí, me queda claro —grita.

—Ahora quitadle la capucha —les pido a los dos hombres, que hasta aquí han estado presenciando el espectáculo sin mover un músculo—. Voy a hacerle las fotos y quiero que se le vea bien la cara.

Antes de hacer lo que les pido, ambos se cubren con sus capuchas. Yo me quedo con el pasamontañas, que no me he quitado desde que entré y que mantendré hasta que acabe. Mis dos auxiliares no necesitan conocer mis facciones, ni lo exigen, porque para eso han cobrado por adelantado la mitad de sus honorarios, y por supuesto tampoco hace falta que Buitre se quede con mi cara. Cuando le sacan la tela de la cabeza abre mucho los ojos y respira con ansia mientras busca a su alrededor alguna respuesta. Yo estoy detrás, preparando la cámara, por lo que debe contentarse con las dos fornidas figuras de negro que lo observan con los brazos cruzados y con el destartalado escenario en el que se desarrolla la sesión. En su expresión se advierte un desamparo absoluto, que es justamente lo que quiero que sienta. Encuentro que hay cierta justicia en el hecho de que saboree algo de lo que él se ha acostumbrado a identificar o provocar en otras personas para así aprovecharse mejor de ellas, pero no es por eso por lo que se lo hago sentir, ni busco ahí ninguna disculpa para mi conducta.

Lo rodeo, me pongo frente a él y le apunto con la cámara. Es una de esas que imprimen las fotografías justo a continuación de hacerlas. No serán de extrema calidad, pero la potente lámpara que lo ilumina, y que le impide ver de mí más que una silueta borrosa, facilitará que la imagen no deje lugar a dudas sobre la identidad del fotografiado.

Disparo una, dos, tres veces. Voy dejando las copias sobre la mesa.

—Sonríe, hombre. Con esa cara de cagado quedas aún peor.

No sonríe, pero trata de recomponer el gesto. Con media docena es más que suficiente, calculo. Trato de evitar que se le vean las ligaduras de los tobillos hasta que se me ocurre un refinamiento perverso.

—Desatadle un momento los tobillos —pido a mis hombres.

Buitre no entiende, y cuando lo desatan flexiona

las piernas, como en un espasmo. Aprovecho el momento para tirarle otra fotografía.

—Esta es la mejor de todas —opino, mientras recojo la copia—. Aquí parece que te está gustando y todo. Volved a atárselos, por favor.

—Serás... —maldice, pero no se atreve a terminar.

Tampoco yo me quedo a escucharlo. Con las copias y la cámara en la mano vuelvo a rodear la mesa y me coloco otra vez detrás de él, donde no puede verme. Es el momento de darle el toque final.

—Antes de ponerte otra vez la capucha y volver a dormirte, quiero que veas un par de cositas, para que nunca te olvides, ni de mí, ni del aviso que he venido a darte. Pero primero mira qué guapo estás.

Le pongo delante la foto que acabo de hacerle.

—¿Qué vas a hacer con esa foto? —murmura.

—Lo que me parezca. Nada, si te portas bien. Mira esta otra.

No me costó demasiado hacer la que ahora le muestro. Utilicé un buen teleobjetivo y se les ve perfectamente. Al niño, a la niña, a la madre, delante del colegio.

—No —grita—, no te atreverás. Ellos no tienen nada que ver.

—Ponme a prueba —le reto—. Sería una pena que pagaran ellos por la mala cabeza de su padre, pero así es la vida, pura injusticia.

—Si les pasa algo...

—Te dejaré vivir para verlo, y te odiarás antes de que acabe contigo. Hay una cosa más. Mientras te vigilaba te vi con esta chica.

Le enseño una foto de Vera. También tomada con teleobjetivo.

—¿Qué pasa con ella?

—Que la vas a olvidar, para siempre. Que no la vas a volver a ver, ni a buscar, ni a dejarte encontrar si te busca ella. ¿Te queda claro?

—Y eso por qué.

—Porque me sale a mí de los huevos. Me revientan los chulos.

Buitre palidece. Ordeno que vuelvan a encapucharlo. Está hecho.

18

El miedo

Un par de veces al año regresaba a mi ciudad natal y pasaba allí unos días para descubrir que cada vez pertenecía menos a ella y a mi vida anterior, a cualquier cosa que no fuera la Compañía y la existencia anómala que implicaba ser uno de sus agentes. Me descorazonaba ver a mis padres, cada vez más agachados y sin esperanza, cada vez más viejos y sin energía, y encima atenazados por el miedo inabarcable que les infundía mi misteriosa ocupación, de la que nada podía contarles y nada les contaba. Por no decirles, ni siquiera les decía lo que solían alegar otros en circunstancias análogas a las mías: que su labor era sólo burocrática y de análisis y que nunca se veían en situaciones de riesgo. En parte me repugnaba mentirles, en parte no quería hacerme cargo del sufrimiento añadido que pudiera haberles traído mi decisión de unirme a la Compañía. Al recordarlo ahora me abruma la vergüenza. De las muchas acciones injustas con que cargo en mi memoria, aquella fue la peor. Porque así les hice daño a quienes no sólo no me habían hecho ninguno, sino que me habían protegido del mal en la medida de sus fuerzas. Porque no me apiadé de quienes más lo merecían.

Así, entre visita y visita, los vi irse a los dos, primero mi madre y después mi padre, sin darles el cuidado ni el aliento que les debía, ocupado como estaba en la venganza que había asumido en su nombre pero sobre todo en el mío propio. Quizá, recuerdo ahora, dudé ante el ataúd de mi madre, quizá traté de enmendarlo en los pocos meses que la sobrevivió mi padre, pero su final, tan seguido del de ella, desmiente que lo hiciera de una manera significativa o al menos eficaz. Toda mi atención, todas mis fuerzas, estaban invertidas en la empresa en la que se había volcado mi ser entero, y que me exigía ponerlo a su servicio sin que ninguna otra cosa pudiera anteponerse. Ahí estaban mis jefes, y sobre todo Araña, al acecho para sorprenderme en una debilidad, en una reserva, en un desfallecimiento o un renuncio que me descartara como miembro del equipo. Ante la labor ingente que representaba terminar con la organización a la que combatíamos, tan ingente que por entonces nadie la veía realizable a corto plazo, el objetivo de cada uno de nosotros era más próximo y primario: demostrar día a día que servíamos para estar allí, para seguir formando parte de la lucha.

Absorto en ese desafío, también perdí por el camino el vínculo que en otro tiempo había tenido con mi amigo Mario. Cuando volvía a casa quedaba a veces con él, para constatar que seguía existiendo entre los dos esa conexión natural que nos había reunido y mantenido juntos durante años, pero que era tan divergente la cotidianidad de nuestras respectivas vidas que la afinidad ya no nos conducía a ninguna parte. Sentía que podía seguir confiando en él, y supongo que él también lo sentía, pero el hecho cierto era que nada le confiaba, que él lo percibía claramente y que nuestros encuentros se resumían en añoranzas de lo que ya no éramos, ni juntos ni cada uno por separado. Era agradable, no se había apagado entre nosotros ni el afecto ni la fe, pero ni yo le servía de mucho ni él a mí tampoco. Al final, por más que lo nieguen los ilusos que así tratan de consolarse de sus malos pasos, un hombre acaba siendo lo que hace, y a eso acaba ciñéndose su horizonte.

Así pasaron los primeros años, acumulando trabajos, anotándome de vez en cuando algún éxito que siempre le reportaba la gloria a otro y sumando bastantes más fracasos y esfuerzos estériles, que al final me acostumbré a aceptar como gajes del oficio. A menudo buscábamos a ciegas y a tientas, echando las redes donde sólo barruntábamos que podía haber algo, y la apuesta resultaba ser errónea, o no acertábamos a estar en el lugar y en el momento justo, o simplemente no éramos capaces de sorprenderlos y ellos, en cambio, sí lo eran de burlarnos.

Durante esa etapa tuve otros compañeros, siempre mayores y más experimentados que yo. En alguna ocasión formé equipo con Mazo, pero nunca los dos solos, sino siempre bajo la supervisión estrecha de un agente más veterano al que no podíamos dejar de considerar como un evaluador y un espía de Araña, entre otras razones porque este no se privaba de invitarnos a pensar que lo era. Así fui ampliando el abanico de misiones, desde los seguimientos y las vigilancias hasta las diversas formas de obtención de información para las que nuestros superiores nos juzgaban capacitados. En todo ese tiempo no se nos permitió siquiera participar en interrogatorios u otro tipo de contacto directo con el enemigo, pese a que nos habían preparado para ello y nos constaba que Araña y algún otro de los agentes que pasaban por el piso sí intervenían en ese tipo de tareas. Aunque nos dejaban salir a la calle y en las operaciones en las que trabajábamos cada vez nos daban más autonomía y responsabilidades, no se privaban de hacernos sentir que no terminábamos de ser del todo como el resto, que aún teníamos que demostrar algo más para ser como ellos y poder afrontarlo todo. Era una carrera de obstáculos: cuando saltabas uno, lo que veías era el siguiente, que a su vez tendrías que saltar para poder ir más allá.

Hasta que un día Araña me llamó a su cuchitril, me invitó a tomar asiento en una de las butacas y se me quedó mirando en silencio.

—Ya llevas aquí un tiempo —dijo al fin.

—Sí —dije yo.

—¿Y no te haces nunca preguntas?

—Qué preguntas.

—Generales. Si esto es como lo habías imaginado, por ejemplo.

—En parte sí lo es y en parte no.

—Y en lo que no, ¿te sientes decepcionado alguna vez?

—Al contrario. Hay cosas que no imaginaba y que me gustan.

—¿Por ejemplo?

—El trabajo de noche. Me gusta velar cuando todos duermen.

—¿No lo habías probado antes?

—En el servicio militar, pero no era lo mismo. Allí me aburría.

—Aquí no.

—Aquí no estoy en una garita. Hay más movimiento.

—¿Algún escrúpulo, algo que no te haya gustado hacer?

—No por ahora. Tampoco se me ha exigido mucho.

Araña clavó en mí sus ojos rapaces.

—¿Querrías que se te exigiera más?

—No me importaría.

—¿De veras? ¿Aunque pusiera a prueba tus escrúpulos?

No dejé que mis músculos faciales delataran emoción alguna.

—Eso no es algo que me asuste. He asumido dónde estoy.

—¿Y dónde estás, Púa?

—Donde los fines rectos pueden y a veces deben perseguirse por caminos torcidos. Lo entiendo, lo acepto y puedo vivir con ello.

Mi mentor asintió lentamente.

—Voy a asignarte una misión comprometida. Con un compañero con el que nunca has trabajado hasta ahora —me anunció de pronto.

—¿Ah, sí? ¿Quién? ¿Y por qué no está aquí?

—Está aquí. Soy yo.

—¿Tú? —exclamé, estupefacto.

—Yo. ¿Tienes alguna prevención al respecto?

—No, no me lo esperaba, nada más.

Se puso en pie, cogió su cazadora y me ordenó:

—Acompáñame, vamos a un sitio.

Cuando llegamos al coche, ni siquiera hizo ademán de darme las llaves para que condujera yo. Abrió la puerta del lado del conductor y se instaló él al volante. Condujo deprisa por las calles de la Ciudad, con una brusquedad en las maniobras que denotaba su carácter resolutivo, pero que no casaba demasiado con la discreción de nuestra labor.

—Si nos cruzamos con un policía te va a multar —bromeé.

Araña celebró visiblemente mi comentario.

—Nos vamos a cruzar con unos cuantos. Y no se van a atrever.

Me dejó con esa comezón hasta que llegamos ante un almacén cerca del puerto. Allí encajó el coche de una sola maniobra entre otros dos y me indicó que habíamos llegado a nuestro destino. El almacén estaba rodeado por un recinto amplio delimitado por un cercado, en el que se abría una puerta metálica junto a la que había una garita de vigilancia. El hombre que la ocupaba no llevaba ningún uniforme, pero no me resultó demasiado difícil identificarlo como policía. Araña le enseñó un documento que llevaba en la cartera y que el vigilante interpretó al vuelo como un salvoconducto. Sin decir nada, nos permitió pasar.

—Ahí va el primero —dijo Araña mientras caminábamos hacia el edificio—. Dentro hay más. Antes de entrar, ten clara una cosa: tú y yo no podemos estar aquí, así que no hemos estado nunca. Y vas a ver cosas que no se pueden hacer, así que tampoco las has visto jamás.

—¿Puedo saber algo más sobre el contexto? —le pregunté.

No me pareció que a Araña le molestara mi curiosidad.

—Tú sólo vas a ver, oír y callar, al menos hoy, pero no me importa contarte algo más. Ahí dentro hay un hombre que está detenido, por lo que se supone que ni siquiera debería estar aquí, ya ves que esto no es una comisaría ni un juzgado. Tampoco deberíamos participar en su interrogatorio, no somos agentes de policía, pero con el pasamontañas que te van a dar y el que llevaré yo nadie sabrá que no lo somos.

—¿Qué es lo que hacemos aquí entonces?

Me miró con una expresión gélida.

—Ese hombre tiene información. Hay que sacársela.

Cinco minutos más tarde, y después de cruzarnos con otros cuatro policías, entre ellos el que nos tendió un par de pasamontañas para que nuestro rostro no le resultara visible al detenido, entramos en una habitación en la que había un hombre desnudo y maniatado que se sostenía a duras penas sobre una silla. Mentiría si afirmara que no me impresionó. Era la primera vez que veía algo así. No se trataba sólo de la desnudez del sujeto. Era, sobre todo, su desvalimiento, su absoluta insignificancia frente a los tres hombres con pasamontañas, como los que llevábamos nosotros, que lo observaban con los brazos cruzados. Uno de ellos se volvió al vernos y se dirigió a Araña sin ceremonia.

—Has tardado. No puedo tenerlo aquí toda la vida.

El así aludido no se dejó amilanar.

—Tengo más asuntos que atender. Y esto va a ser rápido.

—Me gustará verlo —replicó el otro—. Hasta ahora, nada de nada.

—Hay que saber manejarlos. Para eso estamos aquí.

El detenido, un hombre más cerca de los cuarenta años que de los treinta y de aspecto inofensivo, miró con pavor en nuestra dirección.

—Caballero —le dijo Araña, mientras se le acercaba con parsimonia, haciendo crujir uno a uno los nudillos bajo los guantes—. Me temo que no es usted plenamente consciente del lío en el que está metido.

Lo que más intimidaba era la pulcritud de su discurso, la inflexión serena y cálida de su voz. Sin elevarla, le explicó al hombre cautivo:

—Sabemos lo que es usted. Un gato doméstico. No nos interesa. Lo que nos interesa es dónde están los otros. Los perros rabiosos. Qué otras guaridas tienen, aparte de la que usted les proporcionaba.

—Ya se lo he dicho a ellos, no lo sé —gimoteó.

El golpe que Araña le descargó fue rápido como un relámpago. El hombre se dobló sobre sí mismo mientras aullaba y se retorcía. Araña se inclinó sobre él, como para observarlo mejor, y dijo con dulzura:

—Traigo cosas en el coche. Lo que acaba de sentir es una minucia comparado con lo que puedo hacerle con ellas. Evíteselo. Sólo se lo voy a decir una vez más. ¿Qué otros colaboradores conoce usted?

El hombre no sabía mucho, era un auxiliar subalterno dentro de la organización, pero diez minutos más tarde lo había cantado todo. Tras el primer golpe, Araña permaneció con las manos en los bolsillos. Esa era la lección. Lo que contaba era el miedo. Metérselo bien dentro.

19

Incertidumbres

Una vez que uno de los dos hombres le pone la capucha, me acerco con la jeringuilla en la mano y le inyecto a Buitre el narcótico que me exonera de seguir oyendo el chirrido enojoso de su voz. La sustancia obra su efecto en seguida y su cuerpo vuelve a quedar venturosamente inerte. Me quito el pasamontañas y les pido a mis colaboradores:

—Desatadlo y vestidlo de nuevo, por favor.

Los dos hombres se despojan también de las prendas que cubren sus cabezas y se aplican obedientemente a la tarea. Me fijo en cómo le abrochan la camisa y los zapatos y le ciñen el pantalón con la bonita correa de cuero negro que usa Buitre. Son dos profesionales pulcros y meticulosos, como deberían serlo todos, aunque la vida nos habitúe a convivir con la chapuza y lo hecho a medias o incluso a duras penas. Cuando lo tienen otra vez en perfecto estado de revista, les pido que lo lleven a la furgoneta para devolverlo en ella a sus tribulaciones.

Esta vez recorro parte del itinerario siguiéndola a corta distancia. En un punto que hemos acordado previamente, junto al desvío que da a un camino que se interna en una finca rústica, la furgoneta se detiene y uno de los dos hombres, el moreno, se apea de ella. Tal y como le he indicado con anterioridad, viene hacia mi coche. Abre la portezuela y, mientras se sienta en el lugar del copiloto, no dejo de preguntarle:

—¿Las traes?

—Las traigo —responde, dándose un golpecito en la cazadora.

Arranco sin más y conduzco con suavidad y ateniéndome a todas las reglas hasta la calle donde sigue aparcado el coche de Buitre. Al llegar a su altura lo rebaso una veintena de metros y me detengo en la esquina. El moreno se baja y vuelvo a arrancar. Mientras prosigo la marcha, a velocidad reducida, veo por el retrovisor cómo se acerca de manera discreta al deportivo negro y lo abre con las llaves que antes le ha quitado a su propietario. Medio minuto después, lo tengo en mi estela. Sin forzar la marcha, regresamos al comienzo del camino donde dejamos a su compañero, que sigue allí con la furgoneta sobre una plataforma de asfalto a la sombra de unos árboles. Estos, además de los propios vehículos, nos sirven para hacer a cubierto la siguiente operación. Trasvasan a Buitre de la furgoneta al asiento del copiloto de su propio coche, que el moreno lleva luego por el camino un par de cientos de metros para aparcarlo al borde de un bosquecillo. Luego regresa a pie hasta donde lo esperamos su compañero y yo. De esa forma evitamos que en la tierra del camino quede otra rodadura que la del coche del sujeto al que acabamos de liberar. Nadie nos ha visto llevárnoslo y nadie nos ve devolverlo. Sin huellas que puedan atestiguarlo, porque el hombre que ha conducido su coche lo ha hecho con todas las precauciones necesarias a tal fin, lo que le ha pasado a Buitre no es más que una historia que muy bien podría ser fruto de su mente calenturienta. Si en algo se estima, se cuidará de contarla.

Antes de separarnos, les entrego a los dos hombres un sobre con la mitad pendiente de sus honorarios. Como han cumplido bien, juzgo conveniente añadir una propina. Toma el sobre el moreno, que hace el ademán de ir a guardarlo sin más bajo su cazadora.

—Contadlo —le digo.

—No hace falta. Nos fiamos —me responde.

—Podría haberme equivocado. Me quedo más tranquilo —insisto.

Mira a su compañero y acaba abriendo el sobre. Cuenta deprisa los billetes, en cierto momento levanta la vista y continúa contando.

—Se ha equivocado —dice—. Hay dos mil de más.

—Prima por cumplimiento de objetivos. Me gusta que la gente que trabaja para mí quede contenta cuando yo también lo estoy.

—Gracias —dice sin énfasis.

Su compañero me devuelve las llaves de la nave. Las recojo y luego les estrecho la mano a los dos. Elijo despedirme con una broma:

—No olvidéis ponerle otra vez las placas buenas a la furgoneta antes de devolverla. Sería una pena estropear así una faena tan limpia.

El hombre moreno amaga una sonrisa. O algo parecido.

—Descuide, que no nos vamos a olvidar.

Dejo que se vayan ellos primero. Antes de arrancar a mi vez, miro durante unos instantes hacia el coche negro aparcado al costado del bosque. No distingo al ocupante, y pienso en lo que sentirá cuando se despierte de pronto en su propio coche, en un lugar al que no sabe cómo ha llegado. Espero que le sirva para redondear su conciencia de estar a merced de fuerzas que lo sobrepasan y obrar en consecuencia. Pienso, también, que no voy a tener que echármelo a la cara nunca más ni voy a tener que volver a oír su voz. Este pensamiento me conforta y me pone en marcha. El día no ha terminado: en realidad me queda aún lo más difícil. Lo que acabo de hacer lo domino de sobra. Lo que viene a continuación conlleva incertidumbres que no tengo tan claro que vaya a ser capaz de afrontar y resolver como el caso requiere.

Lo que uno no sabe si sabrá hacer debe abordarlo sin titubear: en la duda está la muerte de los propósitos que se presentan inciertos. Así que conduzco hacia el centro de la Ciudad, aparco lo más cerca que puedo del portal y subo directamente al tercer piso. Una vez delante de la puerta, pulso el timbre sin esperar a pensar lo que le voy a decir. Tan pronto como lo hago se me ocurre que podría no abrirme, en cuyo caso debería buscar una alternativa. Apenas he comenzado a barajar un par de posibilidades cuando la puerta se abre casi por completo y ante mí aparece Vera, cubierta tan sólo por una bata de suave tejido azul.

—Has venido antes de la hora —dice, provocativa.

Tardo en procesar que me confunde con otro, seguramente algún cliente con el que ha concertado un encuentro para esta tarde. No me viene mal para facilitarme el primer paso, entrar en el apartamento.

—Terminé antes mis tareas y se me ocurrió ver si estabas.

—Estoy. Pero no preparada como me gustaría.

—No importa. Puedo esperar a que te prepares.

—Está bien. Pasa y siéntate.

Hago uso de su invitación y paso al salón que ya conozco. Avanzo pese a ello simulando extrañeza, con esa precaución del huésped que procura no adueñarse demasiado deprisa del espacio ajeno.

—Donde quieras —me anima—. Voy a arreglarme.

Y desaparece en su habitación cerrando la puerta tras de sí. En lugar de sentarme, me asomo a la ventana, cosa que no hice la vez anterior. Veo así lo que ella ha visto en las últimas semanas, este paisaje urbano que era el rostro de su soledad, en los momentos en que la tuviera. Vengo a decirle que tiene que despedirse de él, y espero ser capaz de transmitirle que no tiene sentido que se resista. Debo ser capaz.

Diez minutos después de entrar, sale de su cuarto perfectamente maquillada y con el vestido negro de nuestro primer encuentro, o tal vez sería más apropiado llamarlo desencuentro. Me lo tomo como una señal de lo único que puedo hacer: decirle a qué vengo de verdad.

—¿Qué te parece? —pregunta—. ¿Mejor así?

—Vera —le digo sin más.

Su rostro se descompone al instante.

—¿Quién te ha dicho que me llamo así? —se pone a la defensiva.

—Tu padre.

—¿Mi padre?

—Eso es.

—¿Quién eres? ¿Qué haces aquí?

—No importa quién soy. Vengo a sacarte de esto.

—¿Y quién te ha pedido que me saques de nada?

—Tu padre.

—Soy mayor de edad. Dile que se ocupe de su vida.

—No le queda mucha.

—Eso he oído. Una lástima. Hazme el favor y vete. Espero a alguien.

Me señala la puerta. Me abstengo de mirarla. La observo a ella.

—Vera, no me voy a ir de aquí sin ti.

No se asusta. Es valiente, como su padre. De tal palo.

—¿Ah, sí? —se burla—. ¿Vas a sacarme a la fuerza?

—No, por la persuasión.

—He dicho que te largues.

—Vera, ese hombre, el del deportivo negro, no va a volver.

—¿Qué coño estás diciendo?

—Mira.

Le tiendo una de las fotos que le he sacado a Buitre. No la coge, pero se inclina a mirarla y tan pronto como la ve retrocede, aterrorizada.

—¿Dónde está? ¿Qué le has hecho?

—Está bien, no le he hecho nada. Sólo le he convencido.

—¡De qué! —grita—. Eres un psicópata, como mi padre.

A pesar de todo, compruebo que sigue entera. O tal vez adivina que ella no tiene nada que temer de mí. Que no estoy aquí para causarle el menor daño.

—Sólo quiero tu bien —le respondo—, y no quiero el mal para ese fantoche, sólo he hecho lo necesario para que deje de hacer mal él.

—Estás loco —me increpa—. Estáis locos, los dos.

—Vera, acostúmbrate a la idea de que ha desaparecido. Conozco a la gente como él. Y tú, en el fondo, también lo conoces. Si no lo sabes, seguro que sospechas que no se va a jugar la vida por ti. Ni siquiera se va a jugar el dedo meñique. Ni siquiera se arriesgará a arañar el coche.

Vera me observa de pronto con interés.

—No me cabe duda de que te manda mi padre —juzga—. Hablas como él. Entiendes tan poco como él. Te equivocas tanto como él.

—No voy a discutir. Recoge tus cosas. Las que quieras llevarte.

—¿A dónde?

—Te llevo con tu madre, ahora.

—¿Y eso?

—No puedes seguir aquí. Van a dejar de pagar el alquiler. O puede que alguien quiera esto para otra cosa. Es peligroso que sigas aquí.

—¿Peligroso? ¿Por qué?

—No quieras saberlo. No necesitas saberlo. Ya me ocupo yo.

—No quiero ir con mi madre.

—En ese caso, haz una maleta pequeña. Te llevo a un hospital.

—¿A un hospital? ¿Para qué? No será para ir a verle...

—No, no me ha pedido eso. Te llevo a un hospital porque no estás bien, Vera. Esta vida que llevas no tiene ningún sentido. Y la porquería que acumulas en el armario del baño, tampoco. Necesitas ayuda.

—¿Cómo sabes tú lo que tengo en el armario del baño?

—Sé todo lo que necesito saber. Es mi oficio.

—Tu mierda de oficio, querrás decir.

—El que tengo. Dime, ¿qué eliges?

—¿Y si simplemente me quedo aquí y paso de tu plan?

Calibro el alcance verdadero de su desafío. Hago mi apuesta.

—Eres lo bastante inteligente como para saber que eso ya no es una opción. Yo que tú buscaría la mejor manera de ganar tiempo. No para regresar con ese tipo, al que ya te aseguro que no vas a volver a verle el pelo, sino para averiguar qué es lo que quieres hacer con tu vida.

—¿Y si lo que quiero hacer es esto? ¿Y si no estoy tan tarada como mi padre y tú creéis? ¿Y si esto me ayuda a ser yo misma y a librarme de toda la basura que he tenido que cargar encima desde niña?

—Si eso fuera así, dormirías bien. Y no duermes bien. Lo sé.

Vera me reta entonces con los ojos encendidos.

—Puede que esas pastillas no sean para mí. Puede que duerma a pierna suelta, y que no quiera saber nada de mi puto padre, ni de mi madre, que tampoco ha sabido nunca ayudarme ni entenderme.

Suspiro con resignación. Ya sabía yo que esto no iba a ser fácil.

20

Anormales

Trabajar codo a codo con Araña durante aquella operación, que fue más allá de aquel primer interrogatorio, hasta recopilar la información necesaria para dejar fuera de combate a la célula completa, con todos sus apoyos e infraestructuras, supuso mi aprendizaje definitivo. Uno a uno pasaron por nuestras manos los distintos colaboradores, a los que Araña extrajo todo lo que podían contarnos. Lo hizo con su singular maestría, sin mancharse y sin que ninguno de ellos pudiera alegar, de modo que pudiera probarse, otra cosa que el abatimiento que padece cualquier persona privada de libertad. Con los últimos me dejó encargarme de una parte de la operación, pero siempre llevando él la voz cantante y escogiendo el instante de darles la puntilla.

Pronto dejó de impresionarme el espectáculo de su indefensión, que mi mentor justificaba con seca indiferencia y estas pocas palabras:

—Si les molesta verse en pelotas, me da igual. Más debería haberles molestado alojar y dar de comer a gente que acaba mandando a sus semejantes a una mesa de autopsias. Desnudos y además muertos.

Más difícil era habituarse al acto de buscarles los puntos estratégicos que Araña me enseñó a encontrar y aplicar en ellos el golpe que los haría retorcerse de dolor sin dejarles ninguna secuela visible. Por más que uno los identificara con el peor de los enemigos, no dejaban de ser carne humana sintiente. Y además de verlos sufrir, uno tenía que hacer oídos sordos a sus quejas, que eran tan desgarradoras y patéticas como lo permitía el pudor de cada uno de los afectados y que Araña tenía por regla no silenciar jamás con alguno de los medios disponibles.

—Es bueno que griten, y que se escuchen —decía—. Lo que sueltan cuando lo están pasando mal los merma en el momento y los mermará más cuando lo recuerden. Sólo debes lograr que no te afecte a ti.

Tenía la motivación para conseguirlo, y su ejemplo para encontrar la manera, por lo que también pude superar esa dificultad. La prueba de fuego vino cuando los policías, con la información que les habíamos facilitado, le echaron el guante al primero de los pistoleros. Volví a desplazarme con Araña hasta el almacén próximo al puerto, aunque en esta ocasión, como ya conocía el destino, era yo quien conducía. Por el camino, mi superior quiso prepararme para lo que se avecinaba.

—Este es de otra pasta. Aquí habrá que remangarse.

—Ya imagino —observé.

—Y tendrás que deshacerte de todos los escrúpulos que te queden.

—Lo que haga falta.

—Te veo muy tranquilo. ¿Nunca te remuerde la conciencia?

—Cuando me remuerde me acuerdo de dónde están los míos.

Araña se quedó pensativo.

—Eso es algo que me impactó de ti.

—El qué.

—Que no apuraras la licencia. Cuando murieron tus padres.

—A los muertos hay que enterrarlos, y ya. Para llorarlos no hacen falta días de permiso y para los trámites hay abogados y gestores.

—Podrías haber pedido tiempo para encajarlo. Te lo habría dado.

—No necesito tiempo. No lo voy a encajar nunca. Ni quiero.

—Tengo que reconocerte que ahí me has sorprendido. Siempre temí que afectara a tu claridad de juicio a la hora de trabajar. Llevo todos estos años esperando que te haga dar un paso en falso. Pero nada.

—Tal vez no sea un mérito.

—¿Qué quieres decir?

—Tal vez no sea capaz de sentir como una persona normal.

Se rio de buena gana.

—Si es por eso, no sufras. Aquí todos somos anormales.

El gesto del individuo, cuando entramos en la habitación donde lo tenían y lo vimos, anunciaba ya que aquella sesión no iba a tener nada que ver con las anteriores. Esta vez los polis se habían empleado con dureza, al ser un tipo violento podían alegar que los moratones que tenía eran resultado del forcejeo al que los había obligado durante su detención, pero en su mirada, lejos de la intimidación de otros, lo que había era una rabia que no iba a dejarse domeñar así como así.

—¿Y estos quiénes son? —bramó al vernos entrar.

Los policías no dijeron nada. Tampoco Araña abrió la boca. Se limitó a acercarse hasta él, con las manos cruzadas a la espalda. Al llegar a su altura se agachó y adelantó ligeramente la cabeza. Después dio un par de pasos hacia atrás, se volvió a mí y observó como de pasada:

—Huele que apesta.

El terrorista no se cortó:

—Peor va a oler cuando me cague en todos vuestros muertos.

—Adelante —lo invitó Araña—. Dame más motivos.

—Me cago en vuestros muertos. Me encantaría haber hecho más.

—Gracias. Y tampoco te fustigues si en adelante sólo puedes matar las cucarachas de tu celda. Al final, nadie colma las expectativas.

—¿Este qué es, el redicho del grupo? —preguntó el detenido.

Lo observé con atención. Aunque llevaba ya unos años detrás de ellos, estudiando sus tácticas, sus rutinas, su idiosincrasia y hasta sus boletines propagandísticos, me di cuenta de que apenas había pensado en quiénes eran realmente las personas a las que me enfrentaba. De dónde venía su capacidad de infligir tanto sufrimiento a otros, de sacrificarse y arriesgarse como lo hacían. Qué era lo que los alentaba, aquello que les permitía estar tan convencidos como lo estaba aquel individuo. Conocía, por descontado, los argumentos que esgrimían, la cobertura ideológica que amparaba sus acciones criminales. Pero la ideología es hojarasca, cuando no es un simulacro. Lo que importa para entender lo que hace o deja de hacer un hombre es qué le acciona esas palancas que todos tenemos dentro y que nos convierten, según sea la palanca en cuestión, en una bendición o una calamidad para el prójimo. Lo más socorrido era despacharlos como incautos o desaprensivos que se habían dejado cegar por el engaño de los manipuladores que les armaban el discurso. Para apretar un gatillo apuntando a la nuca de un hombre, volar a transeúntes en pedazos o aguantar así la tortura hacía falta algo más que ser demasiado crédulo o tener pocas luces. Algo que era compatible con eso, pero no podía reducirse a eso en todos los casos.

Araña replicó al insulto de su oponente con mansedumbre.

—Descuida, ya no voy a contar más chistes.

—¿Y qué vas a hacer?

—Tomarte medidas.

—¿Qué medidas?

—Las de esa chulería que gastas. Y me apuesto algo. No vas a llegar a la marca más alta que he recogido hasta ahora. Ni a la mitad.

No había visto una sesión de castigo semejante hasta entonces. En cierto momento, Araña me pidió que le echara una mano. Aprovechó mi concurso para observar detenidamente la reacción del sujeto. En un intervalo entre dos descargas, su víctima le dijo con un hilo de voz:

—Quítate ese antifaz. Me gustaría escupirte en la cara.

—Y a mí matarte, pero eso no me dejan.

El tono de Araña, por primera vez desde que lo conocía y en un trance como aquel, me sonó impregnado de un sentimiento que había escapado a su control. No había osado preguntarle nunca por qué se había unido a la Compañía, por qué había acabado en la división de contraterrorismo y por qué seguía en ella y reclutaba más brazos para aquella labor. Me imaginaba que era inútil tratar de indagarlo.

Prolongamos el tormento hasta donde podíamos hacerlo sin poner en peligro la vida del detenido y sin causarle lesiones que no pudieran justificar los policías como consecuencia de la detención. Teníamos la sospecha de que, además de información acerca de sus compañeros de matanzas, aquel tipo podía ayudarnos a obtenerla en relación con quienes impartían las órdenes y fijaban estrategias. Y tal vez el hecho de que resistiera de aquella manera era la confirmación de que no íbamos del todo descaminados. En todo caso, Araña sabía perder.

Aprovechando que el terrorista se había quedado inconsciente, se volvió al jefe de los policías. Encogiéndose de hombros, le informó:

—Hasta aquí podemos llegar, por hoy.

—Mañana por la noche hay que entregarlo al juez —dijo el otro.

—Si quieres, volvemos a intentarlo mañana por la mañana.

—¿Crees que servirá de algo?

Araña meneó la cabeza.

—Me temo que no. Tampoco podría apretarle a tope.

—¿Entonces?

—Tendréis que apañaros con lo que os hemos dado hasta ahora.

En el camino de vuelta, Araña volvió a aleccionarme:

—Con este nos ha faltado tiempo. Irrompible no hay nadie, pero trabajamos con unas limitaciones. Es la pega que tiene estar en el lado de los buenos: aunque nos las saltemos alguna vez, tenemos leyes y al final hay que cumplirlas. Si no puede ser, no puede ser. Lo que no hay que hacer nunca es cegarse ni forzar la máquina más de la cuenta.

Lo mismo que hizo conmigo, probar mi reacción en primera línea, Araña lo hizo con el resto de mis compañeros en los meses siguientes. Interpreté que se trataba de la última prueba antes de permitirnos afrontar misiones con plena autonomía. Sin embargo, lo que ocurrió una vez que todos hubimos pasado por aquella iniciación a la parte más exigente del trabajo me invitó a sospechar algo muy distinto. Sin darnos cuenta, habíamos pasado un nuevo proceso de selección.

Una mañana, Araña nos reunió a todos. Allí estábamos los cuatro: Clavo, Corcho, Mazo y yo. Su anuncio fue sucinto e inesperado:

—Dejamos este piso. Nos mudamos.

—¿A dónde? —preguntó Corcho.

—A una casa en el campo. Cerca de la frontera.

Nadie osó preguntar nada más.

—Recoged vuestras cosas. Salimos dentro de media hora.

Nuestra nueva base no se hallaba a más de una hora de la anterior, y sin embargo parecía otro mundo. Estábamos rodeados de bosque, en un valle de población relativamente dispersa. La casa, de dos alturas, estaba apartada del núcleo habitado más cercano y la circundaban unos muros que impedían ver lo que pasaba por debajo de su planta superior. Tenía cochera para varios vehículos, un sótano despejado, habitaciones de sobra para todos. La Compañía no había reparado en gastos, y todos nos preguntamos qué sentido podía tener aquello.

Lo descubrimos esa misma tarde. A la casa llegó un personaje al que no habíamos visto nunca. Llegó solo, en un coche que conducía él mismo, pero, por el trato que Araña le dio, desde el primer momento comprendimos que se trataba de un pez gordo. El más gordo de los que habíamos visto hasta la fecha. Pasaba ya de los cuarenta y el modo en que miraba hacía pensar en alguien sin miedo ni esperanza.

Araña nos lo presentó como Uno, sin más. Nos dio a entender que a partir de entonces era nuestro jefe. El resto nos lo explicó él mismo.

—Os hemos estado observando —nos dijo— y creemos que sois los indicados para este cometido, pero a vosotros os toca decidir si estáis dispuestos a formar parte de esta unidad. Nuestros superiores están descontentos con los resultados conseguidos hasta ahora. Aunque no dejamos de detenerlos, ellos no dejan de crecer ni de matar. Hay que dar un paso más, que por varias razones no podemos reconocer. Por eso debéis saber que, si aceptáis seguir, no existiréis oficialmente para nadie. Ni siquiera para el resto de la Compañía: si esto sale mal, os las tendréis que arreglar solos. Vais a tener unos días para pensarlo, pero antes Araña y yo os contaremos más en detalle de qué se trata.

Nos miramos. Ni en mí ni en ellos advertí ninguna duda. Estábamos a punto de permitir que nuestras vidas se torcieran para siempre.

21

Fortachón

La chica, bien plantada sobre sus tacones en el salón del apartamento que trato de convencerla de abandonar, ha dejado claros los términos del conflicto. Ahora se supone que yo debo tener la solución para que de buen grado reconsidere su postura, se deje llevar por el enviado del padre al que odia, desprecia o ambas cosas a la vez y consienta en acompañarlo a la casa de la madre en la que acaba de declarar que no tiene ninguna confianza y por la que no siente ningún respeto. Me he visto en situaciones peores, o eso quiero creer. Inspiro hondo.

—Mira, Vera —le digo, procurando sonar lo más sereno posible—, yo ahí ya no me meto. Cuando lo pienses, una vez que te haya sacado de aquí, si eso es verdaderamente lo que crees, mandas a tu madre al cuerno y vuelves a venderte a hombres que pagan por lo que no saben o no pueden tener de otro modo. Seguro que así cada día vas a dormir mejor y vas a ser más libre y más tú misma. Pero lo que es esta tarde, vas a agarrar una maleta o un bolso, vas a meter ahí lo que necesites y vas a venir conmigo. Sin alargar un minuto más esta conversación.

—Tendrás que llevarme por la fuerza —me desafía.

—Puedo hacerlo. Sin mucha dificultad.

—¿Mi padre te ha autorizado a pegarme?

—No lo necesito. Sólo necesito anular tu voluntad y lamento decirte que con tu estatura y tu peso eso me resultaría bastante sencillo.

—Esa es buena. ¿Estás seguro? A lo mejor sé artes marciales.

—No te van a servir de nada con cierta sustancia circulando por tus venas. Y te aseguro que me las arreglaré para pinchártela.

—Vaya. Lo tienes todo previsto.

—Pero estamos perdiendo el tiempo. No quiero ni creo que vaya a necesitar pincharte nada. Ya has visto antes a tu príncipe azul oscuro. Si estás empeñada en seguir con esta prometedora actividad, tendrás que buscarte otro sitio y otro protector. Y mientras los encuentras es mejor que tengas techo y comida caliente. Así que, por tu bien, vístete como una chica que no tiene que deslumbrar a un baboso, recoge lo que quieras conservar y vámonos. Te doy quince minutos, no más.

—O me pincharás.

—Y te llevaré con lo puesto. Bueno, con un abrigo encima.

—Y si te ve alguien en la escalera, ¿qué le vas a decir?

—Que los jóvenes no sabéis beber. Espabila, anda.

De pronto sonríe con malicia.

—Está bien. Tú ganas.

Y se da media vuelta, entra de nuevo en su habitación y cierra la puerta. Tanta celeridad y sumisión me hacen sospechar que hay gato encerrado, pero sé que en la habitación no tiene teléfono ni tampoco una vía de escape, a no ser que se tire o descuelgue por la ventana, lo que ni la altura ni la configuración de la fachada aconsejan. Miro mi reloj con la intención de controlarle el tiempo. Y vuelvo a advertirle:

—Quince minutos, ni uno más. O echo la puerta abajo.

—Tranquilo, fortachón —se burla, con voz cantarina.

Termina antes de que hayan pasado diez minutos. La veo salir con ropa cómoda y cargando un bolso de viaje, no demasiado grande.

—¿Eso es todo lo que te vas a llevar? —le pregunto.

—Ya volveré cuando me parezca. De momento voy a librarme de ti. Si te vas a quedar contento llevándome con mi madre, me dejo. ¿O mi padre te ha encargado que además de salvarme vigiles mis pasos?

—Si hace falta para impedir que vuelvas aquí, los vigilaré.

—Vale. Ya encontraré quien me defienda de ti.

—Asegúrate de que quien sea pueda defenderse él. El anterior que te buscaste era poca cosa. La verdad, me asombra que una chica lista, como das la impresión de ser, se enamorara de un escupitajo así.

Vera me sopesa desde esa lejanía que alcanzan unas pocas mujeres, por lo general mayores que ella: las que ya nada esperan de los seres con los que comparten especie y que rara vez están a la altura.

—Eres muy gracioso y muy tonto. Yo no me he enamorado nunca.

Podría buscar algo ingenioso para replicarle. Algo que me hiciera parecer menos torpe y desorientado de lo que ella me cree. Pienso, sin embargo, que he ido allí a otra cosa y que estoy a punto de resolverla. De modo que le señalo la puerta del apartamento y digo tan sólo:

—Detrás de ti.

Mientras bajamos en el ascensor, en el que la tengo tan cerca que por un momento me embriaga ligeramente su aroma de azahar, Vera no se priva de ejercitar su maldad con el pobre hombre en el que desde hace alrededor de un cuarto de hora parece empeñada en convertirme.

—Estoy pensando si echar a correr nada más salir a la calle o luego, cuando llegue a casa de mi madre. También podría aprovechar en un semáforo. Si es que vamos a ir en tu coche, que no te he preguntado.

—Vamos a ir en un coche que no es mío. Y te voy a sujetar del brazo cuando estemos en la calle y también cuando pare en los semáforos.

—Lástima. Y si trato de zafarme me harás daño, claro.

—Podría ser. De verdad, Vera. Ríndete. Y no te precipites.

—No soy de rendirme. Ni de precipitarme.

—Tu madre es una buena persona. Deja que te ayude.

El ascensor llega a la planta baja. Salgo el primero y compruebo que no hay nadie a la vista. La tomo del brazo y la arrastro hacia la calle. No ofrece ninguna resistencia, afortunadamente. En apenas un minuto llegamos al coche, la hago subir primero a ella y dejo el bolso en el asiento de atrás. Rodeo el coche sin quitarle ojo, por si intentara algo, pero ella me observa sin pestañear hasta que llego a la puerta del conductor, la abro, me siento e introduzco la llave en el contacto.

—¿Conoces a mi madre? —me pregunta de pronto.

—La conocí, hace tiempo.

—Ya le preguntaré a ella quién eres, entonces.

—Me parece bien —le digo—. No lo sabe. Aunque se acuerde de mí, que lo más probable es que no. No dejo demasiada huella.

—No estoy de acuerdo —opina—. Yo sí te voy a recordar.

—Espero que no te sirva para nada.

—¿Qué quieres decir?

—Que espero que esta sea la primera y última vez que nos vemos.

Arranco el motor y me uno al tráfico de la calle. Es justo entonces cuando advierto la primera señal que me pone alerta. No he perdido el hábito de observar a las personas con las que me cruzo más allá de lo estrictamente necesario para no chocarme con ellas, y es esa inercia la que me hace reparar en un coche que para en doble fila y del que se baja a toda prisa un hombre cuya forma de moverse y de mirar a su alrededor llama al momento mi atención. A un policía hay que darle mucho y muy buen entrenamiento para que se le desprenda del gesto ese aire de fiscalización permanente de sus semejantes, o para que en sus ademanes no asome la desfachatez de quien sabe que ante cualquier contratiempo siempre le cabe sacar una placa que desactiva, de entrada y con carácter general, cualquier posible objeción. Cuando por el retrovisor lo veo mirar hacia la fachada del edificio de Vera, el barrunto de que algo no va como debería se hace aún más intenso.

A pesar de todo, trato de mantener la calma y de aparentar que todo sigue según lo he planeado. La chica debe de tener un sexto sentido, porque veo de reojo cómo me observa con repentina curiosidad.

—Te has puesto muy serio de pronto —dice.

—Lo que hago es serio. Todo lo que hacemos, en realidad. Hasta en la cosa más insignificante nos lo jugamos todo. Eso es lo que a tu edad no se suele entender, pero el tiempo te lo acaba enseñando.

—Bueno, tampoco tengo prisa por entenderlo todo —me replica—. ¿No me vas a decir ningún nombre por el que pueda llamarte?

—No.

—¿Ni siquiera uno inventado?

—Para qué perder el tiempo.

Mientras hablo con ella, tratando de afectar desinterés, mi mirada va haciendo un carrusel permanente por los tres retrovisores del coche, en busca de cualquier presencia que pueda resultarme sospechosa.

—Oye —me espeta de repente.

—Dime.

—¿A ti te merece la pena?

—El qué.

—Ser esto, ser así. A mi padre no diría yo que se la haya merecido.

—Tal vez no tenga sentido tu pregunta —le digo.

—¿Por qué?

—A lo mejor es que no tengo elección.

Sacude la cabeza con la vista fija al frente.

—Si es así, qué triste. No me extraña que no te rías nunca.

—Desde que nos conocemos no ha pasado nada gracioso.

—¿Estás seguro?

La pregunta me descoloca, y esa extrañeza se me revuelve con el mosqueo que no se me va de encima desde que vi al tipo ese bajar del coche y mirar hacia su apartamento. Vera no se da prisa en quebrar el silencio que sucede a su pregunta, y que tampoco rompo yo.

—Ahora que te veo más de cerca yo sí estoy segura de algo —dice al fin—. No es la primera vez que nos vemos. Ni tú a mí ni yo a ti.

—Admito que hace años que te vi por primera vez. Lo que no tengo tan claro es lo otro. Quizá me estás confundiendo con alguien.

Me vuelvo durante un segundo para espiar su reacción. Un hoyuelo se dibuja en su mejilla izquierda y los ojos se le achinan de golpe.

—Si no eras el que hacía como que escribía en una libreta el otro día en la cafetería, sí, me habré confundido. Pero lo dudo. Tengo buen ojo y buena memoria. Entonces no podía ir y decirte que eras un cabrón por tenerme allí esperando para nada. Podías ser el que me la había jugado, pero también podía ser otro. Ahora, en cambio, sí puedo.

Encajo su reproche como he aprendido a aceptar lo que me gano, mientras pienso que también en eso es digna hija de su padre, y a la vez que maldigo la genética se me complica la sensación de caos y aun de catástrofe que empieza a apoderarse de mí. No me gusta nada que suceda esto, detesto que los acontecimientos escapen a mi control.

—¿No vas a defenderte? —me pregunta.

—No —me limito a responder.

—Pero eso quiere decir que no eres tan bueno como crees.

—Depende. Te he dado una oportunidad que no daría a otros.

—¿Cuál?

—La de verme dos veces.

Mientras circulo ya por las inmediaciones del domicilio de la madre de Vera, pienso que tal vez debería haberla llamado antes por teléfono para cerciorarme de que está en casa. No sé muy bien cómo la habría saludado, quién podría haberle dicho que era. Nos vimos una vez, muchos años atrás, cuando empezaba su relación con Mazo. Le fui presentado como un compañero de colegio, con una identidad falsa. No la volví a ver nunca más. Quizá lo mejor sea abordarla sin anunciarme.

Sucede al doblar la última esquina. Entonces veo el coche apostado, los dos hombres dentro. Ahora sí que no me cabe ninguna duda. Nos están esperando. Me pregunto cómo ha fallado mi añagaza: no haberle mencionado a Buitre a Vera hasta el final, así como de pasada y como si no fuera algo que me hubieran pedido. Me pregunto, igualmente, cómo ha podido dar la alerta tan rápido y cómo la reacción ha sido tan inmediata y tan completa como para poner centinelas también en la casa de la madre. Son muchas preguntas para las que no tengo y no voy a encontrar en seguida una respuesta, pero algo parece obvio: no he sabido leer bien las señales, me he equivocado en mi análisis.

Freno, retrocedo y me escabullo por la perpendicular sin llegar a pasar junto a ellos. Vera no dice nada, pero lo adivina: la he cagado.

22

La celada

Desde nuestro primer encuentro, Uno nos hizo notar que era uno de esos hombres que miden tanto sus palabras como sus silencios, y que, puestos a elegir, tienden a apostar más por los segundos. Las palabras distraen, por lo general poco o nada concluyen y exponen a quien las pronuncia a cometer deslices semánticos que acaban siendo resbalones tácticos y morales. El silencio, en cambio, despierta la atención, rubrica los empeños y cincela con precisión los contornos de las cosas. Por eso, una vez hecho aquel anuncio con el que sabía que se apoderaba de nuestro interés y en parte de nuestra voluntad, Uno dejó que Araña hablara y nos expusiera una filosofía de acción que seguramente compartía y de la que tal vez hubiera sido coautor, pero que la presencia muda del jefe, que nos observaba tras él con los brazos cruzados, movía a leer como la directriz que había recibido y se aplicaba a trasladarnos.

—La cruda verdad —comenzó a explicar Araña—, como acaba de deciros Uno, es que nuestros éxitos, pocos o muchos, eso depende de la ambición de cada cual, no están sirviendo para deteriorar de manera efectiva a nuestro enemigo. Nosotros tardamos semanas o meses en conseguir la información que lleva a liquidar una célula, mientras que ellos las reponen sobre la marcha y no dejan de aumentar su fuerza operativa, lo que trae como consecuencia que multipliquen sus acciones y el impacto que con ellas provocan. Por decirlo de una manera rápida y que a nadie le costará entender: nos siguen dando de lo lindo, todo lo que necesitan para llevar la iniciativa y ponernos en jaque. El primer y peor efecto es que ganan en prestigio ante los suyos, lo que los ayuda a reclutar más efectivos. El segundo, que aumenta el desánimo de la sociedad, sobre todo de la parte de ella que más sufre sus golpes. Y nuestros jefes están cada vez menos contentos y más nerviosos.

El mensaje no era alentador, pero sobre todo no era una felicitación para quienes estábamos implicados en aquella guerra. Los cuatro lo percibimos con la claridad con que Araña buscaba transmitirlo.

—Cuando algo no funciona —prosiguió—, hay que preguntarse por qué. Identificar sus fallos, sus debilidades, sus carencias. Y a partir de ahí, si es posible, elaborar una estrategia que ofrezca perspectivas de resultar menos fallida. En este caso, lo que falla lo sabemos desde hace mucho tiempo. No hemos conseguido nunca no ya neutralizar, sino ni siquiera debilitar la dirección de la organización. Y nos enfrentamos a una realidad que nos supera y que les otorga a ellos todas las ventajas: esa frontera que tenemos a unos kilómetros. Tras ella, nuestras leyes no valen nada y tampoco nosotros tenemos ningún poder. Para ellos, en cambio, es la oportunidad de librarse de nuestra presión para todo lo que les conviene. Desde la instrucción hasta la logística, pasando por darles descanso a los suyos cuando están ya muy quemados.

Asentimos. Araña exponía problemas conocidos, que no sólo eran una evidencia desde el punto de vista teórico, sino que habían sido la causa directa de dificultades y fracasos que todos los que estábamos allí habíamos experimentado y teníamos vivos en la memoria.

—En un mundo ideal —dijo—, los países colaborarían para que a sus vecinos no les pudieran hacer las canalladas que estos nos hacen a nosotros y a nuestra gente, pero en el mundo real cada país atiende sobre todo a sus intereses, o a los que deciden que lo son quienes los dirigen. Y a los que mandan al otro lado de esa raya, por lo que sea, que tampoco nos importa, ellos sabrán y no podemos cambiarlo, no les interesa ayudarnos y no lo van a hacer. A partir de esa realidad, con la que tenemos que vivir, toca plantearse maneras de salir del atolladero. Y no es fácil ni hay muchas. En realidad, apenas nos queda una.

Dejó que cada uno pensara en ella por su cuenta. No puedo decir lo que en ese momento discurrieron los demás. Sí que lo que yo pensé no se alejó mucho de lo que nos iban a decir a continuación, por lo que me imagino que mis compañeros llegarían a alguna idea parecida.

—No, no os voy a preguntar —nos tranquilizó Araña—. Lo que me toca hoy es responder, y a vosotros sopesar la respuesta y decidir si queréis o si podéis formar parte de ella. Lo que nos queda es, ni más ni menos, acertar a hacerles daño allí donde se sienten a salvo. O lo que es lo mismo: operar donde no podemos operar y, una vez allí, hacer todo lo que sea necesario, incluido aquello que no podemos hacer. Ya sé que a veces hacemos cosas que las leyes no permiten, pero hasta aquí, como os consta, hemos reconocido unos límites, que tienen que ver con el grado de infringimiento que nos es posible asumir. Ahora se trata de ir más allá. De saltarse esos límites. De infringir más allá de lo que podríamos gestionar si nos descubrieran. De ir a por todas.

Ninguno de los cuatro podría decir después que la descripción era engañosa o imprecisa. Araña había puesto todas las cartas bocarriba, o casi todas, porque ni él ni nadie, y menos quienes le encargaban que nos engatusara, deja de guardarse triunfos en la manga si puede. Por si acaso, no dejó de concretar qué era de lo que estaba hablando.

—Se trata de cruzar esa frontera y golpearlos. Donde podamos, pero buscando el máximo destrozo posible. Golpear a los de arriba, y que los golpes sean letales. Alguno de medio pelo tampoco está mal que caiga, eso ayudará a hacer que cunda el pánico entre ellos; pero no nos podemos limitar a cortar dedos o brazos, que es todo lo que llegamos a inutilizar hasta ahora. Hay que cortar cabezas, de las que maquinan, de las que necesitan para seguir. En el sentido más literal. Que los que piensen en reemplazarlos no crean que va a salirles gratis, ni siquiera que si tienen mala suerte acabarán en una cárcel. Que sientan que lo que se están jugando es el pellejo. No todos, ni siquiera los que antes de llegar a jefes lo han arriesgado, están hoy dispuestos a tanto.

No se nos escapaba lo que significaba aquello. No sólo se trataba de cometer delitos, sino de cometerlos quebrantando, además de las leyes propias, las de otro Estado. Arriesgarse a ir a la cárcel en casa, pero también a acabar encerrado como extranjero en una prisión de otro país. En ningún lugar las prisiones han sido jamás acogedoras, pero lo que se contaba de las que podían llegar a ser nuestro alojamiento, si metíamos la pata, no servía para hacerlas demasiado apetecibles.

Araña, que no nos quitaba ojo ni se perdía un detalle de nuestras reacciones, igual que el hombre que lo escuchaba en segundo plano, creyó entonces oportuno ofrecernos una primera atenuación.

—Para vuestra tranquilidad, no se espera que asumáis vosotros la responsabilidad de la eliminación física de nadie. Pero es importante que sepáis, y asumáis, que ese va a ser el resultado de vuestra labor. Va a morir gente. Y vosotros vais a ser determinantes para ello. Si sale a la luz vuestra participación, seréis legalmente responsables. Y si no sale, es algo que tendréis que poder cargar sobre la conciencia.

Araña calló y los dos nos escrutaron. Nadie osó decir nada.

—Lo que de vosotros se espera —continuó— es que seáis capaces de meteros hasta la cocina, que recojáis y elaboréis buena información, tan buena como para que quien tiene que actuar vaya a tiro hecho, y que bajo ningún concepto os delatéis como lo que sois. En función de las circunstancias y de cómo resulte todo, ya se verá si os acabamos encargando algo más. No lo descartéis. Quien acepte quedarse aquí no va a poder descartar nada, aunque nunca forzaremos a nadie a hacer algo para lo que no se sienta preparado. Eso sí os lo garantizo.

Era una garantía sólo medianamente tranquilizadora, pero ni yo ni ninguno de mis compañeros íbamos a demandar más. Araña era listo y sabía plantear las cosas que eran difíciles de digerir. Primero había pintado el cuadro con tonos tenebrosos, luego había dado un par de pinceladas de luz, o de consuelo, o como cada uno quisiera llamarlo, y para terminar dejaba entreabierta una puerta a cualquier cosa, lo que le servía, en caso necesario, para poder rechazar cualquier acusación de haber embaucado a quienes se decidieran a partir de sus palabras. No iba a poder apreciarla completamente hasta algunos años después, pero ya entonces, y una vez más, me descubrí ante su maestría.

—Os preguntaréis, tal vez —tomó la palabra Uno—, por qué se os ha elegido a vosotros. Por qué no alguien más experimentado, con más años de servicio y también más próximo al mando. Lo que vosotros aportáis es justamente lo contrario de eso. Frescura, mente rápida y, no os lo oculto, un vínculo menos estrecho con el resto de la Compañía. No os voy a engañar. Se os ha elegido porque a quien da las órdenes lo comprometéis menos de lo que podrían comprometerlo otros. Lo que falta saber, ahora, es si eso es algo con lo que vais a poder vivir.

Araña pareció pedirle permiso con la mirada. Uno le dio paso.

—Por descontado —dijo Araña—, también se os elige porque habéis demostrado capacidad, y porque nos habéis probado que resistís la presión y conseguís resultados. Lo que Uno os está diciendo, con toda franqueza, es que os planteamos este desafío porque creemos, y por eso no intentamos engañaros, que los cuatro estáis hechos de la pasta de la que hay que estar hecho para asumir algo que no deja de ser un sacrificio añadido. Un sacrificio que alguien con menos valor, menos entrega y menos cualidades que vosotros seguramente rechazaría.

Uno inclinó un poco la cabeza, como agradeciéndole la precisión, que le suministró el pie idóneo para reanudar su propio discurso:

—Eso es. Además de capaces, hemos comprobado que sois leales y personas de honor. Me dice Araña que en todos estos años no se os ha visto jamás caer en la negligencia ni se os ha sorprendido en ninguna deshonestidad. Esto es crucial para nosotros. Lo que se os va a otorgar es una prerrogativa que en manos de un desaprensivo conduciría con seguridad a la catástrofe. Nos la jugamos con vosotros, la Compañía como organización y Araña y yo a título personal, porque confiamos en la nobleza de vuestras almas y en la claridad de vuestro juicio.

Las cejas de Mazo delataron, al elevarse, que aquella referencia al alma no se la esperaba. Con el tiempo, aunque no se dejara caer por la casa más que de vez en cuando, nos habituaríamos al estilo de Uno, que tenía cierta inclinación a utilizar conceptos solemnes, lo que no estaba reñido con el más radical espíritu práctico ni con una actitud expeditiva frente a cualquier escollo que pudiera salirle al paso.

En ese punto, Clavo levantó la mano. Uno le invitó a hablar.

—¿Quién estará al tanto de nuestra misión? —preguntó.

Uno lo observó con aire comprensivo.

—Buena pregunta. Aparte de los aquí presentes, sólo la cadena de mando, y no toda. Quienes utilicen vuestras informaciones no sabrán de dónde vienen. Por decirlo de alguna manera, obrarán a ciegas, para eso también a ellos se les exige asumir sus propias responsabilidades. No podremos alegar obediencia, y si alguno lo hace, y consigue que le crean, a todo lo que puede aspirar es a empapelarme a mí, porque yo no la alegaré. Me hago cargo de lo que supone estar aquí, exactamente igual que Araña. Por eso soy quien os habla hoy, en esta casa.

Araña suavizó el hecho con la mejor de sus sonrisas.

—A lo mejor —admitió Uno— os parece que somos idiotas, que no tiene ningún sentido, que es un abuso. En ese caso, ahí tenéis la puerta. Se os recolocará, y se os vigilará para que no os vayáis de la lengua cuando empiecen a pasar cosas, pero no habrá ninguna represalia y tampoco en la vigilancia habrá ningún exceso. A fin de cuentas, poco puede comprometer quien se queda fuera. Esto es todo. Ahora os dejo meditarlo. No os precipitéis. Si dais el paso, ya sabéis lo que hay.

Con ese lazo final redondeó la celada. No dijo nada más, giró sobre sus talones y se fue hacia la puerta, por la que salió deslizándose sobre la moqueta sin hacer ruido. Araña se quedó con nosotros. Nos recorrió uno a uno con la mirada, tratando de averiguar por dónde andaban nuestros pensamientos. Estoy convencido de que nos los adivinó, a los cuatro. Nos había elegido, nos había entrenado, nos había fogueado y nos había arrimado al filo del precipicio. Sabía que íbamos a saltar.

23

Cervatilla

Entre un hombre y una mujer, si su relación va más allá del saludo protocolario, acaba siempre llegando, antes o después, el momento en el que él le inspira a ella alguna forma de piedad. A pesar de la diferencia de edad y experiencia entre ambos, y de haber contado yo con la ventaja de la sorpresa, entre Vera y yo ese momento llega ominosamente pronto. Apenas hace un par de horas que nos conocemos cuando mi anómala maniobra con el coche, retrocediendo en una calle para escapar por la perpendicular y alejarnos de la casa de su madre, a donde se suponía que la conducía, le hace comprender, más allá de cualquier duda, que acabo de meter la pata. Y a pesar de todo, y como desde que el hombre es hombre y la mujer es mujer han hecho millones y millones de sus congéneres, acoge mi acto fallido sin someterme al escarnio que acabo de servirle en bandeja.

—Ibas bien. Era por ahí —dice, con aire inocente.

Mi cerebro va en este momento a toda velocidad. Se amontonan en él demasiadas operaciones simultáneas. Por un lado, debo rendirme a la evidencia de que mis acciones han puesto en marcha algo que no sólo no he sabido prever, sino que por ahora tampoco soy capaz de discernir de modo que me permita tomar la decisión adecuada. Por otro, tengo que buscar una solución alternativa respecto a la propia Vera, con la dificultad añadida de no contar con su complicidad. Y mientras trato de elegir el mejor itinerario para alejarme de allí, sin arriesgarme a tener ningún otro encuentro indeseado y en dirección a algún lugar seguro donde pueda reconducir la situación, tengo que responderle algo a la chica y procurar que lo que le diga no resulte contraproducente para lo que en adelante me toque hacer con ella.

—Cambio de planes —me limito a decir.

Que Vera no se chupa el dedo lo tengo claro desde hace ya un rato. Por si acaso, y sin cargar demasiado la mano, se ocupa de dejármelo patente:

—¿Algo no va como pensabas?

—Tengo que cerciorarme.

—¿De qué?

—De que donde te deje vas a estar segura.

—¿Crees que corro algún peligro en casa de mi madre?

—No lo he descartado suficientemente.

—Y eso lo has pensado así, de pronto.

Toda la ventaja es suya. Ella va buscando y encontrando las fisuras de mi discurso con toda tranquilidad mientras yo voy improvisando las evasivas al mismo tiempo que me devano los sesos y voy atento al tráfico para no chocar con nadie ni atraer de otro modo sobre mí la atención de las fuerzas del orden. Mal les voy a poder explicar, si me paran, que llevo secuestrada a una chica; y hay otras razones, como el inconfundible aire policial de los sujetos que acabo de ver, para que no sea ese el encuentro que más me apetece tener en estos instantes.

—Mira, Vera... Necesito que comprendas algo.

Lo que digo, o cómo lo digo, obra el efecto de irritarla.

—Ilústrame —me invita—. Lo estoy deseando.

Alza la barbilla. Volvemos a los términos del principio.

—Ese hombre con el que has entablado relación...

—Tiene un nombre, y seguramente lo sabes.

—Lo sé, pero no me apetece pronunciarlo.

Apremiado por mis propias preocupaciones y por el sarcasmo que impregna sus palabras, a punto estoy de saltarme un semáforo delante de un agente municipal. Freno de golpe y Vera se inclina como un muñeco hacia delante. Por suerte, llevaba puesto el cinturón. Ella me mira con expresión de reproche, pero no me recrimina mi torpeza.

—En fin, a lo que iba —continúo—. Además de esa actividad a la que te ha empujado, y que no es precisamente un trabajo más...

—A mí nadie me empuja a nada que no quiera.

—No es eso lo que le dijiste a tu padre, según me dijo él.

Lo menciono para arañarle la moral, pero ella ni se inmuta.

—Si conoces a mi padre sabrás que no debes creer todo lo que diga.

—Está bien. El caso...

—Tampoco estoy muy predispuesta a creerte a ti, por cierto.

—Ya cuento con ello. El caso es que tampoco ese hombre tiene un perfil normal, ni se relaciona con gente corriente. No sé si en algún momento consideró oportuno contarte algo acerca de sí mismo.

—¿Algo como qué?

—Como lo que hace para ganarse la vida.

—Tiene negocios.

—Negocios tenemos todos. La cuestión es de qué, y con quién.

—No soy cotilla. Tampoco soy su mujer. Tenemos un rollo y punto.

—Vives en un apartamento con el buzón a su nombre.

—Es lo más cómodo para los dos.

—¿Te dijo alguna vez que estuvo en la Policía?

—Me dijo que tiene amigos ahí, sí.

—Y enemigos. ¿Te contó que lo echaron?

—Eso es lo que dices tú. Él dice que se fue porque ganaba poco.

—Más bien se fue porque ganaba algo más que su sueldo.

—Vale, ¿y qué importa eso ahora?

—Tu novio, o tu rollo, o lo que sea, se relaciona con gente oscura.

—¿Así como tú?

Por una vez, me doy el gusto de sorprenderla.

—Así como yo. Si no fuera amigo de tu padre, si él no me hubiera pedido que cuide de ti, no te recomendaría respirar el mismo aire que yo más de dos segundos seguidos. Y la gente con la que trata tu

amigo es igual, pero a ellos nadie les ha pedido que
te protejan de nada.

Se ríe.

—Así que tú eres algo así como mi ángel exterminador.

—Algo así, pero sin matar a nadie. Eso no me lo
pidas.

—¿Y te puedo pedir deseos, como al genio de la
lámpara?

—Vera...

Alza la voz.

—¿Te puedo pedir que me lleves a donde vivo y
desaparezcas de mi vida y me dejes seguir cuidando
de mí misma como hasta ahora?

Respiro hondo. No puedo seguir mareándola.
Hay en ella, además, algo que me resulta perturbador. Físicamente se parece mucho más a su madre
que a su padre: es como ella, escueta y estilizada, y no
recia y robusta como él. Pero hay algo en su voz y en
su mirada, también en la arquitectura firme de sus
hombros, que me recuerda a Mazo, una mezcla de
agudeza y contundencia que en nadie más he conocido, y que en ella brota con la naturalidad de quien
la lleva en la sangre.

—Esa es la cuestión, Vera. Ya no puedo hacer eso.

—¿Por qué?

—Porque ya no vas a poder cuidar de ti misma,
si es que lo hacías hasta ahora, que es algo que podría discutirse pero en lo que no voy a entrar. Han
cambiado las circunstancias. Ahora allí no estás a
salvo.

Por primera vez, no me responde a bote pronto.

Se queda pensativa, con la mirada al frente. La lluvia empieza a repicar en el parabrisas. Se ha ido nublando a lo largo del día. La Ciudad vuelve así a su ser.

—¿Qué es lo que has visto?

—Lo que he visto cuándo.

—En la calle de mi madre. Lo que te ha hecho dar marcha atrás.

Es observadora, eso me consta, pero además sabe atar cabos. Lo que no sé es si la pregunta busca averiguar o ponerme a prueba. Si no sólo se ha dado cuenta de que algo activaba mis alarmas, sino también de la presencia del coche y los dos hombres ante la casa de su madre.

—No ha sido sólo en la calle de tu madre.

Vuelvo a sorprenderla. No esperaba mi sinceridad, pero tampoco que hubiera más señales que a ella le hubieran pasado inadvertidas.

—¿De qué hablas? —pregunta.

—Está bien, te lo voy a decir. Supongo que tienes derecho, y además no vas a resignarte a no saberlo. Lo siento si te molesta, me imagino que sí, pero ya veo que en eso eres exactamente como tu padre.

—Me molesta, sí. No lo menciones si no es imprescindible.

—Delante de la casa de tu madre había un coche con dos hombres. Y justo cuando nos íbamos de tu apartamento, o bueno, del apartamento de ese hombre, en el que vivías, ha llegado otro coche con dos tipos y uno de ellos se ha bajado apresuradamente. No nos hemos cruzado con él de milagro. Y ya sé que no tienes motivos para creerme, o que incluso los tienes para poner en duda cualquier cosa que yo te diga, pero lo hemos esquivado por suerte para mí y también para ti.

Vera trata de asimilar lo que acabo de contarle. No lo consigue.

—¿Quiénes son esos hombres?

—Buena pregunta. Por mi experiencia, podría equivocarme, pero no es muy probable, eran todos policías, lo que no quiere decir, antes de que te apresures a sacar conclusiones, que defiendan la causa de la ley ni que fueran allí para ayudarte. Más bien piensa todo lo contrario.

—¿Por qué? ¿Y si los avisó él para que me protegieran?

—Que los avisó él, o alguien a quien él avisó en cuanto pudo, está claro —concedí—. Que fueran a protegerte, no tanto. Piensa un poco. ¿Qué protección ibas a necesitar frente a tu propia madre? Ya te fuiste de su casa una vez, te puedes volver a ir siempre que te parezca.

—¿Y por qué iban a querer hacerme nada? ¿Quién soy yo?

Sin darse cuenta, acaba de hacer la gran pregunta, que comprendo que no debo responder a la ligera. Quién es Vera, aparte de una chica peleada con sus mayores, guapa, sensual y llena de rabia y arrojo que hace con todo eso lo peor que puede hacer hasta que cae en manos de un avispado como Buitre. Un cazador alerta para aprovecharla para su propio disfrute, seguramente con vistas a algo más: a invitarla, cuando se rompa el hechizo, la novedad y el lustre del dinero fácil y rápido, a sumarse a su granja de amazonas caídas y domesticadas, aunque sea al precio de deshacer la mentira del romance, o del rollo, o comoquiera que le vendiera en su día la relación entre ambos. ¿Quién es esta chica, aparte de una cervatilla más extraviada en la espesura del bosque, aturdida y a merced de los lobos? La hija de Mazo. De mi amigo.

—A eso no te puedo responder, aún —le confieso—. Quizá tú tengas más y mejor información para contestar a tu propia pregunta.

—¿A qué te refieres?

—¿Qué sabes del tinglado de ese hombre? ¿Qué te contó? ¿Qué le has visto hacer, con quién o con quiénes le has visto relacionarse?

—¿Yo?

Por un momento, parece completamente perdida, y ese brillo de desconcierto en sus ojos contrasta como nunca con la serpiente que lleva tatuada en el cuello. No son los tatuajes algo que me atraiga de una manera especial, ni en otros ni menos aún para estropear con ellos una piel que como la mía ya muestra alguna huella del paso del tiempo, pero tengo que admitir que el trabajo, que seguro que no le salió barato, es exquisito en su factura y no carece de estilo. El reptil tiene la boca abierta y sus colmillos se dibujan nítidos en la tez clara de Vera.

—No es necesario que me respondas ahora —le digo—. Pero más vale que hagas memoria y si te acuerdas de algo me lo cuentes, porque me ayudará a saber mejor lo que debo prevenir. Lo que ahora urge es quitarte de la circulación y buscar un lugar donde estés a salvo. Antes, me gustaría parar en un teléfono público para llamar a tu madre.

—¿A mi madre?

—Sí, a tu madre. Puede que escuchen la conversación, pero me las arreglaré para que la llamada no la comprometa ni nos comprometa. Quiero saber si está bien. Y de paso, si sabe cómo está tu padre.

Esta vez no reacciona. He acertado a sembrar en ella la duda.

24

Fantasmas

Las cosas que caen por su propio peso tienen la virtud de empujar a los humanos a la conducta, rara en ellos, de concertar sus voluntades sin necesidad de forzarlas. Apenas nos hizo falta pensarlo, y apenas nos detuvimos a discutirlo entre nosotros. Los cuatro, cada uno sabría por qué, aceptamos formar parte de aquella unidad fantasma. Araña y Uno, desde sus posiciones respectivas, habían sabido ponernos en suerte, pero cada cual tuvo luego que abrazarla desde sus propios anhelos y sus propias motivaciones. Yo recuerdo que pensé que no había saltado todas las vallas anteriores para arrugarme en la última. Que no tenía derecho a reservarme algo cuando los míos ya lo habían perdido todo. Que quién era yo para salvarme si aquellos a quienes más quería no habían podido escapar del fuego. Fue la imagen que me vino a la mente mientras observaba el cielo de una noche que habría tenido luna en lo alto si las nubes, como por allí era costumbre, no la hubieran ocultado tras un sucio y oscuro manto gris: la de una llama que había consumido a mi gente, y que me exigía correr el riesgo de consumirme yo también si ese era el precio para extinguirla.

Una vez que los cuatro les dimos nuestro sí, Uno y Araña volvieron a reunirnos. Tuvieron esa delicadeza, la de no pedirnos la respuesta delante de los otros, sino esperar para juntarnos a que cada uno, por su lado, les hubiera manifestado su disposición a seguir adelante.

Fue Uno quien asumió el deber de agradecérnoslo.

—Lo que habéis decidido es algo que os llenará de orgullo, como nos llena a nosotros dirigiros. Vais a dar más allá de lo que se os exige, sin esperar recompensa, y nada como eso enaltece a un hombre. Lo único que puedo deciros es que estaremos a vuestro lado, pase lo que pase. Y que la Compañía os dará todo el respaldo que os haga falta, dentro de las condiciones que os expuse el otro día. Vais a estar solos, pero no os vamos a dejar indefensos nunca. Tenéis mi palabra.

Ahora que recuerdo aquel discurso, como si acabara de oírlo, me cuesta pensar que Uno empeñara su palabra en vano, o al menos que lo hiciera a sabiendas. Quiero creer, incluso creo, porque ya apenas me importa la diferencia, que él creía en lo que decía y por tanto que su compromiso era sincero, como lo habían sido sus advertencias y sus salvedades. Nada de eso quita para que evoque lo que nos dijo como la más enorme y destructiva de las mentiras que me he tragado en mi vida. Lo iba a ser de principio a fin. Nos iban a dejar indefensos, no nos iban a dar todo el respaldo que nos habría convenido recibir, lo que íbamos a hacer no iba a enaltecernos y menos aún iba a llenarnos de orgullo. Tampoco nuestra decepción tuvo nada de particular. Por lo común los hombres emprenden el camino de su perdición bajo los más favorables auspicios, convencidos de hacer lo justo y cantando a voz en cuello mientras el sol brilla en lo alto. Allí faltaba el sol, pero los que nos guiaban se preocuparon de que tuviéramos todo lo demás.

Después de esa arenga, Uno desapareció y nos quedamos solos con Araña. Por la casa venía de vez en cuando una mujer para ocuparse de la limpieza y el aprovisionamiento, pero aparte de ella, que según nos dijo nuestro superior no estaba al tanto de lo que hacíamos, aunque la ponía la Compañía y era de confianza, no tuvimos contacto con nadie más. Las primeras semanas las dedicamos a familiarizarnos con el idioma y la geografía de la región por la que íbamos a movernos.

En cuanto al idioma lo entendíamos los cuatro, pero sólo Clavo era capaz de hablarlo sin que se le notara el acento. Araña nos dijo que eso no era un problema, con carácter general, ya que el trasiego a través de la frontera era constante y abundaban los residentes y los trabajadores transfronterizos, lo que nos permitía construir sin dificultad coberturas que alejaran de nosotros cualquier sospecha. El problema vendría si necesitábamos para algo aparentar que éramos oriundos de allí, pero, como el propio Araña solía razonar, si alguna vez acabábamos llegando a la orilla de ese río, ya veríamos cómo poner el puente para cruzarlo.

Por lo que tocaba a la región donde íbamos a actuar, era extensa y en ella había un par de ciudades de buen tamaño, además de un sinfín de pueblos y aldeas y un par de docenas de poblaciones medianas. Se esperaba de nosotros que tuviéramos grabada a fuego toda la red de carreteras, incluidas las secundarias y los caminos, así como el trazado interior de las ciudades más grandes. Si algo salía mal o nos veíamos comprometidos, debíamos ser capaces de improvisar a toda prisa una ruta de escape para regresar indemnes a la base. Las estudiamos sobre el mapa y después sobre el terreno, pasando una y otra vez la frontera como turistas. Luego volvíamos a los mapas para memorizarlas.

Para tener mayor garantía de éxito, nos facilitaron a cada uno varios juegos de identidades ficticias con su documentación correspondiente. Parecían documentos oficiales, no falsificaciones: Araña sólo nos dijo que podíamos utilizarlos con toda tranquilidad y que no nos traerían problemas con nuestras propias autoridades. Y así fue. También nos entregaron varios juegos de placas falsas para los coches, de ambos países. Nos aconsejaron que las extranjeras sólo las utilizáramos para pasar inadvertidos en lugares especialmente expuestos y durante el menor tiempo posible. Cualquiera de los cuatro podía comprender por qué: se trataba de matrículas dobladas de coches reales, por lo que si alguna autoridad del país vecino nos detenía y las comprobaba podían causarnos complicaciones. Cuando escuchábamos estas advertencias, nos dábamos cuenta del cambio radical que afrontábamos en nuestra tarea. Hasta entonces, cuando nos tropezábamos en medio de una operación con un policía no pasaba de ser un leve contratiempo, que en el peor de los casos Araña despejaba con una llamada. Al otro lado de la raya no sólo podía echar a perder lo que estuviéramos haciendo en ese momento, sino que pondría en peligro a toda la unidad.

Antes de pasar a las operaciones nos dividieron en dos binomios. Araña no dudó al hacer los emparejamientos: a Clavo le correspondió actuar con Corcho, y a mí con Mazo. No se me escapó la lógica de las dos combinaciones. Clavo tenía una mente ágil e imaginativa, además de precisa, para la que no dejaba de ser un buen contrapeso el carácter más cuajado y hermético de Corcho. En cuanto a mí, debió de juzgar que me venía bien respaldar mis capacidades, también podría decirse cubrir mis carencias, con el plus de coraza que proporcionaba Mazo. Ni en un caso ni en otro se equivocó, al menos en principio, porque los cuatro aceptamos la decisión con naturalidad y cuando empezamos a actuar vimos que no sólo nos complementábamos desde el punto de vista operativo, sino que también congeniábamos. Quizá más Mazo y yo que los otros dos, porque teníamos la ventaja de ser más diferentes. No parecerse en exceso a otro siempre es beneficioso para convivir.

Nuestras primeras misiones al otro lado de la raya nos sirvieron de toma de contacto, adiestramiento y perfeccionamiento de las técnicas operativas. Solían obedecer siempre a la misma secuencia: Araña se reunía con el binomio encargado de la tarea y facilitaba información sobre un posible objetivo y la zona por la que se movía. A partir de lo que se nos trasladaba en esa reunión previa, pasábamos la frontera, bien a diario o, siempre que encontrábamos una cobertura adecuada, durante varios días. En este último caso, nos alojábamos al otro lado de la manera más conveniente, ya fuera cambiando con frecuencia de hotel o alquilando algún chalet o apartamento bajo una de nuestras identidades supuestas. Cuando localizábamos al objetivo, lo seguíamos con precaución, primando siempre no ser descubiertos, por lo que en caso de duda abortábamos el seguimiento sin vacilar. En la mayoría de los casos no resultaba muy difícil dar con ellos ni tampoco recobrar su rastro cuando por cualquier razón los perdíamos, lo que probaba la calidad de la información que se nos suministraba pero sobre todo las pocas precauciones que nuestros adversarios se tomaban, al moverse por un territorio en el que se sentían a salvo de nuestra acción.

Aquella fue la primera vez que se me otorgó paladear el dulce sabor de la asimetría más definitiva: la que existe entre el hombre que está vivo y alerta y el que está sordo y ciego a la amenaza que merodea en torno a su casa. En ninguna de aquellas primeras misiones tuvimos ninguna contrariedad, ni con aquellos a los que perseguíamos ni con las autoridades para las que debíamos ser igualmente invisibles. En lo que se refiere a Mazo y a mí, nos compenetramos a la perfección, tanto cuando actuábamos juntos como cuando nos dividíamos y cubríamos desde dos frentes la tarea. A ninguno se le daba mal lo de mimetizarse, y nuestras fisonomías y complexiones, tan distintas, nos facilitaban los relevos a la hora de ir detrás de quien nos señalaban como objetivo. Por momentos, nos olvidábamos del peligro para disfrutar del juego, al tiempo que descubríamos los paisajes a menudo hermosos de aquel país que, estando tan cerca de donde teníamos nuestra base, era otro mundo, con sus reglas y sus usos extraños para nosotros. Y ni una sola vez, después de horas y horas siendo la sombra de aquella gente, nos vimos en apuros. Pero aquella efectividad nuestra tenía trampa.

Nos la desveló Araña después de que los dos binomios hiciéramos media docena de localizaciones y seguimientos y le entregáramos los informes correspondientes. En la Compañía nada se dejaba al azar, y entre sus integrantes nadie estaba menos dispuesto a maniobrar en precario que Araña. Los que nos habían adjudicado eran objetivos de segunda o de tercera, miembros de la organización sin demasiadas responsabilidades ni atribuciones superiores, y que por eso mismo eran fáciles de identificar para ellos y de seguir para nosotros. No eran los individuos a los que nos tocaba encontrar, controlar y poner a tiro de quienes se iban a ocupar de las acciones quirúrgicas. Sencillamente, los habían utilizado como señuelos para, una vez más, ponernos a prueba.

—Ya os lo dije al principio —nos recordó—. No estamos aquí para cortarle a la bestia tentáculos que pueda regenerar. Nuestro objetivo es la cabeza, sus centros nerviosos, lo que le permite golpear y existir.

Corcho levantó la mano y sin esperar permiso preguntó:

—¿Y para qué nos la hemos estado jugando con estos, entonces?

—Para estar seguros de que podréis ir a por los de verdad. De que sois tan invisibles, sigilosos y decididos como hace falta que seáis.

—¿No os fiabais de nosotros? —intervino Mazo.

—No queríamos poneros en riesgo sin estar seguros de que ibais a poder afrontarlo. Por vosotros, pero también por la operación.

—¿Eso quiere decir que ahora sí estáis seguros? —dijo Clavo.

—Hasta donde podemos estarlo. Os he reunido para felicitaros, en mi nombre y en el de Uno, y para deciros que la operación entra en una nueva fase, que va a suponer algunos cambios significativos.

Lo dejó ahí, para ver nuestra reacción.

—¿Qué cambios? —pregunté.

—Eso será Uno en persona quien os los comunique.

El jefe vino a vernos al día siguiente. Nos confirmó lo que nos había dicho Araña, también nos transmitió su felicitación por nuestro buen desempeño durante esa primera fase y finalmente entró en materia.

—Ahora viene lo difícil. Vamos a empezar a darles, lo que quiere decir que reaccionarán y tomarán precauciones. Y que harán todo lo que puedan por neutralizar el ataque. O sea: por neutralizaros.

Sopesó el efecto que nos producía esta última palabra. Y añadió:

—A dos de vosotros eso os va a demandar un mayor esfuerzo. No operaréis desde aquí, sino desde allí, infiltrados permanentemente, por lo que cualquier descuido os expondrá a sufrir sus represalias.

La pregunta que rondaba las cuatro cabezas era la misma. Nadie osó sin embargo hacerla. Fue Araña el que se adelantó a contestarla.

—Mazo y Púa. A vosotros dos os corresponderá el honor.

De nuevo, habíamos sido evaluados, en este caso comparados, sin ser conscientes de ello. Preferí rehuirles la mirada a los perdedores.

25

Confianza

La primera regla para hacer algo arriesgado es apartar de la cabeza el miedo a que salga mal. La primera para engañar a alguien, idear algo que pueda engañarte a ti mismo. Recuerdo ambas mientras marco el número de la madre de Vera, mirando con un ojo el papel donde lo tengo apuntado y con el otro a la propia Vera, sentada en el asiento del copiloto. He aparcado el coche justo al lado del teléfono público, o más exacto sería decir que he buscado uno junto al que pudiera aparcarlo. No me parece que por su cabeza esté pasando ahora mismo la idea de escaparse, pero es un riesgo con el que no debo dejar de contar.

Aguardo cinco tonos de llamada. Justo cuando empiezo a temer que no esté en casa, se oye un chasquido y luego una voz de mujer.

—¿Sí?

No recordaba su voz. Suena muy parecida a la de su hija, con ese poso de gravedad que dan los años, o los disgustos, o ambos. Pienso que ahora me toca ser convincente. Para despistar a quienes puede que nos estén escuchando, tengo que acertar a despistarla antes a ella.

—¿Eva? —pregunto.

—Sí, soy yo.

—La llamo de la compañía de seguros de su marido.

—Querrá decir mi exmarido.

—Eso es, disculpe —corrijo—. Nos lo indicó en su declaración.

—¿Y por qué me llama?

—Por el seguro de vida que tiene contratado con nosotros. Estoy confirmando los datos de los beneficiarios. Según me consta aquí, en la declaración, su domicilio es también el de su hija, Vera, ¿no es así?

—¿Un seguro de vida, dice? ¿Y cómo lo saben? Si apenas... —Se le quiebra de pronto la voz—. Si sólo hace unas horas que...

Deja la frase a medias: no puede seguir. Tengo apenas una fracción de segundo para interpretar lo que me acaba de decir y lo que significa lo que no dice. Encajo sobre la marcha el golpe. A partir de ahí, otra fracción de segundo, no más, es lo que puedo dedicar a asimilar que mi amigo ya no existe. No me sobra el tiempo, en fin, para armar el embuste ni apuntalar su verosimilitud. Invento mientras hablo:

—Su exmarido era consciente de la inminencia del desenlace. Por eso nos avisó hace unos días y estamos en contacto con el hospital.

—Ah —murmura, y por el modo en que lo hace respiro aliviado: al menos a ella he conseguido venderle mi historia—. El caso es que no teníamos demasiada relación. Se lo he dicho a los del hospital, prefiero que llamen a su familia para que se ocupen ellos del entierro.

—No se trata de un seguro de enterramiento —le aclaro—. Mire, de todos modos, si le parece le dejo un par de días y la vuelvo a llamar. Me hago cargo de que en estos momentos estará usted afectada.

—Se lo agradecería, la verdad.

—¿Me confirma de todos modos que ese es el domicilio de su hija? Para la correspondencia, y también el teléfono, por si hay que...

—Aquí es. Aunque ahora no está.

Y ahí lo deja. No le apetece contarle a un desconocido, o no mientras pueda posponerlo, que su hija ya no vive con ella y ni siquiera sabe dónde anda. Tampoco le pregunto. En todo caso, la llamada me sirve para lo que pretendía: cerciorarme de que nadie la ha molestado, de que esos dos hombres vigilan su casa pero no tienen orden de irrumpir en busca de Vera. De paso, me ha permitido averiguar que hay una persona a la que ya no voy a poder acudir para tratar de entender lo que está pasando. Tampoco voy a poder ni tener que rendirle cuentas de un encargo que por el momento estoy muy lejos de cumplir.

—Está bien —le digo a Eva—. Reciba mis condolencias.

—Gracias. Adiós.

Y me cuelga sin darme tiempo siquiera a despedirme. Tardo unos segundos en despegar el auricular de mi oreja y colgarlo otra vez en su soporte. Mientras medito, observo a la chica, que no me quita ojo. Me asalta la duda de si debo contarle o no lo que acabo de saber. Por un lado, tiene derecho, tal vez más que nadie. Por otro, ocultárselo me obliga a andar con pies de plomo para que no lo adivine, y es posible que no le guste si descubre que lo supe y preferí no contárselo. Al fin cuelgo y echo a andar hacia el coche, sin apartar de ella la vista.

Cuando me siento al volante, me pregunta:

—¿Cómo está? ¿Está bien?

—Sí, creo que sí —le respondo.

—¿De verdad temías que le hicieran algo?

—Que no les importara hacérselo, más bien, si entraban en la casa por la razón que fuera. Por lo que se ve, se están limitando a vigilar la calle, por si apareces. Tal vez alguien ha interpretado que tienes algo que ver con lo que le ha pasado al dueño de tu apartamento. Y al no encontrarte en él, me temo que se han recrudecido sus sospechas.

Vera me mira entonces con hostilidad. Me toca afrontarla.

—Te diría que lo siento si no creyera que pase lo que pase y piensen lo que piensen es mejor que no estés allí con ese sujeto. Pero entiendo que tú lo veas de otro modo y tienes derecho a enfadarte: por ahora, sólo te he complicado la vida y no he conseguido librarte de nada.

—Al menos, eres capaz de hacer autocrítica —se mofó.

—Sobre todo soy capaz de eso. Hay otra cosa, Vera.

—Veo que sólo tienes buenas noticias para mí.

—Me gustaría que fuera de otro modo, pero me parece que es mi obligación decírtelo. Mientras hablaba con tu madre me he enterado de algo que te concierne directamente. Y sí, es una mala noticia.

Se encoge de hombros.

—Adelante. Ya tienes práctica.

—Tu padre acaba de morir.

La revelación le congela el gesto. No puedo decir exactamente que le afecte. No se le humedece la mirada, no se le alteran las facciones, no emite el menor sonido. Sólo se queda así, contemplándome, con la misma cara que tenía cuando el anuncio ha salido de mis labios. Al fin, vuelve la vista al frente, y con una voz fría e inexpresiva, observa:

—Bueno. Tenía que pasar.

—Lo siento. Era un buen amigo.

—¿No vas a decirme también que era un gran hombre?

Ahora su semblante se vuelve iracundo. Conozco el sentimiento que la anima. Lo vi en su padre, lo vi en otros, lo he llevado dentro de mí mismo y seguramente no me lo he sacudido nunca del todo, porque quienes en algún momento de su vida le dan a la ira albergue en su corazón quedan marcados para siempre. Pienso que lo raro sería que una hija de la ira supiera mantenerse al margen de su influencia.

—No, no voy a decir que era un gran hombre —admito—. Pero no era un hombre pequeño. Ni despreciable. Algún día lo entenderás.

Mi augurio le sienta como un tiro. Y no deja de hacérmelo ver.

—Si crees que puedes ver el futuro, mejor compra lotería.

—Ni puedo ver el futuro ni tengo suerte, así que mejor me ahorro el derroche. Sólo trato de decirte que el tiempo asienta y aclara las cosas. Y que con esa perspectiva a casi todo aprendes a quitarle hierro.

Se queda callada. Por ese silencio, y por la forma en que lo sostiene, intuyo que lo que acabo de decirle causa en ella un impacto mayor de lo que quiere reconocer. No sé desde cuándo arrastra la enemistad con su padre. Si el rechazo comenzó en la infancia, fue la respuesta de la adolescente a las ausencias que padeció la niña o el primer acto de afirmación de la mujer, cuando la sintió dentro de sí. Apuesto que se le suman y revuelven las tres cosas. Mazo no era el hombre más atento ni más razonable de cuantos he conocido. Tampoco el más compasivo ni el más delicado. Pero de que a su hija la quería, y de que en lo que la vida y su carácter le dejaran trató de restaurar el vínculo, no me cabe duda. Algún día, espero, ella se dará cuenta y hará con él y con su recuerdo lo que debemos hacer todos, tarde o temprano, con las cosas malas y regulares que fuimos o nos tocó padecer: tratar de vivir en paz con ellas. Despojarlas del poder de comernos por dentro.

Arranco y me incorporo al tráfico. Tras la conversación con la madre de Vera, las decisiones se cuajan con rapidez en mi mente. Como si me leyera el pensamiento, Vera escoge ese instante para preguntar:

—¿Qué, tienes ya claro lo que vas a hacer? Aparte de echarme tus sermones y darme lecciones rancias acerca de la vida, quiero decir.

No le respondo en seguida. Menos aún me ofendo por su pulla.

—Ya sé a dónde vamos a ir, en primer lugar —le digo.

—¿Ah, sí? Ardo en deseos de descubrirlo.

—Voy a llevarte a un hotel. Está en un sitio apartado, y a la vez lo bastante cerca para despachar desde allí unas cuantas gestiones.

—¿Qué gestiones?

—Tengo que comprobar alguna cosa. Y hacer alguna llamada.

Mis palabras la dejan pensativa. La espío de reojo y veo su mirada reconcentrada, las arrugas que se le forman en el ceño y en la frente. Por un segundo me parece que está sopesando si decirme algo. Tal vez, se me ocurre, sabe de las actividades de Buitre algo más de lo que ha querido admitir antes. Sin embargo, acaba saliendo por otro lado:

—¿Y no sería más fácil, qué sé yo, ir a la Policía?

Vuelvo el rostro hacia ella.

—Eso, si lo piensas un poco, es lo último que me puedo permitir.

Tal vez sueno demasiado mordaz. Vera se revuelve:

—Oye, que no soy tonta. No me olvido de lo que me has contado antes. Quiero decir a un policía honrado. Alguno habrá, ¿no?

Trato de explicárselo sin que se enfade.

—No es esa la cuestión. Hasta que no aclare lo que pasa no puedo dejar que nadie, por honrado que sea, sepa dónde estás. A veces, por no decir a menudo, es la gente sin malicia la que facilita a quien quiere hacer mal a otro la información que necesita para poder hacérselo.

—No sé si me lo creo, ángel exterminador.

—Y qué es lo que crees, entonces.

—Que la Policía tiene algo contra ti, por eso la evitas. No sería raro, si esto de raptar a la gente o sacarle fotos asquerosas es tu día a día.

No puedo permitir que siga por ahí. Vuelvo a encararme con ella.

—Te aseguro que la Policía no sabe que existo. Y mi intención es que siga siendo así. Si eso cambia, me va a costar mucho más protegerte.

—¿Y no serás tú el que me ha puesto en peligro?

Tengo que echar mano de toda mi convicción para sofocar en mi interior la duda que con aire inocente y su más dulce sonrisa acaba de formular. No tengo elección: no puedo retirarme. No hasta que no tenga una noción más precisa de dónde me he metido y la he metido a ella por tratar de cumplir el encargo de su padre difunto. Y sobre todo, no puedo dejar que ella subestime la amenaza que al margen de mí tiene encima.

—Te pido tu confianza —le digo—. Dame un día, al menos.

—Para qué.

—Para hacer averiguaciones. Para convencerte de que no puedes volver sin más a ese apartamento y menos aún volver con ese hombre. No puedo llevarte con tu madre y no quiero retenerte a la fuerza.

Necesito ganármela. Si no lo logro, todo va a serme más difícil.

—Vera, confía en mí —le insisto.

—¿Por qué? —se planta—. Todo lo que sé de ti es que dices que te manda mi padre y que me has traído hasta aquí de mala manera.

—Sabes otra cosa. Que debería darte que pensar.

—No caigo. Sorpréndeme.

—Mírame bien. A diferencia del resto, empezando por tu amigo, yo no he sacado ni espero sacar nada de ti. Ni antes, ni ahora, ni nunca.

Me mira. Consigo hacerle sentir que es verdad. Y que le escueza.

26

Camaradas

A veces pienso que una de las razones por las que nunca he podido terminar de convertirme en una persona normal es que la primera casa en la que viví solo, la primera que pude considerar mi hogar y el de nadie más, fue un piso alquilado en una ciudad extranjera bajo un nombre falso y con un dinero que no era mío. Por lo menos, se me permitió escogerla. Lo único que Araña nos dijo, a Mazo y a mí, fue el barrio donde debíamos instalarnos y los requisitos a los que debían ceñirse nuestras viviendas respectivas: no estar demasiado lejos ni demasiado cerca la una de la otra, situarse en edificios con suficientes vecinos para no llamar demasiado la atención y no ser ni demasiado caras ni demasiado baratas. Para convencer a los arrendadores de que aun siendo extranjeros podían confiar en el religioso pago de la renta, se nos facilitó una cobertura completa como trabajadores cualificados de una compañía especializada en estudios geológicos que iba a hacer unas prospecciones en la región. Con contrato, nóminas y el resto de los papeles necesarios para neutralizar cualquier clase de suspicacia.

Así fue como nos instalamos en nuestros pisos respectivos, de los que salíamos a primera hora, con calzado resistente y pantalones de trabajo, supuestamente para realizar aquella actividad. Algunos días nos reuníamos e íbamos juntos y otros actuábamos por separado. Si el área de operaciones era la propia ciudad, llevábamos en el coche ropa para cambiarnos y adoptar una apariencia que fuera menos llamativa en el entorno urbano. Si teníamos que movernos por la comarca y por zonas rurales, tanto la indumentaria como la cobertura nos ayudaban a no despertar sospechas. Por la tarde, una vez concluida la jornada, nos retirábamos cada uno a nuestro piso, no sin antes poner en común los hallazgos del día. Un par de veces por semana íbamos a tomar algo juntos por los bares de las inmediaciones, donde también estábamos atentos para obtener la información que pudiera salirnos al paso. Cada quince días, cruzábamos la frontera y nos pasábamos el fin de semana en la base. Dábamos nuestros informes, recibíamos instrucciones y de paso nos coordinábamos con el otro equipo, el que iba y venía.

Aunque nos conocíamos desde hacía ya años, fue entonces cuando Mazo y yo nos convertimos en verdaderos camaradas. Gracias a esas salidas nocturnas, a las correrías diarias y a nuestra vida al margen de la base, nos tomamos la medida el uno al otro y, como nuestros jefes habían previsto con acierto, descubrimos que encajábamos. A veces Mazo me recordaba a Álex, mi amigo de infancia: como él, no hablaba de más ni dudaba antes de enfrentarse a cualquier peligro. Tenía mejor cabeza, también más recovecos, y era algo menos impulsivo, pero en el fondo no dejaba de ser el ariete y el aventurero de la pareja, como Álex lo había sido del dúo que ambos formamos. Por otra parte, y en eso se parecía igualmente a Álex, me reconocía toda la prioridad a la hora de desempeñar las funciones de planificador, ideólogo y analista.

—No me considero idiota —decía—, pero cada uno es como es, y lo que tú tienes dentro de esa cacerola yo no lo tengo. Yo soy más duro y dudo menos cuando algo se tuerce, pero tú tienes mejores ideas.

—Y así, de paso, te ahorras el trabajo de pensar —me burlaba yo.

—Todo lo que pueda —admitía, risueño—. Pensar envejece.

A medida que fuimos intimando descubrí que no sólo era generoso y tenía sentido del humor, dos virtudes que aligeraban mucho la tarea y la soledad que no dejábamos de sentir en aquellas circunstancias. También era rápido a la hora de procesar la información y adaptarse a los imprevistos, y mostraba en todas las situaciones una serenidad y una determinación que eran una garantía para quien trabajaba con él. Además, de los cuatro era quizá el menos ambicioso y el que menos se dejaba arrastrar por el reclamo siempre inoportuno del orgullo. Si me paraba a pensarlo, sólo podía concluir que había tenido suerte con el emparejamiento. Trabajar tan estrechamente con Corcho o con Clavo me habría resultado mucho más problemático, y me preguntaba hasta qué punto en su binomio no surgirían fricciones y desavenencias.

En todo caso, el día a día era lo bastante absorbente, y la misión lo bastante delicada, como para que preguntas como esta ocuparan una porción muy pequeña de mi tiempo. Araña, al señalarnos la zona de operaciones, nos había explicado sin medias tintas el contexto:

—Os vamos a meter en el peor sitio. Donde tienen más apoyo y más presencia, además de connivencias varias: desde la población hasta una parte de las autoridades locales. En ese barrio hay calles donde no debéis entrar sin la certeza de que hay alguien que vigila y que no deja de registrar vuestra presencia, como la de cualquier otro. Si pasáis por ellas ya podéis esforzaros en que no noten que estáis fisgando.

En cuanto al objetivo, no fue menos explícito.

—Tenemos buenas razones para pensar que el barrio es uno de los santuarios desde los que se dirige la organización. Se trata de dar con alguno de los miembros de la directiva. Me vale tanto su ubicación, permanente o esporádica, como su red de contactos, con los que antes o después se acabará viendo. Los peones y los mandos intermedios no nos interesan. Si los seguís, pensad que es para llegar más arriba.

Nos facilitaron las mejores fotografías disponibles de los dirigentes fichados e identificados. En algún caso, eso quería decir la foto del primer y último documento de identidad oficial que se habían hecho diez o quince años atrás. Sin contar con las destrezas que tuvieran para el disfraz, la referencia no podía ser más precaria ni insuficiente.

—Tendréis que echarle imaginación —se desentendió Araña—. Y sobre todo, observar cómo se mueve, cómo mira, y cómo lo miran y se mueven los otros delante de él. Un jefe es un jefe todo el tiempo, y más entre nuestros adversarios. Si algo tienen claro, es la jerarquía.

Era muy fácil decirlo, no tanto llevarlo a la práctica. Disponíamos de información precisa y completa de varios elementos subalternos, a los que incluso habíamos vigilado en alguna de las misiones anteriores, cuando íbamos y veníamos desde la casa al otro lado de la frontera. No era difícil, por tanto, buscar su rastro y seguirlo durante un tiempo, que podía ir desde varias horas hasta un par de días si Mazo y yo nos dábamos los relevos necesarios para que el otro pudiera descansar. Lo complicado era mantener la proximidad necesaria cuando se metían en las zonas más calientes, o permanecer en su estela de forma segura en locales y otros lugares que podían servirles de punto de encuentro. Para dificultarles detectarnos cambiábamos a menudo de apariencia, pero incluso ese recurso funcionaba sólo dentro de unos límites, y si algo teníamos claro era que nuestra capacidad operativa, además de nuestra propia integridad, dependía de acertar a pasar inadvertidos a toda costa. Esa era, en todo momento y lugar, la prioridad absoluta.

El trabajo era exigente, las jornadas largas, y a menudo acabábamos exhaustos y con la sensación de estar arando el mar o subiendo a lo más alto de una montaña un pedrusco que rodaba ladera abajo cada noche para tener que volver a subirlo a la mañana siguiente. A lo que había que sumarle estar allí, aislados de nuestros compañeros y entre gentes extrañas, escuchando todo el tiempo una lengua que no era la nuestra, aunque cada vez la entendíamos mejor y la hablábamos con menos acento. Uno es, en buena medida, la lengua en la que no sólo piensa y se expresa, sino también sueña y teme, incluso lo que del todo las palabras no pueden o no quieren contener ni transmitir. A medida que pasaban las semanas, dentro de aquella atmósfera y expuestos a sus influencias, Mazo y yo nos convertíamos en otros, en algo que no eran los compañeros que seguían durmiendo con la frontera de por medio y menos aún quienes vivían en nuestros lugares de origen. Nos fuimos así extrañando de nuestro ser anterior y haciendo a una identidad distinta, que además compartíamos. Por este camino, no fue sorprendente, sino más bien la consecuencia inevitable, que entre los dos creciera la confianza hasta el punto de acabar incurriendo en eso que en la Compañía casi era un tabú: hablar de nosotros mismos.

Lo hacíamos, sobre todo, cuando quedábamos a tomar algo. Aunque por completo jamás podíamos relajarnos, ante un par de cervezas, en una mesa o en la barra de un bar al que no habíamos entrado a buscar a nadie, y amparados por el ruido ambiente que impedía que nos oyera quien no debía, acabábamos sincerándonos. Así nos contamos lo que hasta entonces, durante los varios procesos selectivos que habíamos compartido y los años de servicio, habíamos preferido reservarnos, como por otra parte nos exigían nuestros superiores. Allí, en medio del peligro, sólo estábamos él y yo. Nuestros jefes estaban lejos, y además a salvo, y eso nos invitaba a saltarnos algunas de sus restricciones.

Yo le conté por qué y cómo había dado el paso de presentarme a las pruebas de la Compañía, y hasta qué punto mi cuenta pendiente con aquella gente me daba fuerza para llegar hasta donde hiciera falta para combatirlos y erradicarlos. Él, por su parte, me confió sus motivos. Lo recuerdo acodado en aquella barra, vaciando una cerveza tras otra como si bebiera agua. Jamás lo vi borracho, si es que lo estaba alguna vez.

—Yo no tengo un drama como el tuyo —me dijo una de aquellas noches—. Así que supongo que debo de ser peor persona que tú.

—No necesariamente —le objeté.

—En serio te lo digo —insistió—. En realidad, a mí me pillaba lejos todo esto. Donde vive mi familia estos hijos de puta no han arreado nunca. Sólo era algo que leía en los periódicos. Pero desde chico me llamó la atención cómo actuaban. Esa cosa de ir siempre a traición, de no darle jamás a la víctima opción a escapar o a defenderse. Los tiros por la espalda, las bombas bajo los coches o metidas en una furgoneta. Y sobre todo, llevarse a niños por delante. Eso es lo que más me puede. Que tengan no sólo el cuajo de hacerlo, sino encima de justificarlo.

—Mi hermano no era un niño —recordé, porque la cerveza, a partir de la tercera, a mí sí que me producía efecto—. Pero casi. Cuando lo recuerdo, pienso eso, que apenas le dejaron llegar a ser un hombre.

—Ahí es a donde voy —dijo—. Quién es nadie para decidir eso. Si usaran a un niño para algo, yo no podría ponerle un dedo encima. Aunque supiera lo que más necesitáramos saber. Le diría a Araña que le metiera mano él y me resignaría a pagar las consecuencias.

—Por fortuna, no los usan. Todavía.

—Por detalles como esos me empecé a fijar en ellos —prosiguió—. Y un día pensé que cuando existe gente así hay una especie de justicia divina que obliga a que exista la cruz en la que acabe crucificada, y que esa cruz sólo puede ponerla quien se sienta capaz de ser tan canalla como ellos, para que sean ellos, y no los inocentes, los que sufran. No todo el mundo vale para algo así. En realidad, no vale casi nadie. Por eso me sentí, cómo decir, interpelado. Porque supe que yo sí valía.

—Te preguntaré lo mismo que me preguntó Araña.

—También a mí, seguro.

—¿Por qué no te hiciste policía?

Mazo sonrió con malicia.

—Porque estudié leyes en la universidad. A un lobo no le aflojas la mandíbula con paños calientes. Hay que partírsela. Y no se le puede ir limpiamente y por derecho. Hay que buscar la ventaja, como él.

Apenas me dio tiempo a enjuiciar su metáfora, cuyo sentido, por lo demás, compartía en aquellos días con pocos matices. Acababa de ver entrar a alguien en el bar, y pese a los vapores del alcohol reconocí al momento sus facciones. Bajando la voz, le pedí a mi compañero:

—No te vuelvas bruscamente. O mejor no te vuelvas.

—¿Por?

—No te lo vas a creer. Está aquí. En carne mortal.

—¿Quién?

—Verraco.

Ese era el apodo que le habíamos puesto. Con el que iba a morir.

27

Ben

Conviene no pasar por alto los silencios de quienes
son diestros con las palabras. En el poco rato que
llevo con ella, Vera me ha probado tener una lengua rápida e inmisericorde. Verla ahora callada,
mirando por la ventana del hotel donde me alojo
desde hace días y al que la he traído a falta de un sitio mejor, me da que pensar. Ha dejado de resistirse
y de discutirme: parece haber aceptado que al menos de momento debe, si no confiar en mí, dejarme
hacer, lo que me ofrece la oportunidad de probarle
que sólo pretendo garantizar su seguridad frente a
quienes la buscan y que no soy un insolvente. También parece haber entendido que tal vez no sea buena idea seguir con su vida como si nada, por lo menos mientras acierta a averiguar qué es lo que
persiguen los que la aguardan ante la casa de su madre. Y sin embargo, me pregunto por lo que estará
discurriendo ahora mismo, con la mirada fija en el
atardecer lluvioso que se deja ver al otro lado de la
ventana, y me preocupa no ser capaz de adivinarlo.
Tal vez esté dándole vueltas a lo que sabe de Buitre
y dudando si debe compartirlo conmigo. Tal vez se

acuerda de su padre muerto y así sea sólo por un instante se le mitiga el odio.

En todo caso, no puedo quedarme quieto. Descuelgo el teléfono de la habitación y marco el número que la circunstancia me demanda.

—¿Sí? —contesta al otro lado una voz de varón.

—Hola, socio, soy Ben —le digo con mi voz más jovial.

—¿Ben? ¿Qué Ben? —pregunta.

—Gaspar, no me jodas, ¿acaso tengo que decir algo más?

—Se ha equivocado de número. Aquí no hay ningún Gaspar.

—¿Eh? ¿No es este...?

Y le recito el número que acabo de marcar cambiando una cifra.

—No —me certifica—. Márquelo de nuevo.

Y cuelga. Cuelgo a mi vez y me quedo mirando el aparato. Vera se vuelve entonces hacia mí. Lo intenta, pero no puede callarse.

—¿Tienes mal el número?

—No —le respondo—. Van a llamarme dentro de unos minutos. Cuando suene el teléfono, voy a pedirte que pases al baño, cierres la puerta y no pegues la oreja. De todos modos, no te va a servir de nada, hablaré tan bajo que no podrás entender nada de lo que diga.

No le explico más. Si es inteligente, y me da que lo es, quizá pueda por sí misma comprender que el nombre que acabo de darle a quien me ha cogido el teléfono, que tampoco se llama Gaspar, es un nombre cualquiera y muy bien podría haber sido otro. Que la palabra clave es la de *socio*, y que el código convenido incluye lo del simulacro de la confusión al marcar el número. Lo que significa de veras lo que acaba de oír es que le pido a mi interlocutor que me llame al último número desde el que me he comunicado con él, es decir, este mismo, y que lo haga desde una línea que crea segura, como esta lo es para mí.

Sea o no capaz de hacer todas estas deducciones, lo cierto es que la chica se abstiene de formular objeción alguna. Y cuando diez minutos después suena el teléfono y le hago una seña con la cabeza, se separa de la cortina y atraviesa dócilmente la habitación hasta la puerta del baño, donde entra y cierra tras de sí. Atiendo entonces la llamada.

—Gracias por la rapidez —digo.

—¿Pasa algo? —me pregunta una voz inquieta, que es la misma que he oído antes, pero parece de pronto la de otra persona.

—Pasa que creo que me has dado una información incompleta.

—¿Y eso?

—El expolicía.

—Te conté lo que está en los ficheros. Se supone que tú ibas a mirar más a fondo a partir de ahí. ¿Lo hiciste? ¿Qué es lo que ha pasado?

—Lo hice. Lo seguí, estudié sus hábitos y sus contactos. Me pareció que había poco más que lo que me contaste, un expoli chungo metido en negocios turbios y además en apuros, pero lo que ha pasado es que de pronto ya no me lo parece. Tiene palancas y las ha movido deprisa.

—¿Qué palancas?

—Sus antiguos compañeros.

—Oye, yo me limité a pasarte una información. ¿Se puede saber qué hiciste con ella? A ver si ahora me has comprometido tú a mí...

—No mientras no hayas dejado huellas. Yo tampoco las he dejado, por ahora, pero he revuelto una especie de nido de avispas.

—¿Haciendo qué?

—Por ahora eso prefiero reservármelo. Por mi seguridad y por la de terceros, pero también por la tuya. ¿Puedo pedirte algo?

—No sé si me conviene siquiera seguir hablando contigo.

—Te aseguro que no voy a comprometerte.

—Eso es fácil decirlo.

—¿Lo he hecho alguna vez, desde que nos conocemos?

—No, pero siempre hay una primera vez.

—Te lo pido por favor. Es importante.

—¿Tan importante es, de verdad? ¿Por qué no te quitas de en medio sin más, si como me acabas de decir no has dejado ninguna huella?

—No puedo. Hay terceros, ya te lo he dicho.

—Qué terceros. A lo mejor necesitaría saberlo. Para serte útil.

—Y a lo mejor te lo acabo diciendo, pero no me pidas que sea ahora. Lo que me urge es saber quién es en realidad ese individuo.

—¿Qué es lo que quieres de mí, exactamente?

—Que ahondes un poco. Que me mires qué relación mantiene con sus antiguos jefes. Que averigües por qué los llama y le hacen caso.

Lo oigo resoplar en la línea.

—Está bien, hasta ahí puedo llegar. Pero no me pidas más.

—Gracias, soy consciente de que no me lo debes.

—No, no te lo debo. O sí. A veces ya ni sé dónde está mi deber.

—A todos nos pasa, en este mundo.

—Por los viejos tiempos. Por eso te atiendo. Ya lo sabes.

—Y por eso no pretendo abusar —le aseguro—. Dame lo que te pido y te dejo en paz por esta vez. Ya me arreglaré con lo que sea.

—Tendrás que arreglarte. O contarme más.

—Es lo justo. Estaré en este teléfono mañana a las diez.

—Un poco apurado, no te prometo que tenga algo tan pronto. Si no suena, intenta volver a estar a las doce. Y que no lo coja nadie más.

—De acuerdo. Y si no, ya vuelvo a buscarte yo.

—Adiós, Ben.

—Adiós, Gaspar.

—La próxima vez ponme un nombre menos ridículo.

—Intentaré.

—Y cuídate, sea lo que sea lo que estás haciendo.

Cuelgo con una extraña sensación. Sé que querer dejarlo al margen de lo que estoy haciendo no pasa de ser un empeño ilusorio. Ahora que sabe que tengo problemas, no se va a limitar a indagar lo que le he pedido, sino que va a tratar de descubrir lo que no le cuento: que estoy aquí porque Mazo me lo pidió y que mi viaje y mi maniobra fallida tienen que ver con su hija. Y como me consta que se trata de alguien que no carece de recursos para lograr lo que se proponga, me preparo mentalmente para tener mañana una conversación muy diferente. No puedo descartar que me abronque, me costará decirle que sin razón; tampoco que haga por disuadirme o que trate de dirigir mis pasos. Por suerte, voy a tener unas horas para armar mi estrategia frente a él.

Justo entonces se abre la puerta del baño. Vera asoma la cara.

—¿Puedo salir? Ya me sé de memoria todas las baldosas.

—Sal. Y disculpa.

Abre del todo y camina hasta el centro de la habitación.

—Veo que me pides que confíe pero tú no confías en mí.

—Hay cosas que no puedo confiarle a nadie.

—Dime al menos, ¿ha ido bien la llamada?

—Sí. Aunque no dará resultados inmediatos.

—¿No vas a decirme más?

—Es mejor para ambos que no te diga más.

Asiente en silencio. Su inesperada docilidad me escama.

—¿Y qué vamos a hacer ahora?

De pronto reparo en que la luz ya se ha ido casi del todo.

—¿Tienes hambre? —le pregunto.

—Yo suelo cenar y se acerca la hora. ¿Tú no?

—Sólo si puedo.

—Es verdad, la gente mayor tiene que cuidarse por la noche.

No creo que quiera ofenderme. Tampoco soy tan susceptible.

—Así es —admito—. Pero tú estás aún en edad de alimentarte.

—Entonces, ¿vas a llevarme a cenar?

—No. Voy a pedir que te suban comida. Echa un vistazo a la carta.

Le tiendo la hoja del servicio de habitaciones.

—¿Y tú?

—Yo ya picaré algo por ahí.

—Eso quiere decir que tú sí saldrás —deduce.

—No puedo resolverlo todo por teléfono. Lo que quiere decir es que sí confío en ti. Lo voy a hacer hasta el punto de dejarte aquí sola.

—¿Encerrada?

—Al revés. Con mi llave de la habitación.

No puede evitar que sus cejas se separen de sus párpados.

—¿En serio?

—Como lo oyes. Podrás revolver a placer mi maleta y los armarios, si lo deseas, aunque te advierto que no verás nada de interés, sólo la ropa y los objetos que necesita para su día a día un hombre mayor. También podrás largarte, si así lo decides, aunque espero que no lo hagas y tengas conmigo la deferencia de estar aquí a mi regreso.

—Y si me largo, ¿me buscarás?

Hay una expresión traviesa en su rostro al hacer la pregunta. Como si fuera más allá de sugerir que podría escaparse. Como si lo que en realidad quisiera decirme es lo que espera que yo haga en ese caso.

—No tendré más remedio.

—A lo mejor ya no puedes volver a encontrarme.

—A lo peor ya no puede volver a encontrarte nadie.

—Eso ha sonado un poco siniestro —protesta.

—Ya te lo dije. No es de mí de quien tienes que cuidarte.

Por su mente pasa otra vez algo que se calla. Me pone a prueba.

—¿Tengo que prometerte que no voy a irme?

—No, no tienes que prometerme nada. Espero que te quedes aquí.

—¿Y si no vuelves?

Sopeso su pregunta. Siempre es una posibilidad.

—Sabré esquivar los peligros —le aseguro—, por eso no temas. Pero es verdad que uno siempre puede tener un accidente. Si mañana a mediodía no estoy aquí, habla con tu madre. Reúnete con ella en un lugar público, lo más concurrido posible. Le cuentas todo y os vais las dos a un juzgado a denunciarlo. También a mí, no te calles nada.

Me observa fijamente, como para hacerme sentir que analiza lo que acabo de decirle y que de ese análisis depende lo que al final hará.

—Está bien, Ben, vete tranquilo —dice—. No voy a escaparme.

—Ese no es mi nombre —le aclaro.

—A falta de otro... ¿O prefieres que te llame Fortachón?

—No, no lo prefiero.

—Eso pensaba yo. Ah, otra cosa. Tampoco voy a usar el teléfono.

—Te lo agradezco, de verdad.

—No te des tanta prisa. Podría mentirte —bromea.

—Podrías. Tengo que apostar a que no lo harás.

Es todo lo que puedo decirle. Que mi suerte y la suya están en sus manos. Y esperar que lo entienda y no decida hundirnos a los dos.

28

Verraco

Nada pone a prueba la sangre fría de un hombre como encontrar lo que lleva mucho tiempo buscando y tener que guardar la distancia, incluso a riesgo de perderlo y no volver a verlo nunca más. Eso fue lo que nos tocó aquella noche con Verraco, el dirigente de la organización a la que combatíamos, tras coincidir con él en un bar de la ciudad al otro lado de la frontera en la que llevábamos tres meses viviendo.

Por supuesto, mientras estuvo dentro del local nos abstuvimos de acercarnos al grupo con el que compartía cervezas, formado por dos hombres y una mujer que, como bien nos había advertido Araña, en ningún momento se olvidaban de quién mandaba allí. Hacían bromas e incluso alguno llegó a tomarlo amistosamente del brazo en un par de ocasiones; pero no había más que fijarse en la ligera inclinación de la cabeza que los tres mantenían en su presencia, y que incluso forzaban un poco más cada vez que el otro se dirigía a ellos. Mazo les daba la espalda y así se quedó para no infundirles sospechas, por lo que me tocó también a mí fijarme en sus caras para grabarlas a fuego en mi memoria. Sólo una me era co-

nocida, la de uno de los hombres, al que ya habíamos sometido antes a varios seguimientos infructuosos.

—Está Víbora con él —le dije a Mazo—. Y otros dos.

—Víbora —se quedó pensando—. Y parecía tonto.

—Pues no debe de serlo tanto.

—¿Los otros no te suenan?

—De nada. Son un hombre y una mujer.

—¿Qué hacemos? —me consultó.

—Por ahora nada. Esperamos.

—¿A qué?

—A ver si viene alguien más. Y si no, a que alguno de ellos haga ademán de ir a pagar la cuenta. Para salir primero nosotros.

Como siempre, nuestras cervezas estaban pagadas. Lo hacíamos en cada ronda, lo que no parecía mal a aquel ni a ningún otro camarero.

—¿Y a partir de ahí?

—Nos separamos, tú a la izquierda y yo a la derecha, y buscamos un lugar discreto para apostarnos. Hacia uno de los dos lados tirarán. El que esté en el lado que elijan se ocupa del seguimiento y el otro del apoyo. Lo que se pueda y hasta donde se pueda. En cuanto se ponga cuesta arriba o haya que meterse en una ratonera, lo dejamos.

—Supón que se dividen —sugirió.

—Cada uno sigue a los suyos. Igual, hasta donde pueda. Y luego nos vemos en el punto de encuentro al lado de tu casa. Ponemos en común todo lo que hayamos averiguado y avisamos a la base.

—Voy a hacer como que voy a mear —dijo de

repente—. Antes de que se vayan yo también tengo que quedarme con sus caras.

—Sí, anda, ve.

Mazo no se dio la vuelta hacia ellos en ningún momento. Se levantó del taburete y se fue hacia donde estaba el aseo, siempre dándoles la espalda. Fue a su regreso, que se tomó con toda la parsimonia posible, cuando aprovechó para mirar al objetivo y a sus acompañantes.

—No me lo creía, pero es él —confirmó—. Es Verraco.

—¿Cuándo he confundido yo una cara?

—Infalible no hay nadie.

—En todo caso, a ese es imposible confundirlo.

—Y Víbora, el tío, qué artista. Nos la había pegado. Parecía uno de esos infelices que pasan la raya porque se queman antes de que les dé tiempo a hacer nada. Y mira por dónde tiene acceso a la cúpula.

—¿Y los otros dos? ¿Qué te parecen? —le pregunté.

—Para mí que vienen del otro lado. A recibir órdenes.

—Podría ser —convine—. Lástima no poder hacerles fotos.

—Yo me he quedado con todos los detalles.

Advertí entonces cómo uno de ellos se echaba mano al bolsillo. Con disimulo, le di una palmada en la rodilla a Mazo para movilizarlo.

—Parece que van a pagar. Vamos fuera.

Salimos con naturalidad, como dos compadres que ya se han pasado en un par de cervezas de la dosis aconsejable. De igual forma, por si habían dejado a alguien vigilando fuera, lo que no era improbable en absoluto, nos despedimos en la calle y tiramos cada uno para un lado, conforme habíamos acordado antes. Lejos del bar, nos apartamos de la circulación y cada uno buscó el mejor apostadero para esperarlos.

Quiso la fortuna que tomaran por donde vigilaba yo. Los dejé pasar y una vez que establecí contacto visual con Mazo, que había estado atento y venía ya hacia mi posición, salí detrás de ellos. En la primera dificultad, una contramarcha que impuso súbitamente Verraco, me aparté de su trayectoria y le di el relevo a Mazo, que los siguió hasta el núcleo de uno de sus bastiones, donde entró solo el jefe y podíamos prever y previmos que tendrían un dispositivo de vigilancia con el que habría sido temerario medirse. Una vez que Mazo se hubo desviado, cruzamos una seña y cambiamos de objetivo. Fui yo quien se encargó del primer tramo del seguimiento a los tres restantes. Para entonces había cambiado mi aspecto, gracias a la cazadora reversible que solía vestir con ese propósito y al par de gorras que nunca dejaba de llevar conmigo. Una vez que se habían separado del pez gordo, se relajaron de manera perceptible. Eso nos permitió, tras darnos sólo un relevo, encerrarlos en un bloque de viviendas cercano, en el que entraron los tres y donde, por lo que interpretamos después de esperar allí durante una hora, sin que ninguno volviera a salir, iban a pasar la noche.

En el camino de vuelta hicimos balance de aquella operación que el azar —hasta cierto punto, porque por algo frecuentábamos aquel local y no otros—

nos acababa de poner en bandeja. Habíamos averiguado dónde tenía Verraco una de sus viviendas de seguridad, que uno de sus auxiliares directos era Víbora y desde dónde maniobraba este. De propina, teníamos la identificación visual de otros dos miembros de la organización, a los que podíamos suponer implicados en la inminente campaña de atentados que no tardaría en producirse al otro lado de la frontera. Esa noche apenas dormimos. Llamamos a Araña a través de un teléfono seguro y le anunciamos que al día siguiente a primera hora el otro equipo podía recoger el informe detallado en el buzón secreto que teníamos instalado al efecto en un bosque de las afueras. Hicimos el informe, lo llevamos hasta el buzón y cuando pudimos acostarnos eran las seis de la mañana. Apenas nos concedimos una hora de sueño. A las siete ya estábamos en pie y a las ocho ante la casa de Víbora.

Comenzó así una semana frenética. Todos los hilos que habíamos encontrado eran buenos, y para explotarlos tuvimos apoyo de Clavo y Corcho, que pernoctaron varias noches en un pueblo vecino para que la operación contara con más recursos para los seguimientos. Así fue, gracias al control constante de Víbora, como volvimos a encontrar a Verraco y, sobre todo, como pudimos seguirlo desde la ciudad hasta otro de sus refugios, que tenía en una casa de campo no lejos de allí. La vigilancia de esa casa, que hicimos extremando las precauciones y gracias a nuestra cobertura como geólogos, nos permitió comprobar que era donde pasaba más tiempo y que nunca se veía allí con nadie, lo que nos condujo a pensar que era su base más segura y permanente. En la misma casa, según pudimos constatar, vivían también una mujer y un par de niños. Si eran los suyos, o un subterfugio para disimular su condición, no podíamos decirlo. En los informes nos limitamos a consignar lo que observábamos. Sobre todo, las rutinas que el objetivo parecía mantener, y que eran las que lo hacían más vulnerable.

No ignorábamos el resultado al que estábamos contribuyendo de un modo decisivo. Nos lo habían declarado sin tapujos, y éramos conscientes de que nuestra labor como agentes encubiertos era la que marcaba la diferencia y la premisa indispensable de lo que iba a pasar. Sin nosotros no había objetivo ni condiciones para golpearlo. Una vez que lo habíamos localizado y señalado, era sólo cuestión de tiempo. No demasiado, porque quienes nos mandaban sabían que con aquella gente las circunstancias podían cambiar de un momento a otro.

Por eso no nos pilló de improviso cuando recibimos la orden de abandonar cualquier seguimiento o vigilancia sobre nuestro hombre y su entorno, y mantener hasta nuevo aviso el perfil más anodino que pudiéramos. Los dos días siguientes salimos al campo, pertrechados con nuestro instrumental de geólogos y teniendo buen cuidado de no acercarnos a la casa donde Verraco se ocultaba. Costaba mantener la serenidad, con aquella sensación continua de que iba a ocurrir algo que no terminaba de llegar y sin que nuestros jefes nos dieran ninguna indicación de cuándo o cómo ocurriría. Al fin, en la mañana del tercer día, mientras me aprestaba a salir una vez más al encuentro de Mazo para pasarnos otra jornada inútil fingiendo que éramos geólogos, sonaron unos golpes en la puerta de mi apartamento.

Me acerqué con precaución a espiar por la mirilla. Si era alguien hostil, todo lo que podía hacer era tratar de huir por el balcón. Para no comprometer a la Compañía ni nuestra cobertura, ni a Mazo ni a mí nos habían permitido llevar armas. Sólo disponía de mi ingenio.

No se trataba de ningún enemigo. Era Corcho.

—Vamos. No me tengas aquí más tiempo —pidió sin alzar la voz.

Abrí la puerta y se deslizó dentro de la vivienda.

—Qué feo tienes puesto esto —observó.

—No contaba con que me hicieras el honor de visitarme.

—No me voy a quedar mucho. Vengo a decirte que empaques todo y salgas pitando. Ya se ocupará alguien de devolver las llaves.

—Eso quiere decir...

—Que empaques todo y salgas pitando.

—No se trata así a un compañero —le reproché—. Llevo un montón de tiempo aquí, lo mínimo que me merezco es que me cuentes...

—Te cuento lo que sé. Lo que sólo intuyo me lo callo. Podría no ser.

—No me digas que Araña no te ha dicho nada.

—Que venga a verte y te diga lo que acabo de decirte. Y que espera que estés al otro lado de la frontera antes de dos horas. No sólo tú, también Mazo, y Clavo, y yo mismo. Ya tienes tus órdenes. Adiós.

Y sin más, agarró la puerta y se marchó por donde había venido.

No me habían dado tiempo para pensar y no me detuve a hacerlo. Metí en una maleta y una mochila mis escasas pertenencias y salí de allí dejando el apartamento como si nunca lo hubiera ocupado. Media hora después de que me avisara Corcho estaba al volante del coche y una hora más tarde cruzaba la frontera. Advertí que en el puesto la presencia de agentes fronterizos era algo más nutrida de lo habitual, pero cuando enseñé mis documentos y les dije en lo que trabajaba me dejaron pasar sin más comprobaciones, como solían. Antes de las dos horas estaba en la base, donde ya esperaban Corcho y Clavo y a donde poco después llegó Mazo. Araña no estaba, y tardó aún dos horas en aparecer. Cuando lo vimos, su sonrisa triunfal nos lo dijo todo.

—Lo veréis mañana en los periódicos —anunció—. Verraco ya no va a ordenar más atentados. Hoy le ha tocado sufrir a él uno.

—¿Cómo ha sido? —pregunté, temiendo de pronto por la mujer y los dos niños que habíamos visto durante nuestras vigilancias.

—Limpio, rápido. Durante su paseo de cada mañana por el campo. Un tiro en la nuca. En su mismo estilo. Sabrán apreciar la simetría.

—Cojonudo —exclamó Mazo.

A mí me costó poner en palabras la alegría que sentía. Porque era alegría, y no otra cosa, pero había algo que me la estorbaba. Quizá el vacío, esa misma oquedad que se me había abierto dentro después de matar al gato con Álex, en aquel verano que ya quedaba tan lejos.

Araña sacó entonces una botella de champán.

—Vamos a brindar —nos propuso—. Por vuestro regreso, no por la muerte de ese hombre, que nosotros no somos chusma como ellos.

29

Adrenalina

Hay una diferencia sustancial entre salir a la calle con la certeza de ser el cazador y hacerlo con el temor a convertirte en la presa. Conozco bien ambas sensaciones, y después de haberme recreado durante estos últimos días en la primera, ahora me toca enfrentarme a la segunda. Cuando subo al coche, después de dejar a Vera sola en mi habitación del hotel, pienso en que ahí fuera hay gente que quiere dar conmigo. No tienen pistas sobre mi identidad y esa es mi ventaja, pero a la vez está esa chica que me ha visto, que sabe quién me ha hecho venir y que no puedo asegurar que no esté en este mismo momento marcando un número de teléfono para dar cuenta de todo a quien menos pueda convenirme que disponga de esa información. A partir de ahora, me encomiendo a la confianza que haya podido inspirarle y a mi arte para no ser detectado, y trato de mantener la fe en que mis adversarios no acierten a imaginarse quién y cómo es el hombre al que buscan.

Trato de ordenar en mi cabeza, mientras arranco, las tareas que me toca afrontar para abordarlas en la secuencia más adecuada y que me permita conjurar mejor los riesgos. Lo primero que hago es dirigirme a la estación, donde días atrás me preocupé de agenciarme un casillero en la consigna. Celebro ver que no está muy concurrida y que en las dependencias que me interesan no coincido con nadie. Eso me permite realizar la operación con toda tranquilidad. Abro el casillero, donde continúa el bolso que guardé hace unos días. Lo abro y a simple vista compruebo que sigue estando dentro todo el dinero en efectivo que creí oportuno traer para afrontar todos los gastos y que también juzgué mejor no llevar siempre encima ni dejar en el hotel. El escenario es ahora otro. Tomo media docena de fajos de billetes grandes, que son los que menos abultan, y los guardo en mi gabardina. En su lugar, dejo la mitad de las fotografías que le hice a Buitre. Aunque algo me dice que su valor se ha depreciado considerablemente, alguno conservan, y no estará de más poner una parte a buen recaudo, por si se presentara la oportunidad de extraer de ellas alguna utilidad en el futuro.

Mi siguiente destino es la casa de Eva, la madre de Vera. Esta vez ya voy sobre aviso y aparco el coche a un par de calles. Me caracterizo como un vecino que sale a dar un paseo nocturno, con bufanda, visera impermeable para la lluvia, calzado deportivo y un anorak, y camino a buen paso por el vecindario, haciendo un circuito que incluye, entera, la calle donde vive Eva. No me detengo, no dejo ver que observo todo, pero no se me oculta el coche con dos hombres dentro que se mantiene frente a la casa. Es distinto del que vi antes, también lo son los dos hombres y han cambiado de emplazamiento, pero me queda claro que la siguen vigilando y que siguen siendo policías. Que sean otros me da que pensar que quien los ha puesto allí no necesita sobreexplotar sus recursos. Dispone de una buena porción de la plantilla, si no de toda, lo que también suministra una pista elocuente sobre su jerarquía.

A continuación repito la jugada con el apartamento donde hasta esta mañana vivía Vera. En esta ocasión no me tomo tantas molestias, es una calle céntrica y puedo pasar por ella confundido entre el tráfico. Así, en marcha, reparo en el coche en el que hay otros dos policías, también diferentes de los que vi horas antes, sin quitarle ojo al edificio. Quien sea el que toma allí las decisiones está dispuesto a mantener el gasto en todos los frentes. Sin detenerme conduzco hacia los barrios altos de la Ciudad, donde callejeo hasta dar con el que voy buscando. Por un momento dudo si repetir la operación que hice en la calle de la madre de Vera, pero me da pereza aparcar y volver a caminar bajo la lluvia y decido, aunque por allí pasan menos coches, hacerlo de nuevo desde la comodidad del habitáculo. Aunque sé que la indolencia no es buena consejera para quien transita por el filo, calculo que los riesgos son lo bastante limitados como para no tener que arrepentirme.

No me sorprende demasiado ver, ostensiblemente aparcado delante del portal donde vive la exmujer de Buitre, un vehículo policial con distintivos. La imagen del coche patrulla me prueba hasta qué punto me he equivocado al tomarlo por un don nadie a quien podría asustar sin mucho esfuerzo. No sé con qué argumentos ha pedido que se le proporcione toda la protección disponible, pero de lo que ya no cabe duda es de que son lo bastante poderosos. Cuando paso junto a los agentes me preocupo de que mi conducción no resulte llamativa en ningún sentido y de mantener la vista al frente. No vaya a ser que mi actitud despierte en ellos alguna sospecha y los invite a pedir una comprobación de la matrícula, que a través del contrato de alquiler los podría conducir sin demasiado esfuerzo a desvelar mi identidad.

A partir de este momento, y mientras busco la circunvalación, me invade un desaliento que sé por experiencia que debo vencer lo antes posible. No hay mejor remedio que acometer aquello que más cuesta arriba se presenta. Me dirijo a la urbanización de las afueras donde Buitre tiene su granja de jornaleras y su base principal de operaciones. Aparco el coche a cierta distancia, y otra vez disfrazado de paseante nocturno me aproximo con precaución. No dejo en ningún momento de caminar a buen paso, siempre con la vista al frente y cara de andar absorto en mis cavilaciones, pero tampoco dejo de escudriñar a fondo cada calle antes de entrar en ella. Cuando estoy ya cerca del chalet siento cómo el corazón empieza a bombearme más fuerte. Respiro de forma metódica para tratar de bajar las pulsaciones y examino a toda velocidad el entorno en busca de alguna presencia sospechosa. Aquí no parece haber vigilancia policial, pero lo último que puedo hacer es confiarme. El farol de la puerta está encendido, como aviso a clientes de que el negocio sigue en el interior, igual que todas las noches.

Rodeo la casa, siempre sin detenerme, y busco la parte trasera. No haberme tropezado con nadie me infunde moral y me empuja a correr algún riesgo suplementario. Por un momento pienso que indebido y fuera de lugar, pero la adrenalina que fluye por mi organismo me ha devuelto el gusto por el peligro. En el hombre que se la juega actúan resortes a veces incomprensibles, en los que cabe adivinar el aliento subrepticio del suicida que todos llevamos dentro: esa parte oscura de nuestra conciencia que siente que en el fondo nuestra existencia carece de sentido, o de un sentido que merezca preservarlo a toda costa, y que nos anima a dilapidarla con cualquier pretexto estimulante.

Por la parte de atrás el muro es asequible. Hace tiempo que no salto ninguno y ya no soy un muchacho, pero tampoco estoy acabado ni me crujen las rodillas. Tras cerciorarme de que nadie me ve, trepo y me descuelgo al otro lado. La parcela trasera está descuidada e invadida por la maleza, que ofrece una buena cobertura para mis movimientos hasta que llego junto a la casa. El ruido que viene de dentro confirma que el local mantiene su actividad habitual. Examino la disposición del chalet y trato de averiguar dónde puede tener Buitre su oficina, o su habitación, o lo que quiera que sea su cubil. Por un momento, me permito fantasear con la posibilidad de colarme dentro, buscarlo y acabar con él, cumpliendo así con la petición que antes de morir me hizo Mazo y a la que entonces di en resistirme. En cierto modo, es lo que me exigiría la promesa que le hice entonces, una vez que ha fracasado mi tentativa de alejar de Vera al expolicía dejándolo vivo. Llevo conmigo el arma, por ese lado no hay problema. Tampoco la conciencia es un obstáculo insalvable. Es verdad, como le dije, que prefiero no matar a nadie si puedo ahorrármelo, pero también que no será la primera muerte de la que debo hacerme cargo y que me he acostumbrado a andar con las que llevo a las espaldas. Y no siento, en fin, que Buitre merezca vivir mucho más que aquellos a quienes contribuí a acortarles los días.

Finalmente, lo descarto. No sé si está, y resultaría estúpido caer aquí y ahora y dejar sola a Vera ante el problema que le he echado encima. Además, y aunque quizá no tenga sentido, quiero tratar de vivir hasta averiguar qué hay debajo de lo que está pasando. Más allá del valor, de la lealtad y de la justicia, a los humanos los mueve la curiosidad: no dejar de saber aquello que pueda saberse mientras quede una remota posibilidad de descubrirlo. Así que, en vez de sacar la pistola, lo que hago es sacar una de las fotografías denigrantes de Buitre y deslizarla por debajo de la puerta antes de volver a saltar el muro trasero. No puedo saber quién se la encontrará, pero, como buen gamberro, confío en que mi gamberrada no dejará de ser un fastidio para su víctima.

Mi última diligencia de esta noche tiene un cariz más personal. En el hospital, donde me hago pasar por un pariente del fallecido que ha venido de lejos, consigo que me digan a dónde han llevado el cadáver. La enfermera, una joven excepcionalmente gentil, se toma la molestia de garantizarme que en sus últimas horas Mazo no sufrió apenas; que los médicos se ocuparon de que recibiera la medicación necesaria para amortiguarle a la vez la conciencia y el dolor. Por un momento siento envidia de mi antiguo camarada, que no sólo se ha librado ya para siempre de tener que responder de nuestros desmanes, sino también de la noción de haberlos cometido. A veces me gustaría tener la opción de interrumpir el vínculo que me une con ese pasado: ser capaz de deshacer a un tiempo la memoria de lo que llegué a hacer y la condena a ser el superviviente ilegítimo y culpable en que me convirtió. A estas alturas, sin embargo, no me hago ilusiones. No hay más escapatoria que la que la naturaleza le ha proporcionado ya a mi compañero.

Con esa certidumbre y un sentimiento de melancolía aparco delante del lugar donde se celebra el velatorio. Tardo unos minutos en reunir las fuerzas para bajar del coche. Cuando al fin lo hago y me encamino hacia la sala, veo venir por el corredor una figura quebrada y encogida que se desliza junto a la pared como si tratara de confundirse con ella. Me lleva unos segundos reconocer en esa mujer triste y avejentada a la joven risueña y atractiva que Mazo me presentó hace muchos años ya. La madre de su hija, a la que también me recuerda, una vez que me fijo mejor en ella, la forma de su nariz y el color de sus ojos. Durante una fracción de segundo dudo si abordarla y decirle algo. Que soy un amigo de su exmarido, que nos conocimos mucho tiempo atrás, que su hija está bien, o lo estaba hace un rato cuando la dejé en la habitación.

Todo es improcedente, si no disparatado, y mientras nos cruzamos lo desecho como esas imágenes descabelladas en las que nos recreamos para aligerar el fardo de nuestras impotencias. Ni siquiera me vuelvo para verla marcharse de un acto en el que ha comparecido de pasada, resignada a ser poco más que una visita. Doy en pensar que no me vuelvo, entre otras razones, para no tener que enfrentarme a mi cuota de culpa en su desgracia. También a ella le salpicó el mal que Mazo y yo hicimos, tanto o más que a aquellos contra quienes se dirigía.

Abstraído en estos pensamientos, tardo en darme cuenta de que a cierta distancia de la sala de velatorios, donde departen unas pocas personas que deben de ser los allegados y conocidos del difunto, hay un individuo que no pierde detalle de lo que allí sucede. Anda por los treinta años, se le ve en forma y acostumbrado a andar al acecho. Tan pronto como reparo en su presencia, repara él en mí y nuestros ojos, al encontrarse, desprenden un chispazo inconfundible para ambos. Por suerte, estoy todavía a suficiente distancia de la sala: cambio sobre la marcha de trayectoria y me desvío por un pasillo que encuentro a mi derecha, lo que siembra en su mente la duda y me da unos segundos de ventaja. En cuanto salgo de su campo visual, echo a correr como alma que lleva el diablo, lo que en mi caso no es una metáfora.

El corazón me late desbocado hasta unos cuantos minutos después de haberme subido al coche y haber salido a toda velocidad de allí. No sólo he

vuelto a meter la pata, por una debilidad sentimental. Saben de mi conexión con Mazo y la pregunta es cómo la han descubierto. No puedo evitar pensar en Vera. Piso a fondo y enfilo hacia el
hotel.

30

Licencia

Al día siguiente de la eliminación del líder terrorista, la primera pieza que se cobraba la unidad, y un éxito sin precedentes para la Compañía en su lucha contra la organización, Uno vino a vernos para felicitarnos en persona. Traía bajo el brazo un fajo de periódicos de ambos lados de la frontera. En todos venía destacada la noticia del asesinato del que coincidían en considerar una figura relevante del movimiento, aunque dependiendo del periódico cambiaba su perfil. Mientras unos lo presentaban como activista y refugiado, otros no dejaban de aludir a su implicación, según fuentes policiales, en actividades delictivas. Ya en las páginas interiores los periodistas daban rienda suelta a las más variadas especulaciones. Unos achacaban la muerte a disensiones en el seno de la propia organización, otros apuntaban a un grupo terrorista de signo opuesto y tampoco faltaba quien arrojaba sospechas sobre la implicación clandestina de agentes del Estado, acusaciones estas que las instancias oficiales rechazaban categóricamente. En ninguno de los periódicos encontramos una sola referencia a la Compañía. Hablaban de elementos criminales o incontrolados, sin mayor concreción.

Nuestro jefe se mostró efusivo como nunca lo había sido antes y no dejó de subrayar el que consideraba el mayor de nuestros logros:

—Habéis ido allí, habéis vivido entre ellos, habéis encontrado la madriguera de esa alimaña y la habéis servido en bandeja sin que se dieran cuenta de que os habíais metido en su territorio. Ahora se sienten expuestos, pero no saben a qué. Han perdido su intocabilidad, y lo que más debe de amargarles es que no tienen ni idea de cómo ha sido.

Araña estaba también exultante.

—Lo hemos conseguido, jefe —proclamó—. Hemos puesto a punto un verdadero escuadrón fantasma, capaz de infiltrarse donde sea.

El efecto de aquellos elogios era desigual en el grupo. Mientras que Mazo se dejaba llevar por el entusiasmo de sus superiores, Corcho y Clavo, cuya labor no había sido tan decisiva ni tan expuesta como la nuestra, se mostraban algo más reservados y comedidos. En cuanto a mí, como era habitual, tenía sentimientos entremezclados. No dejaba de halagar mi vanidad que aquellos que tanto nos habían exigido y en otro tiempo habían dudado de que estuviéramos capacitados para la tarea se apearan de todas sus reticencias y nos alabaran con tanto afán. Sin embargo, había una pregunta que no me atrevía a formularles, porque temía que resultara inconveniente o más bien porque sabía que lo era y estaba convencido de que jamás me la iban a responder.

Era significativo que nunca nos hubieran dicho nada acerca de los que iban a encargarse de la ejecución. Quiénes eran, de dónde salían, cuánto sabían de la persona a la que tenían la misión de suprimir. Y sobre todo, hasta qué punto estaban al corriente de nuestra existencia y de nuestros procedimientos. Por más que trataba de apartarlos de mi cabeza, aquellos misteriosos ejecutores, cuya profesionalidad y eficacia acababa de quedar acreditada, se habían convertido, con su primera aparición, en una compañía tan espectral como inquietante. Eran ellos, en fin, los que se manchaban las manos, pero al hacerlo también nos extendían la mancha a los que participábamos por su mediación.

Había sido tanto el desgaste al que habíamos estado sometidos que Uno nos anunció que nos concedían dos meses de licencia, para que cada uno se fuera a donde quisiera a gastar la generosa gratificación económica que la superioridad había resuelto otorgarnos en premio por nuestra hazaña. Era una suma apreciable, tanto que habría podido pensarse que quienes nos mandaban pretendían reforzar a través de la codicia nuestro vínculo con la Compañía. Araña quiso aclararlo:

—Sabemos que no estáis aquí por dinero y no esperamos que por ganarlo os entreguéis más de lo que os habéis entregado hasta aquí. Lo que queremos es que en estos dos meses no os preocupéis de nada y os resarzáis cuanto podáis. Y reponed fuerzas. Vais a necesitarlas.

Con esta advertencia, nos dejaron ir. Mazo, según me dijo, se iba a quedar en los alrededores de la

Ciudad. Le había tomado gusto a aquella tierra, y quería hacerse el regalo de recorrerla sin la presión del trabajo, como un turista ocioso. Con Corcho y Clavo estaba lejos de tener la confianza necesaria para que me contaran sus planes. En cuanto a mí, volví a mi ciudad natal, donde pude comprobar otra vez que apenas quedaba nada que me uniera a ella. Aproveché para cerrar y vender la casa de mis padres y para invertir el dinero en un depósito que me sirviera de respaldo frente a cualquier adversidad. Mientras mi vida fuera aquella, más me valía andar ligero de equipaje y estar preparado para cualquier giro imprevisto de los acontecimientos.

Una tarde llamé a mi amigo Mario, que, a diferencia de mí, llevaba una vida juiciosa y corriente: se había casado, tenía un hijo, trabajaba como profesor. Fue agradable el reencuentro, porque no me hizo las preguntas que no habría podido responderle y nos limitamos a evocar el pasado, las lecturas, aquellas chicas que en otro tiempo nos habían traído a mal traer. Durante unas horas fue reconfortante sentirme de vuelta en la piel de ese otro que podría haber sido si mis elecciones no me hubieran despojado para siempre de esa opción, pero no me hice ilusiones: todo lo que podía esperar, cuando dejara el frente, como ocurriría antes o después, era retirarme a alguna especie de tierra de nadie. Quienes conocen la guerra ya no pueden reintegrarse a la paz, y menos a la que antes tuvieron. Están condenados a vivir, en el mejor de los casos, en un alto el fuego dudoso, sin terminar nunca de bajar la guardia, separados sin remedio de quienes no portan su estigma. Por esa razón agradecía poder llamar a mi amigo Mario, a quien no tenía que darle explicaciones y que aceptaba convivir con mis silencios.

El segundo mes de licencia emprendí un viaje sin rumbo definido. De vez en cuando compraba un periódico y me salían al paso noticias de la campaña de la que se suponía que estaba descansando. Cuarenta días después de que cayera Verraco, otro dirigente de la organización murió al explotar una bomba adosada a los bajos de su coche. Al leerlo pensé que quienes tomaban las decisiones volvían a buscar la simetría con los atentados de los terroristas. También que debía de existir al menos otro escuadrón fantasma como el nuestro, dedicado a encontrar objetivos que ponerles a tiro a los liquidadores. La repetición de los hechos, tan cercanos en el tiempo, avivó el debate sobre su autoría.

Las autoridades seguían negando cualquier implicación, los medios más críticos apuntaban a una guerra sucia impulsada desde el Estado, pero no había pruebas y la policía del país vecino no tenía una teoría clara sobre quién había cometido los crímenes. También había quien admitía como posibilidad que el aparato estatal estuviera tras la acción y lejos de condenarlo consideraba que era la respuesta idónea a unos terroristas sin escrúpulos que ya se habían aprovechado durante demasiado tiempo de la ventaja que les proporcionaba la frontera. Lo escribían algunos, lo decían algunos más y parecían pensarlo muchos. Por lo demás, ninguna información apuntaba a la Compañía, y más lejos aún parecían los periodistas y los que investigaban las muertes de imaginar quiénes y cómo se encargaban de señalar los blancos.

Viví aquellas semanas con una permanente sensación de extrañeza: por no tener que estar pendiente todo el tiempo de por dónde iba y con quién me cruzaba, por levantarme día tras día y ver el sol brillar en lo alto, por escuchar a la gente a mi alrededor debatir sobre hechos de los que ignoraba casi todo y que yo, en cambio, conocía hasta sus más recónditos entresijos. Hubo momentos en los que la soledad me llevó a hacerme preguntas engorrosas. ¿Hasta qué punto era mi deber reincorporarme después de aquella licencia? ¿Existía la posibilidad de apartarme del camino que había tomado? ¿Era incluso conveniente, o más aún, lo único sensato, no volver a exponerme como lo había hecho? Cuando me enfrentaba a estas preguntas, que me asaltaban en mitad de la madrugada o en el duermevela matinal, no podía evitar pensar en Araña, que sin duda había previsto que dejarnos esos dos meses de inactividad implicaba el riesgo de que le diéramos vueltas a todo lo que habíamos hecho y pudiera flaquear nuestro compromiso. Y una vez más tenía la sensación de que me ponía a prueba, y mi ánimo se dividía entre el prurito de superarla y el malestar de sentir que era un instrumento en manos de aquel hombre despiadado y calculador.

Al final acabé en un pueblo de playa, donde decidí quedarme para apurar sin pensar en nada las dos últimas semanas de mi permiso. Por la mañana me levantaba tarde, desayunaba sin prisa, paseaba un rato a la orilla del mar y me bañaba allí donde sentía que el calor apretaba y me hacía sudar. Luego comía pescado a la brasa en algún chiringuito y me echaba una siesta. Volvía a pasear otro par de horas al atardecer y por la noche me regalaba una cena regada con vino blanco, en la medida suficiente para ayudarme a caer dormido en la cama.

Una mañana coincidí con una chica en la playa. La vi después de bañarme, mientras me secaba al sol. Estaba sola, y por alguna razón se había fijado en mí. Por aquel entonces todavía podía suceder que la visión de mi cuerpo en bañador despertara en una mujer algo más que la compasión que ahora me aconseja no exhibirlo más de la cuenta. También la visión de su cuerpo me atrajo a mí, pero sobre todo lo hizo la desenvoltura de su mirada, la insolencia con que la mantenía una vez que tuvo claro que yo había reparado en ella y la miraba también. Desde que estaba en la Compañía, mi relación con las mujeres había quedado reducida a aventuras esporádicas, aprovechando los días de libranza. En un par de ocasiones había hecho por repetir, pero nunca había conseguido prolongar el asunto más allá de tres o cuatro citas. Más pronto que tarde, acababa llegando el momento en el que no me apetecía, o no me compensaba lo suficiente inventarme una historia para seguir viendo a la chica en cuestión. Y sin embargo, ante aquella desconocida, sería por lo inusual del escenario, sentí inmediatamente que se abatían mis defensas. Una vez que la vi mejor, me di cuenta de que de veras me gustaba. Hasta me pareció recuperar algo de aquella candidez que me había llevado, durante mis años universitarios, a caer en la incongruencia de cifrar en el capricho ajeno la dicha propia.

Donde el universitario habría dudado y se habría torturado durante días antes de dar el primer paso, que habría sido el más torpe y el más contraproducente posible, el experimentado y endurecido agente de la Compañía apenas perdió unos segundos para idear la aproximación, que fue tan expeditiva como ella esperaba y me invitaba a hacerla. Esa noche cenamos juntos, y todas las demás, hasta que llegó el final de mi permiso, durmió en mi cama. Me contó su vida sin que yo se lo pidiera y no acogió de buen grado que yo no le contara nada de la mía, por más que hizo por sacármelo. Sin embargo, eso no fue impedimento para que entre ambos floreciera y estallara y se sostuviera durante aquellos días algo semejante al amor. Desde el principio le advertí que no estaba en condiciones de ofrecerle nada, más allá de lo que trajera cada día, y aunque ella pareció aceptarlo, mi instinto me hizo percibir bien pronto que se conformaba a regañadientes y con la esperanza de que al final lograría atravesar mi coraza. En ese momento debería haberme ido, porque un juego deja de serlo cuando quienes participan en él no se atienen a las mismas reglas ni arriesgan las mismas pérdidas, pero la mala persona que llevo dentro no quiso renunciar al placer de ver amanecer al otro lado de su cintura. De pasar por quien no era.

Volví a la casa junto a la frontera con una tristeza que no conocía hasta entonces, odiándome un poco y con algo menos de esperanza, pero Araña se ocupó de espolearme en seguida. Me llamó aparte, me preguntó por mis vacaciones y si me habían sentado bien y casi sin aguardar a mi respuesta me comunicó la noticia que tenía para mí:

—Vamos a volver a infiltrarte. Un poco más esta vez.

La playa, la chica, todo quedó entonces atrás. Volvía a ser yo.

31
Preguntas

Nadie conoce del todo a nadie hasta que no le da la oportunidad de traicionar su confianza. Eso es lo que pienso mientras me acerco a pie al hotel donde he dejado a Vera hace unas horas, en una madrugada fría y desapacible que los últimos acontecimientos vuelven aún más inhóspita de lo que ya es de por sí. He confiado en ella, bien es verdad que porque no tenía otro remedio, y ella me ha dado garantías, aunque es igualmente cierto que no me las debe y que cualquiera entendería que haya aprovechado la ocasión para entregarme. Ahora sólo tengo una manera de averiguar a quién me he encomendado, y de paso si tiene algún sentido que siga tratando de cumplir el encargo que me hizo su padre o si más vale que me retire, antes de que mi pulso contra un enemigo superior acabe con el resultado que cabe prever. Por eso me arriesgo a volver a este lugar, que muy bien podría estar vigilado, como tantos otros de los que he visitado esta noche. Y ahora, además, por alguien a quien ya le pueden haber facilitado mi descripción.

Por si ese es el caso me las arreglo para entrar por

el acceso que hay para el personal y los suministros en la parte trasera. Es una puerta de servicio, y como suele ocurrir con muchas de ellas la necesidad de su uso más o menos continuo lleva a que no se extremen las precauciones para mantenerla cerrada a los intrusos. Me deslizo sigilosamente por el corredor y busco la escalera. Doy con una que parece estar también destinada al personal, lo que la hace preferible para mis fines. Subo hasta la cuarta planta, donde está la habitación en la que he dejado a Vera. La moqueta del pasillo amortigua el ruido de mis pasos, que en el silencio de la madrugada podría haber sido un contratiempo. No hay nadie a la vista, como por otra parte era previsible. Si yo hubiera tenido que poner vigilancia allí la habría situado en el exterior, donde antes de acercarme al edificio me he asegurado de que no había nadie sospechoso, en la propia recepción del hotel, que por eso he evitado, o en el interior de la habitación, que es lo que me toca comprobar ahora. Las habitaciones no tienen balcones, lo que invita a desechar la opción de forzar la puerta de una de las dos contiguas para tratar de acceder desde el exterior. Acerco la oreja a la puerta. No acierto a oír nada.

Llega el momento de la verdad. Me aparto unos metros para sacar y montar el arma. Lo hago de la manera menos ruidosa posible, pero si hay alguien dentro y está alerta no puedo descartar que haya podido oír el chasquido metálico. Vuelvo a acercarme a la puerta y golpeo un par de veces con los nudillos, tras lo que me retiro un par de pasos y aguzo el oído. No hay respuesta. Respiro hondo. Vuelvo a acercarme y golpeo otras dos veces, un poco más fuerte. Entonces oigo la voz:

—¿Ben?

Resulta apenas audible, pero es ella. No parece alterada.

—Sí, soy yo —susurro junto a la hoja.

Y por si acaso, nunca se sabe, me aparto deprisa otra vez.

—No te veo por la mirilla —dice en voz más alta.

—Soy yo, Vera. Fortachón.

La puerta se entreabre y aparece en el hueco su rostro somnoliento.

—Buen santo y seña —dice—. Deberíamos haber acordado uno.

Acojo su reproche con alivio, como si fuera una bendición. Si no se ha ido, no parece probable que me haya traicionado de otra manera.

—A veces hay que ir resolviendo sobre la marcha. ¿Todo bien?

—Me había quedado dormida. ¿Todo bien tú?

—No me quejo. Al menos, no he tenido ningún accidente. Aunque creo que estaré todavía mejor si abres la puerta y me dejas pasar.

—Claro, perdona.

Abre, se echa a un lado y cuando entro repara en la mano con la que empuño el arma, y que mantengo todo el tiempo detrás de mí.

—¿Y eso?

Tardo en contestarle una fracción de segundo, la que pierdo en un rápido reconocimiento visual de la habitación. La única diferencia que advierto respecto del estado en que la dejé es la cama deshecha.

—Podías estar acompañada —le explico.

—Te dije que no avisaría a nadie —protesta.

—Podrían haber venido sin que los avisaras.

—¿No dijiste que este era un lugar seguro?

—Hasta donde sé, sí, pero siempre se me puede escapar algo.

—¿Qué has averiguado? Si me lo puedes decir.

—Que estamos en un buen lío. Los dos.

Me fijo mejor en ella a la luz escasa que proyecta sobre la estancia la lámpara de la mesilla de noche. No se ha cambiado, lleva la ropa con la que salió del apartamento, aunque ahora está descalza. Con el pelo así, revuelto, resulta todavía más atractiva. Es lo más insultante de la juventud, para quien ya la ha perdido: que su descuido aventaje de esa manera al más laborioso de los cuidados que el hombre o la mujer de edad puedan aplicar a su apariencia. Que certifique con tanta crudeza lo ridículo que resulta acicalarse, o ir mucho más allá de mantener una mínima higiene, cuando ya se ha extinguido ese resplandor fugaz.

—Vera —le digo mirándola a los ojos.

—Qué.

—Necesito hacerte dos preguntas.

Se sienta sobre el borde de la cama y me sostiene la mirada.

—Tú dirás.

—¿De verdad no has llamado a nadie?

—Te lo juro. Si lo hubiera hecho, no estaría aquí, ¿no crees?

—Eso me parece.

—Entonces por qué me lo preguntas.

—En uno de los sitios a donde he ido me estaban esperando.

—¿Estás seguro de eso?

—Sí. No al extorsionador que le hizo las fotos a tu amigo expolicía. A mí. Quiero decir, a alguien que tiene algo que ver con tu padre.

—Dónde ha sido eso.

—En el velatorio. También lo estaban vigilando. Y no creo que fuera porque contasen con que tú pudieras aparecer por allí. Seguro que le dijiste alguna vez a ese hombre que con tu padre no tenías relación.

Vera baja los ojos, lo que interpreto como un sí.

—Tengo otra pregunta —le digo.

—Ya.

—¿Qué es lo que sabes de ese hombre que a alguien no le interesa que cuentes? ¿Por qué les preocupa tanto no saber dónde estás? No me creo, perdona, que sea porque ese individuo está enamorado de ti.

Vera guarda silencio. Mantiene la vista fija en sus rodillas.

—No es muy justo, ¿no te parece? —me pregunta de pronto.

—El qué.

—Que tú apenas me cuentes nada y yo tenga que contarte todo.

—Acabo de responder a tu pregunta.

—A una de mis preguntas.

—Si tienes alguna más, hazla.

Sopesa mi oferta, que no esperaba recibir.

—Adelante —le insisto.

—¿A quién has llamado antes?

—A alguien que puede ayudarme. Ayudarnos.

—¿Cómo?

—Con lo que ahora nos falta. Información.

Parece pensar si servirá de algo pedirme más detalles.

—¿Alguna pregunta más? —la invito.

Alza de nuevo la mirada hacia mí.

—¿Por qué haces esto?

—A qué te refieres con esto.

—A todo. A sacarle a él esas fotos, y las demás cosas que le hicieras. A sacarme a mí de mi apartamento contra mi voluntad. A llevarme antes con mi madre. A traerme luego aquí. A enfrentarte a esa gente que ahora te busca, aunque ellos son muchos y tú pareces estar solo.

Su franqueza me sorprende con la guardia baja. No estoy seguro de tener una buena respuesta a esa pregunta, pero no puedo compartir con ella mis dudas al respecto. Sólo hay algo que pueda decirle.

—Ya te lo conté. Me lo pidió tu padre. Que te librara de ellos.

—Ya, eso ya lo sé. Lo que quiero decir es por qué le haces caso, por qué te metes en este embrollo que ni te va ni te viene. Por qué sigues aquí ahora que estás en peligro, en lugar de evaporarte sin más.

La manera en que reformula su pregunta obra el efecto de disipar todas mis dudas. Hay algo que ella no sabe ni imagina, algo que confío en que no sepa ni pueda llegar a imaginar jamás. De ahí proviene mi determinación para hacer todo lo que sea necesario para cumplir con el encargo de mi amigo, para tratar de salvarla hasta de sí misma.

—Acabas de dar con la mejor razón —respondo—. Ni tu padre ni yo rehuimos jamás el peligro. Yo lo afronté por él. Él lo hizo por mí.

—¿De verdad sólo es por eso? ¿Por lealtad a tu amigo?

—¿Qué otra cosa crees que podría ser?

Me observa con un súbito aire de astucia.

—A lo mejor trabajas para alguien a quien esto le viene bien.

—No trabajo para nadie. Lo has visto tú misma. No era mi intención retenerte, sino llevarte con tu madre. Esto no lo tenía previsto.

—No sé ya qué creer —confiesa—. Tampoco sé muy bien qué hacer. Por eso no he usado ese teléfono ni me he ido a ninguna parte.

—Puedes probar a contarme eso que te callas —sugiero.

Por un momento, parece considerar la posibilidad. Al fin se levanta y camina hasta el otro extremo de la habitación. Desde allí, me dice:

—Esperaré a mañana, si no te parece mal. Tú me cuentas lo que te cuente esa persona a la que has llamado y yo te cuento lo que sé.

—No es lo que preferiría, pero puedo aceptarlo.

—No tienes más remedio que aceptarlo.

—Eso es verdad.

—Salvo que te apetezca torturarme ahora para sacármelo.

Me mira como si en realidad me invitara a otra cosa.

—Es lo último que me apetece. Lo último que haría.

Consulta entonces su reloj. Es un artefacto caro, fino. Elegante.

—Son las cuatro de la mañana —me informa—. He oído por ahí que las personas mayores dormís poco, pero a mí me gusta descansar.

—Sí, más valdrá dormir algo —admito.

—¿Cómo hacemos?

—Quédate tú la cama, yo puedo dormir en el sillón.

—Mañana te va a doler todo. ¿O te duele ya normalmente?

No esquivo su provocación.

—No me duele nada. Y he dormido en sitios mucho peores.

—Estoy segura, pero no tienes por qué maltratarte. La cama es lo bastante ancha. Si te tumbas al menos unas horas vas a sentirte mejor. Y a mí no me da reparo compartir el colchón con un desconocido.

—Eso ya lo sé.

—Además, puedo contar con que no vas a propasarte, ¿no?

—Puedes apostar las dos manos.

—Entonces no le des más vueltas. Yo me acuesto ya.

Y sin preocuparse de mi presencia, apaga la lámpara de la mesilla de noche, se quita los pantalones y se mete en la cama vestida sólo con una blusa que apenas la cubre más allá de las caderas. Busca postura, apoyada sobre su costado, y se abraza a una de las almohadas.

Me quedo un par de minutos allí de pie, escuchando cómo se va acompasando y espaciando su respiración. En medio de la oscuridad siento la presencia de mi amigo. A él se lo debo. El extraño obsequio de compartir el aire que respiro con esta criatura incomprensible.

32
Una chica

Una de las mayores dificultades de tratar de dirigir a otras personas proviene del hecho de que, antes o después, acaban apareciendo en ellas impulsos incontrolables e incongruentes, que nunca quienes las mandan son capaces de predecir con exactitud. Algo había cambiado en Mazo después de aquella licencia, yo lo advertí tan pronto como me lo eché a la cara, no puedo descartar que Araña también lo intuyera a su modo, pero el impacto de esa transformación sólo íbamos a verlo, y yo de una manera más cercana, algún tiempo después. Resumiendo mucho, sin dejar de ser el que era, ni de mantener sus múltiples y nada comunes capacidades, Mazo volvió de aquellas vacaciones un poco más disperso, o lo que es lo mismo, ligeramente menos eficaz.

La confianza que existía entre ambos me permitió conocer la causa pocos días después de nuestro reencuentro. Ya me había extrañado que en lugar de poner tierra por medio hubiera decidido quedarse en las proximidades de la Ciudad, y esa pulsión turística que me había alegado como razón me encajaba poco con sus inquietudes y con su carácter. La verdad era mucho más simple y vulgar: había una chica, con la que Mazo había trabado conocimiento en sus días libres y a la que había seguido viendo, y había pensado que esos dos meses de los que iba a disponer excepcionalmente eran la ocasión para conquistarla de forma definitiva. Dicho de otro modo: se había enamorado.

Que se trataba de eso, enamoramiento, y no de un capricho fugaz de la mente o de la carne, me quedó claro por cómo le brillaban los ojos cuando me hablaba de ella o al pronunciar su nombre, por la pueril ingenuidad con que me ponderaba sus atractivos. El amor es, más allá de otras consideraciones, ese sentimiento que nos vuelve ciegos a las evidencias que percibe el menos avispado de quienes nos rodean, que nos empuja a musitar como si fueran pronunciamientos del oráculo las bobadas más rotundas y que reduce el potencial de nuestro intelecto a la reiteración de los juicios más banales. También de él brotan el bien, la entrega y la poesía, pero en esta última sólo pueden alcanzar algo valioso quienes poseen talento, y el desprendimiento amoroso, que no dura más que el amor mismo, o quizá algo menos, se transforma con facilidad en su contrario cuando el hechizo se diluye y muere.

Mazo no sólo me pareció algo atontado por las semanas de felicidad que había pasado al lado de aquella chica, sino poco consciente de las dificultades que su situación podía acarrearle. Nunca se nos había prevenido de manera expresa contra la posibilidad de establecer una relación de pareja, pero nuestros jefes sí nos habían dejado claro, desde que nos uni-

mos a la Compañía, que nadie podía tener la más remota noción del trabajo que realizábamos, y que lo
más aconsejable era no dar a otros, por muy estrecho
que fuera nuestro vínculo con ellos, otra información
acerca de nuestra actividad laboral que la del contrato con la empresa pantalla que abonaba nuestras nóminas. Una empresa de la que, a su vez, todo lo que
convenía decir era que se dedicaba a realizar estudios
y que nos podía enviar durante semanas o meses a un
trabajo de campo que nos impediría mantener el
contacto con nuestros seres queridos. En mi caso,
una vez muertos mis padres y sin más familiares cercanos, había optado por no contar absolutamente
nada de lo que me servía para ganarme el sustento a
las pocas personas con las que tenía relación fuera de
la Compañía. La papeleta que se le presentaba ahora
a Mazo era cualquier cosa menos fácil de resolver.
Una vez que me puso al corriente de las novedades,
no pude evitar preguntarle:

—¿Y en qué le has dicho a tu novia que trabajas?

—Estudios de seguridad —dijo—. No puedo
decirle exactamente a lo que me dedico, como tú
bien sabes, pero no me sale mentirle.

—¿Y le vas a contar algo a Araña?

—La verdad. Prefiero que no la averigüe él.

—Vaya —lamenté—. Ya me veo cambiando de
compañero.

—¿Tú crees? No veo por qué. Puedo mane-
jarlo.

—¿Durante otros tres meses? En algún momento ella empezará a preguntarte por qué y dónde tienes que estudiar tanto.

—Ya saldré del paso. Y si no, pues se acabará, qué se le va a hacer.

—Muy enganchado te veo para aceptar sin más ese desenlace.

—Es que tendrías que verla.

—Mejor no.

—¿Por qué no? Te puedo presentar como un compañero.

—¿De esos estudios de seguridad? Mejor tampoco.

—De universidad.

—No sabré hacerlo. No me imagino estudiando leyes.

—Pues de colegio.

Lo improvisó así, como si no tuviera ninguna importancia.

—Un poco temerario te hace a ti el amor —le dije—. Ten cuidado.

—Ya cuidarás tú de que no me pase de la raya.

—Si Araña me deja. Si nos deja seguir juntos, digo.

—Ya lo convenzo yo, no te preocupes.

De alguna forma, se las arregló para convencerlo. Si Araña era un hueso duro de roer, Mazo no carecía de empuje, pero tampoco andaba corto de inteligencia ni de recursos para caer en gracia allí donde otros habrían salido desgraciados. Según me contó después de hablar con el jefe, Araña, tras escucharlo y sopesar durante unos instantes infinitos lo que acababa de comunicarle, se limitó a preguntarle secamente:

—¿Sabrás impedir que interfiera?

Ante lo que Mazo no había titubeado ni un segundo:

—Por encima de todo.

—Por encima de todo, si es que la quieres como dices —le dijo—, deberías impedir también que estar contigo le joda la vida. Pero eso ya es cosa tuya, y las fiebres juveniles a veces no duran lo suficiente. En lo que a mí me incumbe, con eso me vale. Si fallas, estarás fuera.

De modo que Mazo y yo seguimos formando binomio, juntos empezamos a preparar la siguiente infiltración e incluso, un fin de semana que teníamos libre, accedí a conocer a Eva, aquella chica por la que mi compañero estaba dispuesto a llevar una vida que no acababa yo de considerar coherente con su realidad, que también era la mía.

—Tampoco es que piense en casarme con ella —me dijo—, quién sabe lo que va a durar, y en una pareja todo puede irse al garete en cualquier momento, incluso con una vida normal, pero creo que no es tan malo tener aunque sea a ratos una vida como el resto. Lo tuyo, Púa, no es saludable. El rollo ese de mitad monje, mitad soldado.

—Cada uno sabe lo que puede o no puede —me defendí yo.

—Vamos, deja que te la presente.

—Como compañeros de colegio.

—Eso mismo.

—Aunque nos criáramos a quinientos kilómetros uno de otro.

—Eso lo resolvemos tú y yo sin despeinarnos.

—Mintiéndole.

—Una mentira pequeña —lo disculpó—. Inocente.

Acabé conociéndola, en una terraza al lado del mar, una tarde de sol que parecía estar sucediendo en otra parte. Fue todo raro de principio a fin. Ver a mi compañero derretirse en su presencia, compartir un par de horas con aquella chica que en efecto era atractiva pero poseía además un intenso magnetismo y transmitía una singular limpieza de corazón, resultaba tanto más difícil de asimilar cuanto que recordaba que los dos hombres que la acompañábamos allí, el que se desvivía por hacer que se sintiera atendida y el que procuraba ser con ella lo más cortés posible, acababan de convertirse en un par de asesinos.

Fue esa tarde con Eva, que entonces, aunque ninguno de ellos dos lo sabía, ya llevaba dentro a Vera, la futura hija de ambos, una de las más abrumadoras y contundentes pruebas que he podido obtener acerca de la dualidad del alma humana. En lo que a mí se refería, tal vez podía tratar de mantener la ilusión de estar en una especie de páramo intermedio, pero con Mazo no cabía duda: bajo la misma piel, latía el más dulce y ferviente y el más áspero y despegado de los espíritus. La mano capaz de acariciar y de dar el suplicio y la muerte. Quienes se consuelan con la idea de una especie de zanja en medio de la humanidad, para situar al otro lado la monstruosidad y el horror, no pueden ser más obtusos. Quien puede asistir sin inmutarse o gozando a tu agonía siempre tiene algo, poco o mucho, con lo que tiembla de emoción. Eso es lo que nos hace temibles. Lo que nos permite ser la peor de las calamidades.

Otra demostración podía encontrarla quien nos observara en el celo con que al día siguiente de aquel encuentro galante nos aplicamos a afrontar los desafíos que nos planteaba nuestra siguiente misión. Sobre todo a mí, y esa era la razón por la que Araña había querido hablar conmigo el primero y nada más reincorporarnos. Lo que Uno y él, por propia iniciativa o instigación superior, habían ideado esta vez era una vuelta de tuerca respecto de la operación que había culminado con la eliminación de Verraco. Si en esa oportunidad nos había acompañado la fortuna, bien que después de buscarla durante meses, de lo que se trataba ahora era de asegurar que llegábamos hasta un objetivo de primer nivel en unas circunstancias que se habían complicado en comparación con la vez anterior. Ya no podíamos infiltrarnos con la ventaja de que el adversario estuviera más o menos desprevenido. Tras dos bajas tan sensibles, eran conscientes de que tenían un agujero de seguridad y debían de estar resueltos a taparlo como fuera.

Ahí era donde entraba yo, o mejor dicho el papel que el plan me atribuía. Tenía que crearme una cobertura tan perfecta y acabada que me permitiera pasar por un autóctono, estar tan cerca de nuestros enemigos como para aspirar a mezclarme con ellos, incluso entrar en la organización. A primera vista, la idea me pareció casi irrealizable.

—Confía en ti —me animó Araña—. Llevo años observándote. Si hay alguien que puede hacerlo, ese eres tú. Tienes la cabeza, tienes las agallas, y tienes algo más importante: la capacidad de aniquilar tus propios sentimientos. Ninguno de los otros puede medirse contigo en ese sentido. Y hay algo más: se te dan bien los idiomas. Ya casi hablas la lengua de nuestros vecinos sin ningún acento. Con unas semanas de entrenamiento adicional, podrás pasar sin fallos por uno de ellos.

—Nunca se pierde del todo un acento —advertí.

—Enriqueceremos tu cobertura para justificar cualquier desliz que puedas tener. Que tu madre era de aquí y has vivido algún tiempo a este lado de la frontera. Se lo tragará quien necesites que se lo trague.

Mis jornadas se dedicaron por tanto en gran medida a perfeccionar mi dominio del idioma, pero también a adueñarme exhaustivamente de todos los pormenores de la biografía ficticia que debía ser capaz de sostener ante cualquiera, así como al aprendizaje del callejero de la ciudad donde iba a instalarme, y que por seguridad no era donde ya habíamos vivido Mazo y yo. Además, debía saber lo suficiente de la otra donde se suponía que me había criado. Para no complicar más de lo debido el cuento, mi madre habría vuelto a su lugar natal tras la muerte de mi padre, lo que también ofrecía la coartada para mis viajes a este lado de la raya. En cuanto a Mazo, su función era mantenerse cerca, servirme de enlace, prevenir cualquier movimiento peligroso del enemigo y en caso necesario hacerme de ángel guardián. Para ello debía conocer el terreno tan bien como yo o mejor, y él además iba a correr un riesgo suplementario: pasar con armas la frontera, por si las cosas se nos iban de las manos hasta el punto de tener que usarlas.

La actividad que me serviría de tapadera también vino decidida desde arriba: iba a poner una tienda de artículos de montaña, para la que ya se había encontrado un local idóneo. La elección del negocio fue todo menos arbitraria: los terroristas, que no podían cruzar por los puestos fronterizos, eran usuarios habituales de ese tipo de material.

33
El plan

Con los años, el cuerpo necesita menos descanso, o la
mente no acierta a dárselo, o algo en nuestro interior
tiene presente que las horas que nos quedan para encontrarle alguna compensación al trabajo de vivir
cada vez son menos y más cortas y hace por aumen-
tarlas a costa del sueño. Aunque apenas he dormido
tres horas, me despierto antes del alba, en la misma
postura en la que me dejé caer sobre la cama de la habitación de hotel que comparto con Vera. Me quité
los zapatos pero no me desvestí, y la ropa que acumula
la fatiga de la jornada anterior me pesa sobre el cuerpo como la piel antigua de la que un reptil desea desprenderse lo antes posible. En cuanto a la chica, sigue
durmiendo, con esa profundidad admirable con que
descansa uno a los veinte años. Me levanto con cuidado y, tratando de no hacer ruido, abro el armario para
procurarme una muda y una camisa de reemplazo de
las que me subieron la víspera desde el servicio de la-
vandería del hotel. Luego me deslizo dentro del cuarto de baño y cierro la puerta tras de mí.

Para ganar tiempo me salto el afeitado, aunque
una barba de dos días no deja de llamar indeseable-

mente la atención sobre su portador, y me meto directo en la ducha. Dejo que el agua caliente repique un buen rato en la parte superior de mi cráneo mientras los músculos se me relajan y vacío la mente hasta donde le resulta factible a un hombre de mi edad y con mi trayectoria. Necesito evadirme por un momento de lo que soy, lo que hago y lo que sobre mi cabeza pesa ahora mismo. Al cabo de unos minutos, no sabría decir cuántos, salgo de debajo del chorro, me enjabono y me aclaro con presteza para dar por zanjado el paréntesis y disponerme a encarar los retos que traiga la jornada.

El primero me lo encuentro apenas abro la puerta del baño. Veo a Vera en ropa interior, doblada sobre el bolso donde lleva sus cosas.

—Perdona —digo, y vuelvo a meterme en el baño.

Desde detrás de la puerta oigo su voz. Suena divertida.

—Puedes salir, no voy a desmayarme, y diría que tú tampoco.

—Prefiero esperar a que te vistas.

—Como quieras. No sé qué ponerme. No me gusta nada de lo que eché ayer al bolso. Deberías haberme dado más tiempo para elegir.

—Esperaré lo que haga falta.

—Por mí, nada. Ya he comprobado que eres un caballero.

—No es sólo por ti.

—Está bien. Te aviso.

Aguardo sin saber muy bien a qué. En la fracción de segundo que se ha ofrecido a mi vista, su cuerpo joven y desenvuelto no ha dejado de remover en mí recuerdos y otras cosas más inconvenientes. Cuento entre los instantes luminosos de mi vida algunos que tuvieron como motivo la luz natural o artificial reflejada en una piel femenina, cuya visión también me invita, sin poder evitarlo, a acordarme de alguna de mis oscuridades. Desde hace tiempo, más del que a mi cuerpo y mi alma les gustaría, la sensación de tener ante mí a una mujer desnuda se ha vuelto tan esporádica que me resulta quizá más turbadora que cuando era un adolescente. No sé pagar por tenerlas, hace mucho que renuncié a engañarlas y no es fácil dar con una con la que sienta que lo que suceda entre ambos, limitado, exiguo, fugaz, porque más no le puedo ofrecer, le compensará la pesadumbre y el vacío posterior.

Suenan unos golpes en la puerta.

—Me gustaría ducharme, caballero —me informa.

—¿Llevas algo encima?

—Algo llevaba ya antes.

—Tú me entiendes.

—Abre, anda. Estás a salvo.

Abro la puerta. Se ha puesto unos pantalones y una camiseta de manga larga. Sobre el brazo, doblados, lleva la muda y un jersey.

—Buenos días —me saluda sonriente.

—Buenos días —le respondo.

Intercambiamos posiciones. Antes de cerrar, se vuelve y me dice:

—Me muero de hambre. ¿Podremos desayunar?

—Pido que nos lo suban. ¿Qué quieres?

—Todo lo que tengan.

—¿Cenaste ayer? —le pregunto—. No he visto la bandeja.

—La saqué al pasillo. Debieron de llevársela.

—Está bien. Yo necesito café, ¿tú también quieres?

—Quiero.

Y cierra. Veinte segundos después, no más, oigo correr el agua. Se desviste rápido, pienso, y tomo conciencia de mi propia lentitud. Eso que el tiempo te va metiendo dentro, sin darte apenas cuenta, hasta que tu velocidad se desajusta de la del mundo y este te deja caer.

Cuando traen el desayuno ya está aseada y fresca, casi diría que despreocupada, si no fuera por la coyuntura nada propicia a estarlo en la que nos encontramos ambos. Coloco la bandeja sobre la mesita que hay en un rincón de la habitación, la invito a sentarse en la butaca que tiene al lado y acerco para mí la silla que está junto al escritorio. Me siento frente a ella y le sirvo el café en la única taza que me han traído, junto a una jarra, eso sí, llena hasta arriba. El mío lo vierto en un vaso. Anoche sopesé la posibilidad de comunicar en la recepción que tenía compañía para que me hicieran el cargo correspondiente. Al final creí mejor omitirlo y exponerme a que lo exijan o abonarlo yo cuando me vaya. No puedo permitirme que Vera conste en sus registros, a los que la Policía tiene acceso inmediato. A mí no me importa que me afeen la ocultación ni a ellos otra cosa que no dejar de cobrar sus servicios.

Con la taza en la mano, Vera me pregunta:

—¿Cuál es el plan?

—De momento, tenemos que esperar aquí hasta las diez.

—¿Para?

—Van a llamarme. Espero.

—Tu informante.

—El mismo.

—¿Por qué dices «espero»? ¿Puede que no llame?

—Puede.

—¿Y entonces?

—Esperaremos hasta las doce.

—¿Y si entonces tampoco? ¿Esperaremos hasta las dos, las cuatro, las seis, y así hasta que nos muramos de asco en esta habitación?

—No. Si a las doce no llama no esperaremos más.

—¿Nos iremos?

—Probablemente.

—A dónde.

—Ya veré. Fuera de la ciudad.

Vera me busca la mirada.

—¿Y no te preguntas si yo estoy de acuerdo?

—Confío en que lo estés.

—¿Acaso crees que tengo razones?

—Lo espero.

—¿Y si te digo que sí, pero que no voy a decírtelas?

—Me conformaré con eso. Aunque me gustaría conocerlas.

—Tendrás que ganártelo. Ya sabes cómo.

—¿Cómo?

—Confiando tú en mí, ángel exterminador.

—No me gusta que me llames así.

—¿Prefieres ángel de la guarda?

—No me disgusta. Saldaría una especie de deuda.

—¿A qué te refieres?

—Tu padre lo fue para mí. Perdón por volver a mencionarlo.

Una sombra pasa por su frente.

—Ahórratelo la próxima vez —dice—. Mejorará nuestra relación.

—De acuerdo.

—¿Y no vas a decirme nada más?

—No hasta que me llamen o vea que no van a llamarme.

—¿De verdad tienes dudas al respecto?

—No muchas, la verdad. Sería la primera vez que me fallara.

—Entonces esperaré.

No falla. A las diez en punto suena el teléfono de la habitación y con un gesto le indico a Vera que se meta en el baño. Se resiste.

—Creí que esta vez podría oírlo.

—Por favor —le insisto—. Es lo mejor para los dos.

Aunque sea a regañadientes, se pone de pie y hace lo que le pido.

—Dime —murmuro tan pronto como descuelgo.

—No sé por dónde empezar —me contesta mi interlocutor.

Su voz no suena precisamente amable. Ya contaba con ello.

—Por donde prefieras —le invito.

—Pues deja entonces que empiece por el final.

Lárgate de ahí cuanto antes y deja que la chica se vaya a donde a ella mejor le parezca.

—Para que le pase qué.

—Lo que tenga que pasarle. Tampoco será para tanto.

—¿Me puedes dar garantías de eso?

—No me pagas lo suficiente.

—Que yo recuerde, no te pago nada.

—Ni aunque me pusieras un castillo con criados. Es mayor de edad, se metió donde quiso y porque quiso. Qué te importa. La acabas de conocer. No me digas que has tenido un flechazo. A tus años.

—No he tenido un flechazo. Ni ella se quiere ir. Por ahora.

Lo oigo resoplar al otro lado de la línea.

—Me lo estás poniendo difícil para ayudarte.

—Quizá podrías empezar por responderme a lo que te pedí.

—¿A saber?

—Quién es ese mierda. Por qué se ha montado el follón que se ha montado. Por qué te informaron o te informaste tan mal la otra vez.

—Ese mierda es un mierda.

—Perdona, pero no me cuadra.

—Porque no lo has pensado lo suficiente. Estás desentrenado, y me imagino que ahora además nervioso y con poco sueño encima.

—No estoy nervioso. Y no necesito dormir más.

—Permíteme dudarlo. El importante no es él, capullo. Él es lo que es, lo que te deberías preguntar es quién es el que le manda, y por qué ese mierda tenía entre sus chicas, justamente, a la hija de tu amigo.

—Qué quieres decir.

—Que la importante es ella. Y que Mazo está muerto.

—No te sigo.

—Lo que trato de decirte es que ya no hay nadie a quien disuadir, tan sólo un cabo suelto, y que ese cabo suelto lo estás complicando tú. Que te estás jodiendo y la estás jodiendo. ¿Te lo digo más claro?

—Y eso lo acabas de averiguar. No lo sabías el otro día.

—El otro día sólo me pediste que te mirase quién era ese tipo. Esta vez he indagado un poco más. Sobre todo, después de enterarme de que además de torturarlo habías secuestrado a la hija de Mazo.

—Dime sólo una cosa. Dime que hablas por ti. No por ellos.

—Te estoy llamando desde una cabina, saltándome las órdenes que tengo respecto de ti. Por quién cojones voy a estar hablándote.

—Está bien. Qué más da eso ahora.

—¿Y qué vas a hacer?

—Evaporarme. Y ella se evapora conmigo.

—Púa, ya saben que eres tú. Ríndete mientras puedas.

—Gracias. Lo pensaré.

Y cuelgo. No es lo que se merece, siempre ha sido decente y leal conmigo, no como otros, pero ahora tengo mucha tarea por delante. Si lo he entendido todo bien, me va a costar un mundo salir de esta.

34

Ficción

Por mucho que prepares un movimiento, si es lo
bastante complejo o arriesgado, no podrás evitar
sentir que una especie de abismo se abre bajo tus pies
cuando al fin llega el día de lanzarte. Esa fue mi sensación en el momento de cruzar la frontera para hacerme cargo de mi nueva vida, aquella ficción labo-
riosa que por encargo de mis jefes me iba a tocar
sostener durante un tiempo indefinido sin más apoyo cercano que el de Mazo, para quien también se
había diseñado una cobertura, aunque mucho más
sencilla. A fin de facilitar el contacto entre los dos,
cuando fuera necesario, su tapadera era un trabajo
de representante comercial, que justificaría su presencia frecuente en la ciudad sin tener que construir-
le una identidad que respaldara su arraigo en ella.
Para alojarse, alternaría los hoteles con una casa de
vacaciones junto a una playa situada a una treintena
de kilómetros, que la Compañía había alquilado al
efecto y que también serviría como base avanzada y
como espacio seguro para mantener reuniones cuando nos hiciera falta.

   Mi domicilio, al que me dirigía ya en el coche

con matrícula del país vecino a nombre de la identidad falsa de la que se me había provisto, estaría en un piso que había alquilado yo mismo bajo esa identidad quince días antes, igual que el local donde iba a instalar mi negocio de artículos para montañeros. En cuanto a este, todavía estaban en curso las obras de reforma, financiadas con un préstamo bancario avalado por una empresa instrumental de la Compañía. Las previsiones eran poder abrirla no más tarde de un mes después de mi llegada, para lo que también estaban en marcha las gestiones con los distribuidores que iban a servir el género y los permisos municipales. Mientras el agente fronterizo me devolvía mi documentación, que tenía la calidad necesaria para pasar ese filtro, pensé que en el fondo era una suerte que durante las primeras semanas tuviera tantas cosas que resolver al margen de la misión, aunque fueran indispensables para ella.

Desde los primeros días, en los que me tocó bregar sobre todo con vecinos, operarios y funcionarios del ayuntamiento, empecé a rodar mi nueva identidad y a poner a prueba mi manejo del idioma. En cuanto a este último, con algunos de mis interlocutores tenía que echar mano de la historia que habíamos preparado para justificar mi ligero deje al hablarlo, pero con otros, menos observadores o menos curiosos, pude tratar sin que me manifestaran la menor extrañeza. Mi objetivo era que estos últimos fueran cada vez más: el cuento lo llevaba bien armado, pero no había por qué someterlo a pruebas innecesarias.

Por lo que tocaba a mi tapadera en general, también aguantaba bien. Me había instruido sobre el ramo de comercio al que iba a dedicarme, y el perfil que me habían asignado, el del hijo un poco alocado de una familia de buen pasar que gracias a su porción de la herencia de su padre aspiraba a convertir su afición a la montaña en un negocio y que cambiaba de ciudad para estar más cerca de la cordillera, daba el juego suficiente y lo tenía lo bastante interiorizado como para poder persuadir a quienes me preguntaban. Casi sin darme cuenta, dejé que el individuo que debía parecer, y a quien presentaba a todo el mundo por la abreviatura de su nombre, Leo, desplazara en el trato social mi propia personalidad hasta borrarla por completo. Acabó llegando el día en que no sólo era Leo cuando hablaba con la gente a la que tenía que engañar, sino también estando solo, y no como al principio, para practicar los ademanes, los gestos o la pronunciación. Lo que empezó siendo un entrenamiento se había convertido en una inercia que por momentos se me iba de las manos. Cuando me encontraba con Mazo en la casa de la playa, a donde por seguridad tampoco acudía con una frecuencia excesiva, casi tenía que esforzarme para volver a ser yo.

En ese proceso de extrañamiento de mí mismo y de aterrizaje en mi nueva vida se consumieron los dos primeros meses de mi infiltración. Araña me había insistido mucho en que no me precipitara, en que en las primeras semanas no se esperaba de mí que facilitara información ni resultados, sino que me hiciera sitio de la mejor manera posible en mi nueva ciudad y en mi nueva condición de comerciante. Ni siquiera debía hacer el menor esfuerzo por contactar con los círculos donde se movían nuestros objetivos. Lo importante era que me ganara tanto como pudiera a la clientela y que quienes me conocieran tuvieran de mí la imagen de un buen vecino. Para lo primero, y como disponía del apoyo financiero necesario, desde el día de la apertura ofrecí en la tienda, junto al mejor de los servicios, precios ventajosos, además de promociones en artículos seleccionados. Para lo segundo, no reparé en gestos ni escatimé deferencias. Me mostré solícito con los habitantes de mi edificio, y a las pocas semanas ya me había presentado a casi todos, los llamaba por sus nombres y les había hecho algún favor. Las gentes del lugar no eran demasiado cálidas ni comunicativas, pero no veían del todo mal a ese nuevo vecino, joven y con dinero para poner su propio negocio, que les sujetaba la puerta o les subía la compra.

De vez en cuando, en la tienda entraba alguien en quien no podía dejar de adivinar a uno de mis adversarios. Lo delataban su acento, su mirada, la manera en que examinaba el material antes de adquirirlo. En la montaña todo el mundo se la juega, y quien es consciente de eso, por su propio bien, se preocupa de ir con el mejor equipo posible. Pero en la forma que aquellos compradores tenían de revisar lo que iban a llevarse, o no, se advertía que ellos pensaban en más exigencias y otros riesgos que los que solía tener presentes el montañero común. En todo caso, yo los atendía como al resto, con mi mejor sonrisa y tratando de dar satisfacción a sus demandas.

Por muchos motivos me interesaba no sólo que sintieran que habían hecho una buena compra, sino que esa sensación los llevara a recomendar mi tienda a sus conocidos.

No dejaba de quedarme con sus caras, o con los nombres si alguno, lo que era más bien raro, me pedía una factura o recurría a una forma de pago que me permitiera anotarlo. Incluso si era falso, no dejaba de ser una información útil. Lo hacía por rutina, y de igual manera le pasaba a Mazo lo que había averiguado de ellos. Mis instrucciones no incluían investigarlos, y mucho menos seguirlos, ni siquiera que propiciara cualquier forma de acercamiento personal. Al revés: lo ideal, lo que debía acabar consiguiendo, era que la iniciativa partiera de ellos.

A principios del tercer mes, cuando me vi con Mazo en la casa de la playa, lo noté más agitado que de costumbre, y algo ausente mientras le contaba las novedades para que se las transmitiera a nuestros jefes. Al final, incapaz de escondérmelo por más tiempo, me anunció:

—Eva está embarazada.

La noticia cayó sobre mí como si fuera un meteorito venido de una galaxia remota. Me había olvidado de Eva, de todo lo que había al otro lado de la frontera, salvo la Compañía. Mi mundo era ahora otro, y mi vida tratar de desaparecer por entero bajo la piel de Leo, el vendedor de artículos de montaña, mientras mantenía agazapado dentro de mí al cazador que era bajo otro nombre y al que le tocaba aguardar esta vez a que la presa se acercara a su apostadero. Sólo pude balbucir:

—¿Y qué vais a hacer?

—Tenerlo, por supuesto. Está ya casi de seis meses.

—¿Y tú mientras tanto aquí?

—Ya le he dicho que sólo podré volver alguna vez, de aquí al parto. Cuando tú vuelvas. Soy tu ángel guardián, no voy a dejarte solo.

—¿Y qué dice ella?

—Que lo entiende, si lo exige mi trabajo.

—¿Y Araña?

—Que está pensando seriamente en relevarme, pero que depende de mí. De si a pesar de todo me las arreglo para seguir cumpliendo.

—Ya me veo entendiéndome con el cabrón de Corcho.

—No temas. No pienso permitirlo.

Lo dijo con una de esas sonrisas suyas que dejaban al aire todos los dientes. Y aunque entonces no supe apreciarlo, por la inquietud que me producía contar como soporte más inmediato con alguien a quien le asistían poderosas razones para tener la cabeza en otra parte, el tiempo transcurrido me permite ver su esfuerzo de aquellos meses como una prueba de su aleación excepcional. Al final, Mazo se las arregló para estar a la vez pendiente de la mujer que iba a alumbrar a su hija, de modo que ella no se enfadara con él, y del hombre a quien debía proteger y apoyar, sin que ni yo ni quien nos dirigía pudiéramos reprocharle ninguna negligencia grave en el servicio. Es verdad que a veces no parecía del todo centrado, que en alguna ocasión tuve que insistir o repetirle alguna cosa, pero no dejó de estar ahí, ni en esos primeros meses ni más adelante, cuando ya había nacido su hija y la misión lo puso a prueba, como también iba a ponerme a prueba a mí mismo.

A medida que pasaban las semanas y me sentía cada vez más solo y aislado de mi mundo anterior, pese al contacto periódico con Mazo y las escapadas de un par de días que una vez al mes me dejaban hacer al otro lado de la frontera, con más frecuencia me asaltaban las dudas respecto de mi capacidad de aguantar lo que se me exigía. Nada hay más frágil que la ficción, nada está más continuamente expuesto a romperse, y no por la falta de inspiración del autor a la hora de urdirla o por la suspicacia de los otros, sino por la dificultad que quien debe alimentarla acaba encontrando para mantener sin desmayo la fe en un empeño que se alza contra la peor de las tiranías: la de la realidad.

Más de una vez me sorprendía sintiendo que mi celo por construir y sostener aquel personaje no tenía ningún sentido, que por más que me esmerara en darle la forma más perfecta y acabada nunca iba a pasar de ser un remedo inservible. Un muñeco inconsistente que no podría resistir el primer embate serio de la oscura verdad que supuestamente debía servirme para traspasar, desvelar y abatir. En esos momentos me sentía como quien acude a un duelo armado con una espada de cartón para enfrentarse con quien empuña una de acero. Tenía que echar mano entonces de toda mi fuerza de voluntad para no dejarme caer del temor al nerviosismo, de ahí a la angustia y de esta al pánico.

Tras cada uno de esos episodios de zozobra, que

me sobrevenían a menudo en mitad de la noche, sólo tenía una opción: levantarme al día siguiente y ponerle aún más ahínco a la tarea de sostener mi ficción ante aquellos extraños que me rodeaban. Cuanto menos lo deseaba, cuantas más razones en contra reunía, más me esforzaba en ser para ellos quien no era y suplir con su creencia la que yo había perdido.

En esa lucha, que podía parecer desesperada y abocada al desastre, acabó proporcionándome el azar un aliado inesperado. O para ser más precisos, una aliada. Como las mejores cosas de la vida, no la busqué, no fue fruto de una estrategia o un cálculo, y menos aún puedo decir que fuera justo que se me concediera. Simplemente entró en la tienda un día, la vi dudando a la hora de elegir un anorak y me acerqué a orientarla como hacía con todo el mundo. No por ayudar o por ser de utilidad, sino por mi rutina de servirme de la clientela para perfilar y fortalecer el falso personaje que mi misión me exigía encarnar.

Algo sucedió desde el primer instante. Fue una luz en su mirada, un temblor en su voz y en sus manos. No hice nada que no hubiera hecho mil veces, pero a ella la removió por dentro. Y ella no hizo más que azorarse, trabarse con las palabras y mirarme a ráfagas con sus ojos azules y huidizos, como quizá era su costumbre, pero por razones que no acierto a explicar, más allá de que era hermosa y en su persona todo desprendía dulzura, a mí, o quizá debería decir a Leo, el vendedor en quien llevaba ya semanas desapareciendo, lo sacudió con la fuerza de un terremoto. A partir de ahí, esto debo reconocerlo, hice lo que pude por ganármela, por hacerme en su vida un lugar más allá de venderle una prenda de abrigo. Pude averiguar su nombre: Irene. Gracias a ella iba a redondear mi cobertura, al tiempo que aliviaba mi soledad.

35

El pasado

Nada hay más insensato que mantener el hábito o la posición cuando uno tiene la sospecha fundada de que las circunstancias no son las que lo llevaron a adquirir uno o fijar la otra. Tan pronto como interpreto el mensaje que acaban de transmitirme, esas pocas palabras con las que mi informante me ha sacado del engaño en el que he vivido hasta ahora, cruzo la habitación, llamo a la puerta del baño y le anuncio a Vera:

—Puedes salir. Y hacer el equipaje. Nos vamos.

La puerta se abre de inmediato. Vera aparece en el umbral.

—¿Ya? —preguntó.

—Ya. Y si es dentro de un minuto, mejor que dos —le respondo mientras abro el armario y empiezo a tirar mi ropa sobre la cama.

—¿No vas a contarme nada antes?

Me vuelvo hacia ella. La miro a los ojos.

—No deberíamos estar aquí. Este sitio ya no es seguro.

—¿Me lo vas a explicar en algún momento?

—Luego. Cuando estemos lejos.

Se queda parada en mitad de la habitación, con los brazos en jarras y una expresión contrariada. Creo llegado el momento de hacer algo que en condiciones normales preferiría ahorrarme. Me aproximo a ella, la sujeto con fuerza por los hombros con ambas manos y le explico:

—Saben quién soy. Ya me están buscando.

—Yo no les he dicho nada —vuelve a exculparse.

—Lo sé. No les ha hecho falta. Lo que tienes que entender es que si saben quién soy ya saben que estoy alojado aquí o están a punto de averiguarlo. Si lo que quieres es tratar con ellos en adelante, no te des ninguna prisa. Si quieres venir conmigo, mueve el culo de una vez.

Mi crudo alegato obra el efecto de sacarla de su estupor. Cuando guardo en mi bolso de viaje el último de mis objetos personales ella ya ha terminado de recoger los suyos y está preparada para salir.

—El coche está aparcado a dos calles de aquí —le digo—. Tú saldrás por la parte de atrás, ahora te enseño por dónde. Ve sin pararte hasta la plaza que hay al otro lado de la avenida y me esperas junto a la fuente. Yo liquido la habitación y me reúno contigo en seguida. ¿Entendido?

—Entendido.

—Si no estás allí, ya no voy a buscarte —la advierto.

Estas palabras logran su propósito. Descolocarla.

—¿Tanto han cambiado las cosas?

—No imaginas hasta qué punto.

—Empiezo a hacerme una idea.

—Espérame en la fuente y te contaré el resto.

Esto es todo lo que tengo para retenerla a mi lado. Darle a entender que no voy a impedir que se marche, si eso es lo que prefiere. Provocar su curiosidad. A veces olvidamos que no hay mejor manera de conseguir que otra persona decida permanecer a nuestro lado más tiempo del poco que normalmente requiere descubrir de qué pie cojeamos.

El empleado de la recepción acepta los billetes que le entrego para liquidar la cuenta, cargándome todas las noches la habitación como de uso individual. Si han advertido que durante la última les he metido a otra huésped, o no les importa o se han hecho ya a aceptarlo como una debilidad que tiene una proporción tolerable de su clientela. Saldada mi deuda, salgo a la calle por la puerta principal, no sin cerciorarme de que no hay nadie que deba preocuparme y con la mano derecha libre y cerca de donde guardo el arma, por si acaso. La mañana es gris y fría, pero no llueve y cruzo a la carrera la avenida sin utilizar el paso de peatones, aprovechando una breve tregua en el tráfico. Al llegar a los aledaños de la plaza diviso junto a la fuente la silueta de Vera. En ese momento no puedo evitar acordarme de su padre. A partir de aquí, tengo derecho a administrar su encargo de una manera diferente. Con arreglo a mis propias reglas y necesidades, hasta donde sea compatible con ellas ese compromiso que de pronto ha adquirido otro cariz.

Cuando llego a la altura de la chica sigo andando como si nada.

—Ven detrás de mí —le digo—, pero deja veinte pasos entre los dos. Y si surge cualquier imprevisto, quítate de en medio. Sin más.

En la aproximación hasta el lugar donde aparqué anoche el coche aguzo todos los sentidos. Tampoco detecto ninguna presencia hostil y me encamino directamente hacia la parte trasera. Con el maletero ya abierto, le hago a Vera seña de que se dé prisa. Acelera el paso, me da su bolsa, la guardo y en seguida estamos sentados en el interior.

—Bien hecho —la felicito—. Vámonos de aquí.

Arranco y busco el camino más directo para salir cuanto antes del casco urbano. Tengo ya bosquejada en mi mente una idea de la ruta que voy a seguir, pero antes de nada tengo que librarme de este coche cuya matrícula también puede estar ya en poder de quien menos me conviene. De modo que apenas tomo la circunvalación me dirijo hacia el aeropuerto, y una vez allí sigo la indicación que conduce al parking. Ocupo una plaza próxima a la zona reservada para los vehículos de alquiler, dentro de la de uso general. Entonces le hago saber a Vera:

—Voy a cambiar de coche. Puedes esperarme por aquí.

Salimos ambos, sacamos nuestro equipaje, en mi caso el bolso que he bajado de la habitación y la maleta donde guardo el resto de mis pertenencias, y me voy solo a alquilar el nuevo coche a una compañía distinta de la anterior. Para suscribir el contrato me sirvo de uno de los juegos de documentación falsa que llevo en la maleta. Antes de volver al parking, echo en el buzón de la compañía propietaria del vehículo que he utilizado durante los últimos días la llave y un papel en el que he anotado el número de plaza donde se lo dejo. Lo he pagado por adelantado y el importe de los días que me quedan de contrato cubre de sobra el del combustible que falta del depósito. Uno no debe dejar deudas, si puede evitarlo, ni causarle a nadie perjuicios gratuitos.

Con la llave de mi nueva montura ya en mi poder, voy a recoger a Vera, que aguarda algo inquieta allí donde la he dejado, y acarreamos nuestra impedimenta hasta la plaza donde la empleada de la empresa de alquiler me ha indicado que espera nuestro coche. Es azul, algo más grande que el anterior, igualmente discreto y algo mejor para circular por carretera. Necesito alejarme de aquí, y hacerlo rápidamente.

Vera se mantiene en silencio hasta que puede sospechar hacia dónde la llevo. Cuando, después de varios desvíos, tomo la carretera nacional y ve que me mantengo en ella, se atreve por fin a hacer su conjetura:

—Hacia el sur.

—Exacto —le confirmo.

—¿Qué hay allí? ¿Acaso tienes algún escondite? Meneo la cabeza.

—A mi escondite no puedo ir. Lo más seguro es movernos.

—¿Y por qué hacia el sur?

—Me da más posibilidades.

—De moverte.

—No sólo.

Vera mantiene la vista fija en la carretera. No hay demasiado tráfico, el sol se ha abierto paso entre las nubes y alumbra la ruta. Por primera vez en varios días, siento que me invade algo parecido al bienestar.

—¿Puedo saber al fin qué pasa? —me pregunta.

—Puedes.

—¿Y?

Respiro hondo. Lo voy a decir para ella, pero también para mí.

—Pasa que me han tomado el pelo.

—¿Quién?

—Quién va a ser. El innombrable.

—¿Mi padre?

—El mismo.

—¿Y eso cómo lo sabes?

—Debería haberlo sabido antes, pero ahora no puedo no saberlo.

—Explícate.

—Antes de nada, ¿podría hacerte una pregunta? Rápida.

—Dime.

—¿Has estado ingresada en un hospital recientemente?

Vera abre mucho los ojos.

—¿Yo? No he estado ingresada en un hospital en mi vida.

—Qué cabrón —se me escapa.

—¿Eso te dijo él?

—Eso y también que habías intentado suicidarte.

Vera suelta entonces una carcajada.

—Te aseguro que a mí nunca se me ha pasado semejante idea por la cabeza.

—¿Y todas las pastillas que había en el apartamento?

—Ya te lo dije. No eran mías. Tampoco la droga.

—Y nunca te has tomado ninguna. Ni para dormir.

—Eso sí, alguna vez. Igual que he probado alguna raya, pero nada más. A mí esas historias ni me van ni las necesito. ¿No me crees?

—Te creo. Llevo un día entero contigo. Y no he visto que las eches de menos como las echaría alguien que está enganchado a ellas.

Mi fe en su sinceridad no deja de confortarla.

—Me alegra. Así que tu amigo te la ha jugado. Mira tú.

—No lo describiría de ese modo.

—¿Y cómo lo describirías?

—No me ha contado toda la verdad. Y para convencerme mejor me ha colado un par de mentiras. Que sabía que iba a desmontar.

—Muy comprensivo eres con él.

—No. Tengo motivos para perdonárselo.

—¿Y eso?

—No tenía alternativa. Sólo podía recurrir a mí.

—En ese caso, es todavía más sucio que te mintiera.

—No puedo ser tan duro con él —le reconozco—. En otro tiempo, tuvimos que mentir los dos muchas veces. Es una pena, sin más.

—¿Una pena?

—Sí. Porque hubiera hecho igual lo que me pedía.

—Salvarme.

—Intentarlo.

—¿De qué? ¿Quiénes nos persiguen?

Dudo si responderle, pero se lo he prometido.

—A mí, lo que nos persigue a todos, hasta el final: el pasado. A ti, lo mismo, pero en tu caso es el pasado de otro. El pasado de tu padre.

—No me estás respondiendo —protesta.

—Yo diría que sí.

—Quiénes son los que están detrás de ese pasado.

—Eso todavía no lo sé, tampoco sé por qué fueron a por él y por qué están ahora tan interesados en que tú no escapes a su control.

—Me estás mintiendo —se duele.

—No, Vera, te lo juro. Tengo mis sospechas, nada más. Puedo estar equivocado, por eso prefiero quitarme de la circulación y no intentar nada hasta que no sepa mejor a qué atenerme. Por mi propio bien, desde luego, pero también por el tuyo. Aunque tu padre me engañara, quiero tratar de cumplir con lo que me pidió. Ponerte a salvo.

—Son ellos. Esa gente para la que trabajasteis —deduce.

Miro al horizonte. La carretera atraviesa una llanura y al fondo se ve una cordillera. Siempre hay una, esperando a que la crucemos.

—Seguramente —admito—. Alguno de ellos. Para resolverlo tengo que saber quién. Y otra cosa. Es posible que no sean sólo ellos.

—¿A qué te refieres?

—A eso que tú sabes y que todavía no me has contado.

Baja los ojos. Le consta que está en falta. Y que ahora es su turno.

36

Amor

Una de las paradojas más desconcertantes de la vida es que lo mejor que nos depara acabemos recordándolo a menudo como si lo hubiera vivido otra persona. En mi caso, bajo otro nombre, y en medio de una existencia falsaria y amañada en la que me cuesta discernir lo que era auténtico de lo que formaba parte de la ficción. Al principio, cuando supe que Irene no se negaría si le proponía tomar un café, cuando se dejó invitar delante de la taza ya vacía a dar un paseo alguna tarde, cuando acudió a aquella primera cita y vi que se había arreglado para estar todavía más guapa de lo que ya era, la levedad que sentía en los miembros y la emoción desconocida que me traspasaba bastaban para explicar mis actos sin necesidad de añadir ningún otro motivo. Estaba allí, buscándola y celebrando que ella se dejara encontrar, porque una fuerza que brotaba de las profundidades de mi ser me lo exigía.

A esa fuerza, así manifestada y atendida por quien la experimenta, en las novelas la llaman amor, y supongo que también puedo usar esa palabra cuando la evoco, y creer que lo que viví con Irene lo fue:

no sólo una historia de amor, sino la más bella y verdadera de todas las que creo haber vivido, aunque ella nunca me llamara por mi nombre, porque nunca se lo di. También pienso a veces, cuando me acuerdo de ella, que fue justamente aquella circunstancia, en la que yo no era yo, la que hizo posible lo que de otro modo no habría sucedido.

Sin embargo, mi memoria también custodia otro instante, que bien podría servir para desbaratar todo lo anterior. Sucedió pronto, cuando llevaba sólo un par de encuentros con Irene. Era consciente de que mis movimientos tenían un constante observador, Mazo, que estaba ahí siempre o casi siempre, aunque no pudiera verlo. Cuando quedaba con ella debía tener presente que lo que hacía tenía un testigo, al que además no podía poner en el aprieto de pedirle que me encubriera con quienes nos mandaban. Así se lo dije en nuestra primera reunión en la casa de la playa, después de que empezara a verme con Irene.

—Deja que sea yo quien se lo cuente a Araña.

Y aquí viene ese otro instante que recuerdo, y que proyecta una sombra ineludible sobre todo lo que iba a vivir con ella en adelante: el de mi entrevista con Araña y la conversación que mantuvimos, un par de semanas después, aprovechando uno de mis fines de semana de descanso al otro lado de la frontera. Le conté con pelos y señales cómo la había conocido, y qué pasos había dado hasta aquel momento. A continuación, le planteé la posibilidad de llevar la relación tan lejos como pudiera, aprovechando que la chica parecía más que receptiva. Araña, como solía, no dio una respuesta inmediata ni directa. Prefirió, también con arreglo a su costumbre, demorar la decisión por la vía de formularle a su interlocutor unas cuantas preguntas incómodas.

—¿Estás enamorado? —fue la primera, a quemarropa.

—La chica me gusta. Mucho —admití.

—No te estoy preguntando si te apetece tirártela, que por cómo te brillan los ojos y los niveles hormonales que corresponden a tu edad, ya me imagino que sí, sino si la quieres. A ver cómo te lo explico: si te preocupa su bien, su felicidad, no perderla, todas esas cosas.

Era inútil tratar de engañarle.

—No quiero su mal —dije—. Y me entristecería no volver a verla.

—¿Piensas en ella cuando no estás con ella?

—Sí.

—¿Como cuántas veces al día?

—Como muchas —reconocí.

—Entonces estás enamorado —dictaminó—. Me sorprende un poco en ti, pero a fin de cuentas no dejas de ser humano. Tampoco es grave, en la gran mayoría de los casos se trata de una afección pasajera.

—No creo que deba afectar a lo que tengo que hacer —alegué.

Araña me observó con un aire de recelo.

—Eso tú lo sabes mejor que nadie.

—Incluso lo puede favorecer —subí la apuesta.

—¿Cómo?

—Haciendo más creíble mi cobertura. No es lo

mismo un hombre solo que alguien que tiene relaciones. Y más si se trata, como aquí, de una relación
con alguien que además es originario del lugar.

Mi jefe asintió pensativo.

—Naturalmente, en eso es en lo que estoy pensando desde el instante en que me lo has contado y me has
propuesto lo que acabas de proponerme. Sin embargo,
hay algunas cuestiones que deberíamos dejar sentadas
para llegar a la conclusión de que será como dices.

—Qué cuestiones.

—Te voy a hacer otra pregunta.

—Era de temer.

—¿Crees que sabrás anteponer la misión, en
todo momento, a lo que tu relación con esa chica te
pueda hacer deseable, apetecible o necesario?

—No sé si entiendo lo que quieres decir.

—Quiero decir que no es difícil imaginar que alguna vez tendrás que plantarla, postergarla o con-
trariarla para hacer lo que debes. Por no mencionar
que vas a mentirle desde el principio hasta el final y
quién sabe cuántas veces más a lo largo del camino.
Mentirle a alguien por quien se siente algo presenta
siempre una dificultad añadida.

No podía flaquear ahí y no lo hice.

—Asumo lo que soy y dónde estoy.

—Te complicará la vida.

—Resolveré esa complicación.

—Hay otra pregunta. La principal.

—Tú dirás.

—¿Has pensado que un día, igual que apareciste
en su vida, tendrás que desaparecer y no podrás darle nunca ninguna explicación?

Ahí me sorprendió con la guardia baja. Lo había pensado, desde luego, pero no de esa forma. A Araña se le daba bien dejar al aire los entresijos más desagradables de las cosas. De todos los engaños que me iba a hacer falta desplegar para mantener una relación con aquella chica, aquel era el peor. Porque no se limitaba a esconder una porción de la realidad o a presentar lo ficticio como si fuera verdadero, sino que la falsedad se asentaba en lo más hondo del corazón. No se puede pretender enamorado, ni tiene ningún derecho a enamorar a otro, quien acepta de entrada que el final será la traición y el abandono. Que todos los enamorados, salvo pocas excepciones, acaben abandonando y traicionando el amor que un día sintieron, es una cuestión distinta. Lo imperdonable era que la deserción estuviera ya ahí, clara y visible, en el instante del primer abrazo, de la primera entrega del otro.

Araña supo leer mi vacilación.

—Me parece que no lo habías pensado.

—Claro que sí —me rehíce—. No podría no pensarlo.

—¿Y?

—Te digo lo que antes. Asumo lo que soy y dónde estoy.

—¿Seguro?

—Seguro.

Araña levantó las manos.

—En ese caso, nada puedo objetar —dijo—. Al revés, lo que debo es más bien felicitarte por tu pericia para mimetizarte con el entorno. Y animarte a que le saques todo el partido a esa cobertura femenina.

—Se lo sacaré.

Su expresión se tornó entonces cómplice.

—No sólo para la misión. Disfruta lo que puedas.

Y ante mi asombro por esa salida, añadió:

—La vida es corta. Y la nuestra, más.

Fue después de esta conversación cuando tuve por primera vez a Irene entre mis brazos, cuando la vi por primera vez sin ropa y cuando durmió por primera vez en mi cama. Debo por tanto aceptar, para mi propio registro, ante ella y ante el resto de la humanidad, que desde el comienzo de lo que quiero creer que fue nuestro amor me comporté como un impostor repulsivo, como un desalmado que no tuvo reparo alguno en aprovecharse de su credulidad, su bondad y su pasión para su beneficio y el de la organización para la que trabajaba. La seduje, la acaricié y busqué su compañía una y otra vez porque tenerla conmigo hacía menos áspero, más grato y algo menos desalentador el curso de mis días. Aunque la expusiera a acabar oscureciendo los suyos.

Esto es así, no voy a suavizarlo ni a buscar excusas, y me pregunto, incluso, hasta qué punto no fueron estas razones preferentes sobre los argumentos que le había ofrecido a Araña en relación con las ventajas para la misión. Quizá porque en el fondo lo sabía, y para contrarrestar las cínicas apreciaciones de mi jefe, me entregué a complacerla como no había complacido antes a ninguna mujer, ni volví a hacerlo después de aquel episodio. Cuando la recuerdo, a Irene, siento que pude ser para ella el mejor y el más escrupuloso de los amantes, por lo menos durante el tiempo en que estuvimos juntos, porque en todo momento tenía que compensar la conciencia y el remordimiento de no quererla realmente, la certeza de que los días que compartíamos llevaban en su seno la semilla de su inexorable y abrupto final. Eran la mentira y la muerte, en fin, las que alimentaban la llama que nos estremecía.

Por lo demás, una vez que la conocí mejor, no pudo resultarme más sencillo darle todo el cariño y la atención que mi naturaleza era capaz de ofrecerle a otro ser humano. Irene tenía un alma limpia, un carácter comprensivo, una sensibilidad delicada y una inteligencia bondadosa. Cada segundo que pasaba en su compañía tenía el sabor perturbador de lo inmerecido, que es aún más intenso que el de la fruta prohibida. Lo que me conmovía hasta la médula de los huesos era que me dieran con tanta facilidad aquel regalo; que no se me rehusara, como habría sido lo lógico y comprensible. Por no tener, Irene no tenía ni siquiera el inconveniente que en algún momento Mazo, que no podía ocultar su regocijo ante mi idilio, me sugirió con esa malicia que puede llegar a destilar uno cuando es la amada de otro la que somete a examen:

—Pregúntale. Lo mismo simpatiza con esos hijos de puta.

—No lo creo —lo descarté—. No va con ella.

Era un riesgo, sin duda. En aquella zona, esa era una de las razones que los había llevado a buscar refugio allí, abundaban los que daban apoyo, moral y de otro tipo, a los miembros de la organización a la que combatíamos. Cuando acabó saliendo el asunto, sobre el que la invité oblicuamente a pronunciarse, Irene no defraudó mis expectativas:

—Ninguna idea justifica obligar a una madre a llorar a su hijo.

Tenía esa virtud. La de dar sin esfuerzo con la forma más sencilla y aplastante de decir lo que otro, yo mismo, no habría sabido decir, cuando no se perdía en rodeos para acabar expresándolo de un modo más farragoso e inconvincente. También tenía otras virtudes, que en mi recuerdo se anudan a una multitud de instantes que procuro eludir, porque desde donde ahora los miro se mezcla el vestigio imborrable de su dulzura con el amargor perenne de mi propia mezquindad. Viene ahora a mí una tarde de primavera, ya casi de verano, que es tal vez el trasunto de un puñado de tardes iguales. Estamos en la playa, solos ella y yo, el sol declina en el horizonte y yo me he olvidado de todo, salvo de que soy el hombre a quien ella ama y sobre el que recuesta su cabeza. Hace ya un buen rato que estamos callados, sin comunicarnos de otro modo que con el calor que desprenden las yemas de nuestros dedos. Irene se yergue de repente, se vuelve hacia mí, me observa y me susurra:

—A veces no me lo creo. Haber sido capaz de dar contigo.

Y mirándola dudo de todo. De mi misión, de mi naturaleza, de mi vida entera. Y sorteando esa duda es como voy a condenarme.

37
Poder

Por primera vez desde que la conozco, Vera me parece insegura, casi diría que desvalida. Más distinta que nunca de la criatura apabullante a la que días atrás vi irrumpir, pisando fuerte, en la cafetería donde la había citado. En parte el efecto lo produce la indumentaria: ahora no lleva un vestido que la ayude a construir su personaje de mujer fatal, sino una ropa normal y corriente que encubre sus formas y recuerda a quien la ve, a mí que la miro de reojo desde el asiento del conductor, que después de todo es poco más que una niña. Pero lo que la vuelve de pronto dubitativa, interpreto, es tener que hablar de algo que lleva con menos soltura y naturalidad de lo que pretende, como no puede ser de otro modo. Nadie, y no lo digo desde la teoría sino desde el escarmiento, sale entero después de entregar su persona, sea cual sea la razón o el precio, para darle satisfacción a otro.

—Puedes saltarte las partes escabrosas —la animo.

—A lo mejor eso es lo que esperabas que te contara —me pincha.

Tengo una ventaja. Mientras la escucho, además

de pensar en mis propios problemas, que son unos cuantos, debo continuar atento a la conducción, que es un quehacer que exige mantener alerta los reflejos y no descuidar una multitud de pequeñas operaciones simultáneas. Desde pisar los pedales con la fuerza precisa para que la respuesta sea la adecuada hasta calcular por adelantado el arco de una curva para determinar cuándo y hasta dónde disminuir la velocidad. Gracias a eso, soy menos vulnerable que mi interlocutora a la provocación.

—No, Vera, puedes creerme —le digo con mansedumbre.

—¿Tampoco me vas a juzgar?

—Qué gano juzgándote. Para qué lo necesito.

—No son esas las dos únicas razones para hacer algo.

—Para mí sí, al menos en este momento.

—Está bien —concede—. Cumpliré mi parte del trato.

—Te escucho.

Toma aire. Lo suelta del tirón.

—Tal vez sé algo que alguien no quiere que se sepa.

—Vaya —no puedo por menos que observar.

—Antes de entrar ahí —y al decir esto su voz vuelve a sonar terminante, como si recobrara su presencia de ánimo habitual—, hay una idea que creo que te has hecho sobre mí que más te valdría ir olvidando.

—Y qué idea es esa.

—Que soy una especie de idiota a la que utilizan y manipulan. A lo mejor lo crees por la edad que tengo, o por cómo ves tú la vida.

—Nunca he dicho nada semejante.

—Pero se desprende de muchas cosas que dices. De tu actitud.

—No era mi intención, puedo asegurártelo. Tampoco voy a escurrir el bulto, no me parece que tengas la perspectiva suficiente para valorar las consecuencias últimas de algunas cosas, pero eso no quiere decir que seas idiota. Nadie la tiene a tu edad. Yo la tenía menos aún.

—Lo que quiero decirte es que sé lo que hago, que no he hecho nada que no quisiera hacer y que no soy ni he sido la marioneta de nadie.

—Tampoco he sugerido tal cosa.

—¿Sabes? —De pronto me da la sensación de estar hablando para sí, o para alguien que no está en el habitáculo que compartimos—. Lo único que he hecho ha sido cambiar algo que no me importa mucho por algo que me hacía falta, y que no podía tener de otro modo, o no tan rápido ni tan fácilmente. No sé si entiendes a qué me refiero.

—Vagamente. Tampoco sé si quiero que seas más precisa.

Aunque se lo ofrezco, no elude la ciénaga.

—No me importa tener sexo con desconocidos, ni siquiera con los que no me atraen físicamente. Sólo exijo que no sean sucios ni me den asco, y de esos no he tenido que soportar a ninguno. El dinero es una buena barrera para mantenerlos a distancia, y si falla siempre puedes deshacer el trato, la única precaución es no tener ninguna primera cita donde no puedas sacudirte si lo deseas al individuo en cuestión.

—¿Y qué era lo que te hacía falta? —le pregunto.

—Independencia. También dinero, claro, sin dinero no eres nadie ni puedes hacer nada, pero lo que no podía soportar más era tener que depender de alguien que representa todo lo que aborrezco.

—No te voy a preguntar por qué lo aborreces tanto, pero te confieso que cada vez que lo dices aumenta mi curiosidad por los motivos.

—Tendrás que aguantártela. De eso prefiero no hablar.

—Tampoco era parte del trato —admito.

—A lo mejor, ya te digo, no va con tu idea de la vida o de la moral, o lo que sea —explica, didáctica—, pero en mi opinión la cosa es mucho más simple: cuando descubres que tienes un poder, y que ese poder te sirve para resolver todos tus problemas, sencillamente lo ejerces.

—No tengo una visión de la moral tan rígida —le advierto—. Lo que me pregunto es si realmente eso de lo que hablas es un poder.

—No imaginas hasta qué punto.

—En todo caso, nos estamos desviando —me permito observar.

—Al revés. Estamos yendo al corazón del asunto.

—Ilumíname, entonces.

—A mí misma me sorprendía, al principio. Tener ese poder sobre hombres hechos y derechos, o eso pretendían ser, gente con éxito, con pasta en el banco, servicio en casa, responsabilidades. Al final, acabé desarrollando mi propia teoría. ¿Te interesaría escucharla?

—No tengo un plan más atractivo.

Se ríe. Cuando lo hace es otra, como todos. Un poco mejor.

—Ya que me lo pides así, tendré que complacerte. Mi teoría es que cuanto más consigue una persona, más sola y más perdida está, por más que sus triunfos le sirvan para dar el pego delante del resto. Y tengo otra teoría, que se refiere a los hombres de más de cuarenta.

—Esa me da que no me va a gustar oírla.

—Sois mucho más débiles de lo que os creéis. ¿Sabes por qué?

—Dímelo tú.

—Porque estáis programados para ser el gallo del corral, y vuestra naturaleza no os ha preparado para un plan B. Por eso acabáis siendo tan fáciles de manipular. Basta con crearos la ilusión de que no habéis perdido todavía ese sitio, aunque sea mentira. Frente a las mujeres, que sí tenemos plan B, y C, y los que hagan falta, estáis perdidos.

—No digo que la teoría no sea interesante.

—Es algo más que eso. La tengo muy comprobada.

—Tal vez generalizas un poco. Sobre unos y sobre otras.

—Hablo de lo que conozco.

—Quizá con veinte años más no te funcione. Ni con todos ahora.

—Hasta ahora, me ha funcionado con quien tenía que funcionarme. Con el hombre al que le sacaste esas fotos, sin ir más lejos.

Al fin veo por dónde va.

—Quieres hacerme creer que lo manejabas tú a él —digo.

—Por supuesto —afirma convencida.

—¿Y eso cómo se demuestra?

—Puso a mi disposición su apartamento, me daba protección, se preocupaba por tenerme contenta en lugar de ganar dinero a mi costa, como hace con las demás chicas. Me ayudó al principio, cuando yo apenas tenía experiencia: me enseñó cómo sacarme el mayor partido posible, también lo que tenía que evitar. Me imagino que su idea era ganarse mi confianza para poder manejarme mejor luego, tonta no soy, pero no sólo lo vi venir. Me las arreglé para hacer algo más.

—Que perdiera el seso por ti.

No puedo evitar el tono escéptico, pero no parece ofenderse.

—Más o menos. Y aquí es donde llegamos a lo que quieres saber. Cuando alguien se enamora, acaba contando más de lo que debería contar a la persona a la que quiere conservar a su lado. Sé para quién y con quiénes trabaja, y no creo que ni él, ni sus jefes, ni algunos de sus socios quieran que lo que sé acabe llegando a según qué oídos.

—Hablas de actividades al margen de la ley.

—Por eso no me fui cuando me dejaste sola en el hotel. Por eso te creí cuando dijiste que los policías que vigilaban el apartamento y la casa de mi madre no tenían por qué querer mi bien. Por eso verlos ahí me empujó a confiar en ti, a pesar de enviarte quien te enviaba.

—Preferiría que fuera por otra razón.

—Si quieres que te sea sincera, hay otro motivo.

—¿Y me lo vas a decir?

—Por qué no. Me gustas.

Sin querer, mis manos agarran con más fuerza el volante. No estoy seguro de haber entendido bien lo que acaba de decirme, y alguno de sus posibles significados no puede resultar más contraproducente. También me cuesta hacerme a su desparpajo, a este impudor suyo que la mueve a sacar a la luz lo que cualquiera preferiría encubrir.

—Desde el primer momento, la verdad —añade—. Desde que me amenazaste con clavarme una aguja y con inyectarme algo para que me callara y dejara de resistirme. Sin alterarte, como si en el fondo no te importara un pimiento. Y a la vez, sin dejar de respetarme nunca. Eres un bicho raro, Ben, y eso me llama la atención. Me pone.

No tengo más remedio que esquivar su comentario.

—No es por cambiar de tema, o sí —reconozco—, pero para poder definir mejor la estrategia a partir de ahora me sería de cierta ayuda tener una idea lo más precisa posible de eso que me acabas de contar. ¿Para quién y con quiénes trabaja tu protector, que no desean que salga a la luz lo que hacen? Hasta donde hayas llegado a enterarte.

—Sé lo que él me dijo. Por lo que me contó, cuando dejó la Policía llegó a un acuerdo con sus jefes. Para ocuparse de ciertas actividades que no son legales pero que son necesarias, así fue como lo describió. Según entendí, sus jefes garantizan que ciertos negocios sucios sigan funcionando, y a cambio los que los llevan les pasan información y un porcentaje de los beneficios. La Policía detiene así a más delincuentes, y algunos policías pueden llevar un tren de vida más desahogado que el que tendrían sólo con su sueldo. Mi protector, como tú lo llamas, viene a ser algo así como el intermediario entre unos y otros.

—¿Y te llegó a decir nombres?

—El del comisario al que le rinde cuentas. También sé el del que le suministra la droga, y chicas y seguridad cuando le hace falta.

—Se entiende que les importe saber dónde andas.

—¿Tú crees que serían capaces de...?

Lo que no dice está claro. Aun así, no hay miedo en sus palabras. No deja de asombrarme. Por mucho menos he visto a hombres curtidos perder la serenidad, la compostura y aun la capacidad de razonar.

—¿De hacerte daño? Desde luego. Cuánto, eso ya no lo sé.

—¿Y los tuyos?

—¿Los míos?

—Esos con los que trabajabais mi padre y tú.

No me parece que deba, a estas alturas, edulcorarle la realidad.

—Los míos son capaces de cualquier cosa.

—Entonces tenemos un buen problema.

—También puede ser la solución —razono—. De momento, vamos a ocuparnos de los problemas más inmediatos. Dónde vamos a comer y dónde vamos a dormir esta noche. Ya habrá tiempo para el resto.

—¿Tan lejos vamos?

—Hay que evitar las rutas principales. Eso alarga el camino.

Durante la media hora siguiente, ninguno pronuncia palabra. Tras su revelación, no paro de darle vueltas a una pregunta: ¿qué vínculo hay entre una banda de policías corruptos y la Compañía? Y no es que carezca, precisamente, de elementos para imaginar una respuesta.

38

Lirón

La vida no se detiene cuando lo exige nuestra conveniencia, antes bien se complace en acelerarse para poner a prueba nuestra capacidad de improvisar y deshacer nuestros planes para servir a los suyos. Cuando más plácida era mi existencia, en aquella especie de remanso en el que me había instalado a la espera de recibir instrucciones y mientras me entregaba a los deleites del amor, los acontecimientos se precipitaron. Un día acudí a la casa de la playa y en lugar de Mazo el que me estaba esperando era Corcho, con aquel gesto avinagrado proverbial en él.

—Mazo acaba de ser padre —me informó.

—¿Se sabe qué ha sido?

—Una niña. Pero no vengo a decirte eso.

—¿Y qué vienes a decirme?

—Que los jefes consideran que tu cobertura ya está madura.

—¿Y?

—Que empieces a moverte.

—A moverme. ¿Alguna sugerencia?

—Te he traído unas fotos y un par de direcciones. Lo que se espera de ti es que te presentes en esas direcciones y busques esas caras.

Me tendió un papel y un sobre. Desplegué el papel y leí. Conocía los dos locales. Eran de los que frecuentaban nuestros adversarios.

—¿De veras quiere Araña que me meta ahí?

Corcho asintió con suficiencia.

—Eso me manda que te diga.

—Creía que la estrategia era esperarlos.

—Hasta ahora. La estrategia acaba de cambiar.

—Dile a Araña que me gustaría discutirlo en persona.

—Ya se imaginaba que dirías eso. De momento haz lo que te digo. Vas por allí, te tomas algo, te dejas ver, miras si está alguno de esos. Dentro de dos semanas, cuando vuelvas, el jefe espera tu informe.

—Entonces, ¿no tengo que ganármelos ni nada parecido?

—Te digo lo que me ha dicho. Que te dejes ver por allí.

—Se preguntarán quién soy.

—A lo mejor esa es la idea. Que te investiguen.

—Se dice fácil, desde la barrera.

—Tranquilo. Tienes una cobertura cojonuda. Con novia y todo.

Por más tiempo que hiciera que nos conocíamos y compartíamos la lucha y los objetivos, ni yo conseguía gustarle ni él me gustaba a mí. Hay gente con la que ni una vida entera basta para entenderse.

—Espero que no la arruinemos con esto.

—Tú intenta sólo no dejarla embarazada —dijo

con maldad—. Ya ves por Mazo que la paternidad acaba siendo una complicación.

—¿A partir de ahora vas a ser tú mi respaldo?

—Espero que no. No me gusta este país, ni la gente. Prefiero dormir al otro lado de la frontera. Pero por ahora aquí estoy.

—Ya siento el fastidio.

—Es lo que hay. Así que si tienes miedo, silba y acudo.

—Miedo no tengo —le aclaré—. Sólo es que me gustaría que sirviera de algo todo el tiempo que llevo fingiendo ser lo que no soy.

—Hay cosas peores en la vida. Cuídate.

Y me dejó solo allí. Por un instante, la ira hacia los míos se impuso a la que me inspiraban nuestros enemigos. No sabía qué me irritaba más, si tener que tratar con aquel sujeto que me parecía detestable o que mi jefe, después de haberme hecho creer que me infiltraba a mí porque en nadie tenía más confianza, me hiciera llegar por medio de un recadero aquellas órdenes que iban contra todo lo que había estado haciendo hasta entonces. El tiempo que llevaba allí, el esfuerzo por ser otro y el apego que sentía por Irene me hicieron dudar de pronto de cuál era mi lugar, cuál mi causa y cuáles los míos, si es que existían.

En cualquier caso, no estaba en condiciones de rebelarme contra él: o me faltaba el valor o me faltaba la imaginación o las dos cosas. De modo que cumplí las órdenes. Esa misma noche, después de dejar a Irene en su casa, me acerqué hasta uno de los dos locales. Siempre he tenido la sensación de que un be-

bedor solitario es más llamativo de lo que le conviene a quien persigue observar y no ser observado, pero ya me había dejado claro Corcho que la intención era que me vieran. Aunque no coincidí con ninguno de los que me habían pedido que buscara, sí estaba allí uno de los clientes que habían pasado por la tienda, del que tenía algo más que sospechas de que simpatizaba con el movimiento. Apenas me vio se me quedó mirando, sin dar el paso de acercarse. Fue cuando pedí la segunda cerveza cuando le dijo al camarero que corría de su cuenta y vino hacia mí sonriente.

—No te había visto nunca por aquí —me dijo.

—Es la primera vez que vengo —contesté.

—No sé si te acuerdas de mí. He comprado en tu tienda.

—Claro. Me llamo Leo.

—Hugo —se presentó, y acercó su jarra para hacer un brindis.

—Mucho gusto —dije levantando la mía.

—¿Cómo va el negocio? —se interesó, con tono cordial.

—Bien. Ahora empiezo a respirar. Ha costado trabajo.

—Arrancar algo siempre cuesta.

—No lo sabes bien hasta que lo haces.

—No eres de aquí, ¿no?

—Soy de aquí y de allá. Mi padre del norte. Mi madre del sur.

—¿Cuánto al sur?

—Al otro lado de la frontera. Pero yo me he criado aquí.

—¿Y vas por allí a menudo?

No perdía el tiempo. Mientras iba pensando las respuestas que le daba, sin esforzarme en exceso, porque sólo tenía que ajustarme al guion que llevaba más que preparado, no pude evitar acordarme de Araña. Una vez más, y aun desde la distancia, había sido capaz de ver más allá de lo que yo mismo veía estando sobre el terreno. Una vez más, también, me había movido como uno mueve a un peón para que el contrincante dé el paso en falso que aquel tipo estaba dando.

Tal vez cualquier otro habría podido verse aquella noche en un aprieto. Yo tenía ya la frialdad y el aplomo suficientes —y eso Araña también lo sabía— para capear la situación y conducirla sin tropiezos hasta el punto que me convenía. No sólo sabía perfectamente lo que debía tener buen cuidado de no dejarle intuir; también era consciente de qué mimbres de mi biografía ficticia suscitaban su interés. Sin ir más lejos, esa vida a los dos lados de la frontera. La mirada de Hugo, a quien le quedaba poco de permanecer en mi pensamiento con ese nombre que me acababa de decir, se iluminó cuando le conté que mi madre, tras la muerte de mi padre, se había vuelto a vivir a su tierra natal, y que al menos una vez al mes tenía la costumbre de ir a verla para ayudarla a sobrellevar la soledad de la viudez. Tampoco dejé de ponerle otro anzuelo, cuando me referí al país vecino como un lugar al que no me gustaba del todo tener que viajar, por la opresión a la que sometía a aquellos a quienes el movimiento decía aspirar a redimir. Lo dejé caer con alguna audacia, pero sin caer en la sobreactuación. Como algo que allí era un valor entendido y que, sin comprometerme más de la cuenta, no dejaba de formar parte de mi propia visión de las cosas. Eso era más que suficiente para despertar su más vivo interés.

A la siguiente reunión en la casa de la playa vino otra vez Mazo.

—No esperaba verte —le dije.

—Todo ha ido bien —me explicó—. Es una preciosidad de niña.

—¿Y qué opina la madre de que estés aquí?

—Lo tiene asumido. Ya le dije que no podía faltar mucho.

—¿Qué vas a hacer?

—Casarme con ella. En cuanto terminemos con esta misión.

—¿Se lo has prometido?

—Con el permiso de Araña —bromeó—. Ya veremos cuando acabe esto qué es de mí. De nosotros. ¿O quieres vivir así para siempre?

—Ahora tengo poca perspectiva para pensar en el futuro.

—¿Qué tal con la chica?

—Bien, pero no es esa la novedad que tengo.

—¿Qué pasa?

—He contactado con ellos. Me parece que es la última vez que nos vemos así y aquí. Si todo va bien, es muy posible que me vigilen.

Sus ojos brillaron de excitación.

—Cuéntame.

Le puse rápidamente en antecedentes.

—Eres un figura —dijo—. Araña es listo, nadie vale como tú para robarle a esta gentuza la cartera. Tenemos que ponerle un apodo.

—Todo tuyo.

No se lo piensa más de un par de segundos.

—Lirón.

—¿Y eso?

—Porque está tan amuermado que no sabe lo que acaba de hacer.

—No te confíes. Yo no pienso confiarme.

—Has hecho lo más difícil. Ahora es todo cuesta abajo.

Entre las dotes de Mazo no se encontraban las de adivinación. Las semanas siguientes las recuerdo como las más empinadas que hasta entonces me había tocado vivir. Al mismo tiempo me tocó tratar de seguir cuidando de Irene, ganarme la confianza de Lirón, como Mazo lo había bautizado, y arreglármelas para informar y recibir órdenes a través de procedimientos más tortuosos que los que hasta entonces me habían servido para comunicarme con mi compañero. Que todo iba bien me lo confirmó el propio Mazo cuando detectó que alguien me seguía. Me estaban investigando, lo que quería decir que consideraban seriamente la posibilidad de reclutarme. Entre tanto, yo ahondaba mi amistad con mi contacto sin entrar nunca en materia. Compartíamos cervezas y confidencias, y un día me propuso subir a la montaña.

Por un instante, un escalofrío recorrió mi espina dorsal. Bien podía ser la ocasión para hacerme una encerrona, forzarme a confesar quién era y deshacerse de mí. Sin embargo, ni la forma en que lo planteó ni el carácter de aquel hombre me cuadraban con una celada semejante, y por otra parte no tenía más remedio que correr el riesgo. De modo que acepté, para lo que tuve que colocarle a Irene una de las mentiras que a partir de entonces empezarían a enturbiar nuestra relación, además de la que la fundaba. Durante la excursión no hubo ningún percance inesperado. Al revés: Lirón la aprovechó para sondearme, como no lo había hecho anteriormente, acerca de lo que pensaba y hasta dónde estaba dispuesto a convertirlo en acción. No me hizo proposiciones claras, tampoco yo fui demasiado explícito en mi respuesta. Vi que me tanteaba y no quise tomar una iniciativa que le correspondía a él.

Recuerdo aquellos días con una oscura sensación. Tenía que darle largas y excusas a Irene, con quien quería estar, para cultivar el trato con un individuo hacia el que sentía un rechazo instintivo. No era el peor de ellos, y si hacía el esfuerzo de apartar de mi mente lo que aquel hombre creía y defendía, no dejaba de tener sus cualidades. Era desprendido, cordial, simpático incluso. Creía ciegamente en la lucha en la que estaba empeñado, y a la que al final, una vez que quienes le marcaban el paso hubieron completado sus comprobaciones, recibió la orden de tratar de sumarme. Preparó el terreno durante varios días, con alusiones cada vez más inequívocas. Yo le seguí el juego, hasta que una noche, después de varias cervezas, me soltó de pronto:

—Me gustaría presentarte a alguien.

Cuando me llevó junto a él y lo vi, no tuve duda, y no sólo porque su rostro fuera uno de los que me habían encargado que buscara. A alguien así no se le presentaba a cualquiera. Por fin estaba dentro.

39
Animal

No empiezas a saber de verdad quién es alguien hasta que desayunas, comes, cenas y duermes con él. Lo pienso mientras le cedo a Vera el paso para que entre primero en la habitación del motel de carretera en la que vamos a dormir por segunda vez juntos, después de haber compartido la jornada completa. Me he preocupado de que tenga dos camas, pero por razones de seguridad prefiero esta solución a la de tomar dos habitaciones. Un hombre solo cubre mejor una trinchera que dos, y alguna prueba tengo de que ella pudibunda no es.

Antes de pasar a la habitación, me vuelvo para hacerme una idea más precisa del escenario, por si hubiera algún imprevisto. Estamos en mitad de una llanura, salpicada de campos de cereal, ahora a la espera de la siembra, sobre los que a la luz del anochecer se destaca un cerro lejano y algún árbol solitario y altivo. He aparcado el coche lo más cerca posible de la habitación, a unos diez metros en línea recta, y la salida a la carretera también es inmediata, no hay que recorrer más de treinta metros a través de la explanada que rodea el motel. Si tenemos que irnos antes de tiempo, será cuestión de segundos. Por lo demás, el aire es frío, la noche se presenta despejada y en lo alto empiezan a verse las luces de las primeras estrellas. Cuando la vida se emborrona, la naturaleza le da a uno el mejor contrapunto. Basta observarla para hacerse cargo de la propia irrelevancia, de que apenas somos una mota en su tapiz.

Doy por terminado el examen del contorno, entro en la habitación y cierro la puerta. Vera está de pie en medio de las dos camas.

—¿Cuál quieres?

—Me da igual.

—¿La que está más lejos de la puerta? —sugiere, socarrona.

—Tampoco hay tanta diferencia. Elige tú.

—Está bien —y se sienta en la de la derecha.

Se queda así, mirándome, con las manos apoyadas en el colchón.

—Qué miras. Qué piensas —le digo.

—Te miro a ti —responde—. Y pienso qué piensas hacer.

—¿Ahora mismo? Dormir, si puedo. Llevo todo el día al volante.

—La noche pasará. Habrá un mañana.

—De momento aquí estamos seguros.

—¿Y nos vamos a quedar aquí sin más?

—No. Mañana haré otra llamada, y eso nos obligará a movernos.

—¿Por?

—Por si acaso.

—¿No te fías de la persona a la que vas a llamar?

—De ella sí, pero nunca se sabe.

—Tal vez me merezca que seas menos críptico.

—Tal vez tengas razón —le concedo.

—Vamos, haz la prueba. Cuéntame lo que te pasa por la mente.

Aprovecho la oportunidad que me brinda.

—Si me cuentas tú algo a cambio.

Me observa con recelo.

—No será...

—Eso mismo. Lo que no quieres contarme.

—Te gusta ponerlo difícil.

—No es por fastidiarte. Tal vez me ayude a saber mejor qué es lo que tengo que hacer. Dime, ¿por qué ese odio hacia tu padre?

El gesto se le tuerce en una mueca de amargura.

—Con lo buen colega que era, ¿no?

—No necesito todos los detalles. Sólo entenderlo.

La mirada se le pierde unos instantes en la pared que tiene enfrente. Luego gira el torso, estira las piernas sobre la cama y se apoya en el cabecero. Con la vista ahora alzada al techo, empieza a hablar.

—Tal vez influya algo que hasta los diez años prácticamente no le vi el pelo, que en todo lo que recuerdo de mi vida hasta entonces la que está, sola, es mi madre, y mi padre sólo aparece a veces, con un juguete bajo el brazo, dos risas y tres volteretas en el aire, pero nada más.

—Hay vidas así —le digo—. No siempre es por gusto.

—¿Vas a decirme que estaba siempre pensando en mí?

—Sé que pensaba en ti muchas veces. Estaba allí con él.

—A lo mejor también influye que cuando empezó a estar, allá por mis once o doce años, siempre andaba nervioso y de mal humor, como si el mundo le debiera algo, y que la deuda se la cobraba a mi madre con malos modos y a mí con impaciencia y malas palabras, cuando no hacía algo como él quería o tenía algún problema y le obligaba a estar durante un momento pendiente de mí, y no sólo de sus cosas.

—Me gustaría poder contarte por qué estaba así —le digo.

—Cuéntamelo.

—No puedo.

—Claro. En fin, qué más da. Lo que más influye, de todos modos, que es también la razón por la que no me hablaba con él desde hace un tiempo, es que al final se le fue la cabeza. Se volvió insoportable. No sabía más que gritar y dar golpes. Por eso a mi madre no le quedó otra que separarse de él, pero para mi gusto se lo aguantó demasiado. Yo no le habría pasado la mitad de la mitad. De hecho, no se lo pasé. Me quité de en medio, harta de verlos machacarse y hundirse así.

—Ya veo.

Me mira. Sus ojos están húmedos y a la vez son dos brasas.

—¿También sabes por qué acabó siendo un animal?

—No, no lo sé —le reconozco—. Para entonces hacía mucho tiempo que no hablaba con él. Pero lo que me dices me da que pensar.

No deja pasar el comentario.

—Adelante. Te toca. Ibas a contarme lo que pensabas, ¿no?

Todo lo que pienso no puedo decírselo. Algunas partes, porque forman parte de un secreto que no puedo desvelar, ni a ella ni a nadie. Otras, porque se basan en conjeturas, que cada vez me parecen más sólidas, pero no dejan de partir de lo que supongo y no de lo que sé. En todo caso, admito que la chica se ha ganado que algo le confíe.

—Para eso tengo que empezar diciéndote algo que a lo mejor no quieres oír —me disculpo—. Si yo estoy aquí es porque tu padre me lo pidió, y todo lo que me pidió fue que cuidara de ti. Nada más, lo que quiere decir que nada más le preocupaba al borde de la muerte.

Vera arruga el ceño.

—No era lo que quería oír, no.

—Lo segundo que tengo que decirte es que eso me hizo creer que el único problema que tenía era que te hubieras ido y anduvieras en mala compañía, pero ahora tengo claro que su problema era un poco más complicado, y que por eso tú y yo estamos ahora aquí escondidos.

—¿Su problema?

—Lo que lo tenía fuera de sí en los últimos tiempos.

—¿Qué quiere decir más complicado?

—No lo sé. Para saberlo necesito hablar con alguien.

—¿Y qué piensas hacer después?

—Debe de ser posible encontrar una salida. No con los amigos de tu amigo, de esos no podemos esperar nada, sino con los que tenían ese problema con tu padre. Sobre todo, ahora que él ya no está.

—Con tus amigos.

—No los llamaría así. Hace mucho tiempo que estoy fuera.

—Pero aún tendrás contactos.

—No basta con eso. Necesito convencerlos.

—¿Y qué pasa con los otros?

—¿Los otros?

—Los amigos de mi amigo, como tú dices.

—Esos, si llego a donde tengo que llegar, no me preocupan.

—¿Estás seguro?

—Bastante seguro.

Vera parece poner a prueba mi firmeza. Ve que no titubeo.

—Me pregunto qué hacíais exactamente mi padre y tú.

—Nunca te dejó adivinar nada, supongo.

—Nunca habló de su trabajo. Ni una palabra sobre él.

—Eso que ganas.

—¿Tampoco tú lo harás?

—Yo menos todavía que él. Anda, vamos a dormir.

Esta vez me concedo el derecho a desvestirme. Me quedo con una camiseta y el calzón corto que llevo bajo el pantalón. Por un momento considero la posibilidad de pasar al baño y ponerme algo sobre él, en alguna parte de la maleta llevo un pantalón de pijama, pero de pronto me parece un melindre que ella puede llegar a ver ridículo. Como sabe quien se ha visto en peligro y ha visto en peligro a otros, el temor al ridículo llega a ser más poderoso que el temor a la muerte. Vera, por su parte, tiene la deferencia de cambiarse en el baño. Le agradezco que no me haga pasar otra vez la prueba de esta mañana, porque soy un hombre consciente de su lugar en el mundo y ante ella, pero también un animal de sangre caliente al que para su mal todavía no se le han embotado todos los instintos. Sale del baño con un pijama corto, sin escote y hasta podría decirse que recatado. Por si acaso, pregunta:

—¿Está bien así?

—No tengo objeción —respondo.

Apago mi luz, ella apaga la suya, y antes de que yo consiga conciliar el sueño su respiración se vuelve cada vez más espaciada, hasta que adquiere el ritmo característico del durmiente. Vuelvo a envidiarla, y a la vez escucharla me trae una sensación de paz. Me acuerdo de Mazo y pienso que no tuvo muchas ocasiones de velar el sueño de su hija y disfrutar de esa tranquilidad que transmite ver descansar a la persona que tienes bajo tu amparo. Siento que esta noche la disfruto yo por él y de paso compenso, al menos, una de las noches que él no estuvo.

Con ese pensamiento me duermo, y el cansancio de la jornada de conducción, añadido a la tensión y la poca tregua que he tenido en los días anteriores, me hace bajar a las simas más profundas, a donde ya rara vez llego desde hace años. Eso explica que no me anticipe a lo que viene a arrancarme del sueño y que al principio se mezcla con él, como a veces sucede cuando uno está demasiado dormido. Así es como veo y oigo, porque mi mente no está del todo despierta aunque tenga ya abiertos los ojos y los oídos, al hombre que está junto a la cama.

Tan lenta es mi reacción que se ve obligado a repetir la orden:

—He dicho de pie, hijo de puta.

Ahora la imagen se aclara. Primero, la pistola que me apunta a la cabeza. Algo más atrás, el hombre que la empuña. No lo puedo creer.

—¿Estás sordo o estás idiota? —insiste.

Buitre saborea al máximo el instante. Mientras levanto las manos y me incorporo despacio en la cama, pienso en cómo ha podido dar con el hilo para llegar hasta aquí. O lo que es lo mismo: dónde he cometido el error. Si ha sido al cambiar de coche, o en el bar de carretera donde hemos parado a comer y nos hemos dejado ver juntos, que es lo único que a bote pronto se me ocurre, y si la información la ha conseguido él o se la ha dado alguien, lo que me resulta más difícil de entender. Al mismo tiempo veo que está solo, y eso aún me intriga más. Y veo, en fin, a Vera, que también acaba de despertar y lo observa aterrada.

—Baja eso —le grita.

Buitre la mira con asombro.

—¿Os habéis hecho amigos? —le pregunta.

—No le dispares —le pide la chica, en tono más conciliador.

Buitre se vuelve hacia mí y masculla:

—No voy a dispararle si no me obliga. Sería demasiado rápido.

Me fijo entonces en cómo sujeta el arma. No todo está perdido.

40

Correo

Nadie es más consciente de sus propias grietas que uno mismo, y nada hay más ingrato que verse sometido al examen de alguien que le hace a uno sentir que puede leerle el pensamiento y advertir al instante sus dudas y sus inseguridades. Esa fue la sensación que tuve frente a aquel hombre que mi nuevo amigo Lirón me había presentado un par de semanas antes cuando por primera vez decidió encomendarme una tarea, lo que quería decir, eso podía darlo por descontado, que me iba a someter a una prueba para ver si yo era realmente de fiar.

El encargo era en apariencia sencillo, pero a aquellas alturas de mi vida y de mi desempeño como agente de la Compañía me constaba sobradamente que hay maniobras donde nada deja de estar expuesto a la catástrofe, sobre todo para quien comete el error de subestimarlas. Se trataba, en resumen, de hacer de correo, sin saber de qué. Lo que se me entregó fue una bolsa de viaje, relativamente grande, también algo pesada. Las instrucciones que se me dieron se limitaban a cruzar con ella la frontera, depositarla en una dirección de la Ciudad y no abrirla bajo ningún concepto. El hombre que mandaba sobre Lirón, al que Mazo, que encontraba divertidas estas cosas, bautizó como Hurón, se cuidó de que no dejara de entender el alcance de mi compromiso.

—Aquí sólo tiene lugar el que cumple y no falla.

No me dejé abrumar por su advertencia.

—Si a algo me comprometo, lo hago —le respondí—. Si algo veo que me sobrepasa, descuida, que no me comprometeré a hacerlo.

—Eso está bien —aprobó—. Las cosas claras.

—Así pienso yo también.

—De todos modos, no quiero engañarte.

—Sobre qué.

—Hay pasos que no tienen vuelta atrás.

—De eso ya me doy cuenta.

—Y hay pasos que al revés, te empujan hacia delante. No te lo digo porque me lo hayan contado. También yo hice de correo una vez, hace muchos años. Y ahora soy el que envía a otros. Entre otras cosas.

—Cada uno es cada uno —le objeté—. Yo soy de aquí. Os ayudaré, porque creo que vuestra causa es justa, pero no soy uno de vosotros.

Hurón me dedicó su expresión más persuasiva.

—A lo mejor aspiramos a que lo seas.

—Tendrás que darme algún tiempo.

—Te daré todo el que tenga. Sólo quería que estuvieras avisado.

—En fin, soy vuestro amigo. Y a los amigos se los cuida, ¿no?

—Desde luego. Suerte en la frontera.

—Me la buscaré, no te preocupes.

Tenía bien estudiados los pasos fronterizos, y gracias a los recursos de la Compañía sabía siempre cuál era el más ventajoso para cruzar sin que los controles fueran demasiado exhaustivos. Si había algún contratiempo en nuestro lado siempre podía activarse un mecanismo de emergencia, pero nuestros jefes nos insistían en que en la medida de lo posible no fuera necesario nunca recurrir a él. Al otro lado me esperaba Araña con un equipo de especialistas de la Compañía. Eran un hombre y una mujer de aire taciturno, a quienes entregué la bolsa en los aseos de una gasolinera, que teníamos controlada para evitar que el intercambio fuera observado por ojos indeseados. En los baños, que también estaban bloqueados por una falsa limpiadora para que nadie accediera, ella había montado un pequeño laboratorio, con todo lo necesario para tomar muestras y fotografiar el contenido de la bolsa. Cuando la dejé en una de sus manos enguantadas, le insistí:

—Con mucho cuidado. Al abrir y al cerrar.

—Conozco mi trabajo —dijo.

—A lo mejor hay alguna trampa.

—Si la hay, la encontraré. Lo dejaré todo como estaba.

—Quince minutos, ni uno más —advertí.

—Si son dieciséis tampoco creo que muera nadie.

—Tú no, desde luego. Soy yo el que se la juega.

Araña, que asistía a la conversación, creyó oportuno intervenir:

—Vamos, Púa. Déjala hacer.

Al final terminó en diecisiete minutos, que recuerdo entre los más largos de mi vida. Más allá del espacio de seguridad de la gasolinera, no podía descartar que mis movimientos fueran objeto de escrutinio, y en particular que se fijaran en el tiempo que tardaba en llegar al lugar de la entrega. Hurón me había dado una horquilla temporal de tres horas, con indicación de dejar la bolsa exactamente cuando pasaran diez minutos de la primera hora en punto a la que pudiera llegar. Mi propósito era entregarla justo al principio de la horquilla, porque eso iba a reforzar su confianza en mí, pero para conseguirlo no tenía un minuto que perder. Una vez que hubo terminado, la mujer llamó a Araña y le dio reservadamente su informe. Él me lo resumió así:

—Te han mandado pasar nada.

—¿Cómo nada?

—Nada sensible. Ropa y algo de comida.

—¿Comida?

—Un par de caprichos, supongo, del que anda por aquí.

—No me fastidies.

—Entraba dentro de lo previsible. Todavía estás a prueba. Quieren ver que lo que te entregan pasa antes de darte de veras algo.

—Me tienes que prometer que no vais a tocar al que la recoja.

—Te lo prometo.

—Sea quien sea.

—Tranquilo, tampoco será nadie muy importante.

Y tras darme una palmada en el hombro, volvió a tenderme la bolsa, que acababa de pasarle la mujer concienzuda. Me dirigí a ella:

—Ahora estoy en tus manos.

—No estarás en otras mejores —dijo con suficiencia.

—Eso espero.

Finalmente llegué a la hora que pretendía. Dejé la bolsa donde me habían indicado y no aguardé a ver qué sucedía con ella. Dos horas más tarde estaba de vuelta al otro lado y fui directamente a ver a Lirón para darle cuenta de que había cumplido el encargo sin problemas.

—Lo sabemos —me dijo sonriente.

—Veo que vuestras comunicaciones funcionan —observé.

—El jefe me pide que te dé las gracias.

—Lo hago porque creo que debo hacerlo.

—En todo caso. Y que te diga que te invita a cenar.

—Se agradece. Aunque tampoco lo hago por eso.

—Y además eres rápido. Le has impresionado.

—Lo que hago procuro hacerlo bien.

Esa noche Hurón hizo todo lo posible por ganarme definitivamente para el movimiento. Se mostró encantador más que atento, obsequioso más que cumplidor. Para empezar, me llevó al mejor restaurante de la zona, en un caserío apartado, donde me demostró que además de un activista implacable era un buen gozador de los placeres de la vida. Ya nos constaba que las finanzas de la organización iban viento en popa, gracias a la diversidad de recursos que se allegaban a sus arcas: desde las aportaciones de los simpatizantes hasta el fruto de extorsiones, atracos, tráficos ilícitos y otras actividades criminales accesorias a la principal, pasando por los apoyos económicos exteriores y los desvíos de fondos públicos que sus líderes eran capaces de promover. En la cúpula de todo entramado humano, no importa la idea o el objetivo que enarbole como bandera, siempre hay personas vivaces que se las arreglan para que la causa no sea incompatible con su bienestar.

Entre otras cosas, mi captador quiso mostrarme que era consciente de estar tratando con una persona inteligente, a la que no aspiraba a dirigir tanto como a convencer. El personaje que me había construido, y que le había vendido primero a su acólito, era el de un joven que lo había tenido fácil en la vida, impulsivo y algo temerario, pero con la suficiente cabeza y la disciplina necesaria para hacer de su pasión un negocio, ponerlo en marcha y sostenerlo de manera competente. Era ese perfil, junto con mi identidad transfronteriza, lo que más le atraía y le llevaba a creer que yo podía ser un activo valioso para sus fines.

—Personas como tú valen su peso en oro para nosotros —me dijo.

—¿Y eso? Me sorprende que me lo digas —respondí.

Hurón me dedicó una mirada de astucia.

—No debería. Son muchos los motivos. Eres un tío discreto, para empezar. No llamas la atención cuando no debes, y hoy nos acabas de demostrar que además no pierdes el tiempo y que sabes resolver.

—Tampoco era demasiado difícil. Hago la ruta a menudo.

—Yo sé por qué lo digo, y con qué comparo. Ya me gustaría tener más como tú en mis filas, y menos como otros. Y aparte de que no despiertas sospechas, porque tienes razones para cruzar y descruzar la frontera las veces que haga falta, hay otra cosa que me gusta de ti.

—No sé si preguntártela.

Hurón sonrió con franqueza.

—Da lo mismo, te la voy a decir igual. Pareces más frívolo de lo que eres. Y nos viene bien que des la impresión de que tienes una vida sin más pretensiones ni preocupaciones, y tan normal y corriente, con tu novia, tu tienda, etcétera, pero todavía mejor que a la vez seas un tipo listo, con las ideas claras y con el nervio y el cuajo para jugártela.

—Dicen que hay que desconfiar del halago excesivo —bromeé.

Sacudió la cabeza con energía.

—No estoy exagerando nada, ni pretendo halagarte. Digo sólo lo que veo en ti. Lo que hacemos necesita más gente como tú, pero por desgracia lo que nos llega es casi siempre muy diferente. Militantes que tienen mucho compromiso, o mucho valor, pero capacidad de análisis poca, sutileza aún menos y demasiado ardor en las venas. Nos enfrentamos a una maquinaria poderosa, los cabrones que la dirigen están acostumbrados a ganar y a imponerse y dispuestos a hacer lo que sea para aplastarnos. Con el fervor militante no basta. Si no viene acompañado de nada más, incluso puede ser contraproducente.

Hurón era un sujeto cultivado e instruido. Según supe luego, él mismo me lo confió, para unirse a la organización había abandonado un doctorado en una universidad de prestigio internacional. Era la prueba andante de que una inteligencia brillante puede convivir con un temperamento cruel y fanático, y el motivo lo comprendí mejor cuando me contó, esa misma noche de confidencias, por qué lo había dejado todo para hacer valer sus ideas por el camino más violento.

—Las víctimas de la opresión —me dijo— tienen derecho a sortear los límites morales comunes para sacudírsela. Negárselo equivale a dejarlas sin esperanza. Yo supe que no podía aceptar sus leyes cuando vi a los míos atropellados y cuando vi que sus verdugos no sentían nada al pasarles por encima. Otros podían quedarse en los discursos, pero alguien tenía que mancharse las manos. Y yo sirvo para eso.

Al escucharlo, no pude evitar acordarme de palabras que les había escuchado a otros, incluido a mí mismo, y de pensamientos que nunca había llegado a enunciar ante nadie, pero estaban presentes en lo que hacía y en lo que era. Si no hubiéramos sido adversarios, si mi misión no hubiera sido tratar de propiciar su muerte, tal vez habría podido entenderme con él, incluso llegar a ser amigo suyo. A esa posibilidad me aferré mentalmente para ser capaz de terminar de ganármelo.

Mazo, al que ahora veía mucho menos pero que seguía a distancia mi acercamiento al jefe terrorista, certificó a su modo mis progresos.

—Ojito, colega. Que como sigáis así, os acabáis enamorando.

41

Asesino

Cuando uno ha mirado a los ojos a un verdadero chacal, y no una ni dos veces, resulta muy difícil que un remedo le intimide. Con todo, la experiencia enseña que el camino puede interrumpirse en cualquier sitio y a manos de cualquiera, incluso del menos capaz. Entre esas dos ideas me debato mientras miro con los brazos en alto a la boca de la pistola que Buitre apunta contra mí. Uno puede no temer a la mano, pero hay que temer siempre al arma que empuña; eso, o algo parecido, le leí a un poeta de los lejanos días de mi adolescencia. Lo que a partir de aquí va a pasar empieza a esbozarse en mi mente. Antes de nada, necesito ganar tiempo, y también averiguar todo lo que sea posible.

—Tienes la pistola, relájate —le digo.

—Estoy muy relajado —me replica, pero su voz lo desmiente.

—No le dispares. Me voy contigo, si quieres —tercia Vera.

—Tú cállate —le grita Buitre.

—Tranquila, Vera, esto es entre él y yo —añado.

—No imaginas cuánto —masculla él.

—¿Qué piensas hacer? —pregunto—. Dime. Ahora mandas tú.

—Ya lo irás viendo. De momento, vas a levantarte, muy despacio, y vas a caminar hasta esa pared —y me la señala con el cañón del arma.

Obedezco, sin movimientos bruscos. Mientras me muevo, Buitre se cerciora de mantenerse en todo momento a distancia. Aunque no sepa agarrar una pistola como está mandado, aunque seguramente tampoco sea muy ducho disparándola, porque como les sucede a tantos policías ha dedicado muchas más horas a pasearla como signo de su poder que a compenetrarse con ella, y aunque haya sido tan arrogante y tan estúpido como para venir solo, al menos esa precaución sí la ha aprendido. Mientras camino, Buitre repara en mis calcetines. No dice nada, pero los mira con desprecio. Continúo hasta la pared, y entonces es cuando veo de reojo cómo Buitre saca de sus bolsillos un juego de esposas.

—Las manos en alto hasta que yo te diga —ordena.

—No las he bajado —le invito a comprobar.

Cuando me tiene así, de pie y expuesto, elige el camino peor para él, porque resulta ser el que me da más ventaja: me tira las esposas.

—Póntelas —me conmina—. Por detrás.

—Me será más difícil.

—Te jodes. Seguro que lo acabas consiguiendo.

—¿Y si no?

—Te pego un tiro.

—¿Aquí? Vas a despertar a todo el mundo.

—Y qué. Tampoco parece que esto esté lleno. Espósate. Ya.

—Está bien, no te pongas nervioso.

—No estoy nervioso —insiste, como los que no están seguros.

Mientras me agacho, pienso en lo que voy a hacer, y a la vez por qué y por quién voy a hacerlo. Tal vez tendría aún la posibilidad de intentar otra cosa, y en cierto sentido me convendría más, por ejemplo para aligerar mi mochila o para obtener información sobre algún detalle que no deja de intrigarme. Sin embargo, en la vida no siempre es lo que a uno le conviene lo que le corresponde. Hay actos que vienen marcados por un designio superior, al que sólo cabe someterse.

Aprovecho el mismo movimiento para recoger las dos cosas. Como el adoquín que es, Buitre no recela de que baje las dos manos, en vez de sólo una. Lo hago muy despacio, para que no pierda la sensación de tenerme controlado. Con la izquierda tomo las esposas y la derecha la dejo en apariencia muerta junto al tobillo, que le impide ver lo que con ella cojo discretamente. Lo que hago a continuación es demasiado rápido e inesperado para él. Las esposas vuelan hacia su cara, con el impulso y la puntería que les puede imprimir la mano izquierda de alguien que como yo no es zurdo. Buitre acierta así a esquivarlas, pero en ese movimiento ofrece el blanco perfecto para que el arma que he sacado de mi calcetín, y que siempre, día y noche, está ahí, se la clave mi mano derecha en la garganta. Es un pequeño estilete, de un acero lo bastante denso como para volar recto y desgarrar la carne de cualquier presa. Nunca he dejado de practicar con él: por eso soy capaz, incluso a mayores distancias, de clavarlo en el diámetro de una moneda, y no de las más grandes. Buitre se lleva a la garganta la mano libre, lo que aprovecho para desarmarlo dándole una patada en la otra, y se queda mirándome con los ojos desorbitados. No me entretengo a sostenerle la mirada. Aparto su mano, agarro el mango plano del estilete y me aseguro de removerlo en la herida lo suficiente para que nadie pueda curarla y para que no provoque más escándalo mientras agoniza.

Cuando me incorporo y mi mirada se cruza con la de Vera, no tengo más remedio que acordarme de su padre, y de la promesa que le hice en su lecho de muerte y que contra mi deseo, y gracias a la persistencia de Buitre en buscar su mal, acabo de cumplir. Reparo ahora en que la chica ha asistido a la escena en silencio, sin emitir el menor ruido, y menos aún el griterío que el cliché asigna a toda fémina que da en presenciar el despliegue de violencia de dos varones a cuenta suya, o por simple coincidencia. Vera, en cambio, me observa con gesto reconcentrado.

—¿No podías dejarle vivir? —pregunta al fin.

—No —respondo.

—¿Y eso por qué?

—Recoge tus cosas, nos tenemos que marchar.

—No sé si me quiero ir con un asesino.

—No quiero que vengas conmigo. Quiero ponerte a salvo.

—¿Por qué le has matado?

—Porque con una pistola cargada no hay margen para negociar, y porque me importaban mucho más tu vida y la mía que la suya.

Se queda pensativa. No sé si la convenzo o si, como resulta algo más probable, razona que al menos en ese momento está de más plantarme cara. El caso es que se va hacia su bolsa y se mete con ella en el baño. Cinco minutos después, aparece vestida y lista para marcharse.

—Ya está —dice—. A tus órdenes.

—¿Estás bien? —me intereso.

—Estoy deseando perderme donde nadie me encuentre.

—Entonces los dos queremos lo mismo. Vamos.

Lo que hago a continuación preferiría que no lo viera, pero no tengo otra manera de resolverlo. Busco en los bolsillos de Buitre las llaves de su coche, quito las colchas de las dos camas y lo envuelvo con ellas. Salgo luego a la calle, doy con el coche que abren las llaves, lo acerco y le abro el maletero, donde acto seguido cargo el cadáver. Una vez que hago esto, le pido a Vera que suba al coche de su antiguo protector.

—¿Vamos a ir en su coche? —exclama con asombro.

—El nuestro es muy posible que esté quemado —le explico.

—¿Con eso ahí atrás?

—Tengo que alejar el cuerpo de aquí.

—¿Y si nos paran?

—Cambiaremos de coche en cuanto podamos.

Vera no puede callarse lo que le pasa por la cabeza.

—¿Era esto lo que hacías cuando estabas con mi padre?

—No —le digo—. Esto es lo que tengo que hacer ahora.

Abre la puerta, echa la bolsa dentro y se acomoda en el asiento del copiloto. Cierro la puerta de la habitación, cargo mi equipaje, subo al coche y arranco.

Hay pocos lugares donde un hombre sea más consciente de sí que al volante de un coche en una carretera solitaria de madrugada. Mientras conduzco, pienso en el cuerpo que llevo en el maletero. También en las manchas de sangre que han quedado en el motel. Sin cadáver, serán para el propietario motivo para una denuncia a la Policía, así como las dos colchas que he sustraído de la habitación, pero no necesariamente darán lugar a abrir una investigación por asesinato. La cuestión ahora no es sólo qué voy a hacer con lo que queda de Buitre y con su coche, sino cómo me voy a mover y cómo me voy a alojar en adelante.

Conduzco hasta la ciudad más cercana, a donde llegamos con el amanecer. Me dirijo a la estación, donde busco una agencia de alquiler de vehículos y una cafetería para desayunar. Lo primero que hago es procurarme un coche nuevo, para lo que gasto la documentación de la última identidad falsa que me queda. No confío en que sea garantía de que no rastreen mis movimientos, pero será bastante para ganar el día que necesito. Después, mientras desayunamos, le pregunto a Vera:

—¿Sabes conducir?

Me mira como si la duda la molestara.

—Sí. ¿Por?

Le tiendo las llaves del coche alquilado.

—Te voy a pedir un favor. Que lo lleves tú.

—¿Y eso?

—Yo tengo que llevar el otro.

—¿A dónde vamos?

—Ya lo verás.

Salimos de la estación en el coche alquilado, que le pido que detenga junto al otro cuando llegamos a donde lo aparqué antes. Traslado el equipaje de los dos de uno al otro y le indico que me siga. Vera asiente en silencio, con gesto impenetrable. Una vez que arranco, no puedo dejar de controlar por el retrovisor que se mantiene en mi estela. No me lleva mucho comprobar que su destreza como conductora es más que suficiente para no perderme a la velocidad moderada a la que circulo. Lo que no dejo de temer, aunque en ningún momento se produce, es que al pasar junto a alguna calle dé un volantazo y trate de irse.

No me complico la vida en exceso. Busco una carretera secundaria y de ahí paso a una comarcal por la que nos internamos en parajes cada vez menos habitados. A unos cuarenta kilómetros de la ciudad veo de pronto un lugar que me parece a propósito. Hay un barranco que cae sobre un río que apenas lleva agua, y al que puede accederse bajando por un camino que lleva a un terraplén. Lo rebaso y me salgo de la vía un poco más adelante, al resguardo de unos árboles. Vera me sigue.

Me bajo del coche y me acerco a su ventanilla.

—Lo voy a dejar ahí atrás —le informo—. Tú espérame aquí.

—¿*Ahí* dónde?

—En el barranco.

—No van a creerse que sea un accidente —vaticina.

—Eso me da igual —le digo—. Sólo busco apartarlo de nosotros.

Asiste inmóvil a la operación. Cómo saco el cuerpo y lo coloco en el asiento del copiloto y una vez que lo he sujetado con el cinturón subo al coche, lo arranco y maniobro para reincorporarme a la carretera. Antes de irme, me asomo a la ventanilla y me vuelvo hacia ella.

—Ahora estoy en tus manos. Espero que no me dejes tirado aquí.

—Quién sabe. A lo mejor no soy de fiar —avisa.

—A lo mejor, pero tengo que fiarme de todos modos.

—Por si acaso, no tardes.

—No tardaré.

Lo hago deprisa. Coloco el coche al borde del terraplén, me bajo, cambio a Buitre de asiento, giro hacia el vacío el volante. Me cercioro de que no pasa nadie y entonces quito el freno de mano y empujo el vehículo hasta que cae por su propio peso. Lo veo rebotar por la ladera hasta que acaba en el fondo del barranco. No explota ni arde, ni bajo tampoco a meterle una cerilla en el depósito. Como le he dicho a Vera, me basta con apartarlo de nuestro camino. Ya interpretará el sabueso al que le toque lo que prefiera. No es él quien ahora me preocupa.

Cuando llego a los árboles, jadeando a causa de la carrera, Vera ya está sentada en el asiento del copiloto, esperándome. Abro la puerta del coche y me siento al volante. La miro. Me mira. Me pregunta:

—¿Qué se siente?

Meneo la cabeza antes de aconsejarle:

—No quieras saberlo.

42

Chófer

Basta probar durante un tiempo a abdicar de tu voluntad para sembrar en tu ánimo la duda sobre todo lo que supuestamente eres y sientes. De las semanas que siguieron a mi cena con Hurón, recuerdo sobre todo la sensación de deshacerme en una cadena de acciones que no venían marcadas por mi deseo, ni siquiera por mi carácter o mi visión de las cosas, sino por la sumisión simultánea a las instrucciones que había recibido de mis superiores en la Compañía y a las que me iban dando desde la organización en la que había logrado infiltrarme. Las primeras eran taxativas y venían reforzadas además por la férrea vigilancia a la que se me sometía a través de Mazo y de los demás miembros de la unidad, atentos a velar por mi seguridad pero también a prevenir cualquier posible desviación por mi parte de la misión que me habían encomendado. Los encargos de la organización tenían un tono menos conminatorio, todavía trataban de crearme la sugestión de que era una suerte de colaborador independiente, pero poco a poco fui advirtiendo en la actitud de Hurón, incluso en la de su subalterno, que era con quien trataba más directamente, una certidumbre respecto de mi cooperación que se parecía a la que se tiene de un subordinado.

En aquella primera etapa, seguí haciendo sobre todo de correo. Al menos un par de veces al mes se me entregaba una bolsa o un paquete, que tenía que depositar en un lugar convenido, al estilo de la primera vez, o entregar a alguien previo intercambio de un santo y seña. Todo lo revisaban los especialistas de la Compañía, que pudieron así extraer información valiosa acerca de las directrices que recibían los activistas que estaban sobre el terreno, y que se explotaba con la cautela precisa para no delatarme ante la organización. También aparecieron alguna vez armas y explosivos, que a pesar de todo entregué a su destinatario. Valía más la preservación de mi cobertura que evitar que esos medios se incorporaran a un arsenal que contaba con otras vías para asegurar su aprovisionamiento. En todo caso, yo procuraba no pensar mucho en lo que ocurría al otro lado de la frontera. Bastantes problemas tenía encima para ocuparme de lo que se suponía que ya atendían otros.

El principal era administrar las mentiras, envueltas a su vez en otras mentiras, que constituían mi existencia. Y la parte más ardua, porque de ella venía el único calor humano con el que podía contar, era Irene. No sólo la había seducido con una identidad ficticia, la de ese Leo que era para ella y para todos allí; sino que ahora el propio Leo, tapadera de mi personalidad verdadera, fingía ante ella y la engañaba para ocultar la nueva vida que llevaba al servicio de la organización. Hasta alguien como yo, entrenado para inventar, despistar y desfigurar, y también para improvisar en caso de emergencia, pasaba apuros para sostener sin que se me desmoronara aquel castillo de embustes.

No pude evitar que en los últimos tiempos ella recelara, aunque sus sospechas se encaminaron por otros derroteros, incapaz como era de imaginar quién era y a qué se dedicaba en realidad el hombre al que había cometido el error de hacerle sitio en su corazón. Procuraba no dejar pasar mucho tiempo sin atenderla, compensarla cada vez que la desatendía; pero el cansancio, la tensión y alguna ausencia fueron la señal de alerta que su intuición no dejó de captar. Una mañana, antes de irme a la tienda, y después de una noche en la que había hecho mis mejores esfuerzos por complacerla, me preguntó de improviso:

—Leo, ¿tú quieres estar aquí?

Durante un instante, me costó reaccionar. Llevaba ya muchos días sintiendo que aquello me pesaba más de lo que podía resistir. Incluso soñaba por la noche que estaba muy lejos, que volvía a la universidad, a mi barrio, a cualquiera de los lugares donde aún valía mi nombre, el que me habían dado mis padres, ese que no usaba desde hacía ya tanto que casi me parecía el de otro. Y al mismo tiempo, no había conocido un lugar donde me sintiera más en paz que la piel de Leo cuando ella lo abrazaba.

De aquel sentimiento, que era más verdadero que el resto de lo que a esas alturas pudiera ya ser yo, o tan verdadero al menos como lo que más, eché mano para responder algo que el tiempo transcurrido y los percances acumulados no han conseguido sino volver más cierto:

—No hay otro sitio donde ahora mismo quisiera estar.

Sospecho que Irene habría de recordar esas palabras muchas veces, y me duele que no tuviera más remedio que tomarlas por insinceras, cuando nunca fui, con ella ni con nadie, más fiel a mi pensamiento que al pronunciarlas. Más tuve que ocultar mis reservas cuando poco tiempo después me vi con Araña al otro lado de la frontera. Era una de nuestras reuniones de control, en las que ahora debíamos extremar las precauciones para no descubrirme. Fue por ese motivo por el que la conversación tuvo lugar junto a una ermita, en lo alto de un monte al que sólo se llegaba por un camino que manteníamos vigilado.

—Hace una mañana espléndida. Mira qué paisaje —observó.

No diré que fuera feo o anodino, pero mi cabeza andaba a otra cosa.

—Te veo muy serio —dijo.

—Esto empieza a hacerse largo —le reconocí.

—Estamos llegando. Sólo tienes que aguantar un poco más.

—En eso estoy.

—No podemos precipitarnos ahora. Podrían sospechar.

—Ya lo sé.

—Sólo hay que esperar a que Hurón termine de confiar en ti.

—¿Y entonces?

—Seremos rápidos. El equipo está preparado.

—Espero que seáis rápidos también para sacarme.

—Habrá sincronización absoluta. Te lo garantizo.

—Eso espero.

Araña me puso la mano encima del hombro.

—Púa.

—Dime.

—Estamos orgullosos de ti. Estoy orgulloso. Lo que estás haciendo es lo más difícil que hemos hecho nunca. Soy muy consciente.

—No sé si lo eres del todo.

—Después de esto, te prometo unas vacaciones.

—Prométeme mejor que no voy a tener que volver a hacer algo así.

—Prometido.

Al menos esa promesa sí iba a cumplirla. Dejé que la mirada se me perdiera al fondo del valle. Un poco más allá empezaba el país donde vivía desde hacía ya demasiado tiempo. Y estaba Irene, esperando sin saberlo, pero temiéndolo ya, a que yo terminara de traicionarla.

Después de esa entrevista, los acontecimientos se precipitaron. Una noche, después de una de aquellas citas con Hurón a las que Lirón me convocaba siempre sin previo aviso, obligándome a menudo a darle a Irene pretextos acerca de compromisos inesperados, el jefe terrorista me miró a los ojos, inspiró hondo y me hizo al fin aquella pregunta:

—Leo, ¿podríamos contar contigo para algo más?

—Depende —dije.

—Tranquilo. No se trata de dispararle a nadie.

—Mejor, porque eso prefiero no hacerlo.

—Necesito a alguien de absoluta confianza, alguien que esté limpio, como tú, y que tenga un coche que no despierte sospechas.

—Para llevar qué.

—A mí.

Así fue como me convertí en su chófer, y así fue como comenzó a correr el reloj que marcaba la hora final de mi infiltración. A partir de ese momento, la información que tenía sobre él se anticipaba a los días y las horas en que nos encontrábamos, y permitía que otros, a su vez, se anticiparan a sus movimientos. Lo que estaba en condiciones de proporcionar valía su peso en oro. El lugar donde debía recogerlo, el lugar donde lo había dejado y al que debía regresar para llevarlo a otro sitio. Por no hablar de la información añadida que esa nueva actividad mía nos aportaba, desde las personas con las que tenía contacto hasta las conversaciones que en el trayecto de un sitio a otro manteníamos él y yo. El volumen y la calidad del material, fruto de una situación que iba más allá de nuestras expectativas, movieron a mis jefes a alterar los planes iniciales. En lugar de acabar con él en la primera ocasión, me pidieron que aguantara algunas semanas para exprimirlo al máximo. Eso alargó mi suplicio, al tiempo que me permitía conocer mejor a aquel hombre, con quien cada vez me convenía menos intimar.

A veces he pensado que esas semanas últimas fueron una especie de expiación de lo que estaba haciendo. Porque no tardé en notar que a Hurón el personaje que yo había construido, Leo, y que a la vez era y no era yo, le gustaba de veras, y también mi hostilidad hacia él se fue atenuando, cuando me encontré con un hombre que no sólo poseía una inteligencia superior al promedio, sino que además tenía el coraje de no ocultarse la verdad sobre sí mismo. Hurón era, como yo y como tantos otros, resultado del mal ajeno y la predisposición propia, y no se engañaba al respecto. Gracias a él vi a otra luz, más cercana, lo que lo movía a sostener su guerra sin cuartel. A él no le habían matado a nadie, pero su memoria custodiaba un inventario de humillaciones, vividas o heredadas, que eran la base rocosa de su empeño, sobre la que día a día lo levantaba a pulso y a conciencia. No hay animal más peligroso que el animal humano herido, porque es capaz de proyectar el dolor más allá de su latido primordial, en una espiral infinita que se alimenta a su vez del dolor de otros para crecer y perpetuarse.

—Yo sé bien que por haber elegido esta vida a mí no me recordará nadie sin reparo, incluidos los míos —me dijo en una ocasión—. Que nadie pensará en mí y se acordará agradecido del bien que le hice. Lo acepto porque pienso que el bien que un día podrán agradecer a otros será posible gracias a este mal que me eché a la espalda hacer yo.

Ahora que lo evoco tengo algo más que alguna duda de que aquel hombre estuviera en lo cierto, pero cuando le escuchaba decir cosas así, en la intimidad de mi coche, me removían por dentro. Me llegaba a confundir lo cercano que podía llegar a sentirlo, mientras estaba conspirando con los míos para que pronto no hubiera nada que Hurón pudiera hacer y que otro pudiera recordar u olvidar, mal o bien.

Inexorablemente, una vez que nuestros jefes consideraron que ya le habíamos sacado el rendimiento suficiente al acompañamiento, acabó llegando el momento de la consumación. En teoría, el mecanismo que iba a desencadenarla estaba engrasado y no tenía ninguna fisura. A diario yo transmitía la información de que disponía sobre su actividad a través de un buzón seguro que Mazo controlaba. Tan pronto como se juzgase que se daban las circunstancias para lanzar la acción de forma óptima, asegurando tanto el éxito como mi extracción de la misión, se me avisaría para que estuviera alerta, a través de una señal previamente convenida que me daría alguien que buscaría el modo de cruzarse en mi camino sin despertar sospechas. En esa confianza, y con los nervios a flor de piel, iban pasando los días. Hasta que finalmente ocurrió, pero no como yo esperaba.

Todavía veo la escena. Hurón acaba de bajar de mi coche, en el que lo he llevado a una reunión en una de las casas de seguridad que usa a esos efectos. De pronto, desde detrás del vehículo, la veo primero por el retrovisor, aparece una motocicleta con dos hombres. A Hurón no le da tiempo a reaccionar y recibe en todo el pecho la ráfaga del subfusil que empuña el que va de paquete. En la misma fracción de segundo comprende que está muerto y sus ojos, vueltos a mí, me hacen sentir que sabe que lo he traicionado. La moto se pierde por el camino y yo, mientras me preparo para salir a toda velocidad de allí, me pregunto por qué cojones nadie me ha avisado antes de lo que iba a suceder.

43

La serpiente

Después de darle un par de vueltas a la casa, concluyo que es idónea para mis propósitos y regreso a donde he dejado aparcado el coche con Vera dentro: a un par de calles, sin salir de la misma urbanización. Ella no se ha movido del asiento del copiloto, donde está desde hace horas. Apenas ha despegado los labios durante el viaje. Tampoco ha hecho preguntas cuando le he pedido que esperara allí un momento, aunque no le he confiado el motivo. Ahora sí debo explicárselo.

—No podemos ir a un hotel —le digo—. La Policía los controla y ya hemos visto antes que no es seguro. He encontrado una casa vacía, también hay sitio para guardar el coche. No me interesa dejarlo en la calle. Voy a ocuparme de las dos puertas y en cuanto estén despejadas vuelvo a por ti y a por el coche. Dame sólo unos minutos más.

—¿Vamos a allanar una casa? —pregunta.

—A tomarla prestada, por necesidad.

—Como dos delincuentes.

—El delincuente soy yo. Tú dirás que te arrastraba.

—¿Y esto dónde termina? —pregunta con aire fatigado.

—Cerca. Pronto. Dentro te lo cuento.

—Ya puede ser buena la historia.

—Es la que es. No tengo otra. Tú aguarda aquí.

Bajo del coche y saco del maletero mis herramientas.

El muro trasero no es alto, y ni la puerta que da a ese lado de la casa ni la cancela enrejada que la protege son obstáculos para mí. De todas las mañas que la vida me ha obligado a aprender, la de violentar una cerradura es de las más gratificantes. Es una labor mecánica, simple y enrevesada a la vez, que no requiere más que tiempo y disponer del utensilio adecuado. Y su efecto es mágico: abre lo que alguien cerró y te permite acceder a todos los secretos que trataba de proteger.

Más sencillo resulta destrabar desde dentro la cancela corredera que da acceso a la cochera cubierta y el portón de esta. Una vez que tengo ambas entradas expeditas, vuelvo a donde dejé el coche con Vera, arranco y conduzco directamente hasta la casa. Me bajo, empujo la cancela, subo el portón, meto el coche y vuelvo a cerrarlo todo. Una vez dentro, quito el contacto, me vuelvo hacia la chica y le digo:

—Aquí estamos a salvo.

—¿Estás seguro? —me reta.

—De momento. El tiempo suficiente.

—Para qué.

—Vamos a instalarnos primero —le propongo.

La casa está limpia, amueblada de manera funcional, pero provista de todas las comodidades necesarias. Por el lugar y el aspecto, es una casa de fin de semana o de vacaciones; en el segundo caso podremos contar con ella por tiempo ilimitado, en el primero dispondremos aún de varios días, si es que sus habitantes acuden cada viernes. A juzgar por la nevera, vacía, no parece que sea así. En el salón hay un par de estanterías altas con multitud de libros y unos sillones confortables.

—No me dirás que no es acogedora —observo—. Hasta hay lectura de sobra para entretenerse. Ni que nos la hubieran preparado.

—¿Y qué vamos a hacer si vienen los dueños?

—No parece que vayan a venir. La nevera está vacía.

—¿Y si vienen, a pesar de todo?

—Si estoy yo, ya inventaré algo. Si estás tú sola, les dices que un hombre te ha secuestrado y te ha traído aquí y te ha amenazado, y que por eso no te has atrevido a marcharte. O algo parecido. Descolócalos.

—¿Hablas en serio? ¿Me vas a dejar sola aquí?

—El tiempo imprescindible, pero no va a ser ahora mismo. Ahora deberíamos comer algo. Llevamos muchos kilómetros a las espaldas y mañana quiero levantarme a primera hora para ir a ver a alguien.

—A quién.

—No puedo decirte su nombre.

—Estoy cansada de misterios.

—Sí te diré quién es. Más o menos. Ahora vuelvo.

Voy al coche, donde he dejado las provisiones

que he comprado en un supermercado mientras veníamos de camino hacia aquí. Como no sabía lo que acabaría encontrando, ninguna exige cocinar. Coloco las bolsas en la cocina y dispongo la mesa con el menaje de la casa. Vera me contempla con gesto entre reacio y atónito. Tengo que hacer algo por ganármela, para cubrir en mejores condiciones el tramo final.

Mientras comemos, ella calla y aguarda. Abro yo el fuego.

—Tal y como lo veo, sólo tenemos una solución.

—Estoy deseando oírla —me apremia.

—Hay que parar lo que hemos desencadenado.

—¿Hemos?

—Era una forma de hablar.

Me mira con desconfianza.

—¿Y cómo lo vas a hacer? ¿Con más dardos como ese de anoche?

—No. Tal vez no me creas, pero detesto el derramamiento de sangre.

—Cuesta creerlo, sí, después de verte en acción.

—He venido aquí para hablar con alguien. En persona.

—Y ese alguien, ¿es uno de ellos?

—No.

—Entonces, ¿de qué va a servirte?

—Es alguien a quien puedo convencer.

—Ya veo. ¿Te debe algo, como tú a mi padre?

—Algo así.

—¿Y de qué va a servirte convencerlo, si no es uno de ellos?

—Me servirá para llegar a donde tengo que llegar.

—¿Es decir?

—A quien puede parar esto.

—Tengo una pregunta.

—¿Cuál?

—No dejo de pensar en algo desde esta mañana: en lo que me juego cada minuto que sigo contigo. ¿Me van a matar, voy a ir a la cárcel?

—¿A la cárcel?

—Has matado a un hombre, ¿no vengo a ser como tu cómplice?

Su autoinculpación me enternece. No puedo evitar reírme.

—Ni remotamente. Si llega el caso, tú dirás que te retuve por la fuerza y también yo lo diré. Eso y que intentaste salvarlo.

—¿Bastará con eso para librarme?

—Bastará. Y te digo más.

—Qué.

—Si todo sale bien, ni siquiera tendré que responder yo.

Ahora es ella la que se echa a reír.

—¿Eres mago o algo?

—No. Conozco el juego. Tengo cartas. Y voy a jugarlas.

—¿Nunca te das por vencido?

—Nunca. Y menos ahora. Ahora estás tú. No habré hecho mi trabajo, y por tanto no me permitiré aflojar, hasta que no esté seguro de que a ti no va a pasarte nada. Después de eso, ya veré por dónde salgo yo.

—¿Ya has salido antes de situaciones así de desesperadas?

—De alguna. Y otra cosa. Sobre lo que preguntaste antes.

—Dime.

—Puede que haya alguien a quien no le importaría matarte. Ya has visto antes a tu amigo, no traía precisamente una orden judicial. Lo que persigo es que no puedan tocarte un pelo, ni ahora ni nunca.

—Vaya, eso me tranquiliza.

—Espero poder tranquilizarte del todo pronto. ¿Vamos a ver qué hay en la planta de arriba de la casa? No sé tú, yo necesito dormir.

En la planta superior resulta haber cuatro dormitorios, por lo que esta noche no vamos a tener que compartir habitación. Dejo que ella elija primero y se queda con el más recogido, que es también el más cálido y agradable. Yo escojo el que tiene la cama más ancha. Si es mi última noche, quiero por lo menos poder dormirla a pierna suelta.

Antes de acostarme, me doy una larga ducha caliente. Me permito creer que estoy lo bastante seguro como para ponerme el pijama, pero me dejo el calcetín y dentro de él mi último recurso. Me acerco a la puerta cerrada de la habitación de Vera y le hablo a través de ella.

—Que descanses. Madrugaré. Te aviso antes de salir.

—Tú mandas. Dulces sueños —me desea.

Dudo que vayan a serlo, y por la manera en que caigo sobre la cama, derrengado, más bien cabe augurar que no soñaré nada en absoluto. Sin embargo, horas después, cuando más profundo es mi descanso, una imagen turbadora se abre paso en mi mente. Hay una silueta junto a mi cama. Alguien que se inclina sobre mí y que acaricia mi mejilla con el dorso de la mano. Intento averiguar quién es y apenas acierto a distinguir que se trata de una figura femenina. Trato de poner aún más atención y entonces compruebo que está desnuda. En medio de esa bruma que estorba el razonar durante el sueño, no puedo evitar sentir una mezcla de rechazo y compasión hacia mí mismo, o mejor dicho hacia esa pertinaz fisiología que mueve a mi subconsciente a perpetrar una fantasía erótica cuando de nada sirve y menos viene a cuento. Hasta que comprendo que no es una fantasía, que junto a mi cama hay en efecto una mujer desnuda, y que esa mujer es la única que puede ser: la que atestiguan el aroma de azahar y la serpiente que, a la tenue luz que viene del pasillo la veo, le trepa por el cuello y le nace —al fin desvelo el misterio— en la ingle y le sube por la cadera, el costado y el hombro hasta reptar por encima de su clavícula. Es entonces cuando me aparto de su caricia y me incorporo de golpe en la cama.

—Qué haces aquí. Qué haces así.

—Así duermo, normalmente —me informa con voz sensual.

—¿Y por qué no estás durmiendo?

—No podía. Culpa tuya.

Me restriego los ojos y cuando vuelvo a abrirlos hago esfuerzos para que mi mirada no baje de la cabeza de la serpiente. No me resulta fácil. Hay llamas que no se han apagado del todo en mi fragua interna, y no puedo decir que los atractivos físicos que Vera ofrece a mi vista sean inocuos para mí. Al revés: nada resulta más fácil que remover, en el alma del hombre que ya no es joven, lo que deseó en su juventud.

—Vera, a qué estás jugando —le pregunto.

—No estoy jugando. Me acabas de decir que tal vez podría morir. Y tú también, supongo. Si pasa, no quiero irme con la curiosidad.

—Hay curiosidades que no merece la pena deshacer.

—Discrepo —dice—. He probado, y hasta saboreado, frutas peores.

—No puede ser, de verdad.

Adopta una expresión pícara.

—No me parece que seas de los que retroceden ante el pecado.

—Depende del pecado. Este no voy a cometerlo. Va contra mi ley.

—¿Por qué?

La miro a los ojos. Todo, como suele suceder, no puedo contárselo. Hay una parte que ella no quiere oír, otra que no quiero decir yo.

—Hay algo que no alcanzas a ver todavía, pero algún día lo verás. Cuando haces esto, no hay manera de no perder algo, de no quitarle algo al otro. No puedes hacerlo si no tienes con qué darle sentido a lo que vas a perder y a lo que vas a quitar. Y yo, Vera, ya no lo tengo.

—No estás tan acabado. A mí no me lo parece.

—Ni siquiera sé si alguna vez lo tuve. Pero hay

algo más. No estoy aquí para llevarme nada, sino para devolver algo. Y eso es definitivo.

—Ya veo —suspira—. Otra vez él. Otra vez vuelve a joderme.

—Si quieres verlo así...

Se levanta. Y sigilosa como vino, la serpiente sale de mi habitación.

44
Huida

Nada puede compararse a ese instante en el que comprendes que todo está en peligro, de tal manera que ni siquiera tienes la posibilidad de mantener el ordinario despliegue de simulaciones en el que se apoya cualquier existencia humana común. En mi caso, una vez que vi caer a Hurón ante mis ojos, con el pecho sobrecargado de plomo, lo que se venía abajo era mucho más, porque mi vida en aquel lugar se basaba en el fingimiento más allá de cualquier medida. En el individuo que sujetaba allí el volante sin terminar de creer lo que acababa de ver, y no porque no se lo hubiera representado antes mil veces, casi todo era falso. La verdad pesaba tan poco que el único modo de salir vivo, ahora que se había roto el precario equilibrio en el que me sostenía, era renunciar abruptamente a la máscara y quitarme de la circulación.

Por eso, aunque sabía que mi acción iba a despertar algo más que las sospechas de los que esperaban a Hurón en la casa, y que acababan de asomarse alarmados por el ruido de los disparos, metí marcha atrás, maniobré con brusquedad en la cuneta y me alejé de allí quemando los neumáticos de mi coche.

No dejé de acelerar ni de jugármela en cada curva hasta que no estuve lo bastante lejos del escenario del atentado como para poder aspirar a bajar el latido desbocado de mi corazón. En cuanto recobré una mínima claridad mental, traté de ver qué opciones tenía para sobrevivir a aquel giro caótico de los acontecimientos.

No podía ir hasta la frontera con aquel coche: tenía que hacer por contactar a toda costa con alguno de los compañeros que me daban apoyo y que por razones de seguridad, a fin de no delatarse en las vías poco transitadas que íbamos a recorrer Hurón y yo para llegar al lugar de la cita, no me habían podido seguir aquella mañana. No se me ocurrió nada mejor que volver a la ciudad y a mi piso. Así, además de recoger los papeles y efectos que no convenía dejar atrás, y que tenía siempre guardados en una mochila para llevármelos o destruirlos sin pérdida de tiempo, propiciaba el encuentro con quien estuviera en ese momento de vigilancia allí. Mientras conducía, me pregunté qué había podido fallar, y un tropel de ideas calenturientas pasó por mi cabeza, sin excluir que alguien hubiera decidido, sin más, sacrificarme en la operación. En aquellos momentos, mi conciencia de quién era, dónde estaba y quiénes eran mis enemigos y quiénes mis amigos había quedado tan alterada y confundida que casi cualquier cosa me parecía posible, y tampoco podía saber si quienes debían protegerme estaban al tanto de la muerte del jefe terrorista o si les había sorprendido como a mí.

Aparqué el coche en el primer hueco que vi y después de bajarme lo cerré por pura inercia, porque no contaba con volver a conducirlo. Caminé hasta mi portal buscando ansioso con la mirada a alguno de mis compañeros, pero no vi a ninguno; tampoco a nadie que fuera una amenaza. Calculé que la noticia aún tardaría en llegar a las instancias necesarias para que se lanzara la orden de mi busca y captura. A ese margen me había encomendado para atreverme a ir hasta allí.

No cruzarme con ninguno de los míos hizo que mi angustia se viera redoblada. Mientras subía a zancadas las escaleras empecé a pensar qué iba a hacer una vez que tuviera la mochila si no venían a sacarme. La primera acción no presentaba duda: llamar al número de seguridad en el que siempre debía haber alguien para atenderme en caso de que las cosas se torcieran. Si nadie lo cogía, eventualidad que lo ocurrido me invitaba a contemplar, lo que preveía el protocolo era acudir al punto de encuentro que para situaciones de emergencia tenía fijado con Mazo, en un parque no lejos de mi apartamento. La pregunta era qué hacer si allí tampoco aparecía nadie. En la mochila tenía dinero: la solución más expeditiva y menos arriesgada era buscar a un taxista que me llevara hasta la frontera y una vez allí ver cómo cruzarla.

Tan pronto tuve la bolsa en mi poder, me despedí sin ceremonia de aquel piso que había sido mi casa y en el que había vivido momentos que tampoco podía detenerme a recordar. Sobre todo, los que tenían que ver con Irene, que quedaba súbitamente tan atrás como el resto de las piezas de mi vida inventada, sin que hubiera llegado siquiera a pensar en cuál podía ser la forma menos abyecta de despedirme.

Fue en el portal donde me encontré la sorpresa. Los circuitos de la organización habían funcionado mejor y más deprisa de lo que había previsto. Me di de bruces con él en el instante en que salía a la calle.

—Hola, Leo —me dijo secamente.

Ya no era el hombre amigable con el que había estado tratando hasta entonces. Sobre el rostro risueño de Hugo, o Lirón, se había impuesto una careta tenebrosa, que subrayó haciéndome ver su pistola.

—Vuelve a entrar —me ordenó.

Hice algo que me afrenta recordar. Traté de seguir siendo Leo.

—¿Para qué, y para qué esa pistola?

Me hizo sentir su desprecio con la mirada, y no sólo con ella.

—¿Prefieres que te mate en la calle como un perro?

No me dio tiempo a decir nada. Tampoco a él. Lo siguiente que vi fue como su cabeza se desplazaba con violencia hacia el mismo lado por el que se abría en una nube de sangre, sesos y esquirlas de hueso. De las armas que llevaba consigo, Mazo había elegido usar la de más calibre. Llegó a la carrera, se cercioró de que Lirón no iba a ser ya un problema para nadie y antes de decirme nada me puso en la mano un revólver. Una vez que vio que lo agarraba, se limitó a informarme:

—Nos vamos, tengo el coche aquí al lado.

Corrimos con toda nuestra alma, y con tanta determinación de salir de allí que persuadió a los tres o cuatro transeúntes con los que nos encontramos de apartarse de nuestro camino. El coche lo había dejado Mazo aparcado en un callejón en el que nadie nos vio subir a él. Con esa tranquilidad, condujo sin hacer ninguna maniobra llamativa hasta que estuvimos fuera del barrio. A partir de ahí forzó algo la marcha, siempre dentro de los límites legales. A lo lejos oímos las sirenas de la Policía, que acudía al lugar donde habíamos dejado aquel cadáver.

—Has apurado un poco la jugada —no pude evitar decir.

Mazo se encogió de hombros.

—He hecho lo que he podido. Ya lo siento por el pobre Lirón.

—¿Por qué has esperado tanto?

—Todo estaba bajo control. Llevaba un rato ahí. Te vi entrar y decidí que era mejor esperar a que salieras, justamente por si entre medias había algún movimiento preocupante en el exterior. Y mira.

—¿Qué ha pasado? ¿Por qué no me avisasteis?

—Porque no nos avisaron a nosotros.

—No me lo puedo creer.

—Hasta diez minutos antes. Ya no pudimos pasarte el recado.

—¿Cómo puede ser?

—No lo sé. Todo lo que sé es que tengo que sacarte de aquí. Ahora vamos directos a donde nos esperan para cambiar de vehículo.

Cuando llega el momento de la huida, más vale tenerla planeada. Superado el primer momento de desconcierto, tengo que reconocer que el protocolo diseñado para mi extracción funcionó como un reloj. En el punto acordado estaban Clavo y Corcho con un coche y con la furgoneta en cuyo doble fondo, disimulado con maestría, iba a cruzar la frontera sin correr el riesgo de que se detectara mi paso, El resto del viaje lo hice ahí escondido, sin otra noción de lo que sucedía que el ruido del motor y los movimientos y las paradas del vehículo. En una de las interrupciones de la marcha, oí como se abría la puerta trasera y unas voces despreocupadas que hablaban en la lengua que estaba a punto de dejar de oír a diario. Después la puerta se cerró, la furgoneta echó a andar y respiré con alivio. La pesadilla, o al menos la edición original, sin perjuicio de todas las noches que en adelante me tocaría recrearla hasta despertarme bañado en sudor, había terminado.

Cuando me liberaron de aquel sarcófago, lo primero que hirió mis ojos fue la luz deslumbrante del sol. Nunca me había parecido allí tan intenso y nunca volvería a cegarme hasta ese punto. Lo siguiente que vi fue la casa donde tenía su base la unidad, y sólo un instante después, recortado delante de ella, el rostro sonriente de Araña.

—Ya estás aquí —fue su saludo—. Eres libre, Púa. Enhorabuena.

Me ayudó a salir de mi escondite, a bajar de la furgoneta, incluso me abrazó efusivamente. Nunca entre él y yo se había dado un contacto como aquel. Su abrazo era algo más que una demostración de afecto y admiración. Me pareció advertir en él una suerte de disculpa.

—Por poco no me he quedado allí —aproveché para decirle.

—Lo sé —reconoció—. Y lo siento. Alguien la ha cagado.

—¿Quién?

—Quien se encargaba de la coordinación entre unidades.

—¿Cómo es posible?

—Ahí es donde resulta más fácil el error. Lo que importa es que nuestra unidad ha funcionado. Mazo estaba en su sitio. Y también los que tenían que ocuparse de que pudieras pasar la frontera.

—Lo que te aseguro —dije— es que el objetivo está muerto y bien muerto. Aunque habría preferido no tener que verlo tan de cerca.

—No debería haber sido así. No pienses más en ello.

—Me temo que pensaré, y también en el otro.

Araña me miró con gesto comprensivo.

—Es normal. Ahora necesitas tiempo. Y vas a tenerlo.

—¿Y yo, jefe? —intervino Mazo—. He cumplido, como te prometí.

—Tú también. No dejes de aprovecharlo para ser mejor padre.

—No te quepa duda —festejó.

No pude por menos que admirar la naturalidad con que se tomaba lo que acabábamos de vivir. Si yo había visto a dos hombres caer poco menos que a mis pies, él había apretado el gatillo que había dictado la sentencia de muerte de uno de ellos. Que yo supiera, nunca antes le había quitado la vida a una persona. Cuando poco después, ya a solas, le pregunté cómo se sentía, su respuesta consiguió desarmarme:

—No quedaba otra. No se lamenta lo que no se elige.

Esa misma tarde vino Uno a vernos. No me pareció que estuviera tan contento como se veía a Araña, aunque tenía las mismas razones que su segundo para la celebración. El encargo endiablado que había recibido y nos había traspasado, golpear la cabeza de la organización pese a las precauciones que habían adoptado nuestros enemigos tras las primeras muertes, no sólo estaba cumplido, sino que lo habíamos solventado limpiamente y sin pérdidas, aun con el tropiezo final.

Sin sacudirse del todo esa sombra que parecía oscurecer su ánimo, se esforzó por transmitirnos su felicitación en nombre de la Compañía, a la que le habíamos permitido anotarse otro triunfo. Nos dijo también que se hacía cargo del desgaste que nos había supuesto, en especial a mí, y que esta vez, además de darnos un descanso, se abría un periodo de adaptación para buscar un nuevo enfoque a nuestras operaciones. Tras la alocución común, quiso entrevistarse conmigo a solas.

—¿Cómo estás? —me preguntó, con un interés que parecía sincero.

Opté por sincerarme también yo.

—No lo sé todavía. Ya lo iré averiguando.

—Me contó Araña que había una chica. ¿Te preocupa?

—Sólo espero que no le hagan nada —me limité a responderle.

—Descuida. Les quedará claro que estaba tan engañada como ellos. Sólo quería decirte que sé que te debemos más que al resto. Por lo que has hecho y por el fallo imperdonable que hemos tenido al final. Y que me ocuparé personalmente de que tengas todo lo que necesites.

—Por ahora, olvidarme de todo lo que acabo de vivir.

—Lo que te haga falta —se comprometió.

Por primera vez, creí ver al ser humano que llevaba dentro. Ahora, al recordarlo, me pregunto de dónde sacaba el cuajo para fingir así.

45

El hortelano

Nadie diría, viéndolo trabajar en su huerto, que el hombre de cabellos grises y hombros vencidos es quien en otro tiempo fue. Me permito observarlo durante un par de minutos antes de acercarme. De paso me cercioro de que está solo y de que tampoco hay nadie vigilando en las inmediaciones. Es temprano y la mañana tiene aún un resto de frío de la noche. No parece que le pese mucho, como no me pesa a mí. De la noche de la que ambos venimos nos llega a diario un frío más hondo, que nos cala y nos seguirá calando hasta el fin de nuestros días.

Camino hacia donde se afana el hortelano mientras me pregunto cuánto tardará en reparar en mí. Todavía le da a la azada con energía y buen ritmo, como si en roturar la tierra encontrara el desahogo para esas malas cartas que después de tanto tentar a la suerte le terminó sirviendo la vida y que tomó y jugó sin protesta. Me ve en una pausa que hace, acaso para tomar aliento. Se apoya en la herramienta, se pasa el dorso de la mano por la frente y aguarda inmóvil. Cubro el trecho que me falta para llegar hasta él sin dejar de sostenerle la mirada.

—Menuda has liado —me dice a modo de saludo.

—No era la intención —respondo.

—En qué estabas pensando.

—No pensé mucho. Tenía una deuda que pagar.

—Así es como suelen provocarse los desastres.

—Bien que nos consta a ti y a mí —le recuerdo.

—Pero se ve que tú no escarmientas.

—No me pareció que tuviera peligro. Me ocupé de informarme.

Asiente con aire solemne.

—Lo sé.

—¿Cómo lo sabes? —le pregunto sorprendido.

—Sombra vino a verme ayer. Está aterrorizado, por si lo relacionan contigo. Le has puesto en un buen aprieto por cogerte el teléfono.

—Puede estar tranquilo. No pienso venderlo. ¿Y tú?

Acoge mi interpelación con una sonrisa amarga.

—¿Yo? Yo no soy ya nada. Por eso se puede fiar de mí.

—No estoy yo tan seguro.

—¿De que no soy nada o de que puede fiarse?

—De las dos cosas.

—¿Por eso has venido a verme?

—Por eso mismo.

—Me temo que estás perdiendo el tiempo.

—Tengo la esperanza de que no. No tengo otra, en realidad.

—Mal vas entonces.

—¿Te importa que lo hablemos?

Su gesto se torna grave.

—Me pones en un compromiso —dice.

—Lo sé, y lo siento.

—Tendré que informar de que has venido a verme. A Sombra puedo cubrirlo, pero no puedo cubrirme a mí mismo. Lo entiendes, ¿no?

—Lo entiendo. De hecho, lo que quiero es que informes.

—¿He oído bien?

—Has oído bien, Araña.

Sacude la cabeza, incrédulo.

—Joder, Púa —exclama al fin—. Contigo no se sabe nunca.

Me halaga y me reconforta ser capaz de sorprenderlo a estas alturas de nuestra relación, de casi tres décadas, aunque en la última apenas nos hayamos visto en un par de ocasiones. Desde el momento en que supe que la Compañía andaba detrás de la cacería desatada contra mí, y sobre todo a partir del instante en el que tuve que deshacerme de Buitre, a quien estoy ya prácticamente seguro de que ayudaron a dar con mi rastro, tuve claro que mi única oportunidad pasaba por venir aquí, confrontarlo con todo lo que mi sola presencia convoca en su memoria y confiar en su noción del deber. A diferencia de otros, Araña demostró cuando le tocó demostrarlo ser un hombre de principios y a la vez con vergüenza. De la palabra, de la idea y de las pasiones mi experiencia me ha enseñado a esperar poco; sólo quien suma a la convicción el sentido del decoro ofrece alguna garantía. Por eso he dejado sola a Vera en la casa que he allanado para ella, a quince kilómetros de aquí, y vengo a interrumpir la tarea de este hombre.

Diez minutos después, estoy sentado frente a él, y entre ambos la modesta mesa que tiene en la cocina. Todo en la casita en la que vive es austero y humilde. Lujos su vida no tuvo nunca muchos, pero hubo un tiempo en el que manejó dinero, y aunque tampoco ahora debe de andar desprovisto, sabe que no hay nada que el dinero pueda comprar o un hombre ostentar y que le ayude a cubrir el trecho de camino que resta cuando ya no hay nada que ganar ni demostrar a nadie. Los años y la desgracia no han pasado sin dejar huella en él, pero en sus ojos sigue esa luz que hace tanto que se posó por primera vez sobre mí.

—¿Cómo estás? —me intereso.

—Es muy gentil de tu parte que te preocupes —bromea.

—Por qué lo dices.

—Por las circunstancias. No sólo las de ahora.

—No son razón para no preocuparme por ti —le aseguro.

Araña suspira y se echa hacia atrás en la silla.

—Bien, estoy bien. Y tú, ¿cómo has estado este tiempo?

—¿Desde que nos vimos por última vez?

—Eso es —confirma—. Dos años, si no calculo mal.

—Fue poco después de que salieras —recuerdo.

—De eso hará pronto tres años.

—Bien, he estado bien —recapitulo—. Tengo un negocio. Eso ayuda a no pensar de más en lo que no debes. Como el huerto, me imagino.

—El huerto deja pensar. Pero cavar lo hace más llevadero.

—Eso me pareció antes al verte.

—Y si estabas bien, ¿por qué coño volviste a la Ciudad?

—Me llamó el único que podía hacerme ir.

—Mazo.

—El mismo.

—¿No estabais en comunicación antes?

—Hacía diez años que no hablábamos. Ya te lo dije la última vez que nos vimos. Fue el acuerdo al que llegamos, con la Compañía y también entre los dos. Y lo cumplimos durante todo este tiempo.

—Resulta difícil de creer.

—Es la verdad. Te lo juro.

Mi exjefe aparta una mota de polvo imaginaria con la mano.

—A mí no hace falta que me jures.

—Me importa que me creas. No sé en qué andaba él, no me lo dijo. Sólo me pidió que apartara a su hija de la gente con la que estaba.

Me observa con interés.

—No te dijo quiénes eran, ni por qué estaba con ellos.

—No. Pero me parece que tú sí lo sabes.

—Sé lo que me dejó adivinar ayer Sombra. Estoy fuera, no soy nada, ya te lo he dicho antes. Y con mi historial, creo que puedes creerme.

Sus ojos, oscuros y pequeños, tratan de persuadirme.

—Puedo creer que ya no eres nada en la Compañía, como yo mismo —le concedo—. Los dos estamos ya amortizados como agentes, como peones,

o como tontos útiles, lo que quiera que un día fuéramos.

—Pero...

—Pero no me creo que carezcas de influencia.
Y tampoco me creo que nadie te haya llamado en estos días, aparte de Sombra. Tú nos troquelaste: Mazo
y yo somos, él era, lo que tú hiciste de nosotros.

Por primera vez, se remueve incómodo en el
asiento.

—A dónde quieres ir a parar.

—¿Puedo hacerte una pregunta?

—La vas a hacer, aunque no te dé permiso.

—Me he acordado esta mañana, viniendo hacia
aquí. No sé si tú te acordarás de aquel día. Cuando
me sacaste de aquel doble fondo de una furgoneta
y me diste el primer abrazo que lo era de verdad.

—No me jodas, Púa. Sabes que me acuerdo.

—Era una forma de hablar.

—¿A qué viene eso ahora?

—Siempre me quedé con las ganas de preguntártelo. Hace dos años, la otra vez que vine a verte
aquí, estuve a punto, pero al final me acabé mordiendo la lengua. Esta vez no me la voy a morder.
Dándose mal, podría ser la última oportunidad que
tengo de preguntártelo.

—Estás tardando mucho, soldado. Desembucha.

Le aguanto la mirada. Veremos si me la aguanta él.

—No fue un fallo de coordinación, ¿verdad? —le
suelto a bocajarro.

No pregunta a qué me refiero, lo que en sí es ya
una respuesta. Tampoco aparta la mirada, aunque le
cuesta algún esfuerzo.

—No —reconoce al fin.

—Eso quiere decir que me expusisteis a conciencia.

—Aquí estás. No se te expuso tanto. Y no fuimos nosotros.

—Podría haber salido mal, lo sabes.

—Previmos lo que harías, lo hiciste, y estuviste cubierto cuando fue preciso. Siempre puede fallar algo, incluso con todas las precauciones.

—¿Qué quiere decir «no fuimos nosotros»?

—Que a nosotros también nos pilló por sorpresa. Nos enteramos de que se lo iban a cargar en la cita en la casa cuando ya no había tiempo para avisarte. No fuimos nosotros quienes retuvimos la información.

—¿Quién, entonces?

—No estoy seguro. Lo que a mí me dijo Uno fue que el comando de liquidadores avisó tarde, quizá para reforzar su propia seguridad.

—A costa de la mía.

—Eso resulta evidente.

—¿No se fiaban del infiltrado o les daba igual?

—Ambas explicaciones son posibles. Y compatibles.

—También si la decisión de no avisar se tomó a un nivel superior.

—También, pero eso ya es una especulación tuya.

—Y tuya. Lo acabas de admitir.

—No tengo ninguna prueba. Pudo ser como me dijeron.

—Entenderás que me cueste tragármelo.

—Uno estaba fuera de sí. Eso te lo puedo asegurar.

—También lo pudo fingir ante ti.

—También, pero ¿qué sentido tiene ahora hablar de todo esto?

Dejo que la pregunta vibre unos segundos en el aire de la cocina. Por una de las ventanas entra un rayo de sol que ilumina el polvo en suspensión de la estancia. No es mucho ni poco: Araña la mantiene limpia, siempre fue un individuo concienzudo, pero él sabe, como lo sé yo, que la higiene absoluta nunca existe. Al fin le respondo:

—Tiene todo el sentido del mundo. Por lo que vengo a pedirte.

—¿Qué vienes a pedirme? Dímelo ya.

—Que le digas a quien no tiene más remedio que escucharte que quiero verle en persona, deshacer el equívoco que se ha creado acerca de mí y reconducir esta situación absurda en la que nos encontramos.

—¿Por qué supones que me escuchará?

—Porque necesito suponerlo.

—Eso no es bastante.

—Dile también que estoy dispuesto a ponerme en sus manos. Sólo en las suyas. Y que no tengo ningún interés en hacerle la guerra.

Araña medita lo que acabo de exponerle.

—No te prometo nada —concluye.

Lo prefiero, y le agradezco la franqueza. Ya guardo en la memoria suficientes mentiras y promesas incumplidas. No necesito una más.

46
Careta

No sé, ni siquiera a estas alturas, hasta qué punto sobreviví a la muerte de Hurón, y de paso a la de Leo, que cayó abatido por la misma ráfaga que acabó con el otro. Durante las primeras semanas estuve aturdido, desorientado, extraño en mi propio pellejo, que había dejado de ser mío, al menos como lo era antes de mi infiltración. Me acordaba todo el tiempo de Irene, con un sentimiento de culpabilidad que a duras penas aplacaban las garantías, que me llegaban a través de Araña, de que estaba a salvo y se habían tomado todas las medidas necesarias para que la creyeran lo que por lo demás era: otra víctima de la sucia sabandija que se había hecho pasar durante meses por un comerciante inofensivo y luego por un solícito colaborador del movimiento.

Además me fastidiaba, creo que ese es el verbo más exacto, ver que a Mazo, mi compañero, a pesar de haber tenido que apretar el gatillo y volarle la cabeza a un hombre, el fin de la misión y el regreso a su vida se le hacían mucho más llevaderos. La razón, a pesar de la paradoja superficial, era evidente. Mientras yo estaba solo y tenía que vivir con el peso en el alma de haber traicionado a la mujer que me amaba, y a la que no dejaba de echar de menos en todos los sentidos, empezando por el físico, él había vuelto con su familia, su mujer y su hija, a las que podía al fin hacer el regalo de acompañar a diario, y a cambio recogía el calor y la belleza que da a la vida el trato con quienes te quieren.

Al mismo tiempo que lo envidiaba, y por momentos lo odiaba, no podía olvidar que era el hombre al que le debía la vida, el que había mantenido la cabeza y la sangre fría y había tenido además el coraje y los reflejos necesarios para arrancarme de las garras de la muerte, en las que poco menos que ya me habían dejado caer otros. Mazo, por otra parte, no sólo no se había enfadado cuando mi primera reacción había sido desahogar con él la furia que sentía por la jugada que me había hecho un tercero, sino que se negaba a darle importancia alguna al hecho de haberme salvado de quien aspiraba a ser mi verdugo.

—No es para tanto —decía—. Mi deber era estar donde estaba y hacer lo que hice. Tampoco me cayó nunca bien tu amigo el sonrisitas. Esa clase de amabilidad es siempre falsa. Ya lo viste.

Cuando le oía decir aquello, me era inevitable recordar que falsos éramos nosotros prácticamente todo el tiempo, y que habíamos hecho a tal extremo de la doblez nuestra forma de vida que ya no podíamos, o al menos ya no podía yo, discernir del todo qué era lo que en verdad pensaba y lo que fingía pensar para adaptarme a la situación en la que en cada momento me tocaba desenvolverme. Eso incluía mi propio compromiso personal con la causa por la que me había convertido en un embaucador, y por dos veces en cooperador necesario y crucial de un asesinato. Me levantaba por la mañana, en la habitación del lujoso hotel en el que me hospedaba con cargo a una cuenta de gastos casi ilimitada que costeaba una empresa de la Compañía, y ya no sabía si lo que había hecho y lo que hacía, a aquellas alturas de mi vida, era fruto de mi convicción o de una inercia que sobrepasaba mis fuerzas y a la que ya no tenía forma de oponerme. Si no estaba allí, haciendo lo que la Compañía me encargara, qué iba a hacer, dónde, con quién.

Entonces pensaba que el afortunado era él, Mazo, y el desdichado yo, porque él al menos tenía una vida fuera de allí. Luego quise creer que no, que siendo lo que éramos más valía estar solo y no buscarse a nadie a quien arruinarle la existencia, cargando de paso la tuya con el lastre añadido del remordimiento por el daño a un ser querido. Ahora ya no sé bien qué pensar: cuantos más años pasa uno sobre la tierra más cuesta decidir si lo que hizo o lo que aún hace, lo que omitió o lo que omite, es para bien, para mal o para nada. Si he de elegir, creo que vuelvo a aquella lejana impresión de que la suerte le sonreía a él. La muerte no dejará de darme un mal día mi merecido, como a él y a cualquiera, pero me faltará en ese instante la conciencia que él pudo llevarse de haber cuidado, mejor o peor, de una vida ajena que a su vez pasará entre buenas y malas elecciones, sin poder jamás, haya en ella lo que haya, ignorar que mi compañero caminó por el mundo.

En todo caso, mis preocupaciones más inmediatas en aquellos días eran otras. Además de descansar y tratar de reparar el cuerpo y la mente del castigo que me había supuesto la misión, para lo que en principio se me había concedido una licencia de duración indefinida, tenía que afrontar alguna otra operación, en el sentido quirúrgico de la palabra. Después de mi accidentada, violenta y abrupta desaparición de la escena, mi rostro, sacado de una fotografía que en aras de mi propia cobertura no había tenido más remedio que hacerme, no había dejado de circular entre los medios afines al movimiento y por todas las comisarías de Policía del país vecino. Si quería seguir trabajando, si quería seguir vivo, simplemente, tenía que cambiar de aspecto y hasta de fisonomía, y la Compañía proveyó a que así fuera. Las molestias físicas que supuso el proceso fueron quizá lo de menos. No se ahorró a la hora de contratar al cirujano, estuve bien atendido y lo que hubo que hacer se hizo de la manera menos agresiva y lesiva posible.

Más complicado fue habituarme a reconocer como mi cara la del tipo que una vez que todas las heridas cicatrizaron pasó a sustituirme a diario en el espejo, que no era yo pero tampoco dejaba de serlo, de un modo a la vez tranquilizador e inquietante. Por un lado, me confortaba comprobar que mi mirada seguía siendo la mía; por otro, verla en aquella careta hecha a partes iguales de mis rasgos y de los debidos a la mano del cirujano me producía un extrañamiento que, añadido a los varios que ya acumulaba, me complicaba la convivencia conmigo mismo. Hubo en esos días alguien a quien no pasaron inadvertidas mis dificultades, y que no dejó de estar ahí para darme su apoyo.

Se ocupó de venir a verme varias veces, en distintos lugares. Para alojarme, buscaba sobre todo hoteles al lado del mar, en ciudades no muy grandes, donde el clima fuera cálido y soleado. Recuerdo sobre otras la conversación que tuvimos en una terraza espaciosa al borde de un estrecho que comunicaba un mar y un océano. El sol caía a plomo sobre ella, era blanca y estaba recién construida, y al fondo se veía el azul intenso del mar, algo desdibujado en la línea del horizonte. Nos protegía de los rayos solares una sombrilla de gran tamaño y lona gruesa, que no impedía que el calor fuera agobiante. No me importaba mucho, porque mi ropa era ligera, y porque de vez en cuando la brisa soplaba o podía llevarme a la boca un sorbo de cerveza fría. A Araña, que vestía de manera menos acorde, el sudor le perlaba la frente.

—No he venido a meterte prisa —dijo en cierto momento.

—Esa es la típica frase que tiende a significar lo contrario —observé.

Araña encajó con deportividad mi ironía.

—No puedo recriminarte tu suspicacia.

—Claro que puedes.

—Tampoco quiero —me aseguró—. Lo digo de corazón. He estado hablando de ti con Uno. Ahora hay que darte todo el tiempo que te haga falta, eso creo yo y él está de acuerdo. Tampoco tu compañero tiene prisa por dejar de estar con esa niña pequeña que tiene. Los dos habéis justificado de sobra lo que la Compañía invirtió en vosotros, se trata ahora de ver, sin precipitarse, qué más podemos hacer juntos.

—No sé yo si hemos conseguido tanto. La guerra sigue.

—Nadie esperaba que la paráramos. Lo que sí hemos conseguido es debilitar alguno de los recursos críticos del enemigo: ya no pueden cruzar la frontera y sentirse seguros, están tan acojonados allí como lo están en nuestro lado. Y algo más, que incluso va a sorprenderte.

—Me dejo sorprender.

—Hay contactos discretos con las autoridades del otro lado. Los huéspedes que hasta ahora no les molestaban empiezan a resultarles incómodos. Nadie quiere que las balas ajenas silben en sus calles.

—Pero la organización sigue fuerte. Y siguen dando.

Araña inspiró y miró al infinito.

—Está bien enquistada —opinó—. Se la dejó crecer de más en su día, y ahora no vamos a acabar con ella así como así. Se tardará.

—En matar a los jefes uno por uno, ya lo creo —bromeé—. Nadie sabe mejor que yo lo que cuesta llevarse por delante a uno solo.

—En todo lo que habrá que hacer. Pero no he venido aquí a hablar de eso, sino de ti. Estás teniendo tiempo para pensar. ¿Qué piensas?

—Sobre qué.

—Sobre tu futuro.

—¿Qué alternativas tengo?

Araña levantó las manos y me ofreció las palmas.

—Todas, en principio.

—¿Todas, de veras?

—Como si quieres dejarlo. Tienes ya una nueva cara, te podemos construir una nueva identidad a medida de lo que quieras hacer, y no te faltará dinero para hacerlo, salvo que quieras poner, qué sé yo, un parque de atracciones o cualquier otra cosa desproporcionada.

—El comercio no se me da mal —dije, con un deje de sarcasmo.

Mi jefe se tomó la molestia de agarrarme el antebrazo e insistir.

—Te lo estoy diciendo en serio, Púa.

—No sé si quiero retirarme. Todavía soy joven.

—Nadie va a obligarte, ni siquiera a invitarte a que te retires. El que decide eres tú. Y si mi voto vale algo, a mí no me gustaría perderte.

Me quedé observándolo. Seguía siendo el mismo hombre que me había dado aquel abrazo cuando me había sacado del doble fondo de la furgoneta. Un hombre diferente del que me había reclutado y del que me había adiestrado y sometido a todo tipo de pruebas para tratar de romperme y demostrar que yo no valía para aquello, que mi tara de origen, aquella herida personal que me había llevado a la lucha, me incapacitaba para el taimado menester que aspiraba a desempeñar. Tampoco era ya el que me había tutelado y dirigido y acompañado durante mis primeras operaciones. Lo que había hecho al otro lado de la frontera lo había hecho y resistido yo solo, y tal vez, pensé, iba más allá de lo que él mismo se creía capacitado para lidiar con éxito.

—Hay algo que debo decirte —añadió—. Creo que mereces saberlo.

—Dime —le invité.

—Uno no era partidario de infiltrarte a ti. Pensaba que no dabas el perfil que en teoría requieren este tipo de misiones, tan al límite.

—¿Y qué perfil es ese?

—Ni demasiado tonto, porque te cazan, ni demasiado listo, porque entonces te haces demasiadas preguntas y te acabas bajando tú.

—No imaginaba que el jefe me creyera idiota —me burlé.

—Al revés, te cree lo que eres: tan listo como el que más. Yo insistí, le dije que además de listo eras fuerte. Que aguantarías. Y acerté.

—No sé si fuerte es la palabra —me permití dudar.

—Yo sí. Y si te quedas, me darás una alegría.

No sé si lo hice por eso, si me quedé porque vi brillar los ojos de aquel hombre, al que debajo de sus corazas superpuestas le atisbé en ese momento el corazón, y aún hoy no creo que fuera un espejismo. El caso es que alargué algunas semanas más mi vida de convaleciente de lujo, y no me privé de darme caprichos y distracciones, incluido algún que otro flirteo para olvidar en una piel femenina desconocida la piel femenina que añoraba y echaba en falta cada mañana y cada noche, pero un buen día me levanté, marqué su número y le anuncié:

—Estoy listo para volver a la partida.

Dos días después estaba reunido con él y con Uno. Fue este quien me dio la bienvenida a mi regreso en nombre de la Compañía. Me miró a los ojos, sopesó mi convencimiento y, pasados unos segundos, dijo:

—Has tomado la buena decisión.

En realidad, pero aún era pronto para saberlo, por lo que esa vez no necesitó engañarme, acababa de tomar la peor decisión de mi vida.

47

Cariño

Hay un punto en todas las encrucijadas a las que te arroja la existencia tras el que ya no hay retorno posible. Cuando lo alcanzas, la sensación es siempre una mezcla de melancolía y alivio. La primera tiene que ver con la conciencia de que el resto de los caminos antes disponibles, junto a lo que ya quedó atrás, pasan a formar parte de un territorio vedado. En cuanto al alivio, todos, y más aún cuando ya hemos elegido mucho, encontramos alguna forma de descanso en el hecho de no tener ya elección. Cuando nuestros actos se vuelven irreversibles, sólo queda la obligación de afrontar las consecuencias con la entereza de que cada cual sea capaz. Queda uno exento del penoso afán de evitarlas, o de imaginar vías alternativas para mejorar los términos del desenlace.

Esa es la sensación con la que cuelgo el teléfono público desde el que acabo de llamar a Araña. Lo que me ha transmitido obra el efecto de liquidar mis principales incertidumbres. Ahora ya sé lo que voy a hacer, aunque todavía no sepa lo que va a pasar. Y lo primero que me toca es regresar junto a Vera, a quien he dejado preparando algo para comer, y encontrar la manera de contarle, sin contárselo del todo, lo que viene a continuación y su resultado inmediato, el que suceda lo que suceda finalmente ya puedo dar por seguro: aquí es donde acaba nuestra escapada, donde su camino y el mío van a separarse, si todo sale bien para siempre. Y si sale del peor modo posible, también.

La encuentro en la cocina, donde ha puesto la mesa y servido en unos platos, sin complicarse mucho, parte de las provisiones con las que contamos tras la compra de ayer. Está mirando por la ventana, con un vaso de agua a medio beber en la mano. Cuando me siente llegar, se vuelve despacio y me observa con gesto vagamente expectante.

—Qué —me interroga.

—Ha salido bien —le digo—. Aceptan mi propuesta.

—¿Vas a contarme al fin en qué consiste?

—Voy a hablar con alguien que puede decidir.

—Eso ya me lo has dicho. Para pedirle qué.

—Que me garantice tu seguridad, lo primero.

—¿Y lo segundo?

—Bueno, tampoco me importaría que garantizara la mía.

—¿Te fías de esa persona?

—Sí —miento. No es momento de dejarla con esa duda.

—¿Cuándo habéis quedado? ¿Dónde?

—Dentro de un par de horas. No lejos de aquí.

Asiente. Desde el incidente de la madrugada la noto distante y más bien apática. Como si no le importara mucho lo que hago o lo que dejo de hacer, lo que al fin salga de esta huida a la que la he arrastrado. No se ha marchado por la mañana, cuando la he dejado sola para ir a ver a Araña, tampoco ahora, cuando he salido para llamar por teléfono, y me atrevo a suponer que no aprovechará para marcharse cuando vuelva a salir esta tarde, pero no sé por cuánto tiempo más, si no fuera a resolver la situación hoy mismo, podría contar con su cooperación. Lo que quiera que la haya llevado a confiar en mí, hasta la víspera, no ha salido indemne del intento al que preferí no prestarme anoche.

Comemos en silencio durante unos minutos. Me extraña que no tenga siquiera la tentación de preguntar algo más. En cierto modo, lo esperaba, para no tener que tomar yo la iniciativa, y para dosificarle la información al compás de lo que ella mostrara interés en saber.

—Vera —hablo al fin.

—No estoy enfadada contigo —me suelta de pronto.

—¿Qué quieres decir?

—Que no importa, lo de anoche. Habría estado bien, creo, pero no me iba la vida en ello. No me he encariñado contigo ni nada parecido.

—Ni yo buscaba que lo hicieras —le aclaro.

—Parece que saliste algo menos estropeado que mi padre, pero no dejas de recordármelo y eso impide que pueda sentir algo por ti.

—Mejor. Porque puede que no volvamos a vernos.

El anuncio, en su brusquedad, no deja de impresionarla.

—¿No vas a volver de la reunión de esta tarde?

—Entra dentro de lo posible.

—¿Y qué se supone que tengo que hacer yo entonces?

—Nada. Esperar. Vendrá alguien a sacarte de aquí. Te llevará a un lugar seguro, donde podrás reunirte con tu madre, y a partir de ahí seguir con tu vida. Lo único que te pido es que te dejes ayudar. Y que no vuelvas a lo que estabas haciendo. Ahora todavía puedes dejarlo atrás. Si lo alargas, acabará siendo lo que eres y ya no podrás salir.

—Eso suena como una despedida.

Me encojo de hombros. Temo que tal vez he hablado de más.

—Lo siento. No se me dan bien.

—Si lo es, tengo que decirte que haré con mi vida lo que me parezca dentro de lo que me dejen. Y que no echaré de menos tus consejos.

—No tengo más remedio que aceptarlo.

—A ti sí que te echaré de menos. Tienes algo, lo reconozco. Aunque sea demasiado frío y oscuro para que yo lo pueda querer.

—Será poco y por poco tiempo, confío.

—Eso nunca se sabe. Sólo se averigua luego.

La miro y veo en su aplomo, acaso por última vez, un reflejo de aquel otro con el que conviví tan intensamente. También en su forma de no callarse las cosas, incluso cuando hacerlo pudiera convenirle.

—Creo que yo tengo que darte las gracias —le digo.

—¿Por?

—Podrías habérmelo puesto más difícil.

—Será que conseguiste asustarme lo suficiente.

—No era la intención. No es lo que me encargaron ni lo que debería haber conseguido. También quiero pedirte perdón por eso. Tendría que haber interpretado la situación mejor de lo que lo hice. Y haberte ahorrado alguna experiencia desagradable. Lo siento de verdad.

Vera me observa con asombro.

—Eres un hombre extraño, Ben, o como te llames.

—Soy lo que había. Qué se le va a hacer.

—A lo mejor yo también tengo que darte las gracias —duda.

—No. Tú sólo tienes que vivir. Por los que no lo hicimos.

Antes de irme, le pido que se quede en el salón, que no me acompañe fuera ni se asome para verme marchar. En parte es por su seguridad y en parte para que no me pese más el momento. Me doy cuenta de que yo sí le he tomado cariño a ella. En realidad, empecé a hacerlo antes de que viniera al mundo. Aquella tarde en la que vi a su padre, a quien también vi luego matar sin pestañear, deshacerse en atenciones hacia su madre, que ya la llevaba en el vientre. Entonces supe que allí había algo que yo no iba a tener nunca, algo por lo que valía la pena vivir y también morir. Algo por lo que merece la pena que muera yo mismo para preservar lo que subsiste, que es ella: su mirada y su valor y hasta su forma de equivocarse y de llevar sus pasos por donde no debe.

Cuando camino ya hacia la puerta, me pregunta:

—¿No vas a decirme tu verdadero nombre?

Me detengo un momento. No puedo evitar sonreír.

—Para eso tendría que acordarme —respondo—. Ben está bien.

—Adiós, Ben. Y suerte.

—Adiós, Vera. Espero que la tengas también tú.

Llego a la urbanización de Araña veinte minutos antes y no aparco al lado ni me acerco a la casa en línea recta, sino que merodeo un poco antes para reconocer el terreno. Lo hago por inercia y comprendo en seguida que no tiene sentido. En primer lugar, porque no contemplo la opción de evitar una emboscada, si es que me la van a tender: vengo a entregarme y ese es el presupuesto insoslayable de la solución que a estas alturas puedo ofrecerle a Vera. En segundo lugar, porque antes de rebasar una esquina, aún a dos calles de donde vive Araña, de la nada aparecen dos individuos que me sobrepasan holgadamente en envergadura y mientras uno me agarra por la espalda el otro me asesta un puñetazo en la cara que me deja medio aturdido y acto seguido me cubre la cabeza con una capucha. Lo que a partir de ahí ocurre lo vivo desde una especie de nube negra mientras la mejilla me arde como si me hubieran inyectado plomo derretido. Me traban las muñecas a la espalda con una brida, me levantan en volandas y oigo el ruido de un motor y el chirrido de unos neumáticos. A continuación me arrojan como un fardo sobre el piso duro del vehículo y los dos hombres suben y me voltean sin miramientos mientras me registran de arriba abajo. Palpan mis miembros y todo lo demás que de mi cuerpo puede palparse con energía y sin ningún remilgo. No van a encontrar nada, ni siquiera mi solución de último recurso. Todo lo he dejado en la guantera del coche antes de venir hacia aquí. No voy a defenderme: entre otras, acudo a la cita con la firme determinación de no echarme ninguna muerte más a la espalda. De todos los puntos de no retorno que implica mi decisión, ese es, de largo, el que más me reconforta.

—No está armado —dice uno.

—Claro que no lo estoy —me permito comentar.

—Cállate —me ordena la otra voz.

Me pregunto quiénes son. Y no me cuesta mucho responderme. Por descontado no sé sus nombres, ni seguramente voy a saberlos nunca, pero conozco bien el tipo de hombres que son, tanto como nadie más puede conocerlos. Yo he sido como ellos, y como lo que uno es alguna vez nunca deja de serlo del todo, lo sigo siendo. Por tanto comprendo que sus modos y sus palabras, cuanto hacen y dicen y la forma en que se conducen, están dirigidos a un solo propósito: aniquilar de raíz mi voluntad. Y me dan ganas de reírme, y lo haría si no me expusiera a recibir a través de la fina tela de la capucha —de algodón, como es preceptivo para que no me asfixie— otro puñetazo que me meta más plomo ardiendo en la cara. Porque estos dos, sean quienes sean, no son conscientes de que sus esfuerzos son innecesarios. Podrían haberme parado sin más en la calle, haberme dado las buenas tardes, tratarme ahora con consideración y hablarme con suavidad. Mi voluntad de oponerme a ir con ellos estaría igualmente aniquilada. Por mí.

Pasado este fugaz instante de regocijo, me aguijonea el temor. Lo acordado era vernos en casa de Araña, una especie de lugar neutral, más favorable a mi contraparte que a mí, incluso. Por el rato que lleva la furgoneta en marcha y la velocidad a la que nos movemos, no va a ser allí donde lo vea, e incluso cabe la posibilidad de que mis captores no me conduzcan a su presencia, sino por ejemplo a un sitio donde piensan torturarme hasta que revele dónde está la chica y una vez que hayan obtenido la información arrojarme a un agujero del que jamás volveré a salir, cargando o no para ello con la muerte de Buitre. Si es que el plan no es pegarme un tiro y hacerme desaparecer sin más.

Por un momento pienso que eso es lo que va a suceder, y que he cometido el último y más desastroso de mis errores de cálculo, el que acredita definitivamente que he perdido todas mis facultades. Si es así, voy a sacrificarme por nada y para nada, y ni siquiera le he dejado a Vera instrucciones para tratar de eludir lo que tengan dispuesto para ella. Sé que sus opciones frente a ellos son inexistentes, como las mías, por eso estoy aquí maniatado y encapuchado; pero no haber tratado siquiera de representarme esa eventualidad, para sugerirle qué hacer si era el caso, me hace sentir idiota y culpable. Con esta sensación y sin abrir la boca, como mis secuestradores, sobrellevo el resto del trayecto.

No pasa de la hora, calculo. Al fin la furgoneta se detiene, alguien la abre, me sacan, me arrastran por varios pasillos, me meten en una sala de la que cierran la puerta, me quitan las bridas de las manos, me las unen por delante, me esposan y me sientan en una silla. Alguien me arranca la capucha y entonces lo veo. Ha aceptado hablar conmigo.

48

Pichón

Mientras aguardaba dentro del coche, con aquella sensación de que cualquiera iba a reconocerme en cualquier momento —tan persistente como absurda, porque no sólo no me parecía ya al que ellos conocían, sino que tampoco ellos estaban en todas partes—, pensé una vez más que no podía haber tomado peor camino que el de vuelta a la tarea que Mazo y yo volvíamos a compartir. Y si en mi caso era cuestionable que hubiera obrado con cordura, en el suyo, que para reincorporarse había dejado atrás una familia a la que ahora volvía a ver sólo de vez en cuando y en días sueltos, la insensatez era completa. Y sin embargo, a él no se le veía sufrir: cuando podía regresar con su mujer y su hija se iba feliz como un niño, pero cuando tocaba aquello, cruzar la frontera y meterse entre los malos para ser todavía más malo que ellos, lo hacía con el mismo buen ánimo, como si fuéramos los dos de excursión.

Es cierto que ya rara vez pasábamos más de unas horas al otro lado. Después de nuestras dos infiltraciones prolongadas y exitosas, habría sido una imprudencia enviarnos a una tercera para exponernos a caer en manos de quienes, tras la pérdida de dos de sus líderes por nuestra culpa, estaban deseando despedazarnos, sobre todo a mí. De modo que nuestra nueva forma de operar era distinta. Ya no íbamos a por objetivos de primer nivel para mermar la capacidad de decisión de la organización, sino que nos asignaban piezas de menor calibre, pero más fáciles de cobrar, para obtener información de ellas y luego, sin más, devolverlas a la circulación, tocadas en un doble sentido. Porque se habían visto a nuestra merced, y porque regresaban con los suyos con la mala conciencia, y la angustia, de haberlos traicionado.

Era, salvo por los riesgos inherentes a cualquier acción encubierta en territorio ajeno, incluidos los asociados al paso de la frontera, mucho menos expuesto y ambicioso que lo que habíamos hecho antes, pero no dejaba de tener sus peligros, como esa tarde comprobamos.

Vi de pronto venir al sujeto por el retrovisor y me agaché para que no reparara en mi presencia. Pasó a mi altura, me rebasó y entonces me reincorporé y crucé una mirada con Mazo, que estaba al otro lado de la calle, con su uniforme de empleado del servicio de limpieza y haciendo como que barría. Asintió y empezó a progresar con la escoba hacia él. En ese momento me bajé del coche, ya con los grilletes y la capucha listos, aunque guardados aún en los bolsillos de mi anorak. Mientras yo atravesaba la calle, Mazo soltó de pronto la escoba y se fue hacia el tipo como un búfalo que embiste a un depredador.

Nuestro objetivo era un novato, un veinteañero con poco más de un año en la clandestinidad, pero reaccionó con prontitud y resultó que llevaba un arma, una pistola que sacó y disparó sin dudar contra mi compañero. Por fortuna lo hizo sin mucha puntería, apenas le rozó el hombro, pero Mazo cayó y quedó desprotegido. Lo que impidió que el pistolero lo matara a placer fue la patada que le asesté en mitad de la espalda, y que no pudo ver venir. Dejó caer el arma, que aparté de un puntapié, mientras me sentaba a horcajadas sobre él y lo esposaba. Para entonces Mazo se había levantado ya del suelo y me ayudó a encapucharlo y hacerlo callar con un puñetazo que le descargó raudo y sin piedad.

—Tienes sangre en el hombro —le dije al verla—. ¿Estás bien?

—Me ha rozado sólo. Vamos, rápido. Ese tiro se ha oído.

Lo transportamos deprisa hasta el coche y lo echamos al maletero, donde también le trabamos con cinta adhesiva los tobillos. Hecho esto, subimos los dos al vehículo, en el momento en el que algunos vecinos y curiosos, de los pocos que podían aparecer en aquel pueblo a aquella hora, empezaban a asomarse. Al verlos, Mazo observó risueño:

—A tomar por culo las placas que llevamos puestas.

—Tenemos otro juego —recordé.

—A lo mejor habría que cambiar también de coche —dijo, mientras se taponaba la hemorragia del hombro, poco copiosa, con un apósito.

—Si nos damos prisa, pasamos.

Estábamos a apenas veinte minutos de la frontera. En la primera curva de la carretera donde pudimos apartarnos, paré, bajé y cambié las placas de matrícula. Mientras lo hacía, comenzaron a oírse golpes y quejas en el interior del maletero. Sin dudarlo, Mazo lo abrió, le quitó la capucha al paquete, le selló la boca con cinta adhesiva y le metió otro par de puñetazos que volvieron a dejarlo sin conocimiento.

—Vamos, acaba ya —me urgió—, que este se nos despierta otra vez.

Escogimos el paso fronterizo menos vigilado: no había personal fijo y muchas veces ni siquiera te paraban. Pese a todo, lo atravesé con el corazón acelerado. No era esa, sin embargo, la adversidad que nos aguardaba. Si nos hubieran parado, nos habrían hecho un favor.

Llevamos nuestra mercancía a la nueva casa que ocupaba la unidad, y que seguía estando muy cerca de la frontera. Allí esperaba Araña, que supervisaba las operaciones y los interrogatorios, los nuestros y los de Clavo y Corcho, con quienes ahora teníamos menos contacto. A cada binomio se le asignaban sus objetivos y actuábamos con completa autonomía, incluso en lugares diferentes. Sólo nos juntábamos para las reuniones en las que coordinábamos estrategias y procedimientos.

Antes de bajar del coche, Mazo me agarró del brazo:

—Ahora estamos en paz, socio. Me has salvado la vida.

Negué con la cabeza.

—No hay paz para ti ni para mí. Ahora estamos en deuda los dos.

—Bueno, lo que sea —se plegó, complaciente.

Una hora después estábamos en el sótano donde trabajábamos a nuestras fuentes involuntarias. Nos habíamos tomado el tiempo para desinfectarle bien a mi compañero la herida, apenas un surco de unos centímetros de largo que le había desgarrado la piel, darle cuenta a Araña de lo ocurrido, que estuvo de acuerdo en que inutilizaba en adelante aquel coche, y ordenar los asuntos sobre los que, a la luz de sus antecedentes, podíamos aspirar a sondear a nuestro prisionero. Le habíamos subido la capucha durante un par de segundos para retirarle de la boca la cinta adhesiva, pero en ningún momento le habíamos destapado los ojos, ni lo íbamos a hacer hasta que no lo devolviéramos al mundo. Por lo demás, y con arreglo al protocolo acostumbrado, lo habíamos desvestido por completo y le habíamos inmovilizado pies y manos atándolos a la mesa sobre la que lo habíamos tendido.

Araña, como solía, asistía a la sesión en segundo plano. Mazo se ocupaba de las maniobras para erosionar la resistencia del sujeto a dar respuesta a nuestras preguntas y a mí me tocaba ocuparme de sacarle lo que sabía y de paso debilitar sus defensas por la vía dialéctica. Sin embargo, en esta ocasión, fue Mazo el primero que le habló. Cuando vio que volvía en sí, se inclinó sobre él y dijo cerca de su oído:

—Hola, pichón. Ya estamos en casa.

—¿Quiénes sois? —dijo el aludido.

—Qué poco original —opinó Mazo—. Siempre la misma pregunta.

—¿Dónde estoy? —gritó el prisionero.

—En casa, ya te dije. Oye, has resultado ser todo un guerrero. De los que van por ahí con bala en la recámara. Qué tío. Casi nos matas.

—Ya me jode no haberos matado —le replicó el otro, desafiante.

—Es lo que hay. Pero está bien, eso nos gusta. Más sabrás.

—De qué.

Le hice una seña a Mazo y tomé yo la palabra.

—De los que han pasado últimamente la frontera. Para empezar.

La respuesta fue categórica.

—Me cago en vosotros dos y en todos los que no oigo.

Miré al hombre desnudo, encapuchado e inmovilizado que acababa de decir estas palabras y recuperé dos sensaciones que ya había tenido tantas veces que empezaba a costarme convivir con su reiteración. Por un lado, la incomodidad de comprobar que en aquella gente a la que nos enfrentábamos había una convicción que nada tenía que envidiar a la nuestra, al menos en lo que tocaba a los sacrificios que algunos de ellos, cierto era que no todos, ni todos con el mismo coraje, estaban dispuestos a hacer para defenderla. Por otro, la desazón de tener que maltratar a un hombre indefenso, por más que quisiera creer que la causa lo justificaba, lo que cada vez me era más difícil, y por más que hubiera aprendido a hacer de tripas corazón y a olvidarme de que quien estaba allí tendido era un ser humano como yo. Alguna vez que le confié a Araña el desagrado que me producía esa parte de nuestro

427

trabajo, me dijo algo que me servía como pauta, no como alivio:

—Tienes que sentirte mal haciendo esto. Si te sintieras bien, sería mi obligación apartarte. Entonces lo harías porque sí, y serías una bomba para la Compañía. No tienes que dejar de sentirte mal, y a la vez, hay que bloquear ese sentimiento cuando hace falta. Y sólo entonces.

En cualquier caso, tenía que sobreponerme y continuar con la tarea.

—Respuesta incorrecta —dije sin énfasis.

Mazo no necesitó más indicaciones. Aplicó sobre el sujeto una de las muchas formas de violencia que dominábamos y que combinaban un impacto rotundo sobre la capacidad del afectado de oponerse a quien podía ejercerlas con una ausencia absoluta de vestigios. Vi el cuerpo desnudo retorcerse, lo poco que le permitían las ligaduras, sin pensar en otra cosa que en neutralizar cualquier atisbo de emoción en mi ánimo, lo mismo que hice con mi voz cuando volví a hablarle:

—Vamos a intentarlo de nuevo. Cuántos y quiénes han pasado la raya desde que estás donde te encontramos. Organizados cómo.

—Vais a tener que matarme —dijo—. Si tenéis huevos.

—Lo que no tenemos es ganas, hombre —terció Mazo—. Con tan poca cosa como eres tú no apetece siquiera mancharse las manos.

—No tenemos necesidad de matarte —le advierto—. Sólo nos hará falta aumentar el castigo hasta que no lo soportes. Dinos lo que nos interesa y te devolvemos al pueblo ese tan bonito donde vives ahora para que sigas haciendo la revolución y ligando con todas las chicas atontadas que tanto os admiran por atentar contra gente inocente.

—El atontado eres tú, que eres un perro que se come la basura que otros no se van a dignar oler siquiera. Y yo no soy un chivato.

—Chivato es el que canta sin razón —objeto—. Tú la tienes, ahora. Hazte el favor, responde a lo que se te pregunta, y líbrate del mal.

—Ya me gustaría. Librarme de vosotros, escoria.

—Nosotros no existimos —le digo—. Aparecemos y desaparecemos, y si haces tu parte no nos volverás a ver nunca. Te lo prometo.

—Vete a la mierda.

No contábamos con ello. Con que fuera uno de los duros, que los había, pero no eran tantos, ni solían ser tan altaneros, ni tan jóvenes. Miré a Araña, que observaba la escena con gesto contrariado. Dejó caer la barbilla ligeramente y le hice a Mazo la seña. Empezó a preparar el instrumental para pasar a la siguiente fase. Entonces tuve el primer presentimiento de catástrofe, pero por alguna razón no me opuse, no le dije a mi jefe que por una vez quizá debíamos renunciar, que no era un pez tan gordo como para llevar las cosas tan lejos. Me pregunto si no me abstuve porque había conseguido hacer mella en mi coraza con su desprecio, del mismo modo que Mazo fue más insensible y acaso más enérgico que otras veces por el recuerdo de la bala que le había buscado el pecho, aun sin encontrárselo. Sea como fuere, después de una de las descargas, que no debía ser en teoría letal, el prisionero quedó completamente inmóvil. Mazo primero lo zarandeó, luego trató de reanimarlo. Le puso empeño, pero fue inútil. Existía siempre ese riesgo, aunque fuera alguien joven, sano en apariencia. Hay corazones más frágiles que otros, igual que los hay más tercos y endurecidos.

Cuando comprendió que ya no se iba a mover, Araña dijo tan sólo:

—Joder, Mazo. Esto era lo que me faltaba.

49
La verdad

Los años no le han sentado mal. Tiene los cabellos grises, pero se lo ve alerta y en forma. Además va bien vestido, un terno de buen corte, una camisa blanca que lo es de verdad, tanto que casi te ciega si la miras directamente por cómo refleja la luz del fluorescente del techo. Me imagino que la corbata que se ha quitado no desmerece del conjunto, o mejor dicho lo sé: he visto las que lleva en las imágenes de los actos públicos en los que participa. En cuanto a la habitación, no es grande, tampoco pequeña, y resulta lo bastante fría e impersonal como para que me resulte imposible saber dónde he estado si es que finalmente consigo salir vivo de aquí. Hay unas sillas, una mesa puesta entre los dos, un estante metálico. No ha perdido, o no han perdido los que ahora le sirven, la noción y el hábito de guardar el sigilo pertinente.

—Hola, Uno —oso decir.

Temo que pueda enfadarse, pero sonríe.

—Ya nadie me llama así —dice—. Ahora puedes usar mi nombre.

—Gracias por recibirme, antes de nada.

—Supiste ser convincente con quien me ha convencido.

—Espero serlo también ahora.

—Tú me dirás. Te escucho.

—¿Es indispensable que esté esposado mientras hablo?

Uno se encoge de hombros.

—No lo sé. Depende de lo que digas y hagas. Ante la duda...

Miro a mi alrededor. Aunque se ocultan tras la luz que me apunta a la cara y esta me impide ver sus facciones, distingo al menos a otros tres hombres en el cuarto. Para el caso, viene a ser una multitud.

—¿Toda esta gente es de confianza? —pregunto.

—Puedes hablar como si no estuvieran.

No es lo que preferiría, pero no tengo elección. Me lanzo.

—Lo primero que quiero decirte es que no tengo nada que ver con lo que quiera que estuviera haciendo Mazo. Volví a la Ciudad porque me llamó y me dijo que su hija estaba en apuros y que él ya no podía cuidar de ella, por la enfermedad, y me pidió que yo me ocupara.

—Y vaya si te ocupaste —comenta.

—De manera controlada. Lo solté ileso, como quien dice.

Sonríe con suficiencia.

—Para tu conocimiento, han encontrado el cuerpo esta mañana y no parece, a juzgar por la primera impresión, que lo dejaras muy ileso.

Decido seguirle la broma.

—Podría decir que no sé de qué me hablas.

—Podrías, pero qué más da eso ahora.

—También podría pensar que el hombre al que te refieres disponía de información que dudo que fuera capaz de obtener por sí mismo, y que en cambio sí me imagino quién podía conseguir y suministrarle, aunque no sepa exactamente cómo pudo hacerlo tan deprisa.

—Tampoco eso es ahora importante —opina.

—Para mí sí. Me hace pensar que quien fuera que le diera el soplo al hombre del que hablamos contaba con la posibilidad de que se tomara la justicia por su mano. En definitiva, de que acabara conmigo.

—El alma humana es imprevisible.

—Esta no tanto, pero no quiero desviarme del tema. Lo que quiero decir es que he acudido sabiendo que me lo juego todo. Y algo más, teniendo presente que puedo perderlo. No es por mí por quien estoy aquí.

—Todo eso lo dices tú. Yo sólo he aceptado la cita que propusiste. Y a la vista de los antecedentes, he tomado precauciones razonables.

Sigue siendo el zorro y la anguila que fue siempre. Astuto para dar con las fisuras ajenas y explotarlas en beneficio propio. Escurridizo hasta el punto de salir siempre limpio de cualquier contratiempo.

—Como veo que todo voy a tener que decirlo yo —razono—, me gustaría contar con tu autorización para hacer algunas conjeturas.

Por una fracción de segundo, parece que mis palabras le incomodan. Lo percibo en la breve mirada de reojo que se le escapa hacia los suyos y en cómo se remueve en el asiento. En seguida se recompone.

—No tienes que pedirla. Te he dicho que te escucho.

—Hablo de cosas que no sé —me disculpo—. Tan sólo las supongo. Hacía muchos años que no hablaba con Mazo cuando fui a verlo al hospital. Sin embargo, lo que ha pasado, unido a lo que me ha contado su hija, me permite hacer una hipótesis que creo que no está del todo descaminada. Algo debió de fallar en él en los últimos tiempos. Nadie lo conoció mejor que yo, por eso sé que era un hombre fuerte, y muy sufrido, pero también impulsivo y con tendencia a no medir bien las consecuencias de todos sus actos. En resumen, que cuando algo, lo que fuera, se descompuso en su vida, se fijó en alguien. Una persona con imagen pública, con la que trató en otro tiempo y otro contexto muy diferente, y digamos también mucho menos público, y de la que sabía ciertas cosas que a esa persona no le convenía que se supieran.

Hago una pausa, por si acaso. Uno continúa impertérrito.

—A partir de ahí, no sé cómo ni por qué conducto —prosigo—, me imagino que debió de mandar un mensaje, pedir algo, qué sé yo. Lo suficiente para encender algunas alarmas. Mazo a veces no pensaba en esa clase de detalles. Que cuando a alguien le dejas ver que puedes ser un peligro, echa sus propias cuentas y no se limita a responder a la amenaza concreta que le planteas, sino que puede ir más allá.

—Qué quieres decir exactamente con eso.

—Hay cosas que ignoro, o más bien me resulta imposible afirmarlas y por eso me voy a cuidar de ir tan lejos. Que un hombre todavía joven enferme tan gravemente y muera en poco tiempo siempre le da que pensar a uno, pero es cierto que también sucede de modo natural.

—Por Dios, qué idea más desagradable —juzga, escandalizado.

—Lo que sí veo más claro es lo otro.

—¿Lo otro?

—Lo de su hija.

—Explícate.

Tomo aire. Soy consciente de lo que me estoy jugando.

—No dispongo de toda la información, así que no me queda más remedio que hacer algunas suposiciones, pero he podido hablar con ella, y eso me da varias pistas. La relación con su padre estaba ya muy deteriorada, y además de manera visible, lo que me imagino que apareció en seguida en la investigación preliminar sobre Mazo y sus circunstancias actuales, si es que no estaba ya en su expediente como resultado de la supervisión rutinaria a la que se le sometería. Tampoco debió de costar mucho averiguar que la chica tenía un carácter difícil y una aversión escasa al peligro. La genética tiene estos efectos.

—También falla a veces —observa—. Siempre es cosa de dos.

—Cierto —admito—, pero aquí digamos que de la madre le llegaron otros rasgos, para su bien y para su mal, como pasa con todo. Sin ir más lejos, su atractivo físico, al que ya había empezado a sacar partido de una manera algo contraproducente para ella pero que bien dirigida podía servir al propósito de disuadir a su padre de incordiar a quien no debía con lo que no debía. No hay mejor cuerda para atar corto a alguien que controlar su debilidad. Todos la tenemos, y si alguien se hace con ella, nos tiene a su merced. De ahí la idea de captarla, de acompañarla y guiarla en su aventura, para atraparlo de paso a él.

—Eso suena demasiado retorcido —desaprobó.

—La verdad es que no era una ligadura fácil de mantener, pero el camino se allana si uno dispone del medio adecuado. Y aquí lo había, ese expolicía caído en desgracia, pero sólo hasta cierto punto, porque conservaba vínculos con sus excompañeros, y por tanto disponía de la protección necesaria. Y algo más importante: esa protección conllevaba disciplina, es decir, celo en el cumplimiento de las órdenes. Lo vi con ese comisario. Entonces no pensé en algo que se me ocurrió luego.

—El qué.

—Me acordé de los policías con los que traté hace mucho. Los que nos dejaban, a mí y a mis compañeros, entrevistarnos, llamémoslo así, con sus detenidos. Ese comisario tiene la edad para ser de los que por aquel entonces estaban en el ajo y mantenían contactos con quienes nos mandaban. Por cierto que no parece haberle ido mal en la vida. Además de la jefatura y el chófer, sabe apreciar la buena mesa.

—¿Acaso es pecado que no te vaya mal en la vida?

—No necesariamente.

—Por un momento me pareció que me afeabas algo.

—A eso es a lo último a lo que he venido.

Uno deja escapar el aire de forma claramente audible.

—A qué has venido entonces. Suéltalo ya.

—A explicarte, primero, que ni estoy en lo que estuviera Mazo, ni voy a estar nunca: lo que pasó, pasó, cada cual salió como pudo y no creo que yo saliera peor de lo que merecía ni necesito más. A aclararte, también, que si me crucé en algún camino, fue sin saber y sin querer, y menos que nada quise hacerle daño a nadie; si alguien salió malparado fue en defensa propia y de otra persona a la que tenía que proteger.

—Ya. Y aparte de eso tendrás alguna petición, supongo.

—Sobre todo, una. Que alguien que pueda persuadirlos hable con esos policías metidos a delincuentes y los convenza de olvidarse para siempre de la chica. Y que a ella, mientras tanto, se la lleve a un lugar seguro y nadie le impida que se busque la vida un poco mejor.

—¿Nada más? ¿Nada para ti?

—Yo sólo quiero volver a ocuparme de mi librería y olvidarme de todo lo que ha pasado. Si es posible. Y si no, sea lo que haya de ser.

Mi réplica consigue desconcertarlo. A estas alturas, de su vida y la mía, me permito anotármelo como un algo más que modesto éxito.

—Vamos —me anima—. Seguro que tienes algo más que pedir, y hasta una batería de razones bien elaboradas para respaldarlo.

—No te voy a engañar —le reconozco—, no me

437

disgustaría poder confiar en que nadie va a buscarme las vueltas por ese cuerpo del que hablaste antes, y creo que no es para nadie una mala solución. A quién va a beneficiar un juicio en el que salga a la luz quién sabe qué. Ni siquiera a sus hijos, que serán más felices ignorando en qué andaba su padre.

—En que la justicia a todo trance no es la mejor solución en todas las circunstancias estamos de acuerdo —observa con aire cómplice.

—Incluso si no sale bien, la solución injusta puede arreglar algo por otra parte. O eso, al menos, es lo que tenemos que creer algunos.

Lo digo, claro está, con la intención de que se sienta aludido en esa primera persona del plural, pero no para ofenderlo, que es lo último que en este momento me conviene, sino al revés, para que le remueva la vieja solidaridad por el empeño que tiempo atrás compartimos y en el que fui su soldado. Esto es: alguien a quien en esta hora sólo siendo un miserable puede abandonar. Hay razones para temer que lo sea, pero también las tengo para creer que podría no serlo del todo. No acompañó en su día a Araña en su descenso a los infiernos, le dejó ir solo, como a los otros, pero no se desentendió nunca de él. Y mantiene con él el hilo del que me he servido, porque supo guardar silencio, como yo he callado hasta hoy y estoy dispuesto a seguir callando.

—Siempre lo sostuve, Púa —dice al fin—. Tienes una inteligencia demasiado afilada y malévola. El apodo te iba como un guante.

—Mis disculpas, si en algo he faltado a la verdad.

—La verdad, al final, es lo de menos. Cada uno

tiene la suya, la que más le reconforta. Si esa es la tuya, quién soy yo para estropeártela. La cuestión ahora es que nos digas dónde tienes encerrada a la chica.

—No está encerrada. Dime que tengo tu compromiso, en lo de ella, y os doy ahora mismo la dirección donde podéis encontrarla.

—¿Y si no me comprometo a nada? —me pone a prueba.

—Llegados aquí —le digo, buscando sus ojos—, también.

50

La caída

La tarea era la menos apetecible que podía imaginarse, la que menos me había satisfecho desempeñar hasta entonces y la que más me iba a avergonzar en adelante recordar. Había que hacerla, sin embargo, y era importante, por lo inmunda que resultaba, hacerla bien. Mientras aplicaba las herramientas sobre aquello que había sido un hombre, mientras sumergía los pedazos en aquel líquido corrosivo, mientras vaciaba la cubeta, recogía los restos, fregaba el recipiente hasta dejarlo sin mancha y después reducía a cenizas en el horno lo poco que había quedado, no dejaba de acordarme de lo que había dicho Araña al comprender que nuestro prisionero no iba a hablar nunca más.

—Lo peor es que llueve sobre mojado.

Al oírlo, Mazo había puesto cara de no entender.

—Que no es el primero —había añadido Araña—. Y os digo como a los otros. Hay que hacer que desaparezca sin dejar rastro, y si lo deja, que nadie pueda relacionarlo con nosotros jamás. ¿Entendido?

Al oír aquello Mazo se había quedado bloqueado,

más incluso de lo que ya lo estaba después de que aquel chaval se le hubiera muerto en las manos, tan de repente y tan sin esperar que pudiera ocurrir. No sé qué fuerza tenebrosa brotó entonces de lo más hondo de mi ser, que además de aclararme la mente hasta hacer que casi me doliera pensar, me dio el valor y la firmeza para poner en práctica mi pensamiento. Un día, al otro lado de la frontera, Mazo había tenido esa claridad y esa firmeza por mí; por eso podía sopesar pros y contras y temer lo que sucedería si no acertaba a solventar en condiciones aquella atroz diligencia. Ahora me tocaba a mí velar por él. Y no podía fallar.

Cuando todo estuvo hecho, no antes, me detuve a atar algún cabo. De pronto entendía mejor la transformación que había notado en la actitud y el comportamiento de Clavo y Corcho cuando coincidíamos en alguna de esas reuniones que teníamos con cierta regularidad. El que antes era un dechado de agilidad y agudeza mental parecía de pronto más lento y hasta un poco más obtuso. El que no se inmutaba por nada respondía sin venir a cuento en tono destemplado y hasta tenía una especie de tic, un movimiento espasmódico que sacudía cada poco su mejilla. Que ambos habían necesitado drogas para salir del agujero, y que ese consumo los había llevado a otras que a la postre obrarían el efecto de hundirlos por completo en él, sólo lo averiguaría tiempo después, pero lo que entonces intuí ya me alarmó lo suficiente. Tan pronto como nos hubimos deshecho del cuerpo, me fui a dar un paseo con Mazo por la playa. Hacía un día oscuro y gris, para variar, pero al menos el viento era soportable y la lluvia ligera y desvaída.

—Esto es una señal, socio —le dije.

—¿De qué? —preguntó, aún aturdido.

—De que tenemos que dejarlo. Los dos. Y sobre todo tú. No puedes echarte a perder por seguir en esto. Tienes gente de la que cuidar.

—¿Y tú crees que nos lo van a permitir, justo ahora?

—Si no son imbéciles, sí. Y diría que no lo son.

—No van a soltarnos así como así.

—No digo dejar la Compañía. Digo dejar este trabajo.

—No creo que nos lo pongan fácil.

—Nos lo deben, Mazo. Hemos pringado antes de esta lo que no ha pringado nadie más. Y lo que nos acaba de pasar es el remate.

—¿Cómo piensas plantearlo?

—Hablaré con Araña. Le pediré hablar con el jefe.

—¿Lo harás también en mi nombre?

—Si quieres, sí.

Mazo volvió al mar una mirada de hombre superado.

—Tú sirves para eso. Yo no. Habla tú por los dos.

—Cuenta con ello.

—Y dame un abrazo. Joder.

Hice lo que me pedía. Por primera vez desde que lo conocía, sentí que aquel corpachón estaba traspasado por el miedo. Y pensé que la falta de costumbre era la razón de que temblara de aquella manera.

Se lo dije a Araña, que esta vez no intentó convencerme. Al revés, le pasó el recado a Uno, a quien pocos días después le pude exponer en persona nuestra solicitud. Alegué que el binomio estaba roto, más por la parte de Mazo que por la mía, lo que debía de ir en línea con el informe que Araña le habría transmitido, y que yo no me sentía con ánimo de aprender a trabajar con un nuevo compañero. También traté de resaltar el valor que podíamos tener en otras labores. Me referí a la experiencia que los dos acumulábamos, pero de paso le insinué que así nos tendrían bajo control: permanecer en la Compañía implicaba que no nos perdían de vista y que nuestra subsistencia dependía de ella. Antes que convertirnos en siervos a disgusto o fugitivos al margen de la organización, les convenía mantenernos como deudores con algo o mucho que perder. Uno meditó mi propuesta. Luego me advirtió:

—Esto no es algo que pueda decidir yo. Tengo que consultarlo.

—Ya contábamos con ello.

—Mi informe será favorable. Habéis prestado un servicio y habéis pagado un precio. No podemos ser desagradecidos con vosotros.

Apenas me atreví a mirar a Araña. Su gesto era la viva imagen de la amargura. Como otros tantos, antes y después de él, había puesto la carne en el asador, la suya y la de otros, y había salido achicharrado y con el peso en la conciencia de las quemaduras ajenas. La unidad a la que tantos desvelos había dedicado se desmoronaba, y con ella, su prestigio y su papel en la Compañía. Para complicarlo todo, corrían nuevos tiempos. Las acciones encubiertas, que años atrás tanto se festejaban, eran cada vez más controvertidas. Las relaciones con el país vecino estaban en vías de mejora, y pronto sus autoridades exigirían el abandono de ciertos métodos para aumentar la colaboración. A Araña sólo le faltaba haber cometido, y por dos veces, un error semejante.

Al final, a Mazo y a mí nos trasladaron a una unidad de análisis. De vez en cuando salíamos a la calle, pero ahora hacíamos el grueso del trabajo en una oficina. Estaba en la Ciudad como podría haber estado a mil kilómetros de allí. Para él era mejor, por la familia, y yo no tenía nada que me impidiera o aconsejara vivir en un lugar u otro. Alquilé un piso en un barrio tranquilo. Cada mañana salía camino de la oficina y cada noche regresaba a dormir como si fuera un empleado de una oficina de correos o de seguros. Me llevaba bien con los vecinos, de quienes procuraba saber lo menos posible. Nada mejor para preservar la cordialidad que limitarse al saludo sonriente al cruzarse en el portal o en el ascensor y si acaso hablar del tiempo. Y como las jornadas me daban de sobra para sacar adelante el trabajo que me encomendaban, en las horas libres me dedicaba a una investigación que resultó al cabo infructuosa, pero sirvió para mantenerme en la idea de que cumplía aún alguna misión. Removí los archivos de arriba abajo, buscando una pista que me permitiera dar con quienes habían puesto la bomba que había acabado con la vida de mi hermano. A lo más que llegué fue a deducir que era probable que en el envío del comando que lo hizo y en las instrucciones con que actuaban tuviera alguna responsabilidad uno de los hombres a cuya muerte había contribuido, el que entre nosotros giraba bajo el apodo de Verraco. Pero muy bien podía no tener nada que ver y ser decisión de otro, como podían ser decenas de terroristas los que habían cebado el explosivo y accionado el detonador.

Quién sabe, tal vez habría podido seguir en aquella oficina hasta la vejez, desempeñando una función cada vez más irrelevante e irrisoria, pero la fortuna no me tenía reservado ese destino. Años después de nuestro traslado, saltó una noticia que lo puso todo patas arriba. La Policía había detenido a dos individuos acusados de varios crímenes violentos, les había intervenido armas y al hacer el análisis balístico resultó que una de ellas era la misma que había disparado el proyectil encontrado en un cadáver que había aparecido quemado y enterrado en una fosa en un bosque un par de años atrás. Al principio me costó reconocerlos en las fotos policiales que traían los periódicos. A Clavo y a Corcho, más que desmejorados, se los veía en ellas como si volvieran de una larga travesía por el infierno. Y lo que vino después fue todavía peor. Ante la presión de la Policía y el peso de las pruebas, no sólo confesaron los crímenes, sino que Clavo se derrumbó y contó lo que en otro tiempo había hecho al servicio de la Compañía. La investigación policial condujo a una imagen que a Mazo y a mí nos heló la sangre: la de Araña esposado y conducido ante el juez para responder de las acusaciones que le formulaba su antiguo subordinado. El escándalo fue mayúsculo y al día siguiente a Mazo y a mí nos convocaron a una reunión en la capital.

Cuando nos presentamos en el lugar donde nos habían citado, un chalet en las afueras, Uno nos estaba esperando.

—No necesito deciros que la situación es grave —comenzó.

—Como poco —convine.

—Tenemos una garantía. Araña no hablará.

—¿Cómo lo sabes? —le preguntó Mazo.

—Lo sé. Lo entrené yo. Eso quiere decir que, al menos en principio, nada tenéis que temer. Y vuestro cadáver nadie lo va a desenterrar.

—Esa es una de las pocas certezas que tengo —dije.

—Sin embargo, hay que tomar precauciones. Debéis abandonar la Compañía inmediatamente. Y por seguridad, no volver a relacionaros jamás el uno con el otro. Os ayudaremos. Dinero, documentación, lo que necesitéis para montaros una nueva vida. Lejos de esta.

Mazo y yo cruzamos una mirada.

—Esto es innegociable —advirtió Uno—. Se os va a proteger, hasta el final y poniendo los medios que haga falta, pero tenéis que esforzaros al máximo por desaparecer, del mundo y el uno de la vida del otro. Si no, no me puedo comprometer a mantener la protección.

—Supongo que sólo podemos aceptar tu oferta —concluí.

—Eso me temo.

—Demasiado bien había salido hasta aquí —dijo Mazo.

—No os vamos a dejar tirados. Tampoco a Araña. A los policías que lo han detenido no podemos pararlos, tampoco a los jueces, pero no lo vamos a dejar solo en la cárcel. Y lo sacaremos en cuanto se pueda.

—Es lo mínimo que se le debe —dije, no sé muy bien si abogando por él o por mi compañero y por mí, por si un día caíamos también.

No caímos, al final. Vimos cómo juzgaban y condenaban a prisión a nuestros compañeros, pero Araña nunca traspasó su responsabilidad a nadie, y todo lo que Clavo pudo dar durante el juicio fueron nuestros nombres de guerra y los de algún otro, que, como dijo el abogado de Araña, bien podían ser fruto de una ficción de elaboración personal y no servían ni para incriminar a su cliente ni a nadie. También vimos cómo la contienda en la que habíamos participado seguía, y se ganaba con otras armas. El papel de aquellos oscuros liquidadores era cada vez más repudiado por la sociedad, como un acto de barbarie y, todavía peor, como un error mayúsculo que había facilitado el rearme moral de los terroristas. Desde la pequeña ciudad donde abrí mi librería, me enfrentaba a la diatriba con sensaciones encontradas. A veces creía que tenían toda la razón. Otras veces quería pensar que, pese a todo, mis compañeros y yo algo habíamos contribuido a aquella victoria que no nos iban a dejar reivindicar. Aunque eso, en fin, era lo de menos.

Hubo algo que no me permití, ni voy a permitirme: presumir de mis acciones, como sí vi hacer a algún terrorista superviviente. Todavía hoy, cuando alguna vez pienso en las familias de los hombres a los que ayudé a eliminar, y sobre todo, en los padres del infeliz al que hice desaparecer, me miro en el espejo y sé que soy una plaga que apesta la tierra. Todo lo que esa conciencia me permite, ya que no logro reunir el valor necesario para ir a pedirles perdón, es esfumarme como si nunca hubiera existido.

Epílogo

Lea

Hasta este banco, donde me siento a verte, me llega el sonido cristalino de tu risa, Lea, y al oírla me hago por un instante la ilusión de recibir la absolución que no me corresponde y que sé que no alcanzaré nunca. Me pregunto si más allá de lo que puedo suponer, por la luz que ahora te llena la cara, eres feliz y estás conforme con tu vida; si lo que en ella falta has logrado ponerlo en la estantería de tus olvidos para que no te estropee lo que mereces y puedes llegar a ser. Tú no sabes quién soy, no cuentas conmigo, ni siquiera me ves, pero yo he escrito para ti este libro, esta confesión a la que se ha acabado reduciendo el escritor que de joven quise ser y al que la vida no le permitió nacer siquiera.

Me alegra ver que estás a gusto en esta ciudad, que pareces estar contenta con los estudios que tu madre temió no tener recursos para proporcionarte. Podría decirte que finalmente los tuvo porque yo me ocupé de que le llegaran, y contarte cómo me las arreglé para conseguirlo, pero esto último no tiene mayor mérito, es una más de las maquinaciones en las que para mi mal me hice diestro, y facilitarte la carrera que soñabas no es por mi parte ninguna dádiva. Es la manera menos torpe, la forma menos pobre y perniciosa que encontré de suplir todo lo que no supe o no estuve en condiciones de dar.

Es verdad que no me enteré de tu existencia hasta mucho después de que nacieras. Quienes podrían habérmelo dicho, porque tenían a tu madre bajo discreta vigilancia, no vieron oportuno que yo dispusiera de semejante información. Ni siquiera debieron de pensar que tuviera derecho a conocerla. Y por muchas razones, pero sobre todo por una, yo no debía poner el pie en la ciudad donde naciste y creciste. Por eso no supe de ti hasta hace sólo unos años, cuando ya estaba fuera de la lucha que me había llevado allí en otro tiempo y creí, por otra parte, que habría pasado el tiempo suficiente para regresar sin peligro.

No puedo considerarlo una disculpa, ni como tal la alego. Es sólo lo que explica que cuando te vi por primera vez, junto a tu madre, ya fueras una adolescente y me costara asimilar lo que empecé a intuir al reconocer en el aire de tus facciones una semejanza con las mías, esas que hoy ya no tengo o sólo tengo a medias gracias al cirujano. Lo que el nombre que ella te puso, cuando lo averigüé, me confirmó.

No me movía otra intención, al volver allí, que verla y comprobar que seguía viva y a salvo, tal y como me habían asegurado siempre. Nada podía estar más lejos de mi ánimo que recobrar el contacto con tu madre. Durante años, lo impidió lo que yo era y hacía: habría sido peligroso para los dos, por no mencionar que bajo ningún concepto habría podido darle cuenta de mis actos. Transcurrido aquel tiempo, acabado mi servicio en la Compañía y desmantelada casi por completo la organización terrorista que le había puesto precio a mi cabeza, los motivos eran otros. No me consideraba con derecho a reaparecer, ni siquiera para pedirle que me perdonara. A ella, como al resto de mis semejantes, el mejor servicio que podía prestarle era permanecer en la invisibilidad más completa. Si alguna vez había podido arreglar algo de lo que en su existencia descompuse, que había más de una razón para dudarlo, hacía mucho que había pasado ya la oportunidad.

Puedes imaginar mi desconcierto cuando descubrí que estabas ahí. No porque me resultara inexplicable, me costaba poco imaginar cuándo y cómo habías sido concebida, sino porque nunca me había parado a pensar en la posibilidad y porque al verte de pronto no supe qué podía ni qué debía hacer con la responsabilidad que tu sola existencia depositaba sobre mis hombros. Durante un tiempo, llegué a dudar de todo lo que había creído hasta entonces, incluso me planteé seriamente presentarme ante tu madre y decirle que ahí estaba, sólo para ayudarla a soportar, como me permitiera, la carga que tu crianza pudiera suponerle. Esta idea me duró poco, y se vino abajo cuando comprendí que el grueso de esa carga ya lo había asumido sola, y que mi aparición a destiempo, con semejante intención, podía tomarse más como un sarcasmo que como una oferta digna de considerarse.

Pensé, además, otra cosa, mucho más dolorosa para mí. Por la forma en que había sucedido todo, por cómo llegué y me fui de la vida de tu madre y por tanto de la tuya, estaba condenado a permanecer fuera de ambas. Eso, y no lo contrario, era lo que me exigía mi responsabilidad. De un lado, la que tenía ante mis compañeros, con quienes me había visto envuelto en una guerra secreta de la que no podía desvelar ni contribuir a que de cualquier modo se descubriera nada, y menos aún cuando estaba en libertad porque alguien, pudiendo arrastrarme con él a la prisión, había guardado silencio para librarme. De otro, la que tenía ante ti. Comprendí que mi vida me sentenciaba a no compartir de ninguna manera la tuya, y que no podía ni debía forzar mi entrada en tu mundo. Entre otras cosas, ya lo ves por lo que queda contado en estas páginas, porque no tenía nada con lo que mejorarlo, sino una fea y desdichada historia con la que sólo iba a poder ensombrecerlo.

Y sin embargo, no podía renunciar a saber de ti, no podía dejar de buscar el modo de serte, de seros a ti y a tu madre, de alguna utilidad. La vida y mis malos pasos me impiden estar contigo, recoger de otra manera que así como lo hago ahora en este parque, como un furtivo y un intruso, la luz que desprendes; pero no pueden impedirme que sienta por ti el amor que me inspiraste desde el primer momento en que te vi. Al principio era reflejo del que hace veinte años me inspiró tu madre, pero pronto lo sentí provisto de un calor propio, mezcla de lo que en ti hay de ella y de mí, de lo mejor que he sido y que nunca, esa es hoy mi esperanza, ha de verse arruinado en ti por lo peor.

Por eso me he preocupado de que a tu madre le llegue el dinero que le faltaba, que ya sé que no es más que dinero y no compensa lo que por otra parte no os di, pero es lo que desde esta orilla donde estoy prisionero de mis hechos os puedo aportar. Y por eso te he mantenido, hasta hoy, al margen de la historia que en esta escritura tardía, alguien dirá tal vez que intempestiva, me he esforzado en contar para ti. Acaso te preguntarás por qué, para qué me he tomado el trabajo de consignar esta sucesión de hechos oscuros, torpes e incluso abominables. Y más cuando uno, como dijo alguien a quien leía en mi juventud, no puede expresar lo que es, tan sólo serlo, y por eso al final toda confesión es una mentira, y sólo en el coro, en todas las voces que aquí no están, o están sólo filtradas por la mía, puede encontrarse cierta verdad.

Puedes considerarlo mi testamento, la enseñanza que la vida me ha dado y que querría transmitirte. Mientras vivimos, mientras luchamos por salir adelante, en concurrencia y a menudo en conflicto con los demás, los seres humanos nos obstinamos en creer que somos fuertes e inteligentes, los animales más inteligentes de la creación, nada menos. Cuando la vida pasa, y ni siquiera hace falta que pase entera, basta con recorrer un trecho suficiente, nos damos cuenta de que no es verdad. Con demasiada frecuencia somos animales débiles y estúpidos, que hacen una y otra vez lo que puede esperarse de esa doble condición, y así acabamos por ser, también, malos y dañinos para los que se tropiezan con nosotros. Nadie que pueda llamarse humano está exento de esa capacidad, pero algunos la ejercitamos más que el resto, quizá porque somos más débiles y más estúpidos, y no hay mejor ejemplo que el que represento yo mismo. No he escrito aquí lo que hice para justificarlo, sino para que lo conozcas: sus resultados y sus causas y la cadena de accidentes y elecciones que los enlazaron. Como casi todos, creí tener motivos, escogí pensando en acertar, y cuando escogí a sabiendas de que no estaba acertando lo hice porque lo que había hecho antes no parecía dejarme otra salida. Al final, tu madre, desde esa bondad que es inteligencia y también fortaleza, lo supo ver claro siempre: ninguna idea, ninguna causa, justifica que una madre deba llorar a su hijo.

También te preguntarás, si has llegado hasta aquí, por qué en el último momento, en lugar de luchar por la causa de la justicia, o de buscar el modo de sacar a la luz toda la verdad, decidí rendirme, callar, pactar con quien me había utilizado y probablemente había aceptado, incluso, que acabaran con mi vida. La razón eres tú, o algo que tiene que ver contigo. Sé que si yo le hubiera pedido a mi compañero lo que él me pidió a mí, para protegerte, él se habría comportado igual; incluso habría entendido, como yo entendí, que le engañara para enfrentarse a todo y a todos y buscar como fuera la forma de sacarte del atolladero. Cuando peleaba por liberar a Vera de la trampa en la que había caído por culpa de los crímenes de su padre, que eran los míos, sentía que estaba peleando por ti: para que tú, como ella, no pagaras por lo que no te correspondía, para que vivieras limpia de la mancha que lo que ambos hicimos sólo nos debía imprimir a nosotros. Por eso todo mi afán era que ella saliera con bien, y por eso renuncié a cualquier otra aspiración y pacté con quien no había sido justo conmigo, ni con mi amigo, ni con otros. El mundo es un lugar sucio, Lea, no queda otra que convivir con la suciedad y buscar la manera de contenerla. Mazo supo que yo la encontraría o no la encontraría nadie, e hizo lo mejor, lo que yo habría hecho por ti: asegurar que no eludía el desafío.

Hasta este día en que te observo, tendida en la hierba junto a tus compañeros, Uno ha cumplido su parte del trato. Vera está bien, los que podrían complicarle la vida están lejos de ella y atados de manos y pies, como lo acaban estando siempre aquellos que no tienen limpia la hoja de servicios, y yo estoy libre y vuelvo a ocuparme de mi librería. También he cumplido mi compromiso: sigo callando lo que debo callar, y no me meto en más asuntos que los que reclama mi negocio. No termino de estar seguro de que cualquier día, cuando levante la persiana, no aparezcan ante mí un par de hombres armados para apoderarse de mi persona y asegurarse de que mi silencio es absoluto y definitivo, sin necesidad de que aquellos a quienes aprovecha se fíen de mi palabra, aunque hasta aquí me haya atenido a ella. Nadie sabe a ciencia cierta lo que hay en el interior de otra alma, y la del hombre de quien eso depende está muy lejos de ser un libro abierto para mí. En su momento hice con él mi apuesta y no fallé, pero un apostador debe saber que no hay caballo con el que le sea posible ganar siempre.

Por si acaso, porque es lo que tengo, y porque no puedo ser en tu camino más que un fantasma silencioso y devoto, escribo este libro y te lo lego, Lea, como te lego todo lo demás, porque eres mi legítima heredera y el emblema viviente de lo mejor que conocí. No olvides nunca lo que eres: el fruto de un amor cierto e indestructible, aunque uno de los que lo sostuvieron hubiera de servirse de la mentira para vivir y para vivirlo, aunque tuviera que irse y no pudiera quedarse a cuidarlo. Eso te convierte para siempre en un milagro y un triunfo, del que nada que la vida te traiga o te quite podrá derribarte jamás.

No tengo derecho a entregarte mi libro ahora. Para nada lo necesitas y de nada te va a servir en este momento, en el que son otros los retos y los estímulos que te reclaman. Me limitaré a hacerlo encuadernar y lo dejaré guardado en los anaqueles de mi librería, que un día, como todo lo mío, será tuya. Si estás ahora aquí, leyéndolo, querrá decir que lo has encontrado, y sólo tengo dos cosas más que decirte, que son las que resumen mi vida, cualquier vida, respecto de ti, respecto de todas las personas que se cruzaron en ella. La primera es perdón, por todo lo que no supe, no pude o no quise lo suficiente darte; por el daño que no acerté a dejar de hacerte. La segunda es gracias, por todos y cada uno, hasta el más pequeño, de los instantes de belleza que me trajiste. Por este de ahora mismo, por los anteriores, por los que vengan, incluso aunque ya no venga ninguno más. Me levanto del banco, me aparto de tu vida. Y me deslizo hacia la nada, pero no está del todo oscuro.

Getafe-Illescas-Madrid-San Sebastián-
Barcelona-Pamplona,
12 de noviembre de 2022-15 de febrero de 2023

Agradecimientos

Son unas cuantas las personas que me han ayudado de un modo u otro a escribir este libro y a la mayoría no las voy a mencionar por sus nombres. Me refiero con esto a las que vivieron situaciones duras y complicadas en entornos violentos, algunas incluso participaron de la violencia, en mayor o menor medida, y tuvieron la generosidad y la confianza de compartir sus recuerdos conmigo. No quiero propiciar el juicio sumarísimo de nadie, fueran cuales fueran su lado y su papel en tal o en cual contienda, y por eso recurro a esta referencia general.

Mención concreta les debo, como siempre, a mis lectores de guardia: mi padre, Juan José Silva, mi hermano, Manuel, mi amigo Carlos Soto y mi mujer, Noemí Trujillo. También a mis fieles, atentos y generosos compañeros de viaje del equipo editorial de Destino: Emili Rosales, Anna Soldevila, Alba Fité, María García y Juan Vera. Y a mis agentes: Laure Merle d'Aubigné, Gloria Gutiérrez y Maribel Luque.

El lector meticuloso habrá encontrado en el texto guiños a Franz Kafka, Marcel Proust, Virginia Woolf,

Walter Benjamin, Homero, Julio Verne y César Vallejo. A ellos y al resto de los maestros de los que trato de aprender les estoy agradecido siempre, empezando por la primera de todos, mi madre, Francisca Amador. Este es el primer libro que escribí entero sin tenerla físicamente a mi lado, pero su espíritu aún me acompaña y su aliento, junto al calor de mi familia, sostiene cada palabra que escribo.

Índice